AUG 15 2019

W9-CSZ-523

St. Helena Library
1492 Library Lane
St. Helena, CA 94574
(707) 963-5244

A Gift From
ST. HELENA PUBLIC LIBRARY
FRIENDS&FOUNDATION

LA LLAVE 104

$19.95

PAZ CASTELLÓ

LA
LLAVE
104

(U)

Umbriel Editores

Argentina • Chile • Colombia • Ecuador • España
Estados Unidos • México • Perú • Uruguay

Esta es una obra de ficción. Todos los acontecimientos y diálogos, y todos los personajes, son fruto de la imaginación del autor. Por lo demás, todo parecido con cualquier persona, viva o muerta, es puramente fortuito.

1.ª edición Mayo 2019

Reservados todos los derechos. Queda rigurosamente prohibida, sin la autorización escrita de los titulares del *copyright*, bajo las sanciones establecidas en las leyes, la reproducción parcial o total de esta obra por cualquier medio o procedimiento, incluidos la reprografía y el tratamiento informático, así como la distribución de ejemplares mediante alquiler o préstamo público.

Copyright © 2019 *by* Paz Castelló
    All Rights Reserved
© 2019 *by* Ediciones Urano, S.A.U.
    Plaza de los Reyes Magos, 8, piso 1.º C y D – 28007 Madrid
    www.umbrieleditores.com

ISBN: 978-84-16517-19-0
E-ISBN: 978-84-17545-89-5
Depósito legal: B-10.391-2019

Fotocomposición: Ediciones Urano, S.A.U.
Impreso por Romanyà-Valls, S.A. – Verdaguer, 1 – 08786 Capellades (Barcelona)

Impreso en España – *Printed in Spain*

Cada uno de nosotros convive con sus monstruos internos. A veces duermen y en ocasiones despiertan. Si los encierras, estos pugnan por encontrar una salida.

Querido diario:

Me llamo Carmen Expósito y he robado la identidad de una niña fallecida hace cuarenta y cuatro años.

En realidad yo no soy la verdadera Carmen Expósito, aunque ella, de no haber muerto de niña, tendría ahora la misma edad que yo, cuarenta y ocho años. Carmen es el nombre que adopté hace unos meses, otro yo, un nuevo nombre, el nombre de una muerta para poder continuar viviendo.

Mi historia es difícil de contar, tal vez es demasiado compleja o a lo mejor es tan simple que, de pura sencillez, no sé por dónde empezar. Sea como fuere, ahora me levanto cada mañana en un lugar extraño, lejos del pueblo que me vio nacer, a muchos kilómetros de mi tierra, entre montañas, escondida en una aldea de los Pirineos franceses, intentando ser quien no soy, aterrada ante la posibilidad de que me encuentre la persona de la que estoy huyendo simplemente por saber la verdad, una verdad que la destruiría.

Ahora, Carmen Expósito, una pequeña que murió en el Orfanato Nacional de El Pardo en Madrid, en 1964, por las complicaciones de una gripe, y cuyo cuerpo no reclamó nadie, tiene la oportunidad de vivir de nuevo a través de mí, mientras mi auténtico yo legalmente ya es una persona fallecida, tras fingir un suicidio lanzándome al mar desde un barco, en mitad de un crucero por el Mediterráneo. Ahora ella está viva y yo muerta, y hasta tengo la extraña sensación de que es ella la que ha poseído mi cuerpo y no yo la que he usurpado su nombre. A mí me siguen buscando, esperando que el mar devuelva mis restos, para que mi hermano mellizo pueda enterrarlos junto a las tumbas de mis padres. Algo que nunca sucederá porque sigo viva como Carmen Expósito.

Mi deseo es que mi historia quede plasmada en este cuaderno que ahora escribo; él será mi confesor, mi amigo, mi secreto, mi liberación y también el testimonio escrito de todo lo que sé, para que algún día la justicia haga su trabajo y para que, cuando la muerte venga a por mí definitivamente, Carmen Expósito no muera dos veces y pueda así recobrar mi auténtica identidad, aunque solo sea para inscribir mi verdadero nombre en una lápida.

1

A Virginia la parieron como a una bestia y a punto estuvo de no probar la vida. A pesar de ser el segundo alumbramiento para su madre —ya tenía a Jacobo, el primogénito, que en el momento de nacer su hermana había cumplido los siete años—, el parto fue mucho peor que el de una primeriza.

En la fría madrugada del seis de enero de 1985, los gritos de Remedios Rives se escucharon como alaridos por toda Cachorrilla, el pueblo más pequeño de la provincia de Cáceres, que por aquel entonces no superaba la centena de habitantes. Hasta los lobos de los parajes de alrededor se asustaron al escuchar los lamentos de dolor de la parturienta, que parecían tentar a la muerte, como si de una posesión demoníaca se tratara. La criatura, todavía dentro del vientre de su madre, parecía agarrarse a sus entrañas y negarse a salir a un mundo hostil, en un escondido pueblo español. Por momentos, la mujer aparentaba calmarse y su cuerpo exhausto se dejaba caer sobre las sábanas empapadas en sudor, como si la hubieran desposeído de cuajo de su alma y se le fuera a escapar el último aliento. Pero los segundos de calma eran fugaces y el pecho de Remedios pronto comenzaba a palpitar acelerado, como un potro joven, al tiempo que se encorvaba como si una terrible descarga eléctrica atravesara todo su cuerpo y su abultada tripa.

La mirada despavorida de Jacobo, incapaz de articular palabra, parecía haberse petrificado ante el sufrimiento de su madre. De pie, en una esquina de la habitación, frío y pálido como el mármol, su pequeño cuerpo que no superaba el metro diez de estatura, ni alcanzaba siquiera los veinte kilos, había quedado inmóvil por el espanto y sin apenas parpadear, solo movía involuntaria y compulsivamente las mandíbulas, castañeteando con los dientes de puro horror.

Tras una de las contracciones, en esos pocos segundos en los que Remedios parecía recobrar cierta serenidad, la justa y necesaria para poder afrontar la siguiente, le gritó a su esposo que esperaba el alumbramiento, impasible, fumando en el salón.

—¡Por Dios, Dioni! ¡Saca al niño de aquí! ¡Sácalo ya y busca ayuda, el niño viene mal! —Desconocía que iba a parir una niña, pero Remedios no podía desperdiciar hablando los escasos segundos en los que podía respirar y en seguida se olvidó de Jacobo para volver a apretar los dientes, estrujar las sábanas entre sus manos y gritar de dolor intentando no morir mientras alumbraba a su segundo hijo.

Dioni Iruretagoyena, un hombre tosco, de nula sensibilidad y fumador empedernido, se levantó importunado al no poder terminar su cigarrillo y entró en el cuarto. Con una sola de sus manos, agarró al frágil y pequeño Jacobo por la pechera, lo levantó unos centímetros del suelo y sin que este dejara de castañetear, lo soltó sobre una mecedora que había frente a la chimenea, como quien suelta un saco de pienso para los animales. Luego, volvió sobre sus pasos y entró de nuevo en la habitación donde Remedios intentaba parir un bebé sin dejarse la vida en ello, y la increpó:

—¡Calla, mujer, que estás dando un espectáculo! ¡Eres una blanda! ¿Has visto acaso que las terneras griten así?, ¿o las yeguas? Mi madre me parió en mi casa, ella sola, sin ayuda de nadie, y a las dos horas estaba trabajando en el campo. Y mírame —continuó el discurso henchido de autosatisfacción, golpeándose el pecho—. ¿Has visto qué bien parido estoy? ¡Así que cállate y no grites más, y a ver si tiras a ese niño de una puta vez y me das otro varón como regalo de Reyes y este que sea un poco más fuerte, que menudo endeble pariste como primogénito!

Remedios no se atrevió a rechistar, hacía muchos años que no lo hacía. Apretó tan fuerte los dientes para ahogar los gritos, que temió que su mandíbula se desencajara y hasta desgarró las desgastadas sábanas con las manos, unas manos blancas, mortecinas, que apretaba con tanta presión que impedía que por ellas circulara la sangre. Creyó morir en aquel mismo momento, y se hubiese dejado seducir al instante por la muerte y esa placentera sensación de paz que le ofrecía la idea de imaginarse grácil, etérea, sin dolor, flotando hacia un lugar mejor, de no haber sido por el instinto animal de madre.

Jugaba con esa idea cuando notó algo caliente que se derramaba por el interior de sus muslos y se sintió aliviada al pensar que por fin había roto aguas. Llevaba doce horas de insoportable sufrimiento y todavía no se había desgarrado la bolsa, lo que se le antojaba extraño desde su desconocimiento, ya que eso fue lo primero que había ocurrido en el parto de Jacobo. Pero cada parto es un mundo, es lo que le solía decir su madre, a quien, en ese instante más que nunca, echaba a faltar. Un recuerdo fugaz, ayudándola a parir a su pequeño Jacobo, le vino a la memoria.

Soltó la sábana que acumulaba ya millones de arrugas y se llevó la mano derecha al fluido caliente que le goteaba entre los muslos, intentando pararlo con una toalla blanca para que no calara hasta el colchón, pero en el instante en el que alzó la mano y su vista alcanzó a ver la toalla con la que se había limpiado, se dio cuenta de que era sangre lo que notaba caliente, una sangre de un rojo sucio que no auguraba nada bueno. Algo iba mal, muy mal, la muerte era mucho más real que la vida en ese momento y no temió por ella, morir en aquel instante hubiera sido un alivio, una liberación; temió por Jacobo, a quien habría dejado huérfano de madre y a cargo de un padre despojado de la mínima capacidad de amar.

Dioni, mientras tanto, había salido de la casa, una granja dedicada a la ganadería que daba sustento a la familia Iruretagoyena. No soportaba la espera del alumbramiento y mucho menos los gritos de su mujer, una hembra frágil, según él. Se dio una vuelta por el establo para comprobar que todo lo concerniente a los animales estaba correcto, mostrando así mayor interés por ellos que por su propia esposa parturienta. Cuando volvió a entrar en la casa, avivó el fuego de la chimenea, azuzándolo con un hierro, lo que hizo que saltaran chispas hasta la pernera de su pantalón.

—¡Maldito frío del carajo! ¡A quién se le ocurre ponerse de parto a estas horas de la madrugada! —refunfuñó mientras se sacudía las piernas a golpes y se encendía con una lumbre un cigarrillo, tabaco negro de la marca Ducados que presumía de fumar desde los diez años.

Cogió la mecedora donde minutos antes había dejado a su hijo Jacobo y la acercó al fuego para calentarse, y fue en ese instante cuando se percató de que el niño ya no estaba en el salón. No le dio más importancia. Pensó, despreocupado por completo, que se habría metido en su cama para dormir un rato, ahora que su madre había bajado el volumen de sus gritos.

Pero Jacobo no estaba en su cuarto, ni siquiera estaba en la casa. El pequeño había salido en plena noche heladora para buscar ayuda.

Cachorrilla era un pueblo demasiado pequeño para permitirse el lujo de tener médico propio. Una vez a la semana, un doctor de la seguridad social hacía un recorrido por las poblaciones menos habitadas de la zona, con el fin de atender a los enfermos. Remedios no había visitado a ningún ginecólogo durante su gestación. Dioni no lo hubiera permitido. Había lugares donde solamente podía estar él y el cuerpo de su mujer era uno de ellos, propiedad privada. Tampoco había acudido a casa de doña Eulalia, una vieja octogenaria que hacía las veces de matrona y a la que acudían todas las preñadas. Decían de ella que con solo mirarte la uña del dedo meñique del pie izquierdo acertaba el sexo del bebé, y que nunca se había equivocado. Había atendido cientos de partos y no solo de mujeres, también de vacas y cerdas, y nunca se le había malogrado ninguno. Cuando la madre sufría en exceso por ser estrecha de caderas, picaba hojas de laurel secas y las mezclaba con aceite de oliva hasta conseguir una pasta que colocaba generosamente en el ombligo de la parturienta. Las propiedades de este ungüento eran milagrosas, las horas difíciles y dolorosas de dilatación pasaban a ser minutos y las madres, agradecidas, obsequiaban a doña Eulalia con un par de gallinas, algunas docenas de huevos frescos o pasteles caseros. Pero Dioni no permitía visitas en casa, ni consentía que Remedios acudiera a casa ajena, así que el embarazo de su mujer fue un rumor, un secreto a voces que transportaba el viento chivato de corrillo en corrillo, entre los callejones empedrados del pueblo, hasta que pasó a ser una confirmación cuando la tripa fue más que evidente. Desconocía si esperaba un niño o una niña, pero ansiaba y pedía a Dios que fuera un varón para así tener contento a su esposo. A Dioni las mujeres no le gustaban, para él únicamente eran un mero instrumento de desahogo sexual y tener hijas, en lugar de hijos, lo consideraba una desgracia, especialmente dedicándose a la ganadería, en una tierra de clima y vida difícil.

A pesar de su apellido vasco, Dioni era un cachorrillano, había nacido en tierra extremeña, fruto del matrimonio entre su padre, un vasco nómada que finalmente se afincó en aquel lugar algo perdido, y una cachorrillana de pura cepa. En el pueblo, como en todos los pueblos, a Dioni lo llamaron pronto con el apodo que también sirvió para identificar a su predecesor. Para todos fue conocido, primero, como «El hijo del vasco», y al morir su padre, heredó el sobrenombre de «El Vasco».

A El Vasco, la fama de hombre poco sociable, huraño y al que era mejor guardarse de ofender le acompañó desde niño, y en verdad que su aspecto tosco y poco cuidado no dulcificaba en nada su reputación. Era un hombre rural, con el cabello algo blanquecino y muy espeso, siempre descuidado. Sus manos eran fuertes, grandes y curtidas por el trabajo, al igual que la piel de su cara, con surcos profundos que le añadían edad. Tenía una altura considerable y una espalda fuerte, hecha para la carga. Parecía que de tanto trabajar con animales, él mismo había mimetizado su aspecto hasta ser uno más, un animal caminando sobre dos piernas.

La gente rumoreaba sobre el matrimonio y compadecían a la pobre Remedios, que hablaba lo preciso y visitaba el pueblo, situado a poco más de un kilómetro de la granja donde vivían, lo justo y necesario para hacer la compra. Solo iba a la capital una vez al año y siempre en compañía de su marido. Compraba la ropa para el niño y alguna cosa para ella, y de vuelta a la granja. Decían que su marido le daba mala vida y que la mataba a golpes, pero lo cierto es que la sumisión de Remedios se debía más a un control psicológico que físico, ejercido durante muchos años. Dioni se sentía orgulloso de no haber tenido que usar demasiado la fuerza con su mujer. Contaba en la taberna que con solamente un par de bofetones en los inicios de su matrimonio, por causas que ni siquiera recordaba, había conseguido una buena mujer sumisa, de esas que no rechistan y agachan la cabeza cuando las miras a los ojos. Había tenido potros mucho más tercos que Remedios, contaba entre chato de vino y cigarro Ducados a todo aquel que quisiera escucharle. La mirada de Dioni tenía la fuerza de un látigo sobre Remedios. Con el tiempo ella se había acostumbrado a caminar mirando al suelo siempre que su esposo andaba cerca.

El pequeño cuerpo de Jacobo hacía crujir la hierba helada del camino cuando sus piececitos la pisaban. En el silencio de la noche todos los sonidos parecían amplificados, como si sonaran por un altavoz, y la imaginación de Jacobo les otorgaba una categoría terrorífica propia de un niño asustado. El castañeteo de sus dientes, que no había cesado todavía, se mezclaba con los crujidos de sus pasos sobre el hielo al romperse y todo ello, aliñado con el aullido de algún lobo y varios sonidos sin identificar propios de la noche, fue la banda sonora de película de terror que acompañó al pequeño mientras recorrió, muerto de miedo y de frío, la distancia que separaba la granja de la casa del veterinario.

Había cogido un buen chaquetón, guantes, bufanda y gorro, como su madre siempre le decía, para no enfriarse y evitar así ponerse enfermo. Era un niño obediente. Pero las temperaturas eran de varios grados bajo cero y sus labios no tardaron en ponerse de color morado por el intenso frío. Tuvo la precaución de coger también una linterna que usaba habitualmente para leer a escondidas, debajo de las sábanas de su cama, para que su padre no supiera que le gustaban los libros, ahora que había aprendido a leer. Dioni opinaba que demasiado colegio volvía a los niños idiotas y si lo encontraba entretenido con un libro, se lo quitaba de la vista de un manotazo y lo mandaba al establo, encomendándole alguna tarea con los animales. Bajo su techo, solo podía leerse la Biblia, la palabra de Dios.

En el bolsillo del chaquetón, guardaba un machete del que se había aprovisionado por si alguna fiera le atacaba por el camino. El machete siempre pendía de un gancho que había detrás de la puerta de casa donde también se colgaban las llaves. Dioni siempre lo dejaba allí por si las moscas, además de una escopeta de caza y munición suficiente como para matar a un elefante si hubiera pretendido entrar en su casa.

Por fortuna para Jacobo, el resplandor de la luna le acompañó en su recorrido. Lucía en lo alto de un cielo negro zaino, sin nube alguna. Faltaban dos días para que hubiera luna llena y los lobos, aunque escasos ya en la zona, se hacían notar saludándola ansiosos con sus aullidos.

—No tengo miedo, no tengo miedo, no tengo miedo, no tengo miedo —repetía una y otra vez para sí mismo, casi sin poder pronunciar la frase por culpa del castañeteo, en un intento de autoconvencerse de ello.

Pero un ruido extraño que sonó muy cercano a él le hizo dar un respingo, sacar el machete y apuntar con el haz de luz de la linterna hacia el lugar de donde procedía el sonido.

—¿Quién anda ahí? —gritó muerto de miedo antes de echar a correr.

El sonido pareció alejarse, o tal vez fue Jacobo el que se alejó de él. Había oído hablar de lo peligrosos que podían llegar a ser los jabalíes y de las historias que contaban en el colegio sobre jabalíes hembras con sus crías, que bajaban al pueblo de noche, hambrientos, en busca de comida que rebuscar entre los desperdicios de la basura. Dio por hecho que aquel ruido había sido el de un jabalí o tal vez un zorro, y le gustó pensar que había sido él mismo el que, con su fuerte tono de voz, había conseguido asustar al animal hasta ahuyentarlo.

Las luces del pueblo ya estaban cerca y, por suerte, la casa del veterinario era una de las primeras. Antonio era un hombre de ciudad que había llegado a Cachorrilla en busca de una vida rural en la que poder ejercer su profesión. Contaban las mujeres del pueblo a las que les gustaba inventar historias sobre las vidas ajenas que había escapado de un mal de amores fruto del desengaño con una mujer moderna, de esas que no saben valorar las cualidades de un buen hombre y solo buscan su dinero. Era soltero, de carácter afable, de buen ver y todavía no había cumplido los cuarenta, lo que lo convertía en un buen partido y en la fuente de inspiración de corrillos y patios de vecinas. A Antonio no le faltaba el trabajo en la zona y pronto se hizo un hueco entre los habitantes de Cachorrilla y las poblaciones vecinas como Ceclavín y Pescueza.

La casa de Antonio estaba cerrada a cal y canto. No se adivinaba ninguna luz, por lo que Jacobo supuso que estaría durmiendo, como era lo más normal dadas las horas. Pero lo de Jacobo era una urgencia y en su razonamiento infantil había pensado que Antonio podría ayudar a parir a su madre, como otras veces lo había hecho con terneras y yeguas, así que tocó insistentemente el timbre hasta que el dedo se le quedó helado. Aguardó unos segundos, esperando una reacción dentro de la casa, pero no escuchó nada, así que aporreó la puerta con toda la fuerza de la que fue capaz, hasta que una luz se encendió en el interior.

—¡Ya va, ya va! —se oyó a Antonio gritar desde el interior de la casa, mientras Jacobo suspiraba aliviado y orgulloso por haber sido capaz de llegar hasta allí en plena noche.

Primero, se escuchó el sonido opaco y seco de un cerrojo al abrirse, y luego el de un segundo. Eran demasiadas precauciones de seguridad para un tranquilo pueblo donde nunca pasaba nada, pero Antonio, que había vivido hasta hacía poco en una ciudad llena de delincuencia, no terminaba de comprender cómo todo el mundo en Cachorrilla dejaba las puertas abiertas de sus casas y no podía conciliar el sueño si no echaba al menos dos llaves.

Al abrir la puerta, mientras se ajustaba una bata porque el frío helador le dio en la cara como un puñado de agujas clavándose en su rostro al mismo tiempo, despertó de golpe al ver a Jacobo.

—Pero ¡criatura! ¿Qué haces tú aquí? ¿Sabes las horas que son? Y con este frío, puedes morir de hipotermia. Anda, pasa, pasa dentro y caliéntate —le dijo sin salir de su asombro a la vez que empujaba al niño hacia el interior de la casa.

—Es mi, mi, mi… —el castañeteo le impedía hablar—. Es mi madre —consiguió decir por fin, con mucho esfuerzo—. Mi madre necesita ayuda…

El rostro de Antonio cobró un rictus de preocupación y su imaginación se puso en lo peor. Había oído contar las historias de El Vasco con su mujer, lo que la gente inventaba y lo que él mismo había observado. Era un tipo despreciable que en una ocasión no quiso sacrificar con una inyección letal a uno de sus caballos, que había enfermado, para que no sufriera, porque le costaba un dinero y prefirió matarlo él mismo, disparándole con su escopeta de caza dos tiros en la cabeza, sin ningún atisbo de piedad. Tal vez su mujer había corrido la misma suerte que aquel animal, pensó por un instante Antonio; tal vez lo que todos en el pueblo pensaban que podría ocurrir en algún momento había ocurrido ya.

—El bebé no quiere salir de la barriga de mi madre y le duele mucho —continuó contándole Jacobo a Antonio, que al escuchar aquella frase suspiró aliviado—. Lleva gritando mucho tiempo y le dijo a mi padre que buscara ayuda.

—¿Cuánto tiempo, hijo? ¿Desde cuándo está tu madre gritando así?

—Desde después de comer. Puso la comida en la mesa para mi padre y para mí, pero ella no comió. Dijo que no tenía hambre, que le dolían mucho los riñones y que pensaba que había llegado el momento de nacer el bebé. Después, se metió en su cuarto y empezó a gritar.

Según contaba Jacobo, ya eran más de doce horas de parto y la propia Remedios había pedido ayuda porque era muy probable que intuyera que se estaba complicando. Al fin y al cabo, ya no era una primeriza y algo sabía al respecto.

—¿Te ha pedido tu padre que vengas? —le preguntó Antonio profundamente enfadado con Dioni, a quien consideraba infinitamente menos respetable que los animales a los que atendía.

—No, señor. He venido yo solo a pedir ayuda como mi madre quería. Por favor, sáquele el bebé para que no le duela más, por favor…

Antonio no contestó al niño porque no quería prometer algo que no sabía si podría cumplir. Desconocía en qué condiciones se presentaba el parto, pero desde luego haría todo lo que estuviera en su mano para ayudar a aquella pobre mujer.

Sin quitarse el pijama siquiera, se calzó unas botas de montaña, un gorro y un chaquetón. Cogió las llaves del coche todoterreno con el que se solía mover por aquellos parajes y el maletín de trabajo con todo el instrumental veterinario, agarró del brazo a Jacobo algo bruscamente y, dando zancadas que el pequeño apenas podía seguir, llegó hasta su coche.

—Vamos, chico, no hay tiempo que perder. Vamos a ayudar a tu madre. Sube al coche.

A Jacobo le sorprendió el poco tiempo que había tardado en volver a su granja con el coche y lo largo que se le había hecho andando el camino de ida. Durante el trayecto, ninguno de los dos pronunció palabra alguna, pero al menos Jacobo había dejado de castañetear.

Cuando llegaron, la granja estaba en silencio pero se colaba la luz del fuego de la chimenea por las rendijas de la ventana que daba a la calle. Antonio golpeó dos veces la puerta con los nudillos. Fueron golpes secos y rotundos, como si con ellos quisiera presentar su estado de ánimo, preocupado por Remedios y enfadado con Dioni al mismo tiempo. Jacobo, instintivamente, se escondió detrás del veterinario, utilizándolo como barrera de protección para cuando su padre abriera la puerta, si es que la abría.

—¿Quién es? —preguntó Dioni, contrariado.

—¡Soy Antonio, el veterinario! ¡Vengo a ayudar a Remedios! ¡Abra la puerta, por favor!

A la petición le siguieron unos segundos interminables de silencio en los que Dioni debió de estar meditando sobre la conveniencia o no de acceder a dejarle entrar a esas horas de la madrugada. Algo dijo entonces Remedios que no se pudo entender desde fuera, aunque debió ser una súplica bastante convincente, desde lo que ella pensaba que iba a ser su lecho de muerte, porque, acto seguido y escopeta en mano, Dioni abrió la puerta.

—¿Quién le ha mandado venir?

—Su hijo ha venido en mi busca. Me ha contado que Remedios está teniendo dificultades en el parto. Vengo a ver si algo puedo hacer por ella.

—Ningún hombre va a mirar a mi mujer.

—¡Por Dios, Dioni, soy un veterinario! No vengo como hombre, vengo como lo más parecido a un médico que hay por aquí. No me diga que va a ser capaz de dejar que sufra más su esposa por un estúpido prejuicio —argumentó Antonio con palabras que Dioni no lograba entender demasiado. ¿Prejuicio? Qué significaría aquella palabra, debió de pensar El Vasco cuando frunció el ceño al escucharla.

—Las mujeres han nacido para parir, es su naturaleza y no necesitan ayuda. El niño debe de ser cabezón, será solo eso. Ya saldrá, ahí dentro no se va a quedar. —Y mientras pronunciaba estas palabras, hizo un intento de volver a cerrar la puerta, pero la mano de Antonio se lo impidió.

—Se lo voy a decir una sola vez, así que escúcheme bien. O me deja entrar ahora mismo para asistir a su esposa o, de lo contrario, en caso de que algo le ocurra a la criatura o a Remedios, iré directamente al cuartelillo de la Guardia Civil más cercano y le acusaré de omisión del deber de socorro. Irá a la cárcel, y en la cárcel hasta un tipo duro como usted es bienvenido en las duchas.

Tardó unos segundos en procesar lo que acababa de escuchar por boca de Antonio y, aunque no entendió algunos detalles, el tono amenazante de aquel tipo redicho de ciudad le hizo valorar la situación de otra manera y finalmente lo dejó entrar. Tras el veterinario, y agarrado a la pernera de su pantalón, caminaba temeroso el pequeño Jacobo que, armado con el poco valor que le quedaba por consumir esa noche, alzó ligeramente la vista hasta encontrarse con la mirada de su padre. A El Vasco le salía fuego por los ojos y aunque se contenía la ira para no ponerse en evidencia delante del veterinario, Jacobo tenía la certeza de que su osadía le iba a costar una paliza.

Cuando Antonio entró en el cuarto, creyó que Remedios estaba muerta y lamentó haber llegado demasiado tarde. Pero la mujer sacó fuerzas para dedicarle una ligera y frágil mueca con los labios que pretendía ser una sonrisa de agradecimiento y alivio. Antonio le cogió la mano con dulzura y le susurró al oído.

—Remedios, ya no estás sola. Voy a ayudarte con el parto. Necesito que saques fuerzas y pronto acabaremos con esto. Tienes un hijo muy valiente, ¿sabes? Él solito ha venido a buscarme en plena noche, así que lo tienes que hacer por él, ¿de acuerdo?

Remedios asintió con la cabeza y a continuación gritó por el dolor de una contracción, como si fuera a parir al mismísimo demonio.

—¡Fuera de aquí todo el mundo! —gritó a Dioni y a su hijo—. Necesito agua caliente y toallas limpias.

Fueron dos horas más de trabajo de parto las que Remedios tuvo que soportar. De haber estado hospitalizada, casi con toda seguridad le hubieran practicado una cesárea, pero Antonio temía aventurarse con una práctica que no dominaba, al menos en personas, y temía por la paciente. Por todo ello, optó por intentar facilitar un parto natural. Rasgó la bolsa de las aguas que todavía permanecía intacta y se asustó al verlas derramarse sucias, verduzcas, lo que era indicativo de un sufrimiento por parte del bebé que pidió a Dios que no fuera fatal. Después, utilizó vaselina para ayudar a dilatar con sus dedos a Remedios y, apretando con su antebrazo en la zona alta del vientre, justo debajo del pecho, ejerció una ligera presión para que el niño se animara a descender por el canal de la vida. Pero la criatura venía de nalgas y eso dificultaba el trabajo. Se acordó entonces de algo que había leído en una ocasión, en su época de estudiante, sobre la llamada maniobra de Bracht, una técnica utilizada en obstetricia para los partos de nalgas, pero hubiera necesitado ayuda para llevarla a cabo y no recordaba demasiado bien cómo hacerla con eficacia y sin riesgos. Por eso, no le quedó más remedio que practicarle una generosa episiotomía para evitar que, una vez parido el cuerpo, la cabeza quedara fatalmente atascada en el canal de parto porque resultara demasiado estrecho. Tras rasgarla con el bisturí, el bebé salió escupido con cierta facilidad dadas las circunstancias, pero con dos vueltas de cordón al cuello, completamente amoratado y sin producir ningún sonido. Era una niña.

El reloj de la mesilla marcaba las seis y doce minutos de la mañana. Algún que otro pájaro comenzaba a cantar en Cachorrilla y el sol, tímido y difuminado por la neblina matutina, asomaba a un nuevo día, a una nueva vida que luchaba por sobrevivir en un pequeño pueblo extremeño.

Cariacontecido, Antonio temió que tanto sufrimiento hubiera sido en vano. Liberó el cuello de la niña de esa soga que la estaba matando. Una soga que, paradójicamente, le había dado la vida durante nueve meses. Pero nada, ni un sonido pudo salir de ese diminuto cuerpo. Le practicó maniobras de reanimación como hacía con los terneros, temiendo dañarla, rezándole a un Dios en el que no creía demasiado, pero al que llevaba horas encomendándose, y entonces se obró el milagro. La pequeña recién parida y arrancada de la muerte en el último instante derramó su llanto enfurecido a pleno pulmón, rabiosa con la vida que acababa de estrenar.

A Antonio se le saltaron las lágrimas de emoción, como si fuera su propia hija la que había ayudado a traer al mundo, y Remedios, en el mismo instante en que escuchó llorar a su pequeña y con la convicción del deber cumplido, se dejó llevar por el agotamiento y el desgaste hasta perder el conocimiento.

Fuera, en el salón, El Vasco se había fumado casi un paquete entero de Ducados mientras se mecía compulsivamente en la mecedora frente a la lumbre; en una esquina del sofá, Jacobo estaba hecho un ovillo, como un gato, vencido por el sueño que se vio interrumpido por el llanto de su hermana.

Cuando entraron en el cuarto, Antonio la estaba lavando con agua caliente en el barreño donde Remedios hacía la colada de las prendas pequeñas. La lio con una sábana y se la ofreció a Dioni.

—Cójala, es una niña.

—¿Una hembra? —respondió Dioni, decepcionado.

—Una preciosa niña que tiene muchas ganas de vivir por lo que ha demostrado. Debe de pesar unos cuatro kilos. Parece sana a pesar de todo lo ocurrido. Creo que hemos tenido mucha suerte, francamente. La cosa pintaba muy mal y podrían haber muerto las dos. Pero afortunadamente no ha sido así. Debería estar agradecido a la vida por este regalo —sermoneó Antonio al percatarse del rechazo que le había supuesto la noticia de que el bebé no era varón.

Desconfiado, receloso y frustrado, Dioni cogió a su hija torpemente con sus manos plagadas de callosidades y, con su característico y perenne olor a tabaco negro, mientras miraba de reojo al veterinario que ya estaba atendiendo a Remedios. La acercó a la ventana por donde el sol ya se colaba y la puso a la luz para observarla mejor, y entonces fue cuando entró en cólera al verle la cabeza poblada de una pelusilla anaranjada. La recién nacida era pelirroja. Una pelirroja que había nacido para morir, como todos nosotros, mediando entre ambos acontecimientos toda una vida.

Sábado, 12 de junio de 2010

Lo más complicado de llamarme Carmen Expósito había sido conseguir acostumbrarme a identificar mi rostro con ese nombre extraño para mi cerebro. Recuerdo que los primeros días de ser Carmen, me ponía frente al espejo del cuarto de baño y me miraba a los ojos. Tal vez me buscaba en la mirada, tal vez buscaba a mi auténtica identidad, la que ya había perdido, la que legalmente estaba muerta, pero a la que una parte de mí se negaba a dejar escapar. Era consciente de que lo que realmente debía hacer, lo que me convenía, era buscar a Carmen en ese reflejo, decirme a mí misma que ahora era otra y no la que había sido, pero con la dificultad y la certeza de que nunca dejaría del todo de ser yo misma.

Me miraba en el espejo y repetía en voz alta una y otra vez mi nuevo nombre. Carmen Expósito, Carmen Expósito. ¡Carmen Expósito! ¡Te llamas Carmen Expósito! ¡Me llamo Carmen Expósito! Y se lo decía a la imagen que el espejo me devolvía, una imagen que se me antojaba extraña, como si el reflejo fuera Carmen pero no lo fuera yo.

Me sentía insegura y el espejo era esa barrera física que también existía en mi cerebro, la barrera entre la usurpadora y la real, entre ella y yo. Tenía la sensación de sufrir una especie de trastorno de la personalidad, un desdoblamiento patológico de libro de psiquiatría al que me veía sometida, obligada por las circunstancias vividas. Me estaba volviendo loca por obligación, algo enajenada, porque no me había quedado más remedio que hacer lo que había hecho, pero incluso eso mismo me cuestionaba. Me preguntaba si tal vez existía otra opción que yo no hubiera sabido ver para salir de aquella situación, y si mi decisión no había terminado siendo más un problema que una solución.

Temía que cuando alguien se dirigiera a mí y me preguntara mi nombre, instintivamente no respondiera el adecuado. Al fin y al cabo, llevaba cuarenta y ocho años llamándome de otra forma y era altamente probable que se me pudiera escapar el nombre equivocado. Y aunque a quien lea esto este hecho no le parezca algo demasiado grave, he de explicarle que la persona que me busca por saber lo que sé no parará hasta encontrarme.

Por eso practicaba frente al espejo. Por eso me decía a mí misma, una y otra vez, que ahora me llamaba Carmen Expósito y tal vez el nombre no sería lo único que tuviera que cambiar en mi vida. Ahora tendría que inventarme detalles de mi pasado, historias de una familia imaginaria, parientes inexistentes, viajes no realizados, amores de fantasía... y vivir interiorizando cada mentira el resto de mis días. Al principio, de solo pensarlo, la situación me superaba.

Nunca había sido mentirosa, ni tan siquiera imaginativa, así que inventarme una vida me agobió sobremanera y empezó a originarme cierto trastorno obsesivo por los detalles y un grado de paranoia que debía controlar si no quería cruzar el umbral de la cordura. Además, dicen que se coge antes a un mentiroso que a un cojo, y a la dificultad que me suponía ser quien no era debía añadirle el hecho de no caer en contradicciones cuando tuviera conversaciones con los demás.

Todo había sido muy complejo al principio, incluso caótico, y muchas noches tuve pesadillas extrañas, sueños en los que mi rostro se caía como si fuera una máscara putrefacta y yo, horrorizada, intentaba sujetarlo sin conseguirlo. Luego, cuando pensaba que no tenía cara, me miraba en el espejo y resultaba que seguía siendo yo, el mismo rostro. Cualquier psicoanalista hubiera disfrutado de lo lindo con mis sueños, que no eran más que el reflejo de mi subconsciente.

Siempre había pensado que sufrir de amnesia, como le ocurre a muchas personas como consecuencia de algún traumatismo o alguna enfermedad, era algo terrible, como si la vida te robara todos tus recuerdos, tu pasado, tu identidad, pero ahora, vivir sabiendo quién eres pero esforzándote por ocultarlo y simu-

lar que eres otro, me parecía mucho más tremendo todavía, por el esfuerzo constante y agotador que ello implicaba. Me hubiera cambiado por un amnésico al instante.

Por todo esto decidí no relacionarme con mucha gente, así sería más sencillo. Primero, pensé en establecerme para empezar de nuevo como Carmen Expósito en una ciudad muy concurrida, por la invisibilidad que te proporciona ser una más entre cientos de miles, donde nadie conoce a nadie, donde a nadie le importa nadie, una persona invisible entre la multitud, pero sabía que hubiera estado siempre alerta, mirando de reojo mi espalda, desconfiando del portero de la finca, de la panadera o de cualquiera con quien tuviera que relacionarme. Finalmente, opté por una aldea en el Pirineo francés, un lugar idílico con mucha naturaleza y poca gente, al otro lado de la frontera española, aprovechando que algo entiendo el idioma, aunque no lo hable demasiado. Decidí empezar de nuevo como Carmen Expósito en Bugarach, un pequeño pueblo al suroeste de Francia, desde donde ahora escribo este cuaderno.

2

El regalo de Reyes que la vida había traído a Dioni Iruretagoyena no había sido, en absoluto, de su agrado. La decepción había sido doble. Esperaba un niño varón, fuerte y recio como él, que pudiera ayudar en el duro trabajo de la granja, y Remedios había parido una hembra. Y como El Vasco pensaba que las desgracias nunca vienen solas, son de esas cosas en la vida que parecen gestarse a pares e incluso a tríos, encima se trataba de una hija del demonio, tal y como demostraba ese cabello rojizo que brilló con los primeros rayos de sol.

Estaba profundamente enfadado con la vida, que parecía no corresponderle a tanto esfuerzo y lucha como él invertía diariamente, pero, sobre todo, estaba enfadado con su mujer, a quien consideraba la culpable de traer al mundo primero a un niño débil y flacucho, que enfermaba de un soplido y al que le gustaban los libros, y luego, a una hembra marcada como la hija de Satanás. Había elegido una esposa defectuosa, con el peor defecto que puede tener una mujer: no saber parir como Dios manda. De convicciones religiosas algo particulares, pero arraigadas en extremo en su pensamiento, para Dioni, traer hijos al mundo era la función fundamental de toda mujer. Para eso el creador las había puesto sobre la tierra, sencillamente para procrear, porque de haber querido que no fuera así, le hubiera otorgado al hombre esa facultad, pensaba él. La hembra tenía la obligación de servir al varón en sus necesidades y placeres, y era la encargada de perpetuar la estirpe del esposo y la responsable exclusiva de cualquier error con el que la naturaleza pudiera frustrar estos planes. Por eso, él pensaba, absolutamente convencido de ello, que el hombre que tenía una mujer estéril era un hombre castigado por Dios, lo decía siempre. Entonces, ¿qué clase de castigo divino era la descendencia que Remedios había parido? Estaba demasiado cansado para pensar y decidió ir a la taberna para ahogar en vino su rabia.

—Saca una botella de tinto y un vaso —dijo mientras daba un golpe en el mostrador—. ¡Y ponle al personal lo que quiera, no me gusta emborracharme solo, qué coño! ¡A beber todo el mundo, que he sido padre y hay que celebrarlo! —gritó irónicamente alzando el vaso de vino.

—¡No jodas! —exclamó el tabernero con cierto gesto de algarabía ante la noticia—. Y… ¿qué ha sido?

Antes de contestar, guardó silencio y se bebió de golpe tres vasos de vino tinto. Exhaló haciendo una mueca sonora con la boca estirada y respondió a voz en grito.

—¡Ha sido una puta! ¡Que se entere toda Cachorrilla! Mi mujer ha parido una puta pelirroja. ¿O acaso todas las pelirrojas no terminan siendo putas? —Paró el discurso ante la mirada atónita de todos los allí presentes para volver a beber, de golpe, otros dos vasos de vino, y continuó—: ¡Hasta María Magdalena tenía el pelo rojo! El mismo diablo les pinta el cabello para que atraigan a los hombres a la perdición y el fornicio. ¡Algún pecado muy grave he debido cometer para que Dios me castigue así! ¡Una hija del puto diablo con el apellido Iruretagoyena! ¡Como si no tuviera poca desgracia con el flojo del niño!

—No digas eso, hombre, las niñas son una bendición para todos los padres —le contestó el tabernero, sintiendo vergüenza ajena al verle maldecir a su propia familia—. Yo mismo tengo tres hijas y no cambiaría a ninguna de ellas por un chico.

—¡Sandeces! —le interrumpió, golpeando el mostrador con el vaso de cristal vacío de vino otra vez—. ¡No me extrañaría nada que esa, esa, esa… pelirroja no fuera ni de mi sangre!

—¿Cómo puedes decir eso de Remedios? —volvió a responder ofendido el tabernero—. Tienes una mujer que no te la mereces, y si vienes aquí a mi bar, a mi casa, a insultarla, ya te estás marchando por donde has venido.

Dioni ya había apurado una botella entera de vino tinto cuando el tabernero tuvo la osadía, poco habitual por la zona, de plantarle cara. Así que sus pensamientos ya estaban dominados por el alcohol que, en ocasiones, los anestesiaba cuando no los alteraba aún más.

Torpe en sus movimientos, se metió la mano en el bolsillo derecho de su pantalón y sacó unas cuantas monedas que desparramó por el mostrador para cubrir la cuenta de lo bebido, pero no pensaba marcharse sin decir la última palabra, ese no era ni mucho menos su estilo, a él le gustaba más ser como el aceite que siempre queda sobre el agua; por eso, antes de irse, dirigió hacia el tabernero el dedo índice de su mano derecha, como si le apuntara con un arma, y clavándole la mirada con tal intensidad que al pobre hombre hasta le dolió, sentenció:

—Deberías leer más la Biblia y no ser un ignorante. El mismísimo Caín fue el primer pelirrojo de la historia del mundo y terminó por matar a su propio hermano. Esa fue la forma que Dios tuvo de advertirnos sobre los hijos de Satanás. «Y dijo Caín a su hermano Abel: Salgamos al campo. Y aconteció que estando ellos en el campo, Caín se levantó contra su hermano Abel y lo mató. Y Jehová dijo a Caín: ¿Dónde está Abel, tu hermano? Y él respondió: No sé. ¿Soy acaso guarda de mi hermano? Y él le dijo: ¿Qué has hecho? La voz de la sangre de tu hermano clama a mí desde la tierra. Ahora pues, maldito seas tú de la tierra, que abrió su boca para recibir de tu mano la sangre de tu hermano.» Génesis, capítulo 4, versículos 8-11. —Paró un segundo para coger aliento y, sin bajar el dedo que con gesto intimidatorio amenazaba al tabernero, dijo—: Acuérdate de esto; es la palabra de Dios y algún día me darás la razón porque el Todopoderoso nunca se equivoca. —Y se marchó con pasos torpes de borracho.

La salud de Remedios pendía de un hilo. Estaba tan débil como una hoja a merced de un vendaval. De un momento a otro, podría quebrarse irreversiblemente. Tuvo delirios, fruto de la fiebre que algunas noches le subía hasta alcanzar los cuarenta grados. Hablaba como en sueños, con los ojos cerrados y agitando la cabeza de un lado a otro de la almohada, como si librara una batalla con seres de otros oscuros mundos. Jacobo le cogía la mano, la intentaba calmar con sus palabras y le ponía paños fríos en la frente como su madre hacía con él cuando enfermaba.

—Yo cuidaré de ti, mamá. No digas nada, solo duerme. —Y le daba la vuelta al paño cuando este alcanzaba la temperatura que parecía absorber de la frente de su madre—. Tengo una hermanita preciosa y yo le voy a enseñar muchas cosas, ahora ya no soy el pequeño de la casa, soy su hermano mayor y también cuidaré de ella. —Luego, le daba un beso en la frente y le secaba el sudor que brotaba de sus poros como el rocío de la mañana en las flores, y así cada noche, hasta quedarse dormido a su lado.

El parto a punto estuvo de costarle la vida a Remedios y la noticia corrió de boca en boca, de vecina en vecina, de corrillo en corrillo, y pronto toda Cachorrilla arropó de manera protectora y amorosa a una mujer que, de pura bondad, era considerada un ángel en la tierra, con una misión que cumplir: la de redimir a su esposo.

Los dos días siguientes al parto fueron críticos. Remedios sufría fuertes e incontrolables hemorragias. El colchón de su cama, confeccionado de manera casera con relleno de lana de las ovejas que criaban en la granja, quedó inservible por la sangre de la parturienta. Era tal la cantidad que había perdido, que lo traspasó y hasta goteó al suelo. En aquel momento, Dioni temió enviudar y un nudo se le puso en el estómago. Había perdido a su madre y a su padre hacía ya tiempo y no tenía hermanos cerca, solo una hermana que había vuelto al País Vasco y a la que hacía más de treinta años que no veía. Sabía cuidarse solo. No lamentó que su mujer pudiera morir de un momento a otro; la muerte de su esposa, en sí misma, no era lo que le preocupaba. Lo que temía era quedarse solo con dos criaturas a las que sacar adelante, en un mundo rural tan complicado como aquel. Un niño que apenas levantaba un palmo del suelo y un bebé pelirrojo al que miraba con desconfianza. Por ese motivo, por puro egoísmo, le pidió a Dios, su particular Dios, que su mujer no muriera. Le prometió que si intercedía por ella, se enmendaría y limaría su brusquedad, intentaría dulcificar algo más su carácter y únicamente le daría algún que otro azote al pequeño si la falta cometida por este era lo suficientemente grave y merecedora de castigo físico.

Arrodillado, con su vieja Biblia entre las manos, eligió un rincón del establo para sus oraciones, donde nadie pudiera verlo en aquella actitud sumisa, aunque fuera ante Dios, pero sumisa al fin y al cabo. Abrió la Biblia por una página al azar y empezó a leer en voz alta, esa era su forma de rezar.

—El camino de Dios es justo. Ezequiel 18.21. «Tú, pues, hijo de hombre, di a la casa de Israel: Vosotros habéis hablado así, diciendo: Nuestras rebeliones y nuestros pecados están sobre nosotros, y a causa de ellos somos consumidos: ¿cómo pues viviremos? Diles: Vivo yo, dice Jehová, el Señor, que no quiero la muerte del impío, sino que vuelva el impío de su camino y que viva. ¡Volveos, volveos de vuestros malos caminos! ¿Por qué habéis de morir, casa de Israel? Y tú, hijo de hombre, di a los hijos de tu pueblo: La justicia del justo no lo librará el día que se rebele; y la impiedad del impío no le será estorbo el día que se vuelva de su impiedad.» Amén.

Cerró el libro sagrado y miró hacia el cielo, como si buscara a alguien. Se santiguó y creyó entender el mensaje de Dios en aquel texto elegido por el azar. No dejaba de sorprenderse de cómo siempre encontraba las palabras adecuadas en la Biblia, abriéndola por cualquier página. Dios le guiaba al párrafo adecuado para cada momento, al texto correcto para cada necesidad del alma que tuviera que satisfacer.

Y en aquella ocasión sentía miedo, un miedo egoísta que le costaba reconocer. Tal vez también por eso, por egoísmo, por temor a verse en una situación, que a pesar de toda esa rudeza y apariencia de hombre imperturbable, le angustiaba, admitió con gusto la ayuda del vecindario y la supervisión sanitaria de Antonio, el veterinario, los días en los que no pasaba visita el médico.

Cachorrilla, aquel pequeño rincón del mundo en la comarca de Alagón, en Extremadura, era un pueblo de gente afable y protectora para con los suyos, y esa no iba a ser una excepción. Las mujeres del pueblo se turnaron para cuidar de Jacobo y cada día una de ellas visitaba a Remedios para llevarle caldo de gallina recién matada o buenos potajes. A la pequeña finalmente la llamaron Virginia, como su abuela materna, ante la petición de una moribunda Remedios, petición que a un temeroso Dioni no le quedó más remedio que satisfacer para no contrariar a su Dios. A Virginia Iruretagoyena Rives no le costó cogerse al pecho y chupaba de la debilidad de su madre, aferrándose a la vida con la misma fuerza con la que había nacido, como un animal salvaje, y cuando Remedios no estaba en disposición de amamantar, las mujeres le ofrecían un biberón para que la niña no bajara de peso.

Remedios pareció mejorar muy lentamente, a pesar de no llegar a pisar un hospital, que fue lo que todos recomendaron. Los casi ochenta kilómetros que la separaban de Cáceres, la capital, parecían ser insalvables para la mujer de El Vasco. Dioni podía hacer propósito de enmienda pero no tanto, su buena voluntad no pasaba por ingresar a su esposa en un centro médico. Tal vez había sido porque la había visto recuperar cierto rubor en sus mejillas y abandonar el color mortecino de su rostro poco a poco y eso había calmado su miedo a quedarse solo. Como creyente y cachorrillano de sangre vasca que era, había pensado que San Sebastián, el patrón del pueblo, le daría a Remedios la fuerza que le faltaba para su total recuperación. Por ello, aprovechando la cercanía de las fiestas patronales en el calendario, que se celebraban el 20 de enero, decidió hablar con el párroco y dedicarle la procesión al santo para que este intercediera por su esposa.

Las fiestas patronales eran una tradición muy arraigada en la localidad y San Sebastián, el patrón, era venerado desde tiempos ancestrales por los cachorrillanos, recorriendo sus calles en procesión hasta la plaza del pueblo. Allí se le hacían ofrendas, hondeando banderas al tiempo que se pedía por los seres queridos. El 20 de enero de 1985, Dioni no escatimó con el donativo a San Sebastián y, cogido de la mano de su hijo Jacobo, pidió por Remedios ante todo el pueblo.

—Por favor, San Sebastián, que se cure mi mamá —suplicaba la dulce voz de Jacobo a punto de quebrarse, en un día frío que amaneció con una ligera llovizna intermitente—. Que no le salga ya más sangre y que pronto se levante de la cama. Yo cuidaré de mi hermanita, por la noche le daré el chupete si llora y la acunaré en la mecedora, delante del fuego de la chimenea para que no tenga frío.

La gente, enternecida, escuchaba el discurso del pequeño, al tiempo que Dioni repetía a cada frase de su hijo «amén» y se santiguaba una y otra vez, y algunos se preguntaban cómo era posible que aquel hombre hubiera engendrado una criatura tan dulce.

Todos los cachorrillanos de bien empatizaron con la desgracia de los Iruretagoyena y se unieron a la petición pública a San Sebastián. Todos pidieron por la pronta recuperación de Remedios y confiaron en que así sería, gracias a la intervención divina del patrón del pueblo.

La elegida por Dioni era una buena estrategia, una calculada maniobra para matar dos pájaros de un tiro. Por una parte, San Sebastián no dejaría de lado la petición de un niño de siete años, un pequeño inocente preocupado por el estado de salud de su madre, eso era algo que El Vasco no ponía en duda, sobre todo si mediaba un generoso donativo para la iglesia, como así había sido. Y por otro, el mismo Dioni lavaría su dañada imagen pública ante sus vecinos, con aquella emotiva puesta en escena. Después, todos comerían migas y carne asada y beberían vino sin cesar, en una fiesta a la que también acudían amigos de los pueblos vecinos. Dioni dio muerte con sus manos a un cordero para la ocasión y regaló un gallo a los quintos de ese año, como mandaba la tradición, y en un alarde de algarabía y propósito de enmienda, hasta participó en las canciones tradicionales que el pueblo dedicaba al patrón. Todo era jolgorio y fe en San Sebastián, y ni las bajas temperaturas eran capaces de enfriar la euforia de las esperadas fiestas patronales que aquel año, 1985, se dedicaron a la salud de Remedios Rives.

San Sebastián pareció acceder con gusto a satisfacer la petición de Jacobo, porque Remedios mejoró considerablemente los días siguientes. Al quinto día de la petición, se levantó de la cama para hacer de comer por primera vez en mucho tiempo y Dioni, al verla, suspiro aliviado y automáticamente pensó que pronto podría estar en condiciones que le permitieran volver a tener relaciones sexuales con ella, algo que ya empezaba a necesitar con ansia y que, por otra parte, él consideraba una obligación de su esposa. Por fin la vida en la granja seguiría igual.

Lunes, 14 de junio de 2010

Elegir un lugar para empezar una nueva vida debería ser, sin duda, una decisión meditada, pero en mi caso no lo fue demasiado, he de reconocerlo. Supongo que estaba algo cansada de tener que pensar en cada uno de los cientos de detalles necesarios para desaparecer: nueva documentación, plan para fingir la muerte, dinero necesario... y por eso, tal vez, el lugar elegido fue casi fruto del azar. A veces me dejo llevar por impulsos, por circunstancias que la vida me presenta y que yo interpreto como señales, y decidirme por la aldea de Bugarach fue el fruto de una de esas señales cósmicas.

*   La historia es algo curiosa y ahora que la recuerdo con cierta distancia en el tiempo, hasta me arranca una sonrisa, algo de lo que estoy escasa, lo puedo asegurar; por eso, la hago merecedora de aparecer en este cuadernillo al que llamo diario, para también aliñar con algo de sentido del humor lo triste de mi nueva existencia como Carmen Expósito.*

*   Era un día de noviembre del año 2009 y yo estaba viendo la televisión en casa. Lo tenía todo casi listo para mi escapada. Para que quien lea estas páginas se haga una idea, los preparativos eran los mismos que hacemos cuando planeamos un largo viaje; solo que el viaje era para el resto de mi vida y había detalles que debía dejar muy atados, porque ya no volvería atrás. Me enfrentaba a un trayecto de ida pero no de vuelta, un billete abierto con destino a mi futuro. Tenía la documentación con mi nueva identidad y había elaborado el plan para que me dieran por muerta, plan que contaré más adelante porque esa fue otra aventura digna de dejar constancia por escrito. Pero, a esas alturas de la película, todavía no tenía ni idea de a dónde iba a ir, aunque tenía claro que debía salir de España. Y fue en ese preciso instante cuando el lugar elegido vino a mí y no yo a él, gracias a un repor-*

taje que emitía el canal regional sobre la profecía del fin del mundo del pueblo maya.

Cuando lo escuché anunciar, recuerdo que pensé que resultaba irónico que el mundo se fuera a acabar casi al mismo tiempo en que mi vida también lo iba a hacer, al menos la vida que había tenido hasta ese momento. Qué más me daba todo lo que me estaba ocurriendo si a lo mejor era cierto y se acababa el mundo para todos y no solo para mí. Me acurruqué en el sofá, encendí la calefacción porque ya era tarde y la casa estaba helada, y subí el volumen del televisor para escuchar lo que iban a contar sobre ese supuesto apocalipsis que los mayas vaticinaron para el 21 de diciembre de 2012.

Hablaron de las distintas interpretaciones que las corrientes religiosas e intelectuales habían dado sobre esa fecha: unas eran más catastrofistas que otras, las había también escépticas y, como suele ocurrir en estos casos, todos especulaban y daban distintas versiones de lo que supuestamente ocurriría ese día en concreto.

Estaban disertando sobre el tema los distintos expertos que había en el plató de televisión, discrepando sobre la veracidad o no de un vaticinio apocalíptico, insertando vídeos que después comentaban y hasta discutían cuando, de repente, hablaron de Bugarach como la pequeña aldea del Pirineo francés, en la región de Languedoc-Rousillon, que sería la única en sobrevivir al cataclismo.

La noticia captó mi atención al instante. No soy muy de profecías, ni creí en su momento que el mundo se fuera a terminar, pero me hizo gracia ver cómo todos se lo tomaban tan en serio y presentaban a Bugarach algo así como el paraíso, el pequeño reducto donde algunos seres humanos podrían volver a empezar a construir una nueva humanidad.

Atribuían a esta aldea cierto aire mágico. Contaba la reportera, sin pestañear siquiera, que la colina que lleva el mismo nombre que el pueblo, el Pico de Bugarach, el más alto de la región de Corbières, es el lugar donde se ocultan los extraterrestres, a la espera de que llegue la fecha del fin del mundo. Ese día, saca-

rían sus naves, ocultas entre las rocas, y partirían hasta no se sabe muy bien dónde, para llevar a unos cuantos escogidos seres humanos y poder empezar de nuevo en otro lugar del sistema solar que no supieron precisar.

Me hubiera reído a carcajadas de no ser porque mi situación sí era crítica en aquel momento. Me sonaba a argumento barato de película de ciencia ficción, pero todos en el plató parecían tomárselo muy en serio. Los concienzudos expertos explicaron que la creencia de que aquel pico era algo así como un refugio de extraterrestres venía de tiempos ancestrales. Ya entonces, era considerado un lugar sagrado e incluso se habían avistado ovnis sobrevolando la zona en varias ocasiones. Otro tertuliano añadió algo más novedoso al debate. Dijo que, incluso en los años de la ocupación nazi, los alemanes del ejército merodeaban a menudo por la zona haciendo trabajos desconocidos.

Más allá de todas estas historias fantásticas, que para mí no tenían ni pies ni cabeza, francamente, Bugarach me pareció un lugar idílico que reunía todos los requisitos que yo iba buscando. Para empezar, no superaba los doscientos habitantes, aunque bien es cierto que con todas esas historias del fin del mundo, a la zona no dejaban de peregrinar personas en busca de la salvación, según el reportaje. Pensé que ese solo era un inconveniente pasajero. Además, con un poco de suerte podría retomar una actividad económica similar a la me había dedicado toda mi vida, la hostelería. Antes de ser Carmen Expósito yo regentaba un pequeño hotel en la costa levantina y me gustaba mi trabajo. ¿Por qué no cambiar el hotel marítimo por algún pequeño negocio de montaña?

Y aquí estoy, en Bugarach, gracias a un reportaje emitido en la televisión sobre el fin del mundo. Resulta paradójico pensar que ese fin del mundo fue el que me trajo hasta aquí, un supuesto lugar mágico que me acogió y protegió para empezar de cero. En esta mi segunda oportunidad, no mediaron extraterrestres, ni nazis, ni nada por el estilo, pero sí es cierto que, de alguna manera, Bugarach me ayudó a renacer.

3

La vida de un pequeño pueblo como otro cualquiera suele transcurrir llevada por la inercia de una rutina tan placentera, en algunas ocasiones, como aburrida en otras. Las estaciones del año se suceden unas a otras sin remisión y sus gentes son tan solo los actores del devenir del tiempo; unos nacen y otros mueren, unos van y otros vienen, e incluso los hay que siempre permanecen, como fue el caso de Dioni Iruretagoyena y su familia.

La pequeña Virginia creció entre cabras, ovejas, caballos y el preferido de todos los animales de la granja, la vaca Matilde. Su madre fue acusando el peso de la sumisión que con los años había acumulado y por momentos estaba ausente en su mundo interior, casi autista, como si se refugiara en un lugar imaginario que solamente ella conociera. Su hermano Jacobo se convirtió en un hombrecito leído y de finos modales, tan finos para el ambiente rústico en el que vivía y tan contrarios a los gustos de su padre, que este pronto lo tachó de «maricón», como uno de los mayores desprecios que pudiera dirigirle. Y aunque ambos, padre e hijo, pudieran parecer la noche y el día, lo cierto es que sí tenían un punto en común: el gusto por leer la Biblia, aunque con interpretaciones bien distintas.

Los dos, Jacobo y Virginia, eran niños y como tales, solían jugar como lo hacen los cachorros. Los siete años que Jacobo sacaba a Virginia no eran obstáculo para que fueran como uña y carne. La promesa de cuidar de su hermana que el pequeño le había hecho a San Sebastián el día de la procesión de las fiestas patronales, años atrás, fue una promesa inquebrantable durante muchos años, hasta el momento en que se rompió y todo cambió en sus vidas.

Virginia se convirtió en una preciosa niña pelirroja salpicada de pecas. Sus ojos de color miel eran vivos y alegres. Risueña y traviesa como un puñado de granos de maíz saltando justo antes de estallar y convertirse en palomitas. Su pelo naranja intenso, rizado y rebelde, reflejaba a la perfección su personalidad indomable, como un cachorro más de la granja, algo salvaje, fuerte y todavía por domesticar. Parecía haberle robado al sol su color el día que nació y la luz asomó por la ventana del cuarto de su madre. Ella misma decía que nunca más un amanecer había vuelto a tener en Cachorrilla la misma luz, porque su niña se había quedado con todo el brillo del sol como regalo de Reyes. Virginia era una belleza exótica, una purasangre, un ejemplar único que en aquella granja pronto estaría en peligro de extinción.

Durante los primeros años de su vida, fue mimada por su madre en la medida en que una madre, ausente a intervalos, incapaz de cuidar de sí misma en ocasiones y consumida por el sometimiento más absoluto, es capaz de mimar a su hija. Estuvo bajo la protección de su hermano, que pasó a ser el escudo que la preservaría de muchos males, y fue ignorada por su padre, que seguía considerándola la hija de Satanás y no la suya propia. A Remedios, esa ignorancia de Dioni hacia su hija la aliviaba. La prefería al desprecio que sufría Jacobo, al que utilizaba habitualmente como saco de boxeo de sus propias frustraciones. A Virginia, de momento, Dioni no la había tocado. Tal vez por miedo a contrariar al mismísimo demonio, o tal vez porque siempre se interponía Jacobo para recibir la ira que desataba en él la pequeña pelirroja. Su hermano siempre la defendía y aguantaba, en el mejor de los casos, los bofetones de las enormes manos de Dioni y alguna que otra paliza, en los casos más extremos.

Un día de verano que Dioni tenía el humor cruzado, los hermanos leían juntos fuera de la casa, apoyados en el tronco de un árbol, aprovechando su sombra. Era un día precioso, uno de esos de postal para enviar a la familia. Los rayos de sol estaban traviesos y hacían cosquillas pero no quemaban. Los animales parecían contentos y los pájaros no dejaban de revolotear, salpicándose con el agua de los bebederos de los caballos. Virginia aún no había cumplido los seis años y en septiembre comenzaría el colegio. Jacobo era ya un jovencito de casi catorce, muy maduro para su edad, curtido por las circunstancias, al que le gustaba enseñar a su hermana. Disfrutaba ejerciendo de maestro improvisado con la pequeña. Primero, con las vocales, y después, armándose de toda la paciencia posible, porque la alumna era bastante indisciplinada, con el resto del abecedario. Quería que Virginia empezara su etapa escolar sabiendo leer y le ponía empeño a su propósito.

Dioni tenía un mal día. Algún zorro había aprovechado la impunidad de la noche para matar a media docena de gallinas y al alba, el cuadro de sangre, plumas y pequeños cuerpos desmembrados era desolador. A Dioni la carnicería le amargó la jornada y si él estaba enfadado, debía pagarlo con alguien. Antes de las diez de la mañana, ya se había fumado un paquete entero de Ducados, incluso tuvo la osadía de encender algún cigarrillo dentro del establo, algo que él mismo se prohibía hacer para evitar accidentes con las colillas. También había bebido vino tinto, como era su costumbre. Su aliento era un cóctel pútrido y repulsivo de tabaco negro y vino barato. Remedios, que lo conocía bien, procuró no cruzarse en su camino y, confiando en que el tiempo calmaría sus ánimos, se marchó caminando hasta Cachorrilla para hacer algunas compras. Pero la mirada ida de El Vasco buscaba una diana en la que vomitar su rabia y fue una carcajada de Jacobo, que reía divertido porque su hermana había leído «pedo» donde ponía «peso», el pretexto perfecto para propinarle la mayor paliza de toda su vida.

—¿De qué cojones te ríes tú? ¿Se puede saber? ¿Acaso te parece que la situación es para reírse? —le iba diciendo, secuestrado por la ira, mientras daba grandes pasos, enérgicos, para recorrer los doscientos metros que le separaban del árbol donde estaban los hermanos—. Te voy a dar yo motivos para reírte de tu padre, ¡niñato de mierda! «Honra a tu padre y a tu madre, para que tus días se alarguen en la tierra que Jehová tu Dios te da.» Éxodo 20:12. ¡Es la palabra sagrada! ¿Y tú qué haces?… Reírte de mí, tu padre, en mi propia cara. Dios te va a castigar en su momento, pero creo que voy a adelantarte el castigo y así ahorrarle el trabajo, a ver quién te crees que eres —dijo mientras avanzaba y se iba quitando el cinturón de piel y hebilla metálica que le sujetaba los pantalones.

Jacobo supo inmediatamente lo que iba a ocurrir y, aterrorizado, pensó primero en su hermana antes que en sí mismo.

—Corre, Virginia, escóndete y no salgas de tu escondite hasta que vuelva mamá —le dijo al oído de su hermana—. ¡Corre! —le gritó finalmente.

La pequeña obedeció y echó a correr sin saber muy bien dónde esconderse. Tropezó un par de veces y no quiso mirar atrás, ni siquiera al escuchar los gritos y lamentos de su hermano Jacobo, que estaba recibiendo los golpes de correa de su padre, sin piedad alguna.

—¡Con la hebilla no, papá, por favor! —suplicaba amargamente mientras se cubría el rostro con los brazos, entre sollozos de dolor.

—¡Cállate! ¡La herida que no tarda en curar no enseña lección alguna! ¡Aprende a respetar a tu padre! —le gritaba sin parar de azotarle una y otra vez.

—¡Lo siento! ¡De verdad! ¡Lo siento! No me reía de ti, lo prometo, lo juro por Dios…

—«No tomes el nombre de Dios en vano.» ¡Éxodo 20:7! ¿Es que no vas a aprender nunca? —Y continuó dándole golpes y patadas en el costado hasta que el chico quedó inmóvil, como un saco de harina, sin oponer resistencia.

El discernir inocente de Virginia eligió como refugio el lugar donde siempre se había sentido protegida, junto a Matilde, la maternal vaca lechera del establo, el único animal de la granja que tenía nombre. Entre Virginia y Matilde existía una conexión especial. La vaca tenía tan solo un año más que Virginia, pero desde siempre había sido para ella como una segunda madre. Cuando empezó a caminar con cierta soltura a la edad de quince meses, Virginia se escapaba de las faldas de su madre e iba directa al establo. Si Matilde estaba tumbada, la niña se acurrucaba entre sus ubres, como si fuera un ternero y la vaca le daba cariñosos lametazos. A menudo jugaba con ella, dándole tirones a su inquieta cola, o intentando subirse a su lomo como si fuera un caballo y quisiera que echara a correr. Lejos de contrariar a la vaca, esta parecía encantada con aquella pequeña traviesa haciendo de las suyas a su alrededor. Jamás le hizo el más mínimo daño. Matilde siempre fue delicada hasta el extremo con la pequeña Virginia. Su enorme tamaño siempre fue proporcional a su gran sensibilidad, impropia de una bestia. Por alguna extraña razón, ambos seres se entendían a la perfección y entre ambas fluía un cariño especial.

Cuando Virginia pudo hablar, eligió un nombre para su mejor amiga. Le gustó Matilde porque lo escuchó en la televisión, en un serial que solía ver su madre por las tardes mientras recogía la cocina y fregaba los platos. La señora de la serie era grande, de enormes pechos y tal vez fue esa la similitud que Virginia, de solo tres años, debió encontrar con la vaca, porque a partir de aquel día su amiga lechera pasó a llamarse Matilde. Su madre no le dio más importancia, al fin y al cabo muchos niños de esa edad tenían amigos imaginarios, ¿qué había de extraño en que su pequeña tuviera una mascota algo particular? A su padre, sin embargo, no le hizo ninguna gracia porque decía que a los animales no hay que ponerles nombre ni cogerles cariño, especialmente a los animales de granja. Después hay que matarlos, venderlos o simplemente se mueren de alguna fiebre y vienen los disgustos, solía decir. Además, hubiera resultado imposible acordarse de todos los nombres de los cientos de animales que criaban. Ni siquiera el perro tenía nombre, simplemente lo llamaban «Chucho», aunque a decir verdad, Virginia siempre pensó que Chucho era su nombre, porque desconocía que esa era la forma despectiva que su padre tenía de llamar al perro pastor.

A pesar de no haberla golpeado nunca, Virginia ya temía a su padre. El odio, como el amor, es un sentimiento que no puede esconderse, ni maquillarse, y las miradas que recibía de Dioni no eran precisamente de amantísimo progenitor. Había sido espectadora en infinidad de ocasiones, a pesar de su corta edad, del desprecio con el que trataba a su madre y de los bofetones que le daba sin motivo aparente a su hermano, presumiendo de una crueldad que de vez en cuando también trasladaba a los animales, aunque, paradójicamente, con menor frecuencia que con su propia familia. Cuando llegó corriendo al establo para buscar refugio con Matilde, le faltaba el aire y había perdido una sandalia en la carrera. Jadeaba con la boca abierta en una mezcla de terror y agotamiento, como si quisiera acaparar a bocanadas todo el oxígeno que sus pequeños pulmones necesitaban. La vaca, que estaba comiendo despreocupada mientras espantaba unas moscas con la cola, pareció intuir el miedo de la pequeña nada más verla entrar por la puerta porque empezó a mugir con un lamento animal que estremecía.

—¡Matilde! ¡Matilde! —empezó a decir desconsolada, mientras con sus pequeños brazos intentaba acaparar el enorme cuello de la vaca, sin conseguirlo—. Mi hermano Jacobo no ha podido salir corriendo y mi papá le está pegando porque yo le he hecho reír. ¡No es su culpa! Mi padre es malo y no nos quiere y yo quiero que venga Dios y lo castigue. ¿Por qué no viene Dios, Matilde? ¿Dónde está? ¿Por qué no nos ayuda, Matilde? —dijo antes de echarse a llorar.

A la vaca solo le faltaba poder hablar y consolar de palabra a la temerosa Virginia, que se sentía culpable por la paliza que su padre había propinado a su hermano. Pero, como no podía hacerlo, se echó en el suelo y dejó que la niña se acomodara en el hueco que había entre su cabeza y sus patas delanteras, utilizando su cuello como si fuera una almohada, construyéndole así un pequeño refugio con su enorme cuerpo. Matilde estaba caliente y era suave. Aunque desprendía un fuerte olor, a Virginia no le resultaba desagradable, más bien todo lo contrario. Hecha un ovillo al lado del animal, podía sentir su pulso rítmico que de alguna manera la tranquilizaba, angustiada como estaba porque no sabía en qué estado se encontraba su hermano. Y allí permaneció un tiempo que no sabría precisar, hasta que su madre la encontró adormilada.

Para Jacobo, que tardó más de un mes en curar las heridas de su cuerpo, pero que nunca terminó de cicatrizar las heridas de su alma, hubo un antes y un después tras aquel día. Él no tenía el carácter fuerte de Virginia, nunca lo tuvo, y tal vez por eso, por su manifiesta debilidad, fue siempre el objeto de la ira de su padre, como suelen hacer todos los cobardes. Pero Virginia, a su corta edad, buscó en su cabeza el modo de equilibrar la balanza, apuntando ya maneras de lo que sería capaz de hacer en su vida por perseverar en lo que quería, inventando una justicia particular que, a sus ojos, estaba más que justificada.

Un mes después de la paliza, cuando septiembre empezaba a refrescar el ambiente en Cachorrilla y solo faltaban un par de días para empezar el colegio; cuando el otoño, con sus pinceladas de color ocre, se abría hueco entre el verde de las hojas de los árboles, Virginia puso en marcha su venganza, la misma que había estado meditando durante treinta días y que, además, había consultado con su amiga Matilde, a escondidas, en uno de sus ratos de confidencias.

—Creo que voy a matar a papá, Matilde. Lo he decidido. Dios no viene a salvarnos y no hago más que pedírselo; todas las noches, en mis oraciones, le pido que papá se muera. Jacobo dice que lo que desee con fuerza se lo debo contar a Dios, y que si me porto bien, él hará que se cumpla. Pero a mí Dios no me hace caso, Matilde, y yo me porto bien. ¿A que sí? —le preguntó a la vaca, que le respondió con un lametazo que hizo reír a la niña—. Yo creo que Dios no puede escuchar a todo el mundo. Somos muchas personas, y si todos le pedimos algo es imposible que pueda conceder todos los deseos. A lo mejor estoy en la cola y ya veremos cuándo me toca. A lo mejor, cuando me toque ya es demasiado tarde y le ha hecho más daño a Jacobo o a mamá. En la tele he visto que hay padres que matan a sus hijos y también a sus mujeres y yo creo que papá es uno de esos. Por eso he decidido que, para que eso no pase, voy a ser yo quien lo mate a él.

La vaca escuchaba atentamente, como si la entendiera, enfocando bien sus orejas como dos grandes receptores y sus ojos, redondos y expresivos, no dejaban de mirar fijamente a Virginia, que continuaba con su discurso.

—Bueno, lo que voy a hacer no es como eso que sale en las películas. Quiero decir que aunque lo mate no es algo malo, al revés, es algo bueno porque lo hago para bien. No es matar para hacer el mal, sino matar para hacer el bien —Intentaba expresar torpemente Virginia, a su corta edad, su concepto de justicia y equidad—. Y, además, no se va a enterar nadie, porque ya he pensado cómo lo voy a hacer. Lo haré mañana, que es domingo. —Su rostro dibujó una sonrisa—. Ya verás lo bien que vamos a vivir mi hermano y yo solos con mi madre. Así ella nunca más volverá a tener miedo, ni la escucharé llorar a escondidas cuando se cree que no la oigo. ¡Va a ser genial!

Por supuesto, Virginia no le contó sus planes a nadie más, ni siquiera a Jacobo, porque en el fondo pensaba que no sabría entenderla. Su hermano no aceptaría que ella estuviera algo decepcionada con Dios, con ese ser que tanto defendía él. No terminaba de comprender cómo en nombre de Dios su padre los maltrataba y, en nombre de ese mismo Dios, su hermano justificaba al maltratador. ¿Eran dos dioses distintos o era el mismo? ¿Había un Dios para los malos y otro Dios para los buenos?, se preguntaba a menudo Virginia sin hallar una respuesta válida para su entendimiento infantil. Estaba hecha un lío, pero su espíritu práctico la había llevado a decidir que, fuera como fuese, ese Dios ambiguo a ella no le servía y que lo que pretendía debía conseguirlo por sí misma, algo que aprendió desde bien pequeña y que llevó a cabo durante toda su vida.

Aquella noche la pasó en vela; tenía cierto gusanillo en el estómago que más que miedo era emoción por empezar esa nueva vida libre de la opresión de Dioni. Se le antojaba todo maravilloso sin su padre de por medio. Su hermano volvería a sonreír y jugaría con ella. Por la noche, le leería cuentos sin tener que esconderse y hasta algún pasaje de la Biblia si a él le apetecía. Su madre se pondría guapa y se compraría esa ropa que sale en las revistas y en la televisión y que su padre decía que es de furcias. A ella le gustaba, era de muchos colores y hacía a las mujeres que la lucían realmente guapas. Finalmente se durmió, envuelta en su propia ensoñación, idealizando una vida que hasta el momento no había tenido.

El domingo amaneció algo encapotado. El cielo parecía anticipar los acontecimientos que estaban a punto de ocurrir, hasta los animales parecían presentirlo. La yegua daba coces sin motivo alguno y Matilde mugía inquieta. Remedios preparó un asado de carne de conejo al ajillo con guarnición de patatas. Ella misma había matado al conejo de un golpe seco en el pescuezo la noche anterior y lo había despellejado y limpiado para cocinarlo. Era uno de los platos preferidos de Dioni, que al percibir el olor del ajo al horno ya se frotaba las manos y salivaba en espera del manjar.

Era costumbre que Remedios sirviera los platos en la cocina y que Jacobo y Virginia ayudaran a llevarlos a la mesa del salón. Allí esperaba sentado Dioni mientras se servía vino y aguardaba a que los niños terminaran de colocar los cuatro servicios. Pero aquel domingo Virginia liberó a su hermano de aquella tarea.

—Siéntate con papá, que hoy voy a servir yo la mesa. No te preocupes por nada, ya soy mayor y puedo hacerlo sola —le dijo a su hermano, que no rechistó ni le dio mayor importancia y se limitó a sentarse a la derecha de su padre, agradeciendo el gesto de su hermana, que por una vez le eximía de sus obligaciones domésticas.

Remedios sonrió al escuchar a Virginia y pensó que ya tenía una mujercita en casa. Sirvió el primer plato, que siempre era el de Dioni, bien cargado de patatas y con un cuarto trasero de conejo, y se lo dio a Virginia para que se lo acercara a la mesa.

—Toma, este es el de papá. Ten cuidado, que está muy lleno y se te puede caer. Cógelo con las dos manos y camina con cuidado.

—No te preocupes, mamá, no se me va a caer —«Por la cuenta que me trae», se dijo para sí—, tranquila, que yo se lo llevo. ¿A que ya soy mayor?

—Claro que sí, mi niña —contestó amorosamente Remedios, al tiempo que le daba un beso en su frente pecosa.

Y con sumo cuidado, Virginia caminó por el pasillo que llevaba al comedor mirando fijamente el plato de comida para su padre, el que ella pretendía que fuera su último plato de comida. Al girar la esquina del pasillo, cuando los ojos de su madre era imposible que la vieran, sacó del bolsillo un trocito de papel que contenía un polvo rosáceo, era matarratas del que usaba Dioni en los rincones de la granja. Con cuidado de no tocarlo, porque sabía que podía resultar muy peligroso, los espolvoreó sobre las patatas y el conejo al ajillo y lo removió todo un poco para que se mezclara con la salsa. Satisfecha, continuó su camino hasta la mesa.

—Toma, papá, tu plato. Que te aproveche —le deseó sin recibir respuesta por parte de Dioni, que siempre la ignoraba.

Antes de comenzar a comer se bendecía la mesa en la casa de los Iruretagoyena. Con la cabeza gacha en señal de sumisión y solemnidad por el momento, los cuatro miembros de la familia escuchaban las palabras del cabeza de familia.

—Bendícenos, Señor, a nosotros y a estos alimentos que recibimos de tus manos —pronunció con voz profunda y las manos entrelazadas.

—Amén —respondieron todos al unísono.

—El rey de la gloria eterna nos haga partícipes de la gloria celestial —continuó.

—Amén —volvieron a repetir.

Jacobo se abalanzó sobre el conejo como si no hubiera comido en dos días y su madre reprendió sus modales. Virginia mareó la carne con el tenedor, más pendiente de otras cosas que de la comida, y Remedios probó tímidamente las patatas, esperando la aprobación de Dioni, que engulló dos de golpe y después bebió un sorbo de vino.

—Creo que te has pasado con la sal —dijo con un gesto torcido al notar algo extraño en el sabor, pero sin saber identificar muy bien qué era.

—Lo siento —contestó Remedios bajando la mirada y asumiendo, como siempre, la culpa de cualquier cosa que no fuera del agrado de su marido.

Pero Dioni continuó comiendo con avidez buena parte del contenido del plato ante la atenta mirada de Virginia, hasta que llegó al muslo del conejo. Aquel trozo de carne debía acumular bastante más cantidad de ese polvo rosáceo que había esparcido Virginia, porque nada más darle un bocado, lo escupió llevado por los demonios.

—¡Esto sabe a rayos! ¡Puaj! ¡Menuda bazofia! ¡Está amargo! —gritó, mientras con el brazo tiraba violentamente al suelo el plato de comida.

Todos se encogieron en sus sillas sin atreverse a decir nada, extrañados porque a ellos el guiso les sabía exquisito, como siempre, como todo lo que cocinaba Remedios; todos menos Virginia, que sabía perfectamente a santo de qué venía el enfado de su padre.

—¡Menuda mierda has hecho! ¿Y ahora qué? ¿Hoy no comemos? —le gritó a Remedios ya puesto en pie, mientras se limpiaba la boca con la servilleta.

—Toma mi plato, papá. Yo no tengo mucha hambre, el mío está bueno —se atrevió a decir Virginia.

Aquel ofrecimiento descolocó a Dioni y cortó en seco la furia que estaba a punto de soltar como un huracán en el salón de su casa. No tuvo problemas en aceptar el plato de Virginia y dejarla sin comer aquel día. Eso sí, primero probó que el conejo al ajillo con patatas de su hija supiera como debía.

—¡A comer! —ordenó, y todos menos la pequeña dieron buena cuenta del asado ya que Dioni no permitió que su madre le diera la mitad de su parte.

Por un momento, Virginia temió que su plan no hubiera salido bien. Se sorprendió a sí misma pidiéndole a Dios, el mismo en el que no terminaba de confiar, que le diera un empujoncito final y que su padre hubiera tomado el suficiente veneno como para morir. Había visto retorcerse de dolor a muchas ratas tan grandes como conejos al probar esos polvos rosas que su madre le había prohibido tocar, pero desconocía la cantidad que se necesitaba para matar a un hombre de noventa kilos.

Pero no habían pasado ni veinte minutos cuando su padre, que por costumbre se tumbaba en el sofá después de comer para hacer una pequeña siesta, empezó a agitarse de una manera convulsa, con espasmos musculares que no podía controlar por efecto de la estricnina. La mandíbula se le quedó rígida y casi no podía ni hablar. Se retorcía de dolor y comenzó a tener dificultades para respirar. Los gritos de Dioni eran desgarradores y todo ello ante la mirada atónita de Remedios, que no entendía qué era lo que estaba ocurriendo, y de Jacobo, que llegó a pensar que el demonio lo había poseído, consumido por su propia maldad, hasta que sufrió una última convulsión antes de desplomarme sobre el suelo del salón.

Jueves, 17 de junio de 2010

Querido diario:

Una vez ya he contado desde qué lugar del mundo escribo, esta hermosa aldea francesa llamada Bugarach, una vez ya sabe aquel que me esté leyendo en qué rincón de este planeta me escondo, creo que lo correcto sería explicar quién soy en realidad o quién fui, o cuál es la identidad que dejé morir un día para nacer de nuevo como Carmen Expósito.

Sé que la historia es algo complicada, pero le pongo todo el empeño del que soy capaz en mi redacción para que se entienda lo mejor posible. No soy mujer de letras, tal vez más de conversaciones cara a cara, tomando un café, por lo que enfrentarme al papel en blanco me supone un esfuerzo que intento salvar cada vez que lo hago, cuando las obligaciones y el ánimo me lo permiten, con el fin de que el interés de la historia esté muy por encima de las deficiencias en mi forma de contarla. Dicho esto, he de confesar que mi auténtico nombre, el nombre con el que me bautizaron mis padres cuando nací, fue Reina Antón.

Me encantaba llamarme Reina porque, detrás de ese nombre, que de por sí ya suena fastuoso e importante, hay una bonita historia de cariño materno. Soy el fruto de un parto múltiple, la mayor de los mellizos que mi madre alumbró por cesárea, tras más de catorce años buscando descendencia y cuando ya había perdido la esperanza de ser madre. Mi hermano pequeño, con el que me llevo cinco minutos y medio, producto del azar al sacarme a mí primero del vientre materno, se llama Simón, como mi padre y como el padre de mi padre, pero a mí, que me iban a poner Ana, como mi madre, decidieron llamarme Reina, porque sin duda nací, como ella siempre me contaba antes de dormirme, precisamente para eso, para ser la reina de la casa, la niña de sus ojos, la muñeca de mi madre.

Mi infancia fue absolutamente perfecta, llena de amor, de atenciones, un cuento feliz hecho realidad. Mi hermano Simón y yo siempre fuimos dos en uno, dos partes de un mismo ser, el lado masculino y el lado femenino de la misma persona. Se habla mucho de la conexión especial que existe entre los hermanos gemelos que comparten material genético, pero he de decir que, al menos en el caso de nosotros dos, mellizos nacidos de dos óvulos diferentes y fecundados por dos espermatozoides distintos, esa extraña unión más allá de lo razonable fue una realidad cuando fuimos niños y lo continuó siendo a lo largo de los años.

Ahora que ya no soy Reina sino Carmen, ahora que legalmente Reina ha muerto, a veces me pregunto si mi hermano Simón será capaz de percibir que realmente eso no es cierto y que sigo viva al otro lado de los Pirineos. Muchas noches, cuando no puedo dormirme y doy vueltas intentando conciliar el sueño durante horas, cierro los ojos y pienso en él. Mentalmente lo dibujo en mi cabeza porque me aterroriza olvidarme de su cara y me agarro con fuerza a la imagen que he grabado de él en mi mente. Repaso la película de nuestros buenos momentos juntos, como si fuera un proyector de cine, una y otra vez y así, por unos instantes, vuelvo a ser Reina, la otra mitad de Simón.

A menudo converso imaginariamente con él, le cuento cosas de mi nueva vida e invento sus respuestas. Me pregunto si recibirá mis mensajes, si percibirá esa comunicación que pretendo establecer o si, sencillamente, habrá aceptado la versión oficial de mi muerte, así sin más, sin hacerse preguntas, las preguntas que se haría la persona que mejor me conoce en este mundo, mi única familia en este momento.

Lo que más me dolió de hacerme pasar por muerta fue tener que mentirle y pensar en el dolor tan desgarrador que le estaba causando a mi hermano. Sabía que, cuando le notificaran mi fallecimiento, sería como si le arrancaran el alma de cuajo y ese golpe lo marcaría para siempre. Me ponía en su lugar y los ojos se me llenaban de lágrimas al instante, tan solo por imaginar qué sentiría yo si alguien me dijera que a Simón le ha pasado algo. Me hacía sentir culpable saber que le había dañado de esa ma-

nera, pero, por su propia seguridad, era mejor que no supiera nada de la verdad.

Confiaba en que hubiera sabido rehacer su vida sin mí. Sabía que se refugiaría en su trabajo y en su familia y que, tarde o temprano, no tendría más remedio que continuar hacia delante, pero en el fondo, si soy sincera conmigo misma, lo que deseaba era que me buscara, que no se creyera nada de lo que le contaran, aunque fuera un plan muy bien ideado por mi parte, y que investigara lo extraño de todo aquello hasta dar con mi paradero, hasta rescatarme de esta muerte forzada como castigo por saber la verdad de un ser maligno.

Simón ha sido el punto débil de mi fortaleza, la grieta que de no tapar adecuadamente puede hundir el barco. Durante todo este tiempo de huida he sido muy consciente de ello, pero, al mismo tiempo, también me ha resultado demasiado complicado romper definitivamente el cordón umbilical que me une a él. Yo puedo escuchar su voz diariamente, pero él a mí no. Yo puedo adivinar su estado de ánimo en su forma de hablar cada día, pero él piensa que yo estoy muerta. Entre nosotros existe una comunicación en una sola dirección, de él hacia mí, sencillamente porque Simón es locutor de radio, la voz carismática de una pequeña emisora de costa que también emite por internet, ese lugar mágico que no tiene fronteras y que me lo acerca cada día a través de mi ordenador. Él sigue ahí y yo lo escucho... ¿Cómo se hace entonces para ignorarlo?

Lo siento, hablar de Simón de duele demasiado. Le echo tanto de menos...

4

Dioni era sin duda un mal bicho, una alimaña bípeda, un ser despreciable fruto de la mala evolución de los seres vivos, pero hubiera necesitado para morir bastante más veneno para ratas del que Virginia había utilizado para intentar matarlo. La estricnina le dio un buen susto, pero la pronta atención médica que recibió, gracias a que un vecino lo llevó al hospital de Cáceres con su propio coche, hizo que los planes de la pequeña pelirroja quedaran frustrados.

Aquella vez fue la primera vez en su vida que Dioni pisaba un centro médico y lo hizo aliviado porque, por momentos, temió morir en el salón de su casa, y a los cobardes su propia muerte les asusta sobremanera. Tras estabilizarle la temperatura corporal, limpiarle la sangre y controlar sus convulsiones, El Vasco permaneció ingresado durante unos días. Mientras los niños quedaban al cuidado de las vecinas, Remedios no abandonó la habitación del hospital en todo ese tiempo, acompañando a su marido, entregada como siempre a él, atendiendo cualquier necesidad que pudiera presentarse, pero bajo la mirada desconfiada de Dioni, que estaba convencido de que había sido ella la que le había puesto algo en la comida.

El día que le dieron el alta, el médico indagó para descartar que el incidente pudiera ser intencionado.

—Ha sufrido usted un envenenamiento con estricnina. Es un veneno muy potente que puede causar la muerte. Por suerte, pudimos atenderle en los primeros minutos gracias a la celeridad con la que le desplazaron hasta aquí. Una hora más y hubiese muerto. Es un hombre afortunado, la vida le ha dado una segunda oportunidad. ¿Sabe usted cómo ha podido ocurrir?

—Ha dicho… estric… ¿qué? —balbuceó Dioni.

—Estricnina, una sustancia venenosa que se usa normalmente como pesticida o en la elaboración de algunos raticidas. A veces, también se utiliza como mezcla con otros estupefacientes; ni se imagina la de porquería que le meten a los estupefacientes químicos. ¿A qué se dedica usted? ¿Toma drogas?

—Soy granjero. Tengo un criadero de ganado en Cachorrilla. Y no, no tomo toda esa mierda —contestó molesto.

—¿Es posible que entrara en contacto con esta sustancia accidentalmente?

—Yo no uso pesticidas —explicó Dioni, que intentaba encontrar una explicación lógica para apartar la oscura y profunda desconfianza que ya había germinado sobre Remedios.

—¿Tal vez algún veneno para los animales salvajes o para las ratas? —indagó el médico.

—Sí, eso sí, lo uso habitualmente. Donde hay animales de granja siempre hay ratas que pretenden comerse su comida, las muy jodidas… Pero siempre utilizo guantes, siempre llevo cuidado y no lo toco.

—También puede causar estos efectos si se inhala. Hay que ser muy precavido porque, al colocarlo, un poco del raticida puede esparcirse espolvoreado por efecto del viento y quedar liberado en el aire y, si se respira, pasa directamente a la sangre. Puede resultar muy peligroso para los animales de su granja. ¿Lo manipuló el día que enfermó?

—Bueno, sí, puse un poco alrededor del corral, pero nunca había tenido ningún problema.

—Pues tenga más cuidado la próxima vez y utilice, además de los guantes, una mascarilla. En cualquier caso, traiga una muestra para asegurarnos de que ese producto del que me habla es realmente la causa de su envenenamiento. Debemos hacer un informe.

El informe médico confirmó que la sangre de Dioni había sido contaminada con la misma sustancia tóxica que contenía el matarratas que utilizaba en la granja. Todo quedó oficialmente como un accidente, pero Dioni no estuvo del todo conforme. No podía explicar en su cabeza el hecho de que empezara a sentirse indispuesto justo después de comer el asado de conejo que le supo tan amargo. Se decía a sí mismo que tal vez el veneno ya había alterado su capacidad para saborear los alimentos. No creía capaz a su mujer de intentar matarle como a una asquerosa rata, pero tal vez había encontrado el valor necesario para hacerlo porque, en el fondo, él sabía que motivos no le faltaban.

Sus pensamientos se debatían entre considerarla una viuda negra, fría y calculadora, capaz de envenenar la comida que le ponía en el plato, o una mujer como Dios manda, su particular Dios que diseñaba esposas sumisas y anuladas, al servicio de su marido y tomando como suya la voluntad del otro, para borrar de un plumazo la propia. Pero ni por un momento supuso que la idea de acabar con su vida había sido de su hija Virginia y no lo sabría nunca, porque la niña siempre guardó el secreto, nunca se lo contó a nadie, a excepción de su amiga la vaca Matilde.

Dioni, por de pronto, no volvió a utilizar raticida y optó por sustituirlo por trampas. De noche, cuando una rata quedaba atrapada en una de ellas, el silencio se interrumpía por el sonido chirriante y agudo de la agonía del roedor. A Dioni le despertaba, pero en lugar de molestarle, le arrancaba una sonrisa imaginarse a la rata retorcida en su trampa mortal. Sin embargo, a pesar de conservar intacta su crueldad, el miedo a la muerte había arañado esa coraza de hombre duro e imperturbable de la que siempre presumía. Ya no se creía tan invencible después de sentir que el demonio se le metía dentro y lo sacudía como un trapo mientras perdía el control de sus ojos, que se quedaron en blanco durante las convulsiones. Además, suavizó su trato con Remedios, a pesar de que en un primer momento pensó en darle un escarmiento por si le rondaba por la cabeza alguna idea extraña, por si realmente había sido ella: un escarmiento preventivo, como él lo llamaba. Sin embargo, lo descartó; cierta paranoia, fruto de sentirse vulnerable, se apoderó de él. Remedios, pensó, podría volver a intentarlo, esta vez fatalmente, o podría matarlo mientras dormía... Algo en su interior le había cambiado tras la experiencia cercana a la muerte, algo que duró tan solo unos meses, hasta que volvió a sentirse fuerte y el Dioni de siempre volvió a no dar tregua a nada ni a nadie.

Y el tiempo pasó como lo hace siempre, hacia delante, sin posibilidad de retorno a un tiempo que se nos antoje mejor por ser pasado. Cachorrilla continuó siendo el refugio de un centenar de personas, decena arriba, decena abajo, y su paisaje cautivador guardó los secretos de la familia Iruretagoyena durante muchos años más.

Virginia, la pequeña pecosa de melena anaranjada que un día había pensado en matar a su padre, pareció adormecer esa idea en un rincón de su cabeza, aunque nunca la abandonó del todo. Creció tal y como había nacido: salvaje. Acudió al colegio donde descubrió que había otros mundos y otras gentes. Aprendió las ventajas de sentirse indiferente a los ojos de su padre, a esquivar los desprecios y cobijarse como lo hacen las fieras, al calor de su hermano mayor y de su madre, y más pronto que tarde, le rondó el amor.

Desiderio era un buen mozo natural de Pezcueza, el pueblo vecino al este de Cachorrilla. Tenía tres años más que Virginia. Cuando la joven, a sus trece años, empezaba a girar cabezas a su paso entre los varones del pueblo, Desiderio era un desgarbado chico moreno, huesudo, con unas enormes manos y pies, y una incipiente pelusilla oscureciendo su rostro. Solía ir con su bicicleta de Pescueza a Cachorrilla y perderse por los campos. Amaba la naturaleza, disfrutaba del aire puro y solo tenía ojos de optimismo para la vida que empezaba a descubrir. Una mañana de verano pasó cerca de la granja de los Iruretagoyena y se quedó muy sorprendido al ver a una preciosa chica, sentada en mitad del pasto, conversando con una vaca mientras esta, indiferente, comía hierba, masticando a dos carrillos y sacudiendo la cola y las orejas para espantar a las moscas.

—¿Sabes, Matilde? Yo no voy a morirme sin ver el mar. Algún día, cuando me marche de este pueblo, me construiré una enorme casa en lo alto de un acantilado. Todas las mañanas, cuando me levante de la cama, bueno, no, mejor desde la cama, veré salir el sol y luego, por la noche, lo veré esconderse. En el colegio, cuando de niña dibujaba el mar, lo hacía con una línea que se llama horizonte. Detrás de ella duerme el sol. El mar es inmenso, parece que nunca tenga fin, pero lo tiene. Es como este pueblo, que parece que estemos aquí atrapados y que nunca vayamos a poder salir, pero saldré. Me iré lejos, a un lugar de la costa donde no haga frío. Seré una mujer muy importante y poderosa y en el jardín de la casa, esa que te he dicho que me voy a construir en lo alto de un acantilado, te haré un establo para ti sola. —Matilde, despreocupada, seguía comiendo y tras el cercado, sentado en su bicicleta, observando la escena, Desiderio escuchaba los sueños de Virginia confesados en voz alta.

—¡La costa! ¿Y a eso le llamas tú irse lejos? ¡Bah! Yo pienso marcharme a vivir al Paraíso —dijo con aires de superioridad Desiderio, asustando a Virginia, que no se sabía observada.

—¿Y tú qué haces espiando? ¿Nunca te han dicho que es de mala educación? Además, esto es una propiedad privada y no puedes estar aquí si yo no quiero —le espetó con los brazos en jarras.

—Estoy detrás del cercado. Justo aquí, en este lado, ya no es tu propiedad privada. ¿Cuántas tienes?

—¿Cuántas tengo? ¿De qué? —preguntó desconcertada Virginia, que no sabía a qué se refería.

—Pecas, qué va a ser si no.

—¿Tú eres tonto de nacimiento o es que te has dado un golpe y la sangre no te llega al cerebro? —respondió enfadada, porque la broma sobre sus pecas nunca le había hecho ninguna gracia, y mucho menos viniendo de un descarado desconocido.

—Me llamo Desiderio, soy de Pescueza —le dijo el joven, divertido por ver a Virginia fruncir el ceño y deslumbrado por encontrarla preciosa. Le tendió la mano, pero Virginia, demasiado orgullosa para aceptar el saludo, no le correspondió—. Bueno, al menos dime tu nombre. A ver quién va a ser la maleducada ahora…

—Me llamo Virginia y ella es Matilde.

—¡Ah! Que ella también tiene nombre…

—Por supuesto, ¡qué te piensas! Y además tiene un nombre mucho más bonito que el tuyo. Desiderio, Desiderio —pronunció con voz jocosa mientras contoneaba todo su cuerpo burlón—. ¡Menuda cursilería!

—Me pusieron Desiderio porque fui un bebé muy deseado. Mis padres se morían de ganas por tener un niño tan guapo como yo. Ya ves, nací para ser deseado, qué le vamos a hacer; mi destino es ese, quiera yo o no quiera, las mujeres me desearán irremediablemente. —Una sonrisa socarrona con la boca torcida puso el punto final a su pavoneo frente a Virginia, que no salía de su asombro. No quería confesarlo, pero aquel chico parlanchín y descarado le agradaba.

Pero Dioni no tardó en percatarse de la conversación entre ambos y, como salido de la nada, avanzó como una furia, con un enorme rastrillo en la mano derecha y con el puño de la mano izquierda cerrado y preparado para golpear. Sus gritos se escucharon antes de que se dieran cuenta de su presencia. El sonido de su voz se anticipó a su gesto amenazante.

—¡Largo de aquí! ¡No queremos visitas! Si te vuelvo a ver por mi finca, te denuncio a la Guardia Civil después de darte un escarmiento. ¡Lárgate ya! ¡No quiero a nadie husmeando por mi granja! ¡Fuera!

Desiderio se asustó un poco, porque Dioni era realmente una mole humana y así, enfadado y rastrillo en mano, parecía que iba a embestirle como un toro. Se subió a la bicicleta y empezó a pedalear, pero antes guiñó un ojo y le dijo a Virginia:

—¡Volveré a verte, pelirroja! No te olvides de contarlas.

Cuando las zancadas de Dioni llegaron hasta donde estaba Virginia, que se mordía las uñas para intentar ahogar una sonrisa nerviosa que se quería escapar con fuerza de entre sus labios, Desiderio ya se había perdido entre los árboles a golpe de enérgico pedaleo. Entonces, no hubo otra persona sobre la que descargar su furia. Dioni agarró con fuerza del pelo a su hija y a tirones, mientras ella se quejaba amargamente, la llevó hasta la casa gritándole:

—¡Ya sabía yo que este momento iba a llegar! ¡Lo supe desde el mismo día en que naciste! ¡Puta endemoniada! La zorrita que llevas dentro no puede evitarlo, ¿verdad? No, si ya lo dice la Biblia: «Pero tú confiaste en tu hermosura, te prostituiste a causa de tu fama y derramaste tus prostituciones a todo el que pasaba, fuera quien fuera». Ezequiel 16:15. ¡Puta pelirroja hija de Satanás que viniste a este mundo para pervertir al hombre! ¡Bien joven comienzas! ¡Y con un desconocido! ¡Yo te daré un escarmiento! ¡Yo apaciguaré la lujuria que emana de los poros de tu piel! «Basta de lujuria y libertinaje.» Carta a los Romanos, capítulo 13.

La cogio de un puñado y la metió en su cuarto. La dejó encerrada durante una semana. Ni siquiera le permitió salir para ir al baño. Su madre le llevaba la comida y le vaciaba el orinal en el que hacía sus necesidades, mientras se le escapaban las lágrimas al escuchar las súplicas de su hija, que le rogaba que la dejara salir.

—¡Chis! Calla, que te va a oír y será peor —le susurraba desde el otro lado de la puerta, cerrada con un candado y a la que Virginia le daba patadas que más parecían coces—. No va a ser tan duro. Es mejor hacer lo que dice. Te traeré libros mañana. Te lo prometo, iré a la biblioteca y cogeré unos cuantos, así podrás leer y se te pasará el tiempo volando, ya lo verás —le decía Remedios para consolarla. Llevarle libros era lo más prohibido que el escaso valor de su madre era capaz de hacer por ella.

El potro que era Virginia estaba sin domar y la cansada mula de carga que era Remedios parecía llevar cepos invisibles que le impedían trotar sola y escapar. Ella temía que la reacción de Dioni, si accedía a las desesperadas súplicas de Virginia, tuviera consecuencias irremediables para ambas. Era mejor no contrariarlo. Pensó que el menor de los males era soportar el encierro como el castigo más benigno para un pecado que ni tan siquiera había pasado por su imaginación de niña inocente.

Virginia se sentía muy sola, echaba mucho de menos a su hermano Jacobo, al que apenas veía ya. Después de la paliza que le había propinado su padre con la hebilla del cinturón, ya nada había vuelto a ser igual. Hacía unos cuantos años que había decidido seguir la llamada de Dios y se había marchado a Badajoz para iniciar sus estudios eclesiásticos en el Seminario de San Atón. Allí estuvo hasta que cumplió los dieciocho y concluyó su período de Seminario Menor. Una vez fue mayor de edad, debía tomar una decisión importante, decidir sobre su vocación. Pero Jacobo lo tuvo claro y continuó su formación en el Seminario de Orihuela en Alicante, muy lejos de su padre y de su pueblo natal. Allí llevaba ya dos años.

Ocasionalmente le escribía, pero sus cartas eran frías, nada que ver con el hermano juguetón y bromista que aquella paliza debió de matar; incluso su caligrafía se había tornado formal. En las cartas, Jacobo parecía dejar escapar algo de ese sentimiento de culpa que siempre le había acompañado por no haber actuado de otra forma frente a su padre, se sentía responsable por no haber hecho nada. Preguntaba por su madre, a quien siempre mandaba recuerdos pero a quien nunca remitió una carta en exclusiva, tan solo unas letras en las cartas dirigidas a su hermana, y a ella, a Virginia, siempre le recordaba que no debía olvidar que podría contar con su hermano mayor, en caso de necesitarlo.

Las letras de Jacobo nunca recibieron respuesta por parte de Virginia, que hizo suyo, para dedicárselo a su hermano, el peor de los desprecios: el no aprecio. Ella era consciente de que su actitud le haría daño a Jacobo y, precisamente por eso, decidió no contestar nunca a ninguna de sus misivas, ni atender al teléfono cuando de vez en cuando llamaba a la granja. Esa fue su venganza, cargada de crueldad, fría y calculada, mantenida en el tiempo, meditada para provocar dolor. En el fondo así era Virginia.

A Dioni, el hecho de que su hijo mayor se ordenara sacerdote fue algo que le costó asumir.

—Mejor cura que maricón —decía Dioni en la taberna después de unos vinos, con claro desprecio por la labor eclesiástica que para él era el trabajo que Dios había inventado para los inútiles—. Siempre ha sido un poco blando para el trabajo de la granja y si Dios lo llama para su servicio, no seré yo quien le contradiga. ¡Pero, Dios mío, haberme bendecido con otro varón para que me ayude cuando me fallen las fuerzas! —gritaba con las manos alzadas mirando al techo de la taberna como si fuera el mismo cielo—. Y ahora, ¿qué pasará con el apellido Iruretagoyena? —se lamentaba—. Moriré sin descendencia de varón. ¿En qué te he ofendido, Dios mío? —Y bebía y fumaba Ducados hasta que terminaban por invitarle a marcharse.

Para Remedios, sin embargo, fue toda una liberación saber que Jacobo estaba fuera del alcance de Dioni. Ella misma alentó a su hijo a marcharse a Badajoz para estudiar; sabía que allí estaría a salvo y pensaba que tal vez Dios lo había llamado para salvarlo de la ira de su padre. Dios aprieta pero no ahoga y, al fin y al cabo, los caminos del Señor son inescrutables, tal y como decía Isaías en la Biblia.

Con todo, Virginia le guardaba cierto rencor; en lo más profundo de sí misma le amaba como solo se puede amar a un hermano mayor que ha hecho las veces de padre y madre, pero también estaba enfadada con él por dejarla allí sola. Sentía que ese Dios del que tanto hablaba Jacobo y al que tanto utilizaba para su conveniencia Dioni, ese al que ella nunca había terminado de comprender, le había robado a su hermano, la única persona que le daba afecto, la única persona que cuidaba de ella. Jacobo había faltado a su promesa. La había abandonado a su suerte a pesar de comprometerse ante San Sebastián a protegerla de por vida. Una promesa se da para cumplirla. Para Virginia, aquello había sido un acto de cobardía: Jacobo no había seguido la llamada de Dios, sino que había huido de Dioni por no tener el valor de enfrentarse a él. Dos versiones distintas de un mismo hecho. Estaba decepcionada y se sentía traicionada por el hermano al que siempre había admirado, y eso no se lo pudo perdonar nunca.

Una semana de encierro no doma a una fiera como Virginia, ni siquiera la vida que le esperaba sería capaz de hacerlo. Lo que consiguió Dioni fue más bien todo lo contrario, acentuar la rebeldía y la atracción por lo prohibido. Por eso, a los pocos días de ser liberada, Virginia volvió a encontrarse con Desiderio, en el primero de sus muchos encuentros a escondidas, en la pequeña ermita del Cristo de los Dolores, al sur de Cachorrilla, ya a las afueras del pueblo, en el que sería su lugar secreto, el mismo que sería testigo de su primer beso, de sus largas conversaciones, testigo de los sueños de unos jóvenes que confiaban en que la vida los convirtiera en realidad.

—Cuando yo salga de aquí me iré al Paraíso. No pienso quedarme en este país, se me queda pequeño —explicaba Desiderio, al que Virginia empezó a llamar cariñosamente Desi.

—No seas tonto, Desi, al paraíso se va cuando uno se muere, pero antes de eso tendrás que vivir en algún sitio.

Desi rio a carcajadas ante el comentario de Virginia. Siempre le hacía mucha gracia esa ingenuidad de niña pequeña y el desparpajo con el que se expresaba.

—No me refiero a ese paraíso, mujer, a ese no quiero ir, bueno, al menos hasta dentro de mucho tiempo. Yo me iré al Paraíso de verdad, uno que hay en esta tierra. ¿No sabes que hay una ciudad que se llama Ciudad Paraíso? —le explicó intentando impresionarla.

—Bueno, supongo que lo habré leído, pero no me acordaba —contestó para disimular su ignorancia.

—Está en México, en Tabasco, y los que viven allí se llaman paraiseños.

—Pues deberían llamarse ángeles —dijo Virginia riendo.

—¡Calla, tonta! He leído mucho sobre esta ciudad. ¿Sabes que se llama así, Paraíso, porque coge el nombre de un árbol que es muy común en toda América y especialmente en esa zona? Es un árbol pequeño que florece en primavera. Su flor desprende un olor muy agradable, parecido al jazmín o al galán de noche. Me imagino tu precioso pelo rojo, adornado con una diadema de esas flores, la belleza adornando a la belleza. Supongo que una ciudad llena de estos árboles, en primavera, debe oler como si estuvieras dentro de un frasco de perfume... ¡Ay, Virginia! —suspiró—, creo que yo nací en el lugar equivocado. Alguien me dejó en Pescueza cuando debería haberme dejado en Paraíso.

—¡La cigüeña, no te fastidia! A ti lo que te pasa es que eres demasiado sensible y eso al final termina por hacerte daño. El mundo necesita personas fuertes.

—Bueno, es una forma de hablar, no es que me cayera del pico de la cigüeña... Y si apreciar la belleza me convierte en un chico débil, pues sí, tal vez no sea como los de por aquí. Pero no me importa ser diferente, el mundo está lleno de cosas bonitas que están ahí para que alguien las sepa apreciar. Tengo quince años, dentro de tres, o como mucho cinco, cuando consiga el dinero suficiente, me iré a México y buscaré trabajo en Paraíso. Dicen que con la industria del petróleo es una ciudad floreciente, con muchas posibilidades. Y quiero que te vengas conmigo, Virginia —le dijo mirándola a los ojos.

Virginia esquivó la mirada, no se esperaba esa sutil declaración de amor. Desi le gustaba, y mucho, pero sus planes de una nueva vida no pasaban por ser compartidos ni con él, ni con nadie. El amor a veces es injusto y desequilibrado. Cuando uno ama más que el otro, siempre tiene las de perder porque entrega más de sí mismo. Desiderio estaba ya entregado a la pelirroja pecosa que hablaba con las vacas y no podía hacer nada más que intentar equilibrar la balanza a su favor.

—Allí, en Paraíso, hay una iglesia preciosa, la iglesia de San Marcos. No es muy grande, pero es la más bonita que he visto nunca, es la iglesia con más colores que conozco. Sus dos torres están pintadas en azul y rojo y también algo de amarillo. Son preciosas, parece que las haya pintado un niño pequeño, tan coloridas... En Paraíso, todo es de otros colores. Todo parece iluminado con otra luz diferente, no como aquí, que cuando hay niebla no se ve nada y todo es gris. En San Marcos podemos casarnos algún día. Viviríamos tranquilos, pescando y bañándonos en playa Dorada.

—A mí me salen más pecas si tomo demasiado el sol —objetó.

—Pues compraremos el mejor protector solar que haya en el mercado o, mejor, iremos a la playa al atardecer, para ver ponerse el sol. Allí siempre hace calor, Virginia. No tendrías que preocuparte por nada. Tú padre nunca vendría tan lejos a buscarte ni aun queriendo. Pondríamos un océano de por medio entre el pasado y el futuro. Nos inventaríamos una nueva vida. Serías mi mujer y yo cuidaría de ti y de nuestros hijos.

El discurso con promesa de amor y protección de por medio empezaba a no gustarle a Virginia. Al fin y al cabo, todos los que habían prometido cuidarle como Jacobo, o simplemente debían hacerlo, como su madre, le habían fallado. ¿Qué le garantizaba a ella que Desi no haría lo mismo? Había aprendido a cuidarse sola y a conseguir por sí misma todo lo que quisiera obtener de la vida.

—Vas demasiado rápido, Desi, somos unos niños todavía. Ni siquiera había pensado en casarme, y mucho menos en tener niños e irme a México. ¿Y qué pasa con mis planes? Esos son los tuyos.

—Son los nuestros, Virginia. Yo deseo que seas parte de este plan, quiero que sea nuestro plan. Los dos queremos salir de aquí. ¿Por qué no hacerlo juntos? Haremos un precioso viaje en barco, un barco de lujo como el *Titanic* y nunca más volveremos.

—Claro, para que nos pase lo que al *Titanic* y adiós sueño, boda e iglesia de colores —contestó Virginia rompiendo todo el encanto que Desi dibujaba con sus palabras.

—No digas eso, estoy hablando en serio. No me preguntes cómo lo sé ni cómo ocurrió, pero estoy tan seguro de que eres la chica de mi vida que ni sé explicarlo. —Desi le cogió la mano y se la puso en su pecho mientras le miraba a los ojos para intentar explicarle, con su mirada, lo que con palabras no era capaz de transmitirle—. Este corazón está loco por ti. No te pido que me quieras ahora, ni que me quieras como yo te quiero a ti, solo te pido que estés a mi lado. Sabré quererte de una manera tan auténtica, que no tendrás más opción que corresponderme. Eres alguien muy especial y creo que tú misma lo sabes, déjame ser esa persona que todos los seres especiales tienen a su lado a lo largo de la vida.

A Virginia se le erizó la piel de todo su cuerpo y sintió algo extraño en el estómago. La mirada de Desiderio la había atrapado y esas palabras que escuchaba le sabían a sinceridad y entrega, como ninguna otra palabra le había sabido antes; eran dulces pero no la empachaban, y hasta se humedeció los labios para intentar saborearlas. Le gustó esa sensación y decidió que se dejaría querer por ese joven que pensaba de ella que era alguien especial. Tenía derecho a que alguien la amara. Tenía derecho a brillar, a ser el centro de atención, a dejarse querer, a recibir lo que otro estaba dispuesto a regalarle. Tenía derecho a todo eso, pero no estaba dispuesta a renunciar a nada.

Lo más complicado de fingir tu muerte es encontrar una forma de morir en la que no exista un cadáver, obviamente porque se trata de una simulación y porque iba a necesitar mi cuerpo para seguir viviendo con el nombre de Carmen Expósito. Reina Antón debía morir, pero sin que su cuerpo lo hiciera.

En mi cabeza barajé distintos planes, más o menos elaborados, para conseguir mi objetivo. En primer lugar, había pensado llevar a cabo algo que había visto en una serie de televisión, de esas de asesinatos. Resulta curioso pensar en la de cosas que se pueden aprender de la pequeña pantalla, y algunas de ellas no demasiado recomendables, por cierto. Pues bien, el plan consistía en extraerme cierta cantidad de sangre diariamente e ir guardándola hasta tener un total de algo más de tres litros. Después, debía simular una muerte violenta y esparcir toda esa sangre por el lugar elegido como escenario del crimen, mi casa o mi coche, por ejemplo. En la serie de televisión, habían elegido el maletero del coche de la supuesta víctima en el que habían colocado un zapato, su bolso y la sangre en cuestión.

Cuando la policía encontrara el escenario preparado, los forenses analizarían el ADN; para entonces, mi hermano ya habría denunciado mi desaparición y colaboraría con la policía, entregándoles mi cepillo de dientes o el del pelo, supongo, para tener una muestra con la que comparar. Los investigadores fácilmente llegarían a la conclusión de que esa sangre me pertenecía y que, por lo tanto, yo era la víctima. Pasaría entonces de persona desaparecida a víctima de un crimen cuyo cuerpo estaba desaparecido.

Tras una investigación, al comprobar la enorme cantidad de sangre esparcida en el supuesto lugar del crimen, darían por hecho que no habría sido capaz de sobrevivir al ataque y que mis heridas habrían sido mortales de necesidad. Decían en la serie que, teniendo en cuenta que un cuerpo humano tiene una media de entre cuatro y cinco litros de sangre, nadie sobrevive si pierde más de tres litros y medio en un ataque o en un accidente. Entonces, buscarían mi cuerpo, sin lugar a dudas, le dedicarían tiempo y esfuerzo, pero cerrarían la investigación sin hallarlo, dándome por muerta.

Así, sobre el papel o viéndolo en la televisión, parecía un buen plan, prácticamente perfecto; de hecho, a la chica de la película le salía bien y conseguía escapar del mismísimo FBI, pero no resultaba tan atractivo cuando lo que pretendes es trasladarlo a la realidad. Había demasiados inconvenientes, alguno de ellos incluso de gravedad.

Para empezar, no me seducía nada la idea de tener que pincharme diariamente para extraerme cierta cantidad de sangre durante no sabía muy bien cuánto tiempo. Tampoco sabía cómo tenía que almacenarla para que se conservara, ni me imaginaba la nevera de mi casa llena de bolsas de sangre al lado de unas pechugas de pollo o de unos yogures. Además, nunca me gustaron las agujas y me mareaba cada vez que el médico me mandaba hacer un análisis de control.

En segundo lugar, hacer pasar mi muerte por un crimen violento suponía una tortura añadida al dolor que ya de por sí le iba a causar a mi hermano Simón mi desaparición. Suele ser importante la forma de morir de la gente que quieres. Resulta reconfortante pensar que alguien al que amas murió sin sufrimiento, y todo lo contrario, debe ser muy difícil asimilar la muerte violenta de un ser querido. Aquel era un argumento importante para mí.

Pero el argumento decisivo, el determinante, la causa que me llevó a no decidirme por este método para fingir un homicidio, fue mi conciencia. Sí, mi cargo de conciencia, el sentimiento de culpabilidad que me acompañaría en el caso, no improbable, de que la policía detuviera a alguien, obviamente inocente, como el supuesto culpable de mi muerte.

Convertirme en la víctima de un delito violento abría la puerta a la posibilidad de que la investigación terminara con la de-

tención de alguien que, con seguridad, era inocente. Esas cosas pasan de vez en cuando. Inocentes que son condenados por crímenes que no han cometido. Culpables que no lo son, pero que lo parecen a raíz de las circunstancias. ¿Y quién puede controlar las circunstancias? Yo, desde luego, no me sentía capaz de ello. Y ya puesta a alimentar mi neurosis de culpa, si eso ocurría, si se producía alguna detención en relación con mi caso, también había aprendido de las series que los primeros investigados como sospechosos son las personas cercanas al círculo de la víctima. El marido, en este caso inexistente, el amante, igualmente inexistente, y la familia, reducida en este caso a mi hermano Simón. En un noventa por ciento de los crímenes, los culpables son familiares o amigos cercanos; entonces, ¿quién me garantizaba que no considerarían como sospechoso a mi hermano Simón?

Tal vez pensaba demasiado y estaba alimentando una paranoia fruto del estrés que acumulaba en aquel momento, es muy probable, pero me conocía bien y sabía que la opción de «autoasesinarme» no era la más adecuada. Demasiados cabos sueltos, demasiada tentación para la suerte, a la que le gusta jugar a inventar guiones que siempre superan a la ficción.

Descartada, pues, esa forma de matarme, de hacer morir a Reina Antón, debía centrarme en otra, mucho menos sangrienta y un poco más simple. Por algo se dice que la distancia más corta entre dos puntos es la línea recta.

—Si yo estoy viva y quiero hacerme pasar por una muerta, sin que para ello tenga que haber un cadáver… —me dije a mí misma en voz alta, como si al hablarme pudiera pensar con más claridad—, entonces, piensa, Reina, ¿cuál es la línea recta entre esos dos puntos?

Al pronunciar la palabra cadáver, me sonó como con distancia. Por un momento, no la identifiqué con mi propio cuerpo, no la identifiqué conmigo y pensé: ¿por qué me empeño en que no exista cadáver? ¿Por qué no hacer que el cadáver de alguien, de una desconocida, de cualquier otra persona que ya estuviera muerta, fuera identificado como el cuerpo de Reina Antón, es decir, el mío?

La idea me hizo pensar durante un tiempo. Una muerta que suplantara mi personalidad cuando, en realidad, yo iba a suplantar la de otra fallecida. Era un galimatías algo macabro que, además, me estaba planteando muy seriamente. Toda la situación era una auténtica locura que me estaba perturbando la razón. En cualquier caso, ¿dónde iba a encontrar yo un cuerpo de mujer para hacerlo pasar por mí? Eso no era algo que pudiera comprar en un supermercado, ni tan siquiera en el mercado negro, como había hecho con la documentación que había precisado para mi nueva personalidad. Además, ¿cómo iba a borrar los rasgos físicos que identificaban a ese cuerpo? Esa mujer, ese cadáver, en el improbable caso de poder conseguirlo, tendría huellas dactilares, rostro, ficha dental, tal vez cicatrices o tatuajes…

El asunto me estaba desquiciando sobremanera y ya no era capaz de pensar con claridad. Se me acababa el tiempo y debía encontrar una solución a ese problema, así que decidí aquel día irme a la cama e intentar conciliar el sueño para despejar mi mente. Me tomé un somnífero para que me ayudara a la tarea y poder consultar con la almohada todas mis preocupaciones. La almohada siempre había sido buena consejera. A la mañana siguiente, cuando desperté, lo tuve claro. Fue como una clarividencia; supe exactamente lo que iba a hacer para fingir mi muerte y que nadie necesitara un cadáver para certificarla. ¿Cómo no lo había pensado antes?

5

La mañana del seis de enero del año 2000, Virginia cumplió quince años. La chica pelirroja de las mil pecas vino al mundo, con mucha dificultad, un día de Reyes, un día en que los regalos son los protagonistas, un día en el que los niños juegan a saborear lo dulce que sabe la ilusión. Pero a ella, que en el mismo momento de su nacimiento la arrancaron de la guadaña de la muerte, parecía que esta le guardaba cierto rencor y, quince años después, quiso llevar a cabo su venganza.

Se despertó al alba. No serían ni las seis de la mañana. Un sonido intermitente que sonaba en el cristal de su ventana le hizo abandonar su plácido sueño. No nevaba, pero había helado. El rocío había cristalizado y sus gotas parecían diamantes. Se levantó de la cama y se echó una bata por encima, antes de acercarse a la ventana para descubrir qué era lo que producía ese ruido que la había despertado. Eran piedrecitas chocando contra el cristal, pero sonaba como el granizo golpeando la ventana. Todavía estaba muy oscuro, pero el sol asomaba muy ligeramente por detrás de los tejados de las casas que se escondían muy al fondo de su mirada. Se frotó los ojos para ver mejor y casi se muere del susto cuando, al abrirlos de nuevo, se encontró con la cara sonriente de Desiderio detrás del cristal de su ventana.

—¿Tú estás loco o qué? —le susurró con un tono enfadado—. Casi me matas de un susto, bueno, eso si no te mata mi padre como te vea. ¿Has visto qué hora es?

—¡Feliz cumpleaños, mi princesa pelirroja! He venido hasta su castillo para traerle un presente. No me dan miedo ni los ogros ni los dragones y, si es preciso, lucharé espada en mano para liberarla de su cautiverio —le recitó como un galán de cuento al otro lado de la ventana, lo que disipó el enfado de Virginia al instante y le arrancó una sonrisa.

—¡Estás fatal! ¿Lo sabes, verdad?

—Estoy enfermo de amor, desahuciado, lo mío no tiene cura, me lo dijo un hechicero al que consulté. ¿Me vas a dejar pasar o prefieres que tu caballero andante muera de frío aquí fuera?

—Mi padre no tardará en despertarse y si te ve por aquí, nos matará a los dos —le advirtió, al tiempo que abría de par en par la ventana para que entrara y la adrenalina se le disparaba por el peligro.

Primero entró él y después se volvió a asomar al exterior para coger algo que había dejado fuera. Se sacudió a sí mismo para hacerse entrar en calor y se quitó el gorro de lana. Con las dos manos todavía enfundadas en los guantes, sujetó la cara de Virginia, que tenía el cabello alborotado y las mejillas sonrosadas, y la besó con tal intensidad que parecía que le estaba absorbiendo todo el calor de su cuerpo, apoderándose de ella. Virginia le correspondió gustosa y jugueteó con su lengua cálida abriéndose camino entre los helados labios de Desiderio. Cuando la necesidad de respirar les hizo separarse, Desiderio le mostró su regalo.

—*Voilà!* —dijo señalando con ambas manos lo que había metido por la ventana después de entrar él.

—¿Un árbol? —preguntó extrañada Virginia al ver que su regalo de cumpleaños era una maceta donde había plantado un pequeño árbol que no superaba el metro de altura.

—Pero no es un árbol cualquiera, es nuestro árbol. Se trata de un magnífico ejemplar de árbol del paraíso. Todavía es pequeño y, claro, no ha florecido, porque lo hará en primavera, pero ahí donde lo ves es el símbolo de nuestro amor y lo veremos crecer hasta que nos vayamos a México.

—Y… ¿dónde se supone que lo vamos a ver crecer? ¿Crees que podré plantarlo en la granja sin que mi padre empiece a hacer preguntas?

—Está todo pensado, mi querida princesa. Ven conmigo. —La cogió del brazo y la acercó de nuevo hasta la ventana. Con el dedo índice de su mano derecha señaló—: ¿Ves ahí, al fondo, al final del camino? ¿Ves ese alcornoque y el olivo que hay un par de metros más allá?

—Sí, los veo.

—Pues entre esos dos árboles lo voy a plantar. Siempre que quieras, podrás asomarte a esta ventana y mirar nuestro árbol del paraíso. Lo verás crecer desde tu dormitorio y solo tú y yo sabremos que es nuestro, las raíces de nuestra historia. —Después de la explicación, acercó su boca al cristal de la ventana y lo llenó de vaho. Sobre el cristal turbio dibujó un corazón donde escribió las letras V y D.

—Precioso —dijo Virginia con sarcasmo—. ¿Y no morirá por el frío? Me dijiste que en Ciudad Paraíso hay un clima cálido, y aquí los inviernos son duros. Tal vez no sea este el lugar más apropiado para verlo crecer, ¿no te parece?

—No lo creo. Tu caballero no deja nada al azar. Me he estado informando y, según mis datos, el árbol del paraíso es capaz de soportar las bajas temperaturas de los inviernos en Cachorrilla. Me lo han asegurado en el vivero. ¿Te ha gustado mi regalo?

—Tengo que reconocer que me has sorprendido —contestó Virginia disimulando un cierto desencanto. Ella era más de anillos, unos pendientes, algo de lujo, tal vez un libro… La simbología del regalo la había dejado un poco decepcionada, pero supo disimularlo—. ¡Qué cosas tienes! Eres un romántico que no tiene cabida en este mundo de fieras…, ¿lo sabes? Debes endurecerte, de lo contrario el mundo te comerá de un bocado algún día.

Estaban a punto de fundirse en otro beso cuando se escucharon ruidos en la casa. Tal vez era Dioni, que ya se había despertado, pues solía levantarse muy temprano.

—Anda, lárgate con tu árbol, que mi padre te va pillar y nos colgará a ti del alcornoque y a mí del olivo como nos encuentre juntos en la habitación. ¡No quiero ni imaginar lo que podría pasar!

—No olvides que voy a plantarlo hoy mismo. Cada vez que mires por la ventana y lo veas, te acordarás de mí. ¡Te quiero! ¡Te quiero más que a mi vida! —le dijo mientras salía de nuevo por donde había entrado.

Pero aquella mañana, la de su decimoquinto cumpleaños, que había amanecido romántica, cobrando la forma de un pequeño árbol del paraíso, pronto marcaría un antes y un después en la vida de Virginia. El principio de una segunda parte en su historia.

Dioni carraspeó sonoramente y escupió en el váter repetidas veces. Sus pulmones negros de fumador empedernido le pasaban factura cada mañana y parecía que iba a expulsar las mismísimas entrañas cada vez que escupía lo podrido de su interior.

—¡Remedios, el café! —exigió gritando desde el baño mientras se encendía el primer Ducados de la mañana.

Para Dioni, las palabras «buenos días» no existían. Tampoco se le había oído pronunciar nunca «gracias» o «por favor». Era un hombre exhortativo, de mensajes directos y órdenes claras que debían ser satisfechas al instante.

Virginia salió de su cuarto, enfundada en su bata de estar por casa y todavía algo ruborizada por la adrenalina. Estaba hermosa, a pesar del estampado del batín y el pelo alborotado. Ella estaba guapa siempre, ella siempre brillaba como el mismo sol. Empezó a trastear en la cocina sin saludar siquiera a su padre. Hacía muchos años que se ignoraban como la opción menos dañina para ambos. De vez en cuando, Dioni le soltaba un bofetón para meterla en cintura y recordarle quién era el que mandaba en casa de los Iruretagoyena, pero El Vasco era un hombre que presumía de solo pegar a otros hombres, incluyendo en este concepto a su hijo Jacobo cuando era un niño. Según él, a las mujeres las controlaba solamente con una mirada.

—¡Remedios, el puto café! —volvió a gritar. Era extraño que su mujer no estuviera ya levantada para servirle el desayuno.

—Déjala dormir un rato, ya te lo preparo yo —dijo Virginia.

Dioni se volvió inmediatamente y le cruzó la cara de un bofetón. Sin mediar palabra, como de costumbre.

—¿Quién eres tú para darme órdenes? Yo te lo voy a decir, eres la hija del demonio a la que yo alimento y cobijo bajo mi techo. Ten la decencia de no decirme lo que tengo que hacer. «¡Oh, lleno de todo engaño y de toda maldad, hijo del diablo, enemigo de toda justicia! ¿No cesarás de trastornar los caminos rectos del Señor?» Hechos de los Apóstoles, capítulo 13, versículo 10. Ahora ve al cuarto y saca a tu madre de la cama para que cumpla con sus obligaciones de esposa.

Virginia se sujetó la mejilla con su mano izquierda, como si quisiera evitar que se le cayera al suelo, desprendida de cuajo por el golpe. Con la mano derecha sujetaba un cuchillo de sierra porque, en el momento del bofetón, estaba cortando pan para hacerse unas tostadas. Sus ojos se envenenaron al instante y deseó tener el valor suficiente para clavarle el cuchillo allí mismo, en la cocina de su casa y repetir la operación cuantas veces fuera necesario hasta que estuviera muerto. Sentía la necesidad de ensañarse, había fantaseado con la muerte de su padre tantas veces, que pensó que tal vez esa era la definitiva. Pero sonó el teléfono y se rompió la fantasía. Era Jacobo para felicitarla.

—¡Feliz cumpleaños, hermanita! Quería ser el primero en desearte un día estupendo. Ya estás hecha una mujercita. Tengo ganas de verte, seguro que estás guapísima. —Se deshizo Jacobo en halagos buscando la aprobación de su hermana, que contestó fría como la mañana heladora de Cachorrilla.

—Sí, claro, toda una mujer. ¡Qué sabrás tú de mujeres!

El comentario hizo sonreír a Dioni, que pensó que la pelirroja tenía carácter al fin y al cabo. Tal vez se reconoció un poco en ella, en esa respuesta dañina y hostil.

—No digas eso, Virginia, tú no eres así. No dejes que la vida te embrutezca de esa manera —contestó dolido Jacobo.

—A mí no vengas a darme sermones, hermanito, ya no soy una niña, ¿sabes? Ahora estoy sola, ahora tú ya no estás aquí y sé cuidar muy bien de mí misma —le dijo para echarle en cara que, al marcharse, ella sentía que la había abandonado—. Gracias por llamar. —Y colgó el teléfono.

—Saca a tu madre de la cama o voy yo y la saco a patadas —ordenó Dioni, como si la llamada no hubiera mediado en la escena—. Últimamente está demasiado perezosa, se hace vieja.

Virginia dejó el cuchillo sobre la cocina. La llamada telefónica había desviado la atención de su ira de Dioni a Jacobo. Obedeció a su padre. Le hubiera gustado decirle que no hablara así de su madre, pero calló y fue en busca de Remedios, que continuaba en la cama. Nada más entrar en el cuarto de sus padres, el mismo donde ella había nacido tal día como aquel pero quince años atrás, a Virginia un escalofrío le recorrió la espalda. Sintió frío y un desasosiego inexplicable en el estómago. Con suavidad, acarició a Remedios en la cara para intentar despertarla amorosamente, pero al tocarla la notó helada. Entonces la besó en la frente con delicadeza. Los labios tibios de Virginia en contraste con la piel fría de Remedios adivinaron lo peor.

—¡Mamá, mamá, despierta! —le gritó mientras la zarandeaba con fuerza cogiéndola por los brazos—. Es hora de levantarse, hoy es mi cumpleaños, ¿recuerdas? —le repitió sabiendo que no podía contestarle—. ¡Mamá, por favor, despierta, no me hagas esto! ¡No puedes morirte! ¡Despierta! ¡No me dejes sola! ¡No te mueras! ¡No te vayas! —gritaba desesperada, en un lamento ascendente, al ver que su madre solo era ya un cuerpo inerte sobre la cama.

Pero Remedios no despertó. Había fallecido durante la noche, de una parada cardiaca, sin molestar, sin que nadie se diera cuenta, ni siquiera su esposo, que dormía a su lado. Así llegó la muerte a casa de los Iruretagoyena quince años después de que lo hiciera la vida. Con nocturnidad. Sin avisar. Un macabro regalo de cumpleaños para Virginia, que no derramó ni una sola lágrima a pesar de su tristeza y desolación. Su furia interior, su rabia con la vida era infinita, muy superior al dolor que podía sentir. Todo le parecía tan injusto… Estaba demasiado enfadada como para llorar, demasiado enfadada con el mundo. Salió corriendo hasta el establo y allí, abrazada al cuello de su amiga, la vaca Matilde, se refugió en sí misma, maldijo a la vida y juró que se vengaría de ella. Matilde intentó consolarla a lametones, pero Virginia ya no tenía consuelo.

El rostro pálido de Remedios, sin embargo, parecía en paz. Su expresión era relajada, casi de alivio, adivinándose en sus labios una leve sonrisa. Quizá porque la muerte había sido más generosa con ella de lo que lo había sido la vida. Se la había llevado sin sufrimiento, como en un sueño, la mejor forma de morir para alguien que había tenido una de las peores vidas que se pueden vivir. Su cansado corazón había dejado de latir, al mismo tiempo que había dejado de sufrir. Estaba en paz, tal vez una sensación novedosa para ella que la había seducido para dejarse ir.

Un funeral en Cachorrilla era todo un acontecimiento social, especialmente si se trataba de una cachorrillana como Remedios, querida y compadecida por el vecindario. Una muerte anunciada pero con un desenlace muy distinto al esperado por todos. Jacobo volvió al pueblo para la ocasión y, junto a su hermana Virginia y a su padre Dioni, formó fila para recibir el pésame del centenar de vecinos que se acercaron al entierro.

«Dios la tenga en su gloria», «Qué orgullosa estaba de su hijo sacerdote», «Una santa, era una santa», eran las frases que le decían a Jacobo al estrecharle la mano. «Ya eres toda una mujer, sé fuerte», «Ahora eres la mujer de la casa, toma ejemplo de tu madre», «La pobre ha descansado», eran los comentarios que le hacían a Virginia. Pero, a Dioni, todos los que asistieron a la despedida se limitaron a estrecharle la mano en el caso de las mujeres y darle una palmadita en la espalda, en el caso de los hombres, sin mediar comentario alguno, mientras él recitaba la palabra de Dios una y otra vez, reiterativamente, como un disco rayado, repitiendo: «No se turbe vuestro corazón. Creéis en Dios; creed también en mí. En la casa de mi padre muchas moradas hay. De otra manera, os lo hubiera dicho. Voy, pues, a preparar lugar para vosotros. Y si voy y os preparo lugar, vendré otra vez y os tomaré conmigo; para que donde yo esté, vosotros también estéis. Y sabéis a dónde voy, y sabéis el camino. Juan 14, versículos 1 al 4».

De vuelta a la granja, Virginia había alimentado su enfado. Toda aquella gente que hablaba y cotilleaba, que decía sentir tanto la muerte de su madre, que decían de ella que era una santa, jamás había hecho nada para evitar su sufrimiento en vida. Era una compasión hueca, tan hueca para ella como el mismo Dios al que seguía su hermano Jacobo con ciega devoción. Le parecían todos unos hipócritas, buitres de la carroña de su vecina que iban a su entierro a picotear en sus miserias, las mismas que conocían y que nunca habían denunciado. Tan solo Antonio, el veterinario, el mismo que le había asistido en su nacimiento, se dirigió a ella para ofrecerle su ayuda.

—Sabes dónde vivo, toma mi número de teléfono —le dijo al oído mientras le daba un beso en la mejilla y le estrechaba la mano para darle un trozo de papel disimuladamente—. No dudes en llamarme o venir a casa a la hora que sea. No estás sola, Virginia. Acude a mí si lo necesitas, por favor.

Pero le supo a poco, a bálsamo para su conciencia. Si tan preocupado estaba Antonio por ella, ¿por qué se limitaba a darle su teléfono y no denunciaba la situación ante la Guardia Civil?, ¿por qué no lo había hecho antes durante quince años?, se preguntaba Virginia. Si tan ligado a ella se sentía por haberla traído al mundo con sus propias manos, ¿por qué nunca la había arrancado de ese infierno?

Después del funeral, tan solo tuvo una conversación con su hermano, antes de que este volviera a marcharse al seminario. Ni tan siquiera pasó la noche en la granja. Una tensa conversación antes de que volviera a huir de nuevo, dejando a Virginia a su suerte.

—Quiero que vengas a vivir conmigo —le dijo.

—Yo, ¿a vivir con un cura? ¿No te has dado cuenta de que soy una mujer? Tengo un par de pechos y caderas que se contonean al andar. Dicen que soy guapa y me piropean cuando paso por delante de la taberna. ¿Quieres que una mujer así viva con un sacerdote? Creo que a tus compañeros no les va a hacer ninguna gracia, o tal vez sí, quién sabe, a lo mejor necesitan que les alegren la vista… Y tu Dios, ¿qué opina de esa brillante idea que has tenido? ¿Se lo has consultado? —dijo con un sarcasmo hiriente y descarado.

—No te reconozco, Virginia. ¿Qué te ha pasado?

—Es increíble que tú me preguntes eso. ¿Que no me reconoces? ¿A quién esperabas encontrar, a una jovencita cándida que piensa que el mundo es maravilloso y que cree en los príncipes azules? No soy la niña que dejaste atrás. No quieras venir ahora de salvador de las causas perdidas. Soy una oveja descarriada, qué le vamos a hacer. De todo tiene que haber en la viña del Señor. Si no hubiera gente como yo, no tendría sentido que hubiera gente como tú, que pretende llevarnos por el buen camino. Ya sabes lo que dice papá, que soy la hija de Satanás.

—¿Te ha pegado?

—¿Y ahora te preocupa eso? ¿Cuántos años hace que te fuiste?

—No me puedes culpar por seguir el camino de la llamada de Dios. Tuve que tomar una decisión y pensar en mi futuro —se justificó.

—¿La llamada de Dios? Yo creo que más bien seguiste el camino del miedo y la cobardía, y te importó muy poco dejarnos a mamá y a mí con ese monstruo. —Jacobo agachó la cabeza e hizo como que no había escuchado el reproche. Le dolió porque, en el fondo, él pensaba lo mismo y arrastraba un profundo sentimiento de culpa. No le respondió y cambió de tema.

—Hay un colegio de hermanas jesuitas muy cerca del seminario. Puedo buscarte una habitación. Podrías retomar tus estudios e incluso ir a la universidad. Puedes tener oportunidades fuera de Cachorrilla. No me pondrían problemas, las hermanas jesuitas estarían encantadas de acogerte. —Virginia soltó una carcajada sonora y cínica.

—¿Acaso tengo pinta de monja? —dijo poniéndose en pie y marcando con sus manos su bonita figura femenina y adolescente. Jacobo se ruborizó al ver el cuerpo de mujer de su hermana a la que había dejado siendo todavía una niña—. Lárgate a tu seminario y déjame en paz. No te preocupes por mí, así, tan repentinamente. ¿Oportunidades? Sé muy bien lo que quiero en esta vida y haré lo que sea necesario para conseguirlo, de eso puedes estar seguro. Ni por un momento mis planes pasan por vivir en un convento de monjas, más bien todo lo contrario. Tendré una vida de lujo porque me la merezco. La vida es una estafa, ¿sabes? Y si hay que marcarle un farol para ganarle la partida o hacerle trampas, lo haré. Lo importante es ganar, y yo soy una ganadora. Me da igual lo que diga la Biblia y un millón de apóstoles juntos. Nada ni nadie va a cambiar mi forma de pensar, y no te necesito a ti, ni a tu Dios mentiroso, ni a unas monjas metidas entre cuatro paredes. Ahora ya no tengo a mamá a mi lado. Ahora nada me retiene en Cachorrilla —dijo ignorando por completo a Desiderio—. En cuanto pueda, me iré de aquí. ¿Sabes una cosa? A lo mejor tiene razón papá cuando dice que soy la hija del mismísimo demonio. ¡Qué cosas tiene la vida! Dos hermanos, uno cura y la otra... —Se guardó lo que iba a decir de sí misma—. Vete a rezar a tu iglesia y no vengas más por aquí a calmar tu conciencia.

Virginia se había curtido con el paso del tiempo hasta rozar peligrosamente la línea que separa la autodefensa de la crueldad. Lo que no te mata te hace más fuerte, eso es cierto, pero también se corre el riesgo de que te hiera de gravedad, y Virginia estaba herida en lo más profundo de su alma, aunque ella lo ignorara.

Había aprendido a ser fuerte por obligación, a no mostrar su debilidad, a no soportar la debilidad de los demás, a luchar contra todo y contra todos, incluso contra ella misma. No supo apreciar nunca el valor del amor porque, por encima de este, siempre prevaleció el instinto de supervivencia.

Pero los planes de Virginia no iban a salir tal y como los tenía pensados, al menos no en un futuro inmediato. Tan solo pasaron dos semanas de la muerte de su madre cuando todo cambió. La granja necesitaba de una mujer que hiciera las tareas de las que Remedios se encargaba, todas las tareas, incluidas las de esposa.

Dioni tuvo un duelo breve, casi inexistente. Se lamentaba de tener que hacer más trabajo del habitual porque se encargó de algunas labores que, hasta entonces, eran responsabilidad de Remedios, como ordeñar a Matilde, limpiar el establo o atender el corral. Pero nunca se lamentó de echar a faltar a su esposa, su cariño, sus atenciones. A Virginia le encomendó todo lo relacionado con las tareas domésticas: cocinar diariamente, teniendo especial esmero con las exigencias de Dioni, que no eran pocas, hacer la compra, lavar la ropa y ocasionalmente ayudar con los animales.

Un día, a finales de enero de aquel horrible año 2000, Dioni llegó bebido a la casa. La desagradable mezcla de olores a sudor rancio, vino tinto y tabaco negro llegó antes que él a la granja. Virginia le había preparado la cena, pero El Vasco tenía ganas de un aperitivo. Nada más abrir la puerta y entrar, la cerró con llave, algo que no solía hacer hasta que se iba a la cama. El detalle no le pasó desapercibido a Virginia, que estaba viendo la televisión delante de la chimenea encendida.

No dijo nada y fue directamente hasta su hija. La miró con ojos lascivos de arriba abajo y ella se sintió intimidada y acorralada. Se cerró la bata hasta el cuello, con la mano derecha, como si quisiera esconder su cuerpo al intuir lo que estaba pensando su padre. Pero Dioni, con un aliento pútrido, se acercó al oído de Virginia y le dijo:

—Bueno, ahora que tu madre no está, eres la mujer de la casa… Y yo soy el hombre. Debes empezar a cumplir con tu obligación, ya me entiendes. Seguro que no es nada nuevo para ti. Ese amiguito tuyo que te ronda hace tiempo ya habrá probado a la putita pelirroja, ¿a que sí?

Virginia sintió terror e intentó coger el atizador de hierro que usaban para el fuego de la chimenea, con la intención de tener algo con lo que defenderse, pero no pudo porque ya estaba arrinconada y su brazo no le alcanzaba. Dioni no le dio tregua. Inmediatamente empezó a manosearla por todo el cuerpo y esparcir sus babas por su cuello. Virginia movía la cabeza de un lado a otro, angustiada, intentando evitar que la boca de su padre se juntara con la suya, su aliento le dio ganas de vomitar. Con los brazos, apartó como pudo el enorme cuerpo de Dioni, pero la lucha era claramente desigual en fuerzas. Pero Virginia no estaba dispuesta a rendirse. En un impulso, le propinó un rodillazo en la entrepierna y Dioni gimió de dolor y bajó la guardia unos segundos, lo que le sirvió a la chica para escapar del rincón. Pero no llegó lejos. La patada cabreó todavía más a Dioni, que la agarró del pelo y la llevó hasta el dormitorio a tirones. La lanzó sobre la cama. La misma cama en la que ella había nacido y en la que hacía pocos días había muerto su madre. Allí mismo, entre arañazos y patadas defensivas de la joven, la lucha parecía excitar todavía más a su padre. Era un búfalo sudoroso que reía hincado de rodillas sobre la cintura de su hija, inmovilizándola.

—Naciste para esto, todas las pelirrojas son unas putas, así que no te me revuelvas tanto, eres una gata en celo que gruñe pero que disfruta, es tu naturaleza. No me lo pongas más difícil. Hasta el mismo Jesucristo tuvo a María Magdalena a su servicio.

Le abrió la bata y le arrancó el jersey que llevaba debajo. Después, rompió de cuajo con ambas manos el sujetador y dejó al descubierto sus pechos adolescentes, de piel blanca y pezones rosados. Los lamió con gula mientras sujetaba con fuerza los brazos de su hija, que sintió la mayor repulsión de su vida y por primera vez tuvo ganas de llorar. Pero Dioni estaba dispuesto a llegar hasta el final y no se paró ahí.

—Es mejor para ti que te estés quietecita y disfrutes, pasará quieras o no quieras. Si me lo pones difícil te mataré, pero primero mataré a esa vaca que quieres tanto. Si se lo cuentas a alguien, comeremos filete de ternera todo el invierno. ¿Me has entendido?

Le bajó el pantalón con una mano mientras con la otra la sujetaba. Virginia le escupió en la cara y Dioni sonrió. Entonces le arrancó las bragas de un tirón, se limpió el escupitajo con ellas y se las metió a Virginia en la boca para que no gritara.

Allí mismo, sometida y humillada, bajo el repulsivo cuerpo de su padre, pidió a Dios, ese que nunca le escuchaba, que le mandara a la muerte en aquel mismo instante, pero esta vez también le hizo oídos sordos. La obligó a abrir las piernas y la penetró violentamente moviéndose con energía como un animal hasta hacerla sangrar, resoplando de placer, jadeando de gusto, mientras por las mejillas de Virginia rodaban las lágrimas del dolor, la rabia, la ira y la impotencia.

Miércoles, 23 de junio de 2010

Una vez tuve aquel sueño revelador, la solución para fingir mi muerte vino a mí. Simularía un suicidio, pero un suicidio algo particular, sin cuerpo. Dicho así, parece algo imposible de llevar a cabo, pero no lo es, es mucho más sencillo de lo que parece. La clave estaba en el mar y en un reportaje que había visto hace años sobre los peligros de los cruceros de lujo. El mar, esa inmensidad de agua salada que, contrariamente a lo que se cree, no siempre devuelve todo lo que se traga. Los cruceros, esos supuestos viajes de placer que en ocasiones son trampas mortales, auténticas pesadillas.

La información estaba alojada en mi subconsciente y solo había necesitado dormir unas cuantas horas para rescatarla. Es curioso lo anárquico que puede resultar a veces el funcionamiento del cerebro humano. Algo que había visto y escuchado hacía años, había sido la clave para resolver el problema de mi muerte. Y toda esa información había estado ahí, almacenada en mi cabeza todo el tiempo, hasta que había precisado de ella y la rescaté.

Recordaba incluso los comentarios de un sociólogo, que había denunciado en un reportaje que había leído en un dominical, lo peligrosos que pueden llegar a ser los cruceros de placer. Así que busqué en la red hasta dar con entrevistas y artículos publicados en prensa sobre este asunto. Desde luego, cualquiera que hubiera prestado atención a todo aquello hubiera desistido de inmediato de programar sus vacaciones a bordo de un barco de lujo para pasarlas en alta mar. Multitud de afectados denunciaban el altísimo número de robos y agresiones sexuales que se producen a bordo, los importantes brotes epidémicos que en ocasiones se extienden entre los pasajeros y, lo que más me interesaba a mí, el número de personas desaparecidas a lo largo del trayecto, un número nada insignificante.

*Me documenté al respecto. La mayoría de las desaparicio-
nes se suelen achacar a las imprudencias de los viajeros. Muchas veces, beben más de la cuenta y desoyen las advertencias
de la tripulación. Salen a pasear a cielo abierto cargados de alcohol y algunos terminan cayendo al vacío del mar. Sus cuerpos
no suelen aparecer, el mar se los traga para siempre, la fauna
marina da buena cuenta de ellos y muy frecuentemente estos
incidentes suelen ocurrir en aguas internacionales, es decir, en
tierra de nadie. No hay cuerpo que se pueda reclamar y, normalmente, la legislación aplicable en estos casos es la marítima. Entonces, la compañía naviera debe hacerse cargo de estos accidentes y se suelen cerrar con acuerdos económicos, con el fin
de que se les otorgue la menor publicidad posible, con la intención de que se haga poco ruido para no desprestigiar este importante negocio de vacaciones en el mar.*

*Aquello era perfecto, era justo lo que yo necesitaba. Me em-
barcaría en un crucero, me dejaría ver entre el pasaje, entablaría
alguna amistad a la que le transmitiría toda mi tristeza, con la intención de que pudieran dar fe de mi supuesto estado de ánimo
y, más tarde, fingiría mi suicidio, dejando una nota en mi camarote, explicando que me había lanzado al mar porque era víctima
de una profunda depresión. Después, tan solo tendría que des-
embarcar en alguna de las escalas, eso sí, cambiando un poco
mi aspecto para que no hubiera testigos que pudieran recono-
cerme. Nunca más me volvería a embarcar y ya por tierra viajaría
hasta Bugarach, para empezar de nuevo como Carmen Expósito.*

*Reina Antón moriría pues en un supuesto crucero de placer.
La causa de la muerte sería el suicidio, con nota de despedida
incluida con el fin de evitar especulaciones y acortar los trámites
burocráticos. La gente del pasaje avalaría mi versión, declararían
que me notaron muy triste y decaída. La compañía naviera daría
carpetazo al asunto lo más rápidamente posible, para evitar la
mala publicidad, y yo, para entonces, ya estaría instalada en el
pueblo del Pirineo con mi nueva identidad.*

Sencillamente, un plan perfecto.

6

Bajo la ducha, las lágrimas de impotencia de Virginia se confundieron con el agua, y el hilo de sangre que le surcaba la entrepierna se tornó más rosáceo y menos rojo intenso. Vomitó allí mismo, en la bañera. Todo se fue por el desagüe, el vómito, la sangre y las lágrimas, todo menos el dolor, la ira, las ganas irrefrenables de venganza, el veneno que cambió para siempre su alma.

Se culpó a sí misma por no haber sido capaz de matarlo antes, en un descuido, cualquier día de su insoportable vida. Pensó que con los años había perdido valor, que de niña había sido mucho más valiente el día que había intentado envenenarlo sin éxito. Pero no era cierto, lo que ocurría era que los años le habían aportado también un mayor sentido del bien y del mal y, fundamentalmente, le habían hecho ser consciente de las consecuencias que podría acarrearle matar. Lo quería fuera de su vida, pero no estaba dispuesta a ir a la cárcel, ni siquiera a un reformatorio. Lo quería muerto, pero no pensaba pagar el precio de su propia existencia entre rejas, sencillamente porque su padre no lo merecía; de alguna manera, hubiera sido una victoria más de Dioni, vencedor incluso después de muerto.

No sabía qué hacer y se sentía sola. Pensó en llamar a Antonio, el veterinario, pero la idea se desvaneció al instante al sentir vergüenza solo de pensar en contarle lo ocurrido. Tal vez debía llamar a su hermano Jacobo, pensó, pero su orgullo todavía era muy fuerte como para eso. Además, quizá si Jacobo no se hubiera marchado, aquello no hubiera ocurrido nunca, se lamentó. Solamente le quedaba Desiderio, el enamorado joven que había plantado un árbol por ella. Tal vez, él sería capaz de matar por amor.

Pasaron unos días hasta que reunió las fuerzas para quedar con él y hablar de lo ocurrido. Durante todo ese tiempo, hizo lo posible por no coincidir en casa con su padre. De noche, atrancaba la puerta con una silla hasta que ideó un cerrojo de quita y pon, con un candado, para poder encerrarse desde dentro y al menos dormir tranquila. Ese era su refugio. Quedaron, como siempre, en la ermita del Cristo, a las afueras de Cachorrilla, en su lugar secreto, en una fría tarde de febrero. El relato fue crudo, pero ni siquiera llegó a ser la mitad de duro de lo que había sido la experiencia vivida por Virginia y Desiderio quedó mudo al escucharlo, estupefacto, con una expresión de horror en su rostro. La abrazó, pero Virginia rechazó el contacto físico de inmediato.

—Debemos acudir a la policía y a un médico para que te haga un reconocimiento —le dijo Desiderio, cogiéndola de la mano.

—¿A la policía? ¿A un médico? ¿Pero tú has perdido la cabeza, Desi? ¿Qué crees que ocurrirá entonces?

—Lo encerrarán, eso ocurrirá.

—¡Qué ingenuo eres! Eso no pasará. Iré de mano en mano, médicos, psicólogos, mujeres policía, informes por aquí, por allá, toda esa mierda es lo que pasará. Dudarán de mi versión. Él dirá que no me hizo nada, que nunca me ha tocado, incluso es capaz de decir que fuiste tú…, ¿no lo habías pensado? —Desiderio tragó saliva, no había pensado en ello. Siempre había deseado acostarse con Virginia, pero todavía estaba esperando que llegara el momento. Hasta entonces, se conformaba con algo de sexo furtivo sin llegar a mayores.

—Pero eres una menor, te protegerán de alguna manera. Decretarán prisión preventiva o una orden de alejamiento… No sé, algo harán hasta que se celebre el juicio…

—¡Claro, un juicio! ¡Tú has visto mucha televisión! A veces no sé en qué mundo vives, Desi. La justicia no es para gente como nosotros. Si los pobres queremos justicia, debemos tomarla con nuestras propias manos. Ojo por ojo, eso sí es justicia. El que la hace, la paga.

—No sé a qué te refieres… —dijo Desi, creyendo conocer lo suficiente a Virginia como para intuir por dónde derivaría la conversación.

—Me refiero a que merece morir por lo que ha hecho.

—¿Matarlo?

—Sí, matarlo —contestó sin pestañear la pelirroja.

—Pero ¿cómo vas a hacer eso? ¿Tú estás loca?

—A mí me pillarían enseguida, sería la primera sospechosa, no puedo hacerlo yo. Una vez me dijiste que harías cualquier cosa por mí, ¿recuerdas?

—No puedo hacer eso, Virginia. No me puedo creer que me lo estés pidiendo.

—¿No me querías por encima de todo?

—Claro que te quiero por encima de todo y de todos, lo sabes, pero no puedo matar por ti. Me pides que me convierta en un asesino, exactamente es eso lo que me estás pidiendo, ¿lo entiendes?

—No, lo que te pido es justicia. Si no eres capaz de dármela, entonces no me quieres como dices —le dijo impasible, con la mirada fría y con sus ojos color miel clavados en el horror que sentía Desiderio.

—No es justo que digas eso. Sabes que no lo es.

—Es así de sencillo, Desi, yo lo haría por ti sin dudarlo —mintió—, tal vez porque yo sí te quiero de verdad. Es la primera vez que te pido algo y tú me lo niegas… ¡Qué clase de amor es ese! ¿No se trata de querernos y ayudarnos en lo bueno y en lo malo? ¿No deberías ser tú quien me proteja? En realidad, en eso se basa una pareja, ¿no te parece?

—Estás equivocada, Virginia, sé que ahora estás enfadada, ni me imagino lo que has tenido que pasar. Entiendo que no encuentres en tu cabeza otra solución posible, pero ese no es el camino. Esa muerte nos perseguiría toda la vida, tendríamos que huir para siempre, viviríamos como fugitivos, siempre con miedo, siempre mirándonos las espaldas, y eso suponiendo que no nos descubrieran —le explicó Desi angustiado, intentando hacerle entrar en razón.

—Mátalo y nos fugaremos a Paraíso, como tú querías… —le susurró cariñosa y persuasiva al oído—. Toda la vida juntos, tú y yo, bañándonos en sus playas. Me casaré contigo en esa iglesia de colores que tanto te gusta…

En aquel momento, Virginia era una serpiente tentadora, sinuosa y manipuladora, intentando hacer sucumbir a sus encantos a un Desiderio joven y enamorado, al que solo el hecho de notar el aliento caliente de Virginia rozando su oreja le erizaba la piel.

—Fingiremos un robo de ganado, de noche, un día sin luna. Yo esconderé su escopeta, la que tiene detrás de la puerta de la granja. Tú haz ruido y él saldrá desarmado, pensando que es un intruso. Luego le dispararás y dejaremos escapar algunas cabezas de ovejas. La Guardia Civil pensará que salió de casa para evitar el robo y que el asaltante, al verse sorprendido, lo abatió. Hay mucho ladrón furtivo por la zona, es un plan perfecto.

—No sé, Virginia, es muy fuerte lo que dices.

—Yo seré testigo. Diré que oí sonidos extraños y que vi cómo mi padre salía para ver qué ocurría. Declararé que tuve miedo y que me escondí en mi cuarto. Luego diré que escuché un disparo. Explicaré que estuve escondida un rato hasta que ya no se oyó nada fuera y que fue entonces cuando llamé a la Guardia Civil. No investigarán nada más, y mucho menos a ti... Después dejaremos pasar unos meses para no levantar sospechas y nos marcharemos juntos a Paraíso a empezar una nueva vida juntos.

La dulce voz de Virginia, su tono embaucador y sensual, su mirada seductora, empezaban a convencer a Desiderio. El plan le pareció bueno. Al fin y al cabo, ya se habían puesto varias denuncias por robo de ganado en la zona. Podía resultar creíble que uno de ellos se frustrara y terminara con la muerte de Dioni. Prometió pensarlo y así lo hizo durante una semana. Finalmente, accedió.

Fijaron la fecha para el primer día del mes de marzo, esa noche sería oscura, sin luna. Lo harían a las tres de la madrugada, cuando la noche fuera cerrada y Dioni ya hubiera cogido el sueño. Así, se levantaría aturdido y todo resultaría más sencillo. Desi practicó con la escopeta de caza de su padre porque hacía tiempo que no disparaba y se convenció a sí mismo de que lo que iba a hacer era lo correcto, la mejor forma de darle justicia a Virginia, de la que estaba perdidamente enamorado. Por su parte, Virginia se encargó de alimentar el sueño de Desi, de mostrarse mucho más cariñosa que nunca, de moldear su voluntad como un niño moldea la plastilina, a su antojo, para su propio interés, hasta que llegó el día.

La sangre corría más deprisa de lo habitual por las venas de Virginia, se sentía ansiosa, hasta emocionada. Veía tan cerca la hora de ser libre, de vengarse, que casi no podía contener la euforia. Desi, sin embargo, tenía más dudas cuanto más cerca estaba la fecha. El último día estuvo a punto de echarse atrás, pero sabía que Virginia no se lo perdonaría jamás. Se bebió un par de vasos de una botella de ginebra que había por su casa, intentando buscar el valor que necesitaba en aquellos tragos de alcohol y aguardó a que fuera la hora prevista, sentado en la cama de su cuarto, mirando fijamente la escopeta con la que iba a matar a El Vasco.

Se abrigó bien y se puso un pasamontañas. Recorrió la distancia que separaba Pescueza de Cachorrilla en bicicleta, con una pequeña luz delantera que alumbraba débilmente el camino, porque la noche era oscura como la muerte, negra como un agujero que todo lo engulle, y a cada pedaleo, sus dudas iban creciendo y también se oscurecían sus pensamientos. Tenía miedo y no quería reconocerse a sí mismo como un cobarde, pero tampoco como un asesino.

Virginia esperó a que Dioni se acostara y escondió la escopeta debajo de su cama. Después, se encerró en su cuarto, echando el candado como hacía siempre y aguardó la hora. Pronto, el silencio de la noche de Cachorrilla se interrumpió por los ladridos de Chucho y el sonido inquieto de los animales del establo. Dioni despertó y se incorporó como si tuviera un resorte. En pijama, salió de la habitación y miró por la ventana. No vio nada, pero los animales seguían inquietos. Buscó la escopeta, pero no la encontró. Apresurado por espantar a los intrusos que suponía estaban fuera, no se entretuvo en buscarla. Cogió el atizador de hierro de la chimenea y salió fuera.

—¿Quién anda ahí? ¡Maldito hijo de puta! ¡No tienes huevos de ponerte delante de mí! ¡De hombre a hombre! —gritó alzando el atizador.

Desiderio estaba agazapado detrás de un pequeño montículo, intentando apuntar con la escopeta al pecho de Dioni, muerto de miedo, tembloroso, incapaz de mantenerla quieta ni un segundo. Virginia aguzó el oído, sentada en la cama, abrazada a sus propias piernas, balanceándose ligeramente por efecto de los nervios. Y entonces, se escuchó un disparo y a los animales asustados. El caballo relinchaba con fuerza y daba coces a las paredes, Matilde mugía desesperada y el ganado se alborotó ruidosamente.

Virginia cerró los ojos y respiró aliviada. Tenía una sensación placentera que ella identificó como la felicidad. Se sentía ligera, capaz de cualquier cosa, poderosa, liberada, casi extasiada, emborrachada del placer de la venganza. Pero la sensación duró poco, el tiempo que tardó en escuchar a su padre gritar de nuevo.

—¡Maldito cabrón! ¡Te cogeré! ¡Te retorceré los huevos hasta que me supliques que te mate! ¡Eres hombre muerto! ¡Ven aquí, cara a cara, si tienes cojones! ¡No te escondas! —gritaba una y otra vez, alzando el atizador y moviéndose compulsivamente de un lado a otro, intentando buscar a quien le había disparado sin éxito.

El tiro de Desiderio no dio en la diana y no fue capaz de intentarlo por segunda vez. El miedo le pudo y salió huyendo con su bicicleta como llevado por los demonios. Virginia sintió cómo una profunda frustración se apoderaba de ella y arremetió contra el colchón a puñetazos. De repente, se acordó de la escopeta que tenía bajo su cama. Su padre volvería a entrar y la buscaría. Debía volverla a poner en su sitio antes de que eso ocurriera. Angustiada, abrió el candado de su habitación y la colocó algo esquinada tras la puerta de entrada a la casa, tapada ligeramente con un abrigo que colgaba de una percha, para disimular y que Dioni pensara que por eso, con las prisas, no la había visto antes. En ese instante, entró su padre y Virginia fingió estar interesada por lo ocurrido, como si no fuera con ella.

—¿Qué ocurre? Me ha despertado un ruido —dijo haciendo gala de unas grandes dotes interpretativas y mucha sangre fría.

—¡Un ladrón! Seguro que era uno de esos furtivos que roban ganado últimamente por la zona. He conseguido que saliera huyendo. El muy cobarde me ha disparado en plena noche, pero no me ha dado. ¿Dónde está la escopeta? —preguntó buscándola con la mirada hasta que dio con ella—. ¡Joder! Para una vez que me hace falta y no la he visto antes. —Virginia suspiró aliviada—. Ese no volverá por aquí. A partir de ahora dormiré con ella.

Virginia maldijo a Desiderio por haber echado a perder todos sus planes. Pensó de él que era un inútil, incapaz de acertar un blanco de noventa kilos a escasos diez metros de distancia. Lo culpó por su cobardía, por su sangre de horchata, por su poco coraje, por ese romanticismo de cuento que a ella le empalagaba, lo culpó por todo y le hizo el vacío.

En los días siguientes, Desi intentó ponerse en contacto con ella, sin conseguirlo. Si sonaba el teléfono y era él, le colgaba inmediatamente. No volvió a acudir a ninguna de sus citas habituales, a ningún encuentro furtivo en la ermita. No respondió a las piedrecitas que en plena noche le lanzaba al cristal de su ventana. Ni siquiera se enterneció cuando un día, mirando por la ventana de su cuarto a lo lejos, se sorprendió al encontrar el árbol del paraíso que le había regalado por su cumpleaños, rodeado de un grandísimo lazo rosa.

Desiderio moría lentamente de mal de amores. Sabía que había fallado a su pelirroja y se sentía culpable por ello, al mismo tiempo que aliviado por no haber matado a un hombre, y por todo ello confuso. Virginia era una experta en hacer sentir culpables a los demás, tal vez como una forma de autodefensa o tal vez porque, en el fondo, era tan manipuladora como su progenitor, pero también mucho más sofisticada en su estrategia.

Una noche, Desiderio consiguió colar una carta por la ranura de la ventana del cuarto de Virginia. Confiaba en que la curiosidad le pudiera y la leyera, como así fue.

Mi querida pecosa:

Sé que te he fallado y no sabes cuánto lo lamento. No puedo volver atrás, el pasado siempre se escapa para no volver, pero sí puedo mirar hacia delante. Sabes que te amo, sabes que eres y serás la única mujer en mi vida y, si miro hacia el futuro, no me lo imagino si no estás. Enfádate conmigo, pero luego perdóname. Busca en tu corazón una razón para quererme y aparta todo el rencor, el que sientes hacia mí ahora mismo, hacia la vida, hacia todo el que te ha hecho daño. No vivas con él, porque terminará destruyéndote.

Huyamos. Empecemos una vida juntos, lejos de aquí. Siembra esperanza y deja que dé su fruto.

Yo estaré siempre a tu lado, no volveré a fallarte nunca, me tendrás para todo lo que necesites, te lo prometo, y te lo dejo plasmado por escrito para que veas que mi compromiso contigo es en firme… Dame una segunda oportunidad, por favor.

Te quiere

Desi

A Virginia le gustó la carta. La apretó contra su pecho y suspiró satisfecha, no porque también amara a Desiderio —le tenía aprecio, sí, pero se quería más a sí misma—, sino porque para ella aquella carta era la confirmación de la entrega absoluta de Desi a su persona. Se sentía satisfecha por ello, pero no pensaba perdonarle haber fallado el tiro, no todavía, no hasta cobrarse el error, algún día, en algún momento.

Las semanas pasaron y llegó la primavera a Cachorrilla. Virginia siguió durmiendo con un candado en su puerta y habitando su casa como un fantasma, sin hacer ruido, casi de puntillas, intentando ser lo más invisible posible. Mientras tanto, sisaba dinero muy poco a poco de la cantidad asignada para la compra. Su intención era aguantar un poco más en la granja hasta que tuviera suficiente para escapar. Los encuentros con Desi tras su carta se produjeron con cuentagotas. Virginia dosificó muy bien su afecto para conseguir tenerlo enganchado a ella. Empezaba a ser una experta en el difícil arte de la seducción como arma de manipulación.

Su aspecto físico había empeorado tras la agresión. Estaba delgada y ojerosa. Apenas podía dormir un par de horas seguidas. Tenía pesadillas. Su apetito era tan escaso que casi no comía y a menudo sentía náuseas cuando lo hacía.

A mediados del mes de mayo, empezó a tener sospechas de que algo no iba bien. Se sentía tan fatigada que en ocasiones era incapaz de levantarse para preparar el desayuno. Se notaba el vientre algo hinchado y empezó a notar lo que ella pensó en un principio que eran retortijones. Pero lo que realmente le ocurría a Virginia era mucho más serio y no tardó en darse cuenta. Estaba embarazada.

Lloró amargamente contra la almohada cuando comprendió que aquel malestar se debía a su embarazo. Calculó que debía de estar ya en el cuarto mes de gestación. Había tenido ligeras pérdidas los meses anteriores, algo escasas, en los días que correspondían a la menstruación, y había achacado esa irregularidad al estrés provocado por todo lo que estaba viviendo. Ni por un momento había imaginado que pudiera estar preñada hasta que ya fue evidente.

Sintió un profundo asco por la criatura que llevaba en su interior y no soportaba sentir cómo se movía. No la quería allí dentro, no quería un fruto de su violación creciendo en su vientre. Se dio puñetazos a sí misma en la incipiente barriga hasta que se hizo daño y se sumió en una profunda depresión, abatida por la vida que no hacía más que ponerla a prueba.

Definitivamente, dejó de ver a Desiderio, que no entendía nada, desconocedor de aquel embarazo. Apenas salía de su cuarto, encerrada bajo llave, encarcelada en su propia casa y por voluntad propia. Ni siquiera visitaba ya a la vaca Matilde. Probó todo tipo de pócimas abortivas caseras. Machacaba perejil y lo mezclaba con agua. Lo tomaba casi a diario. Había escuchado que era un potente abortivo, pero no le hizo efecto. A medida que la tripa iba creciendo irremediablemente, Virginia se ceñía una faja ajustable con todas sus fuerzas para ocultar su barriga. No le preocupaba lo más mínimo el daño que pudiera causarle a la criatura. Cuando no le quedaba más remedio que acudir al pueblo, vestía ropa ancha, vestidos flojos aprovechando que ya era verano. Sus pechos duplicaron su tamaño y le dolían. Odiaba su cuerpo y quiso morir millones de veces.

Un día de principios de octubre, al atardecer, cuando el sol dibuja en el horizonte un lienzo de colores cálidos, antes de esconderse, Virginia empezó a sentirse mal. Su padre no se había acostado todavía, estaba cenando y ella dormitaba su depresión, encerrada en su cuarto. Sintió como latigazos atravesando su débil cuerpo y pensó que era demasiado pronto para un parto, calculaba que debía de estar de unos siete meses y medio. Ahogó el dolor mordiendo la almohada, pero cada vez era más intenso y se le empezaba a hacer insoportable. Retorciéndose en silencio, aguantó hasta entrada la madrugada. Tenía miedo, creía que iba a morir y la idea le seducía de no ser por lo doloroso que estaba resultando. Casi llevada por el instinto, se levantó como pudo de la cama y fue hacia el establo en busca del cálido y protector cuerpo de Matilde, lo más parecido a una madre que tenía cerca. Caminando con mucha dificultad, mientras se sujetaba la tripa, salió de la casa. La noche era luminosa y una luna enorme parecía acaparar todo el cielo. Entonces rompió aguas.

Virginia, que ni siquiera había cumplido los dieciséis años todavía, pensó que aquel era el último día de su penosa vida. Como pudo, llegó hasta el establo. Las contracciones eran cada vez más intensas. Ya casi no podía reprimir los gritos de dolor. Pero no quería despertar a Dioni;

si tenía que morir, quería hacerlo al lado de Matilde, acurrucada al lado de una vaca que la había querido más que su propio padre. Matilde parecía sentir el sufrimiento de Virginia y se tumbó para que utilizara su cuerpo como un lecho. Apoyada sobre su lomo, Virginia abrió las piernas, la naturaleza corría su curso sin pedirle permiso y, mordiendo un trozo de madera para evitar gritar, hizo fuerza para que aquel hijo fruto de la barbarie saliera de su vientre. Se sentía desfallecer cada vez que una nueva contracción la sorprendía y apenas tenía tiempo de respirar y recuperar las fuerzas. Quería llorar, pero no podía, quería gritar, pero no podía, quería morir, pero la vida le tenía reservado otro guion.

Después de tres horas agotadoras, una pequeña cabeza asomó. Virginia respiró aliviada al notarla con las manos y tiró de ella sin ningún tipo de delicadeza. Solo quería que aquello saliera cuanto antes de su vientre. El resto del cuerpo de la criatura fue expulsado con rabia, como quien escupe un desecho. Era un niño, pequeño y prematuro, desamparado en el suelo del establo, silencioso, inmóvil.

Virginia no quería mirarlo y deseaba no escucharlo llorar, porque de no hacerlo significaría que estaba muerto. Poco después de parirlo, volvió a sentir otra contracción y expulsó la placenta que seguía unida al pequeño por el cordón umbilical. Todo el establo se inundó de un olor dulzón, como a sangre y fluidos y, en aquel instante, el recién nacido ignorado por su madre, la misma que deseaba haber parido un cadáver, emitió un débil sonido lastimoso. La vaca Matilde empezó a lamerlo, tal vez llevada por un instinto maternal irreprimible, pero Virginia no podía soportar el rechazo que aquella personita inocente le provocaba. Lo odiaba, lo había odiado incluso antes de nacer. Era el hijo de su padre, el fruto de una violación incestuosa, un bastardo fruto de una monstruosidad. Para ella, su hijo era una condena de por vida, un castigo, el recuerdo perpetuo de lo que había tenido que sufrir.

Como tantas otras veces había visto hacer a su padre con los gatos recién paridos, cogió al pequeño, que apenas pesaba dos kilos, y lo sumergió en el agua del bebedero de Matilde. Cerró los ojos y contó mentalmente un par de minutos hasta que calculó que la criatura estaría muerta, mientras Matilde mugía.

Después, todavía sangrando por el parto y dolorida, se cambió de ropa, cogió todos los restos, el cadáver de su hijo al que ni siquiera había cortado el cordón umbilical, la placenta y su ropa manchada de sangre, y lo metió todo en una bolsa de basura.

Sacó fuerzas para adentrarse en el espesor del campo. Amparada por la noche y ayudada por una pala de jardinería, cavó un pequeño agujero a poca profundidad. Allí depositó la bolsa de basura con el cuerpo de su hijo todavía caliente y lo enterró con sus propias manos, las mismas que lo habían traído al mundo y que le habían quitado la vida, ahogándolo. Para evitar que los animales salvajes lo desenterraran llevados por el olor, tuvo la precaución y la sangre fía de colocar una pesada piedra sobre la improvisada tumba. Ni ella misma supo nunca de dónde sacó la fuerza necesaria para moverla. Estaba ida, pero cabal al mismo tiempo, ausente pero calculadora, hasta el punto de que había llegado a pensar de sí misma, con absoluta convicción, que realmente era la hija de Satanás por lo que acababa de hacer, como tantas veces desde niña había escuchado. También se dijo que era muy probable que no fuera mejor que su padre, de tal palo tal astilla, y no le gustó reconocerse en él. Después, volvió a la granja y dejó que amaneciera el nuevo día, un día más, un día cualquiera en Cachorrilla, aunque el último para ella en aquellas tierras.

Virginia Iruretagoyena Rives cogió sus ahorros y una bolsa de deporte con algo de ropa y se marchó al alba aquel día de primeros de octubre del año 2000, recién parida, recién convertida en una filicida. No dijo adiós, ni dejó nota de sus planes. No se despidió de nadie, ni siquiera de Matilde. Simplemente desapareció. Abandonó para siempre Cachorrilla con destino desconocido. Nadie supo nunca de su embarazo, ni de lo que había sido capaz de hacer con su hijo. Nunca lamentó haberlo hecho, pero sí lamentó haberse marchado de allí sin haber sido capaz de dar muerte a su padre, de la misma manera que lo había hecho con su hijo.

Domingo, 27 de junio de 2010

Embarqué en el puerto de Beniaverd, el precioso pueblo de la costa levantina donde había pasado toda mi vida como Reina Antón. Allí nací, allí crecí y desde allí cogí el barco que me llevaría a simular mi suicidio.

Recuerdo el día en el que subí al Golden Mediterráneo, un enorme buque que, más que un barco, era una auténtica ciudad flotante con todos los lujos. Miré a mi espalda y no pude evitar entristecerme. Estaba dejando atrás mi querido Beniaverd, mis amigos, mi negocio, mi pasado, a mi hermano Simón... De alguna manera sí iba a morir un poco, al menos toda esa parte de mí lo haría, pero no quise recrearme en ese sentimiento, era necesario hacer lo que iba a hacer y me guardé en el corazón la esperanza, esa remota posibilidad de volver algún día, por improbable que pudiera resultarme en aquel momento.

Contraté el crucero en una agencia de viajes del pueblo. La suerte estuvo de mi lado porque, de los cruceros con salida inmediata desde el Puerto de Beniaverd, aquel era el perfecto por sus escalas.

El recorrido del Golden Mediterráneo era de ocho días y siete noches y tenía previstas las paradas en Túnez, Nápoles, Civitavecchia en Roma, Livorno en Florencia y, por último, antes de retornar a España, Villefranche en Francia. De haberlo diseñado a mi medida, no hubiera resultado tan perfecto. Con aquellas escalas, podría disfrutar del crucero y llevar a cabo mis planes justo en el último puerto, el de Villefranche, en la Costa Azul, entre Niza y Mónaco. Después, ya por tierra, resultaría bastante sencillo llegar hasta Bugarach, sin cruzar fronteras, hasta mi destino final.

Según la información que me ofrecieron del buque, el Golden Mediterráneo podía acoger hasta dos mil ochocientos pasa-

jeros, una cantidad considerable de personas, suficiente como para perderse entre la multitud. Contraté uno de los cuatrocientos camarotes interiores que ofertaba el paquete turístico de la agencia. De buena gana hubiera elegido uno de los exteriores, con mejores vistas, pero dada la premura estaban ya todos ocupados y no me quedó más remedio que conformarme con un camarote interior. Luego pensé que era más apropiado así, dado el carácter depresivo que debía fingir.

A Simón no le dije que embarcaría, me hubiera hecho muchas preguntas, no hubiera entendido el porqué de un viaje tan inesperado y repentino y, sobre todo, no hubiera entendido que viajara sola. Yo no era mujer de viajes, nunca he sido una persona nómada, de hecho sigo sin serlo, Beniaverd siempre había sido mi sitio, allí nací, crecí y me instalé, allí tenía mi negocio, un pequeño apartahotel de costa con cierto encanto para los turistas, y siempre que había hecho alguna escapada, había sido en compañía de Simón y su familia, mi cuñada Andrea y los mellizos, mis sobrinos, los hijos que nunca tuve.

Opté por enviarle una carta por correo postal, una carta que eché al buzón minutos antes de subirme al Golden Mediterráneo. Sabía que tardaría un mínimo de dos días en llegar a su destino, el correo en Beniaverd no es precisamente rápido, y aproveché esa ventaja en el tiempo para embarcar. Con la carta pretendí dotar de cierta coherencia a la historia que iba a simular; en ella me mostraba triste, con necesidad de un tiempo para pensar sobre mi vida, sumida en un agujero negro existencial que justificara mi supuesto suicidio. La carta decía así:

Querido Simón:

Quiero pedirte perdón por no haberte avisado de mi marcha. Necesito estar sola. Últimamente, no hago más que pensar en lo que ha sido mi vida. No sé si será una crisis de la edad o simplemente un momento por el que tarde o temprano pasa todo el mundo, pero el caso es que llevo un tiempo pensando que tal vez mi vida no haya resultado como esperaba.

Sabes que en el amor he sido un desastre y que no he conseguido tener nunca una relación duradera, entendiendo por duradera que pudiera conservar más de un verano. Tal vez nunca dejé de ser una adolescente en este sentido y no supe madurar, y ahora el tiempo ha pasado y me pesa no tener a nadie a mi lado. Tú, sin embargo, tienes a Andrea y formáis una preciosa pareja. ¡Cómo te envidio!

Cuando os veo con los gemelos, echo a faltar a mis propios hijos. Ya se me ha pasado el arroz en ese sentido y no hay vuelta atrás… Sí, sé lo que estarás pensando cuando leas esto, sé que me has dicho mil veces que los gemelos son tan hijos tuyos como míos, pero sabes a lo que me refiero a pesar de que los ame más que a mí misma.

Pensándolo bien, solo tengo como propio el negocio, y ni eso, porque lo heredé de papá y mamá… Así que realmente me pregunto: ¿qué tengo en el mundo? Ni pareja, ni hijos, casi no tengo vida propia…

En fin, necesito pensar. Necesito salir de Beniaverd, ahora mismo estar aquí me ahoga. Necesito reorganizar mi lista de prioridades. No te enfades conmigo.

Un último favor… No he aceptado ninguna reserva en el hotel para que no tuviera inquilinos durante mi viaje, así que ahora mismo está vacío, pero te agradecería mucho que le echaras un vistazo de vez en cuando.

Te quiero infinitamente, no lo olvides nunca. Tu hermana
Reina Antón

7

La emisora local de Beniaverd sonaba en el taxi y su locutor, el popular Simón Antón, daba los buenos días en su programa matutino. La verborrea de aquella voz grave hacía compañía al taxista mientras esperaba la llegada de algún cliente en la parada de la estación de autobuses y aprovechaba para fumarse un cigarrillo. Era la hora punta, las doce del mediodía, y varios autobuses llegados de distintos puntos de las provincias vecinas terminaban su trayecto en Beniaverd. Con suerte, haría una buena carrera, pensó el taxista mientras escuchaba a Simón Antón, entre calada y calada, apurando el cigarro y tirando el humo por la ventanilla.

Buenos días, por fin es viernes, viernes 13 de mayo de 2005, un soleado y precioso día a prueba de supersticiosos; ¿todavía no ha encontrado usted un motivo para sonreír? Recuerde que la vida es un regalo y que solo se vive una vez… ¡Vamos, alegre esa cara y no deje de sintonizar este programa que ahora empieza, *Las Mañanas de Simón*, en su emisora, Radio Beniaverd!

En el programa de hoy, le vamos a contar muchas cosas interesantes. Hoy hablaremos de la buena y de la mala suerte. ¿Cree usted en conjuros? ¿Piensa que ya está todo escrito? O… ¿tal vez es de los que opina que cada uno se labra su propio destino? Interesante debate para un viernes 13, no me lo pueden negar. Les confieso una cosa, yo no soy supersticioso porque dicen que trae mala suerte, pero no se lo cuenten a nadie, es un secreto entre ustedes, mi querida audiencia, y yo.

Señoras y señores, *Las Mañanas de Simón* comienzan en tres, dos, uno… ¡Música, maestro!

Y empezó a sonar la canción del grupo Radio Futura, *Eres tonto, Simón*, un tema que el locutor usaba como sintonía, parodiándose a sí mismo, mientras vociferaba por encima de la letra su consigna de guerra: «Hay que ser muy listo para hacerse pasar por tonto, te lo dice... ¡Simón Antón!».

Al taxista le divertía aquel programa y se reía con aquel tipo que se llamaba tonto a sí mismo para luego presumir de lo listo que era. Estaba tan pendiente de su cigarrillo y de la radio, que ni se percató de que una clienta había subido al asiento trasero del taxi hasta que cerró la puerta.

—Buenos días, ¿está libre, verdad? —dijo la mujer acomodándose—. He dejado mis maletas fuera, si no le importa...

—Buenos días, señorita —contestó aturullado el taxista, al tiempo que tiraba la colilla del cigarrillo por la ventana y bajaba el volumen de la radio—. Sí, sí, estoy libre. Ahora mismo le guardo el equipaje.

Eran tres enormes maletas que pesaban mucho. El taxista hizo un esfuerzo por colocarlas de tal manera que cupieran en el maletero, mientras se preguntaba por qué las mujeres necesitaban tantas cosas cuando salían de viaje. Cerró el maletero de un portazo y se subió de nuevo al coche.

—Usted dirá.

—A El Rincón de Reina, por favor —dijo consultando un pequeño trozo de papel donde había apuntado el nombre del lugar donde se iba a hospedar.

—Buena elección, bonito lugar. ¿Se va a quedar usted mucho tiempo en Beniaverd? —le preguntó el taxista para darle conversación a la joven, a la que miraba de reojo desde el espejo retrovisor.

—Todavía no lo sé, pero es probable que me quede bastante tiempo, quién sabe, tal vez definitivamente.

—¿Ya conoce el pueblo?

—No, es la primera vez que vengo, aunque he oído hablar de él.

—Es un lugar estupendo, una maravilla de la naturaleza. ¿Sabe por qué se llama Beniaverd?

—Ni idea.

—Porque es el pueblo más verde de toda la zona de levante. Por aquí las montañas están peladas, mucha playa, mucho sol, pero los montes son marrones por la falta de agua, ya sabe, llueve poco. Y en pleno desierto mediterráneo aquí está Beniaverd, como un oasis, con sus acantilados azules y salvajes y sus playas trasparentes que ríete tú del Caribe, pero es que además tenemos montaña con vegetación abundante. Por eso los moros, cuando conquistaron la zona, lo tuvieron fácil para elegir el nombre. Lo peor de todo son los incendios en verano. La mayoría de ellos, intencionados. Ahora el suelo en Beniaverd vale mucho, ¿sabe usted? —continuaba el taxista hablando como si de un monólogo se tratara—. No hacen más que construir y construir. Es lo que da dinero, ya no se vive del turismo. Muchas de las casas las compran los ingleses para venir a jubilarse. Más de la mitad de los que viven por aquí son de Gran Bretaña. Y claro, hay negocio seguro. En dos días, todas esas montañas que ve usted por ahí —dijo señalando por la ventanilla—, a menos que alguien haga algo por impedirlo, estarán plagadas de ladrillo, de casitas como champiñones, todas igualitas, una al lado de otra, que cuestan dos pesetas de hacer pero que venden por una millonada. ¡Qué país! ¡No sé a dónde vamos a llegar! Y... ¿de dónde ha dicho que es usted?

—No lo he dicho —contestó cortante la mujer.

—Ah, usted perdone, me pareció...

—No soy de un lugar fijo. Hace tiempo que ando de aquí para allá. Nací en un pequeño pueblo, pero me gusta pensar que soy ciudadana del mundo, al fin y al cabo estuve poco tiempo allí —explicó intentando ser algo más agradable de lo que había sido.

—Bueno, pues ya estamos llegando. Le encantará El Rincón de Reina, la dueña es una mujer encantadora. Aquí es.

La carrera no alcanzó los veinte euros, más el recargo por equipaje. La joven le dio un billete de cincuenta al taxista.

—¡Vaya! Me temo que no tengo cambio —se excusó.

—No se preocupe, quédese con la vuelta. Por la conversación.

—Muchas gracias, señorita, para que luego digan que los viernes trece traen mala suerte —bromeó.

El taxista salió apresurado para llegar a tiempo de poder abrirle la puerta a la joven, la propina bien merecía un trato gentil, caballeroso. Le ofreció su mano para ayudarla a salir y entonces, ya de cerca, a plena luz del día, el hombre fue consciente de la belleza de su pasajera.

Escondida detrás de unas enormes gafas de sol, bajó una preciosa chica de pelo anaranjado y piel blanca salpicada por unas cuantas pecas. No supo adivinar la edad, pero intuyó que era joven, a pesar de su aspecto sofisticado. Caminaba sobre unos altos tacones afilados y, a cada paso, su cadera dibujaba un ocho en el aire. Tenía una figura esbelta y delgada, ceñida en un traje de punto fino de color verde intenso que lucía como una segunda piel. En la cintura, llevaba un cinturón negro, muy ancho, que parecía abrazarla hasta casi dejarla sin respiración. Resultaba irresistiblemente atractiva sin rozar lo soez, rezumaba sexualidad por cada poro de su piel.

El taxista llevó las maletas hasta la puerta de El Rincón de Reina sin apartar los ojos de ella. Y antes de despedirse, sacó una tarjeta de visita de su bolsillo del pantalón, algo arrugada y mugrienta, la intentó alisar con las manos y se la entregó a la joven.

—Este es mi teléfono, señorita. Si necesita que la lleve a alguna parte, no tiene más que llamarme. Puedo enseñarle el pueblo por un precio módico. Será un placer ser su taxista el tiempo que esté usted por Beniaverd. Mucho gusto, señorita… —le dijo mientras le tendía la mano invitándola a que se presentara.

—Rives, Virginia Rives. Muchísimas gracias, lo tendré en cuenta —contestó la joven estrechándole cortésmente la mano.

Era la misma pero era distinta, otra mujer, empezando por su nombre. Cinco años separaban a Virginia Iruretagoyena Rives, la joven que había parido un niño, hijo de su propio padre, al que había dado muerte ahogándolo en el abrevadero de las vacas, al que había metido en una bolsa de basura como un desperdicio y había enterrado en un agujero en mitad del campo, de Virginia Rives, la bella mujer altiva que había bajado de aquel taxi, envuelta en un halo de sensualidad. Eran solo cinco años en los que no se había sabido nada de ella, al menos nada que tuviera trascendencia. Había renacido de sus propias cenizas, como un ave fénix, se había reinventado, empezando por eliminar el último vestigio de su maltratador, su apellido, intentando borrar así parte de su historia, de su vida, de su pasado. Virginia ya no era una adolescente, era una mujer que, a pesar de tener solamente veinte años, los había vivido muy intensamente, y eso se notaba en su aspecto, en su forma de estar, en su ser. Sus rasgos eran dulces, jóvenes, frescos, pero su mirada color miel era dura, fría, resentida y desafiante. La nueva Virginia Rives había aprendido a estar sola y a confiar únicamente en sí misma, a tomar de la vida lo que le viniera en gana y a negociar el precio de sus deseos. Cinco años había sido un tiempo más que suficiente para licenciarse en la difícil asignatura de vivir cuando no tienes nada, ni a nadie. Lo que hubiera ocurrido durante todo ese tiempo solo ella lo sabía con certeza y los demás solo pudieron jugar a adivinarlo. Virginia Rives era una mujer nueva con un firme propósito: comerse el mundo, empezando por Beniaverd.

La propietaria del pequeño hotel, Reina Antón, de quien tomaba el nombre el establecimiento, un agradable y acogedor negocio de hospedaje muy popular en el pueblo, la atendió con amabilidad. Virginia tenía reservado el apartamento número tres para una estancia de, al menos, un mes. Su intención era, durante todo ese tiempo, buscar casa en Beniaverd para establecerse en la zona.

Reina Antón, una mujer curiosa y parlanchina en exceso, se topó con el carácter reservado de Virginia. Quiso saber más sobre su nueva huésped, la bella joven que también a ella había deslumbrado, y la acribilló a preguntas, sin medir correctamente la línea que separa la prudencia de la intimidad.

Virginia, celosa de la información que sobre su vida ofrecía a los demás, especialmente a desconocidos que preguntan más de la cuenta, se limitó a responder lo justo, hablando más de sus planes de futuro que de su pasado. Se presentó como empresaria y le explicó a Reina que había elegido Beniaverd como el lugar en el que iniciar una nueva vida. No le gustó el carácter chismoso de la dueña del hotel, demasiado entrometido en las vidas ajenas.

La primera semana de Virginia en Beniaverd se la tomó de vacaciones. Visitó, cámara fotográfica en mano, el pueblo del que todo el mundo hablaba maravillas. Pronto se enamoró de él. Sus montañas salvajes, abruptas, regalaban a sus costas mediterráneas preciosos acantilados. Ella adoraba los acantilados, siempre al borde del precipicio, como lo había estado tantas veces en su vida, pero consiguiendo mantenerse por encima del mar embravecido. Los montes de pinos dibujaban un bonito cuadro impresionista, combinando con los tonos azules de la costa. Era todo un espectáculo caminar por sus calles. El urbanismo del pueblo había sabido conservar las construcciones de casas bajas, con tejados de terrazo rojizo, y las había mezclado con nuevos edificios de un máximo de dos alturas. Conservaba el encanto de un pueblo mediterráneo salpicado con el esnobismo de una población más extrajera que autóctona. Los carteles de los comercios daban buena muestra de ello. Todos estaban escritos al menos en dos idiomas además del español. Británicos, alemanes y beniaverdenses convivían a la perfección, formando un numeroso grupo de alrededor de treinta mil habitantes, con un alto nivel de vida, una población pudiente, con importante poder adquisitivo, que se duplicaba en verano por efecto del turismo. Allí era una más de los que iban y venían.

El que tradicionalmente había sido un pueblo salinero, de pescadores que vivían del mar, tras el estallido de sol y playa de los años sesenta que vivió España, se había convertido en un reclamo para los buscadores de un lugar tranquilo y sofisticado. Beniaverd empezó tímidamente acogiendo a personas mayores que llegaban de países fríos buscando buen clima para sus días de jubilación, y terminó siendo uno de los pueblos con mayor renta per cápita de España, gracias a la calidad económica de los nuevos habitantes a los que daba acogida.

Haciendo caso a las recomendaciones de Reina, Virginia visitó una importante inmobiliaria de la zona especializada en chalets con ubicaciones privilegiadas. Buscaba una casa, pero lo que no sabía era que en aquella oficina iba a encontrar mucho más que eso. Necesitaba un hogar en el que establecerse y se encontró con el principio de su destino, la clave de su futuro más inmediato. Ajena a ello, entró en la inmobiliaria, un local muy luminoso con grandes ventanales a la calle, pero la encontró vacía.

—¡Buenos días! —dijo en voz alta para alertar a quien pudiera estar tras alguna de las dos puertas que se veían al fondo—. ¡Buenos días! ¿Alguien me puede atender? —insistió.

Ya estaba a punto de darse la vuelta y salir por donde había entrado cuando se abrió una de las puertas del fondo y salió una joven, algo aturullada, abrochándose el primer botón de la blusa y arreglándose el pelo con las manos. Las prisas le hicieron perder el equilibrio. Los tacones que calzaba junto con los nervios le jugaron una mala pasada y casi termina desparramada por el suelo. A Virginia la escena le resultó bastante cómica, especialmente al verla sonrojada como un tomate y con el carmín de sus labios corrido. Rápidamente, pudo imaginar qué clase de escena había vivido aquella chica al otro lado de la puerta, tal vez con un compañero, supuso.

—Dígame, ¿en qué puedo atenderla? —le dijo amablemente la joven, que debía de ser de su misma edad, cuando consiguió recomponerse un poco.

—Busco casa en Beniaverd y me han recomendado esta inmobiliaria. Quiero algo tranquilo, con bonitas vistas, un chalet.

—¿Es para usted sola o para una familia?

—Para mí sola.

La joven sacó un archivador enorme del cajón de su mesa y empezó a hacer búsquedas en su ordenador, al tiempo que pasaba las páginas plastificadas con fotografías de casas.

—Tenemos auténticas maravillas, construimos unas casitas ideales —dijo esmerándose en su labor de venta—. Vendemos nuestras propias promociones inmobiliarias, e incluso podemos financiarle nosotros mismos o gestionarle la más beneficiosa de las hipotecas.

No había terminado de buscar en su ordenador cuando la puerta de la que había salido minutos antes volvió a abrirse. Un hombre alto, de unos cuarenta y cinco años, que lucía una barba cerrada y poco cuidada y una cabellera poblada, salió carraspeando, con andares altivos, ajustándose el pantalón por la cinturilla, como si quisiera colocarlo justo por encima de su prominente barriga. Después, apretó el nudo de su corbata y con las manos a modo de peine se colocó la melena desde la frente hasta la nuca, varias veces. No tenía ni el aspecto ni la actitud de un empleado más, así que Virginia, que tenía un olfato especial para calar a los hombres, supuso que era el jefe. Lo que no pudo imaginar en aquel momento era que no solo era el jefe de la joven, sino que además era uno de los hombres más influyentes y poderosos de Beniaverd: el empresario Mateo Sigüenza.

El señor Sigüenza era un constructor que acumulaba en su entramado empresarial un importante grupo de negocios dedicados, fundamentalmente, a obtener beneficios del urbanismo floreciente de Beniaverd, pero que no le hacía ascos a cualquier negocio que oliera a dinero rápido. Tenía aparcamientos, restaurantes, un hotel y hasta un teatro, pero su epicentro económico era el urbanismo. Hijo de un pequeño constructor, había sabido convertir la empresa familiar en un grupo empresarial que parecía no tener límites. Era arrogante y soberbio. Demasiado dinero en poco tiempo le había hecho convertirse en un hombre poderoso, con el poder del que consigue todo lo que quiere siempre y cuando tenga un precio, incluidas las personas.

Rápidamente, quedó atrapado por el magnetismo y la belleza de Virginia y, como un palomo henchido en pleno cortejo, se dirigió a ella nada más verla.

—Buenos días, ¿puedo ayudarla en algo?

—Ya me están atendiendo, gracias —contestó Virginia ignorándolo por completo. Ella solo prestaba atención a los hombres de los que pudiera obtener algo y, en aquel momento, ese hombre no le interesaba en absoluto.

—Silvia, bonita, lleva al banco el sobre que hay encima de mi mesa y haz un ingreso, ya sabes, con la anotación de siempre —le dijo a la joven que la estaba atendiendo con la intención de quedarse a solas con Virginia. La chica obedeció sin rechistar y en pocos segundos había desaparecido de la inmobiliaria.

—Mateo Sigüenza, empresario a su servicio y dueño de este humilde negocio. ¿No cree usted que alguien de su belleza y su porte debe ser atendida por alguien como yo? —le dijo mientras le tendía la mano.

—¿Señor Sigüenza? —preguntó reiterativamente en voz alta, como si su subconsciente hubiera hablado por su boca—. Rives, Virginia Rives. Encantada —contestó desplegando todos sus encantos.

Las presentaciones se sellaron con un casto apretón de manos, pero Virginia había recordado al instante el nombre de Mateo Sigüenza en cuanto lo había escuchado. Reina Antón, la mujer que la había atendido en el apartamento en que se hospedaba, la misma que hablaba por los codos, sin parar, sin ser preguntada, se había encargado de hablarle mucho y no demasiado bien del dueño de la inmobiliaria que le había recomendado, pero jamás pensó que se lo encontraría allí mismo. Se lo describió como todo un personaje, un magnate a escala local que tenía muchas ansias de conquistar el mundo y de ampliar su imperio empresarial más allá de las fronteras de Beniaverd. Dijo de él que era un mujeriego, un jugador empedernido de póquer, un hombre borracho de poder y ambición del que es mejor no fiarse demasiado, muy bien relacionado con las altas esferas políticas y rico, inmensamente rico.

Lo último, el comentario relativo a su fortuna, fue lo que le hizo a Virginia recordar ese nombre. El poder y el dinero eran dos conceptos que la pelirroja pretendía conseguir desde que era niña, y Mateo Sigüenza tenía ambos. Sintió que la suerte, por fin, estaba de su parte. El destino había querido poner en su camino a Mateo al poco tiempo de llegar a Beniaverd y ella, que había aprendido a emplear sus armas y a aprovechar las oportunidades en cuanto se presentaban, supo que era el momento de intimar con uno de los personajes más poderosos de la ciudad. Ese tren acababa de pasar y ella pensaba subirse a él.

El cortejo fue breve pero intenso. Sabedora de su enorme influjo en los hombres, Virginia movió sus fichas con cuidado, pensando muy bien cada movimiento. A pesar de sus veinte años, podría decirse que su experiencia era muy superior a la de cualquier mujer de más de treinta. La vida le había hecho aprender muy deprisa. Virginia tenía la experiencia de una temprana madurez y la frescura de un cuerpo joven y apetecible. Su mente era maquinadora y organizada, y todo ello junto, cuerpo, experiencia e inteligencia, la convertían en una explosiva bomba de relojería.

Se dejó querer sin dar nada a cambio, al menos durante un tiempo prudencial. A ella le parecía una estupidez, pero había comprobado que a los hombres les gusta encontrar cierta dificultad en lo que pretenden conseguir. Los trofeos saben más dulces si requieren esfuerzo. Jugó con ello hasta que, semanas más tarde, después de varios encuentros para invitarla a comer, conocerse mejor, charlar y llevarla a visitar su enorme imperio empresarial con el fin de impresionarla, Mateo Sigüenza la invitó a su yate, a navegar por el Mediterráneo y a disfrutar de una velada romántica con claras intenciones.

Virginia no fue a ciegas a la cita. Sabía muy bien que era el momento para estrechar los lazos con Mateo. Aquel hombre era su llave para la vida que tenía diseñada para sí misma. Se pensaba cobrar todo el sufrimiento pasado y el precio fijado era alto. Se preparó para la ocasión con lencería de color visón. No llevaba medias porque era junio y hacía mucho calor, pero sí vistió sus ingles y su ombligo con unas gotas de perfume. Quiso ofrecer una imagen elegante y sexy, odiaba a todas esas mujerzuelas que parecían un escaparate de sí mismas. Había conocido muchas en los últimos cinco años. Dejó intuir sin mostrar. Eligió una blusa de seda color azul intenso, vaporosa y suelta, pero juguetona con la forma de sus pechos. La acompañó de una falda blanca de tubo, de un largo prudente, justo hasta las rodillas, con un aire muy marinero, subida a unas sandalias de cuña en color azul marino. La cabeza se la cubrió con una pamela blanca, veraniega, que, a juego con una gafas de sol de pasta del mismo color y el pelo recogido en un elegante moño bajo, recordaba la elegancia de las actrices de los años cincuenta. Todo el mundo la miraba al pasar, todos, sin excepción de sexo o edad.

Mateo la esperaba en el puerto deportivo, con una gorra de capitán que le hacía tener un aspecto algo ridículo. Todo el mundo saludaba a don Mateo como quien saluda a una autoridad. Fumaba un puro, de una caja traída de Cuba expresamente para él, un habano liado a mano. Eso era lo que Virginia más odiaba de Sigüenza, el desagradable olor a tabaco que le recordaba la repulsión que sentía cada vez que olía a cigarro negro, como el que fumaba su padre. Pero aquel solo era un pequeño inconveniente que tuvo que salvar para conseguir lo que pretendía. Aquella mujer ya no era una Iroretagoyena, sino una Virginia rediseñada, que no se permitía arrastrar su pasado como si fuera una pesada mochila que llevar a cuestas.

Nada más verla, brillando más intensamente que el abrasador sol de Beniaverd, Mateo le ofreció su brazo derecho, para lucirla por todo el puerto deportivo, hasta llegar a su yate. Al verlo, Virginia no pudo evitar sorprenderse en voz alta. Era absolutamente impresionante; como se apresuró a decirle él en cuanto puso un pie encima, tenía cuarenta y tres metros de eslora, ocho y medio de calado, uno sesenta de manga y lucía unas letras doradas nada discretas que escribían un nombre muy significativo: «Imperio».

—Bienvenida a mi *Imperio*, mi querida y exquisita perla —dijo petulante y orgulloso de su barco, al comprobar lo impresionada que estaba Virginia tras darle los datos de su tamaño—. La tripulación nos espera. Nos han preparado un menú especial para comer.

—¿Tienes tripulación?

—Por supuesto que la tengo —respondió riendo divertido—. Yo tengo todo lo que quiera tener. No podría manejar este barco yo solo. Aunque hoy he hecho venir a los imprescindibles para que este trasto funcione, quiero que tengamos intimidad. Virginia, ¿Acaso pensabas que te invitaba a una barcaza de pescador?

—Bueno, no imaginé…

—La vida está hecha para vivirla a lo grande, querida —la interrumpió—. ¿Por qué vivirla a lo pobre, entonces? Solamente los desgraciados no aprovechan lo que la vida les ofrece.

Aquellas palabras resumían a la perfección lo que Virginia pensaba. Mateo estaba superando, en mucho, sus expectativas y pensaba aprovechar aquel golpe de suerte, costara lo que costara; al fin y al cabo, nada iba a resultarle más costoso que todo lo que ya había pagado a lo largo de su vida.

Primero, visitaron el barco. El propio Mateo hizo de anfitrión para poder presumir en primera persona de su juguete, como él lo llamaba. Ya en el camarote principal, una auténtica suite mucho más grande y lujosa que la mayoría de las que había visto en los hoteles de cinco estrellas, un pequeño detalle contrarió a Mateo. Al lado del cabecero de la cama, había una foto de una mujer con tres niños.

—¿Tu mujer? —preguntó Virginia sin darle más importancia mientras cogía la fotografía.

—Bueno, qué quieres que te diga, querida, podría decirse que legalmente lo es, pero ya no hay nada entre nosotros —se excusó molesto Mateo, que tenía dada la orden de esconder aquella fotografía siempre y cuando visitara el barco en compañía femenina que no fuera la de su esposa.

—Y los niños... son tus hijos, supongo.

—Eso dice ella —contestó antes de soltar una carcajada grotesca para reír su propia gracia—. Un hombre como yo, ya sabes, de negocios, debe tener una imagen familiar que ofrecer. Está comprobado que un respetable padre de familia tiene mejor aceptación social que un donjuán, y eso se traduce en más negocios, en más dinero. Luego, si echas una canita al aire, todo el mundo lo entiende, soy un hombre, tengo mis necesidades. Además, ella está conforme con su vida. No hace preguntas y cuida de los niños, al fin y al cabo tiene una tarjeta sin límite y crédito para todos los caprichos, vive en una casa de lujo y conduce un deportivo diferente cada año. No creo que esté tan mal...

—Comprendo —contestó Virginia dejando la fotografía donde estaba.

—Mejor la guardamos aquí —abrió un cajón y metió dentro el portarretratos colocándolo boca abajo con cuidado.

El *Imperio* zarpó por aguas mediterráneas bajo la mirada de todos los viandantes del paseo marítimo de Beniaverd; de hecho, aquel barco era todo un espectáculo en sí mismo y, también, por ser su propietario quien era. Ya mar adentro, sobre la cubierta principal, bebiendo un cóctel que nunca antes había probado, colorido y adornado con un diminuto paraguas de papel, Virginia no pudo evitar pensar que su sueño se empezaba a hacer realidad. Le gustaba aquella vida, sentir el sol en su rostro, despreocupada, le gustaba sentirse poderosa sobre aquel barco, mientras todos desde tierra la miraban con envidia. Sentía que había nacido para eso y que además se lo merecía.

—¿Te apetece darte un baño? ¿Te has bañado alguna vez en mitad del mar? Es una de esas cosas que uno debe probar antes de morir, te lo aseguro. ¿Te animas? —preguntó Mateo—. Hoy hace mucho calor... Estaremos a treinta grados por lo menos.

—Sería estupendo, pero... hay un pequeño inconveniente.

—Bueno, si es pequeño, tal vez podamos subsanarlo.

—No he traído traje de baño..., aunque tienes razón, podemos subsanarlo.

Como quien lo ha hecho ya mil veces, Virginia empezó a desnudarse, con una sutileza y sensualidad que escapaba de toda improvisación. Mateo, recostado sobre una tumbona, se desabrochó la camisa dejando su gorda y velluda tripa al aire y se bajó las gafas de sol hasta la punta de la nariz para poder disfrutar mejor del inesperado estriptis.

Sin bajarse de sus sandalias de cuña, primero lanzó suavemente la pamela, haciéndola girar en el aire. Se quitó un par de horquillas y el moño se deshizo al instante. Ella agitó ligeramente la cabeza para que su cabello bailara y le cayera por su espalda. Después, dejó caer la falda blanca y luego hizo resbalar la blusa de seda, hasta quedarse tan solo con la ropa interior.

—¿Y la tripulación? —preguntó antes de continuar.

—Son ciegos y sordos. No ven ni oyen nada de lo que aquí ocurre. Saben muy bien que no les conviene.

Satisfecha con aquella respuesta, prosiguió hasta quedarse completamente desnuda. Después se descalzó —los zapatos que estilizan la figura es lo último de lo que una mujer debe despojarse— y se lanzó al mar. Jugueteó durante un rato con el agua, como una niña, pero se sintió pequeña y algo temerosa en mitad de tanta inmensidad. No le gustaba nada sentirse vulnerable, así que subió de nuevo a bordo donde Mateo la esperaba sin moverse de su tumbona.

Totalmente desnuda y empapada, su cabello rojizo, normalmente rizado y salvaje, le caía por la espalda hasta llegar a la cintura, goteando agua de mar que resbalaba por su trasero y sus largas piernas. Subió uno a uno, muy despacio, los peldaños de la escalerilla y, cuando Mateo pudo verla aparecer, tuvo la impresión de estar ante una sirena con piernas, brillando por efecto de la luz reflejándose sobre el agua que recubría su cuerpo. Don Mateo Sigüenza no pudo evitar tener una erección.

Virginia, que parecía poder olfatear el deseo, como un sabueso entrenado para la caza, caminó hasta él exhibiéndose. Acercó su boca a su oído y le dijo susurrándole:

—Tú y yo podemos hacer grandes cosas, Mateo. Nada pasa por casualidad, y seguro que el destino ha querido que nos encontremos para ayudarnos mutuamente. Puedo resultar muy convincente, te lo aseguro, pero si no te fías de mi palabra, te lo voy a demostrar.

Sin que Mateo se moviera de su tumbona, tan impactado como encantado por la escena, Virginia se sentó sobre él, a horcajadas, mojada por el agua del mar y apoyando su trasero sobre su miembro en erección todavía dentro de sus pantalones. Sin dejar de mirarle a los ojos, jugueteó con el vello canoso de su pecho, enroscándolo entre sus dedos. Después, cogió su melena y la escurrió encima de Mateo, dejando caer un fino hilo de agua fresca que erizó de placer el caliente cuerpo de Sigüenza.

—Es el momento de hacer negocios —dijo Virginia allí desnuda y mojada, sentada sobre Mateo, que no sabía cuánto tiempo más podría controlarse.

—Podemos ir a mi despacho —contestó pensando en su camarote.

—Creía que no me lo ibas a decir nunca.

Lo que llegó a ocurrir dentro de aquel camarote, en cuyo cajón había una fotografía escondida de la esposa de don Mateo y sus tres hijos, solo ellos lo supieron al detalle, aunque todos podamos imaginarlo. Lo que es seguro es que ambos, la joven, seductora e inteligente Virginia Rives, de veinte años, y Mateo Sigüenza, el poderoso empresario de cuarenta y cinco, cerraron un negocio que no había hecho más que empezar.

Martes, 29 de junio de 2010

Querido diario:

¿Sabes una cosa?, al menos me quedaba el consuelo de poder escuchar la voz de mi hermano Simón gracias a internet. Las nuevas tecnologías me seguían pareciendo algo así como un milagro. Radio Beniaverd también tenía emisión digital y el programa Las Mañanas de Simón, *el más escuchado por todos los beniaverdenses, era por lo tanto de emisión internacional. Solo necesitaba un ordenador y una conexión ADSL para tenerlo cerca de mí. Estuviera donde estuviera, navegando por el Mediterráneo en un crucero simulando un suicidio, o bien ya instalada en Bugarach, en el país vecino, Simón estaría a mi lado, con su voz grave y potente, con su verborrea divertida y ocurrente, cerca de mí, aunque yo estuviera lejos de él.*

Cuando zarpó el Golden Mediterráneo, *todos los pasajeros despedían a sus seres queridos, saludando con las manos o agitando unas banderitas de papel con el logotipo de la compañía naviera que una señorita muy amable te entregaba nada más subir al barco, mientras te deseaba que disfrutaras del viaje. Todo era alegría, jolgorio, diversión... Los niños reían alborotados por la emoción, los mayores se hacían fotografías para inmortalizar el momento, los que estaban en tierra les deseaban buen viaje, todo era una fiesta, una fiesta de la que todos participaban menos yo. Yo estaba sola, nadie me despedía, nadie me deseaba buen viaje a una nueva vida, nadie me decía adiós porque nadie sabía que me marchaba y fue en aquel instante cuando empecé a tomar conciencia de mi nueva situación. Sentí vértigo. No sabría muy bien cómo explicarlo. Ya no había vuelta atrás. Los planes de dejar de ser Reina Antón y empezar como Carmen Expósito habían dejado de ser teóricos y empezaban a ponerse en práctica. ¿Sería capaz de hacerlo? Esa era la pregunta del millón que yo misma me hacía mentalmente, una y otra vez.*

El ser humano no sabe lo que es capaz de hacer hasta que no se encuentra en una situación delicada. Eso lo había escuchado muchas veces, pero qué gran verdad es. Yo, que llevaba una vida tranquila con mi negocio El Rincón de Reina, y que, por no tener, ni tenía líos de amores, parecía estar viviendo una aventura más propia de película, en la que el destino me había dado un papel protagonista.

Pido perdón al lector si en algún momento divago en el relato. De alguna manera, si esta historia sale a la luz alguna vez, quisiera poder hacer entender de qué forma sufrí y sigo sufriendo. Privarte de libertad debe ser algo muy duro, un castigo difícil de sobrellevar, pero creo que es mucho peor privarte de tu identidad, sin ni siquiera haber hecho nada malo para merecerlo, tan solo conocer la verdad oscura de una persona sin escrúpulos y, además, teniendo que guardar el secreto para siempre. Por eso escribo este diario, porque siento la necesidad de contarlo todo. Dicho esto, os relataré mi peripecia a bordo del Golden Mediterráneo.

Tenía siete días para dar la imagen de una mujer triste y desolada. Aunque, como dije, el crucero tenía una duración de ocho días, mi supuesto suicidio estaba planeado justo para la noche anterior a la escala en el puerto de Villefranche, ya en suelo francés, la última parada antes de que el buque volviera a Beniaverd.

En la cena de bienvenida, conocí a un simpático matrimonio de recién casados, Eva y Santiago, los Gutiérrez. Ella acababa de cumplir los treinta y él ya pasaba de los treinta y cinco. Viajaban en luna de miel y no paraban de hacerse arrumacos. Eran una pareja encantadora. Los encontré por casualidad. Yo buscaba un lugar libre en alguna de las mesas redondas que inundaban la gran sala lujosa donde se ofrecía la cena. En el escenario, adornado con luces y muchos brillos, algo recargado para mi gusto, el capitán, vestido de gala, con un traje de color blanco impecable que parecía almidonado, alzaba ya la copa para brindar y dar la bienvenida a todos los pasajeros. La orquesta tocaba detrás de él, y las luces de la sala eran suaves, para destacar el foco de gran potencia que seguía al capitán en sus movimientos. Todos vestían de modo muy elegante, como si fueran a una boda o algo así. Yo no caí en ese detalle y me puse para la ocasión ropa cómoda, como tengo por costumbre. Evidentemente, desentoné entre tanto glamur.

Todas las mesas parecían estar ocupadas y yo buscaba con la mirada una silla libre. Cada mesa era para seis comensales, a excepción de alguna preparada para grupos que no querían separarse. Cuando ya me iba a dirigir a un camarero para requerir su ayuda, encontré una silla libre.

Pregunté si estaba ocupada y Eva me contestó que no. Amablemente, me invitó a ocuparla. Además del matrimonio, en la mesa cenaban tres señoras que ya no cumplían los sesenta y cinco años. Era un grupo de amigas jubiladas que se dedicaban a quemar el tiempo disfrutando de la vida. Reían divertidas, charlaban animosamente y piropeaban al capitán cada vez que pasaba por su lado. Estaban desatadas y desinhibidas, como adolescentes sin pudor. Las envidié un poco.

Pronto entablé conversación con el joven matrimonio. Me preguntaron algo extrañados si viajaba sola. Les dije que sí y les expliqué que estaba pasando un mal momento. Hablé de problemas en general, de una crisis existencial que debía solucionar y de que ese era el motivo de mi viaje en solitario.

Eva fue un encanto conmigo, en todo momento intentó animarme, pero a su esposo, sin embargo, pareció interesarle menos mi preocupación, incluso parecía fastidiarle. Aprovechándome intencionadamente de la empatía de la recién casada, lo que me hizo sentir algo culpable, la verdad, le di un toque algo tremendista a la historia.

En los días sucesivos, Eva me preguntó por mi estado de ánimo e incluso me invitó a acompañarles en las excursiones que hicimos por Túnez, Nápoles, Roma y Florencia. Yo siempre decliné estas invitaciones, para alivio evidente de su marido, cuyas expresiones delataban, cada vez con menos disimulo, lo poco que le gustaba tener que aguantar mi tristeza en su luna de miel. ¡Pobre hombre!

Con las mujeres jubiladas con las que cené la primera noche no volví a hablar nunca más. Ellas iban a lo suyo y no me prestaron la atención que mi plan requería.

La mañana anterior al día elegido para fingir mi suicidio, Eva y yo intercambiamos teléfonos y direcciones. Un formalismo para sellar una amistad que yo sabía inútil. Al mostrarme ante ella especialmente decaída, recuerdo con cariño sus palabras de afecto. La verdad es que siento mucho haberla utilizado porque sé que le llegó muy sinceramente el sufrimiento ajeno de una desconocida. Si alguna vez esta historia se conoce o yo misma puedo contarla, Eva será una de esas personas a las que me gustaría pedir perdón. A ella y a su marido.

Cuando la noche cayó y el cielo del Mediterráneo era de un negro intenso y poderoso, casi aterrador, empecé a escribir la nota suicida. Decía así: «Lo siento mucho. Lamento no haber sido fuerte. Por favor, Simón, perdóname».

No quise poner nada más. Al fin y al cabo, ya le había mandado una carta que supuse había recibido porque, cada vez que conectaba mi teléfono móvil, me saltaban decenas de avisos de sus llamadas que prefería no contestar y mantener mi aislamiento, manteniéndolo apagado la mayor parte del tiempo. La nota la escribí de mi puño y letra y hasta la rubriqué, junto a mi nombre, con una lágrima que rodó por mi mejilla. Me despedía de mí misma y, probablemente, nunca más firmaría ningún papel como Reina Antón.

Subí a la cubierta principal y me aseguré de que nadie me veía. Eran las cuatro de la madrugada y prácticamente todos dormían. Allí, en la cubierta, dejé junto a la borda un par de mis zapatillas. Había escuchado en algún lugar, en algún momento, que los suicidas siempre se descalzan antes de lanzarse al vacío. Tal vez al tirarse por la borda harían lo mismo.

Intenté descansar un par de horas, pero no pude conciliar el sueño. A la mañana siguiente, tampoco bajé a desayunar para que Eva ya me echara a faltar. La llegada al puerto de Villefranche estaba prevista para las once de la mañana. Yo dejé mi camarote con la puerta entornada, la nota de despedida colocada sobre la almohada de la cama y todas mis pertenencias dentro. Tan solo cogí un bolso de mano con algo de ropa, el dinero y la nueva documentación como Carmen Expósito. Me disfracé con una peluca rubia de media melena que había preparado para la ocasión. No sé si he comentado que yo tengo el cabello oscuro y largo. Oculté mis ojos con unas gafas de sol y procuré bajar del barco sin llamar la atención.

Aunque había un control de quién subía a bordo para que estuviera todo el pasaje antes de zarpar, el control no era exhaustivo a la hora de saber quién bajaba del barco en las excursiones. Encontré pronto esa grieta en la seguridad y la aproveché para bajar sin que nadie se percatara de ello. Me resultó mucho más sencillo de lo que había imaginado.

Nadie se dio cuenta de que aquella rubia que bajaba en Villafranche era la pasajera Reina Antón. El resto de la historia es una sucesión de conclusiones lógicas, hiladas sutilmente hasta llegar a declararme desaparecida.

Alguien del servicio encontraría mi nota de despedida en la almohada de mi camarote cuando entraran a limpiarlo. Seguramente, daría la voz de alarma al capitán o a algún mando del buque. Muy probablemente, también encontrarían las zapatillas en la borda. Atarían cabos y concluirían que me había lanzado por la borda en plena noche. Era un caso claro de suicidio, así de sencillo, una conclusión que además avalaría el testimonio de Eva. No habría cuerpo, supondrían que el mar se lo habría tragado para siempre. Tampoco había garantías de que se pudiera recuperar. Esperarían un tiempo prudencial y legal para declararme muerta y, entonces, Reina Antón habría desaparecido para siempre.

Mientras tanto, ya en tierra, me desplacé hasta Niza, ciudad vecina de Villefranche. Viajé desde allí hasta Bugarach, mi nuevo lugar de residencia. Lo hice como Carmen Expósito y, como tal, vivo en este rincón del Pirineo francés desde entonces.

8

Compartiendo una especial amistad con el empresario de la construcción y magnate de los negocios, Mateo Sigüenza, Virginia no tuvo problema alguno en encontrar casa. Dejó de alojarse en El Rincón de Reina y se instaló en un acogedor chalet cerca de la playa, propiedad de una de las muchas empresas de Mateo. La forma de pago del alquiler fue un asunto que no quedó por escrito y en el que tampoco hubo nunca dinero de por medio.

El verano transcurrió ocioso y ardiente. Las altas temperaturas de Beniaverd resultaron gélidas comparadas con la pasión que Virginia puso en la relación a la que ella denominaba negocio. Mateo quedó enganchado a la poderosa droga del sexo que le ofrecía, como una traficante, la pelirroja, su nueva conquista, o al menos eso pensaba él. En realidad, quien movía los hilos siempre fue Virginia, calculando cada movimiento, cada paso, cada encuentro, dando lo justo para hacerle sentir la necesidad de más, manejando como una marioneta a un hombre veinticinco años mayor que ella.

El *Imperio* era su lugar de encuentro, en mitad del mar, como quien dice en mitad de la nada. El yate que servía para celebrar secretas partidas de póquer con lo más influyente de la sociedad local, el mismo que era testigo de las fiestas privadas a las que acudían políticos, banqueros y demás gente pudiente, se convirtió además, aquel verano de 2005, en el nido de lujuria, bajo condiciones, de una extraña pareja, la formada por Mateo y Virginia, la que había empezado a dar que hablar en las colas de los supermercados, en las reuniones de empresa y en las terrazas de verano en torno a una horchata. Todos se preguntaban por la identidad de la jovencita con la que se dejaba ver Sigüenza y todos hacían cábalas al respecto, porque especular sobre lo que se desconoce siempre adorna una buena conversación.

Pero los planes de Virginia no se quedaban en ser la amante de un hombre poderoso, los segundos planos no estaban hechos para ella. Consciente de su irresistible magnetismo y atractivo, y tal vez no demasiado consciente de sus limitaciones en aquel momento, lo que Virginia pretendía era acaparar todos los focos que merece una primera actriz, puesto que para nada se iba a conformar con ser una más del reparto. Mateo era un escalón más para ella, pero la escalera podía llegar a subir más alto, mucho más alto, tan alto como la vida le permitiera sin tener que renunciar a nada, porque ella, ya había pagado el precio por adelantado.

En septiembre, para despedir el verano, tal y como se había hecho ya los dos años anteriores, Mateo Sigüenza celebró a bordo de su yate una fiesta New Age con destino a la isla de Ibiza. Un centenar de invitados, la mayoría hombres, que en realidad eran unos cincuenta nombres muy escogidos con sus respectivas acompañantes, fueron llegando al puerto deportivo con toda la discreción de la que fueron capaces, que no fue mucha. Todo el que fuera alguien influyente en Beniaverd estaba aquella tarde a bordo del *Imperio*. El barco se decoró para la ocasión con cientos de velas por todas las cubiertas y el aroma del incienso se mezcló con el del mar. Los invitados, cumpliendo con las indicaciones de Mateo, acudieron vestidos con ropa ibicenca, la mayoría de color blanco o tonos tostados. Faldas con encajes y vestidos sueltos hasta el suelo para ellas y pantalones de lino con camisas amplias para ellos. Corría una ligera brisa que jugueteaba divertida con las llamas de las velas y hacía bailar las faldas de las mujeres.

Virginia se dejó el pelo suelto para la ocasión, sin pretender domar sus ondas. Se lo adornó con una cinta de margaritas naturales de color blanco, a modo de corona. Apenas se maquilló, tan solo un poco de carmín rosado en los labios y una fina línea en el párpado superior de sus ojos para enmarcarlos, de tal modo que lucía una belleza fresca y radiante. Para el cuerpo, eligió un elegante vestido de croché en color blanco roto, que le llegaba hasta los tobillos y que solo dejaba ver parte de sus pies desnudos, calzados con unas sandalias planas por las que asomaban los dedos con las uñas decoradas también con diminutas margaritas pintadas a mano.

Sin embargo, Virginia no estaba de humor. Tuvo que aceptar un discreto papel en la fiesta porque la señora Sigüenza, la oficial, la de la foto con los tres niños y la Visa Oro, iba a estar a bordo, haciendo los honores en el protocolo que le correspondía por derecho de matrimonio, en un evento de aquella categoría. Era un inconveniente que la enfureció, pero no lo suficiente como para que pensara en no acudir, más bien todo lo contrario, quería medir las fuerzas en un pulso de miradas. De hecho, la señora Sigüenza, en su papel de perfecta anfitriona, era la que daba la bienvenida a todo el que subía a bordo, mientras su esposo organizaba la tripulación y parloteaba, puro en boca, con este y aquel, entre palmadas sonoras en la espalda y alegría fingida. Cuando le tocó saludar a Virginia, ambas sabían quién era quién.

—Bienvenida —dijo la señora Sigüenza tendiéndole la mano cortésmente y mirándola de arriba abajo y de abajo arriba en un par de ocasiones y en tan solo unos segundos—. Creo que no nos han presentado. Soy Rosa, la esposa de Mateo —dijo cínicamente remarcando la palabra esposa—. Tú debes de ser la nueva amiguita de mi marido, la que me hace el trabajo sucio.

—Sé quién eres, al igual que tú sabes muy bien quién soy yo —contestó Virginia tuteándola, sin tenderle su mano y dejando la de Rosa Sigüenza en el aire—. ¿Tú hablas de trabajo sucio? Te recuerdo que no soy yo la que limpia los mocos a unos niños malcriados. Mírame bien. ¿Cuándo tiempo hace que tú no tienes este cuerpo? Ni pasando mil veces por el quirófano lo podrías conseguir. El paso del tiempo nunca tiene vuelta atrás. Reconócelo, te gusta lo que ves... Pues a Mateo le gusta mucho más, te lo puedo asegurar. —Y sin decir nada más, pasó delante de ella, dejándola con la boca abierta ante tanto descaro, no muy propio de la hipocresía a la que Rosa estaba acostumbrada en su círculo de alta sociedad.

A punto estaba de zarpar el *Imperio*, cuando alguien avisó por teléfono a Mateo de que el último invitado estaba llegando. Se mostró molesto, no le gustaba que le hicieran esperar.

—¡Joder con «El Chino», se cree que es la novia en la boda! Pues le espero cinco minutos, si tarda un segundo más me marcho sin él. A este tipo se le ha olvidado muy pronto todo lo que me debe, me va a tocar tener una conversación muy en serio con él —dijo en voz alta sin importarle la gente que le pudiera estar escuchando.

Minutos después subió a bordo un hombre de unos cincuenta años, de escasa estatura. Virginia calculó que debía de superar, en poco, el metro cincuenta. Venía solo, sin acompañante, y era el único invitado que llevaba una camisa azul marino y pantalones vaqueros. Parecía ir por libre, sin importarle nada, ni siquiera contrariar a Mateo llegando tarde o desoyendo las indicaciones sobre con qué ropa se debía acudir a la fiesta. Rosa se mostró empalagosamente encantadora con él y le llamó «mi querido Goyo». Mateo, que debía de medir cerca de metro noventa, tuvo que agacharse para rodear con sus brazos a aquel hombre que casi se perdió entre ellos. Era una estampa graciosa, Mateo tan alto y aquel tal Goyo tan pequeño. Todos se apresuraron a saludarlo, luciendo la mejor de sus sonrisas, y Virginia dedujo que debía de ser alguien importante.

—¿Quién es? —le preguntó a un camarero que ofrecía copas a los asistentes paseándose con una bandeja.

—Don Gregorio Rosso, el alcalde —contestó el camarero ojiplático al no entender que hubiera alguien que no conociera al pequeño Rosso, apodado El Chino por sus ojos algo rasgados.

—¿Ese hombre es el alcalde de Beniaverd? —volvió a preguntar asombrada.

—Sale todos los días en los periódicos, ¿no lo ha visto nunca? —dijo el camarero zanjando la conversación, y continuó con su trabajo.

Los periódicos, la prensa, la cultura social, una falta que Virginia debía subsanar si quería avanzar en sus planes, una falta importante que aquella noche se le hizo más que evidente. Al fin y al cabo, Virginia era una mujer que intentaba explotar al máximo su belleza natural y lo mucho que la vida le había enseñado, pero carecía de estudios, tenía tan solo los básicos, había sido una niña criada entre ganado a quien nadie le había inculcado el hábito de leer los periódicos. Por un segundo, se quebró su fortaleza. Miró a su alrededor y se sintió torpe, pequeña, inculta. A solas con Mateo era todopoderosa, la reina, como si estuviera en la cima del mundo. Pero allí, entre toda esa gente, donde todos parecían ser más que ella, más leídos, más cultivados, que hablaban de economía, de mercados, de negocios…, no pudo evitar sentir unos segundos de debilidad, ese sentimiento que tanto le repugnaba y que no permitía en nadie, ni siquiera en sí misma.

El pequeño Rosso, como le llamaban cariñosamente los amigos y la gente del pueblo, don Gregorio para el resto, era nieto e hijo de italianos. Se contaba en Beniaverd que realmente descendía de la mafia calabresa. La leyenda urbana decía que su padre había tenido que huir de Cittanova, una localidad de la región de Calabria, en la punta de la bota de Italia, centro de operaciones de sus negocios familiares, y que se había afincado en Beniaverd huyendo de una disputa a vida o muerte con otro importante y peligroso clan mafioso. Ya en España, el padre de Gregorio, decían, se cambió el apellido Rossi, muy vinculado a la mafia calabresa, por el de Rosso, y se casó con una española de cuya unión nació Gregorio Rosso.

Esta historia había llegado a oídos del propio alcalde en más de una ocasión, que bromeaba divertido con el asunto, sin llegar a desmentirlo nunca. ¿Sería cierto que sangre mafiosa corría por sus venas? Su actitud altiva y dominante y la forma en que gestionaba el poder en la ciudad, más propia de un terrateniente que de un alcalde democrático, avalaban estos rumores, pero nunca se había podido contrastar.

Para Gregorio Rosso, era su primera legislatura, lo que no le había impedido arrasar en las elecciones municipales, consiguiendo una mayoría absoluta desconocida en Beniaverd hasta la fecha. Los analistas políticos estuvieron semanas buscando una explicación lógica para semejante resultado electoral. La desidia en el resto de partidos, conocidos en demasía por la población, la necesidad de creer en la esperanza de que algo nuevo puede funcionar en política, tal vez el carisma de un hombre con una personalidad arrolladora... Ninguno se puso de acuerdo a la hora de explicar por qué Gregorio Rosso, hasta la fecha un hombre de negocios, el propietario de una cadena de restaurantes, se había alzado con el triunfo en Beniaverd, con un poder casi absoluto, un pequeño rey para un pequeño pueblo.

Lo cierto es que Rosso había sabido mover convenientemente las piezas del ajedrez hasta conseguir el jaque mate. Había contado con el apoyo de unos cuantos pilares económicos y sociales de la descontenta ciudadanía beniaverdense, entre ellos Mateo Sigüenza, para fundar un nuevo partido político, autónomo, con un ideario más empresarial que ideológico, al que llamó ALBI, Agrupación Liberal Beniaverd Independiente. Prometió trabajo, bonanza económica, empleo, riqueza, pero sin especificar para quién. Aprovechando los deseos de prosperidad de la población, el ALBI plantó cara a las fuerzas políticas tradicionales y Beniaverd se convirtió en el territorio conquistado por Gregorio Rosso y su gente, un pequeño hombre en tamaño pero cuya sombra abarcaba a todo el floreciente pueblo de la costa por obra y gracia de las urnas.

Aquel día de la fiesta en el *Imperio*, Virginia Rives puso los ojos en Rosso. Era el siguiente escalón que pretendía subir. Le estuvo observando durante toda la tarde, a cierta distancia, e indagó entre los asistentes detalles sobre su vida. Averiguó que era un hombre soltero y que vivía por y para su trabajo. Le contaron que tenía un carácter fuerte, casi despótico, que de haber sido un tipo alto y fuerte, hubiese dado el perfil de perfecto matón de discoteca. Intentó cruzar alguna mirada con él, pero parecía resistirse a los encantos de la pelirroja, algo a lo que ella no estaba demasiado habituada. Rosso estaba acostumbrado a ser él el que atrajera a los demás y no al contrario. Dos estrellas brillando en el mismo universo. Virginia pensó en dar el primer paso, pero sabía que sería un error de estrategia demasiado grave. Una mujer treinta años más joven que se acerca a un hombre poderoso solo puede pretender una cosa de él, su poder. De hacerlo, hubiera puesto sobre la mesa sus cartas demasiado pronto. Por eso, en un intento por ser lo más cerebral posible y de buscar la forma de actuar más inteligente, esperó el momento adecuado, un momento que no llegaría hasta un par de meses más tarde, en una partida de póquer privada.

El tiempo jugó a favor de Virginia, que invirtió esos meses en manipular a Mateo, un hombre rico cuyo cerebro pasaba con demasiada facilidad de su cabeza a su entrepierna. Como una gata cariñosa a veces y rebelde otras, el ronroneo de Virginia fue la banda sonora de su plan, encuentro tras encuentro, hasta que caló el mensaje.

—Me encanta el equipo que formamos, Mateo —le susurraba después de una tórrida sesión de sexo—. Tenemos que tomar las riendas para que el caballo trote por nuestro campo... ¿Sabes lo que quiero decir?

—¡Tú sí que sabes trotar, mi diosa! —le contestó mientras la rodeaba de nuevo entre sus brazos con la intención de volver a empezar.

—¡Estoy hablando en serio, Mateo! —respondió algo enfadada mientras se lo quitaba de encima de un manotazo—. ¿No has pensado nunca que te mereces más trozo del pastel? Sé que ayudaste a Rosso para que consiguiera ser alcalde, lo cuenta todo el mundo, ¿y cómo te devuelve él el favor? Dejándote las migajas. ¿Cuánto dinero le diste para financiar el ALBI? —preguntó directamente.

—Pues… tal vez demasiado.

—Seguro que fuiste su mayor inversor. Sin ti, no hubiera podido seguir adelante. Ahora se pasea por el pueblo, saludando a todo el mundo como si fuera un héroe… Hasta te hace esperar cuando le invitas a una fiesta. No te mereces cómo te trata. Todo el pueblo lo idolatra y esa admiración te correspondería a ti, tú mereces ese reconocimiento, tus empresas son las que dan riqueza a Beniaverd… ¿Qué te ha dado? ¿Unas cuantas concesiones? ¿Alguna que otra obra oficial? —Mateo la miró sorprendido. No se esperaba que Virginia estuviera tan al tanto del funcionamiento de la política local—. He estado leyendo. Soy nueva aquí y necesitaba saber en qué mundo me movía, no es un delito —se excusó.

—Rosso y yo sabemos lo que nos llevamos entre manos. Hace muchos años que nos conocemos, desde críos. El Chino es un tipo prudente, si no me ha dado más es porque es mejor hacer las cosas poco a poco.

—¡Ja! ¡Eso es lo que él te dice! ¡Excusas! ¡Tonterías! ¿Cómo es posible que te lo creas? Hay otros que quieren su recompensa y revolotean como abejas sobre un tarro de miel. Si no exiges tú lo que te corresponde, alguien se te adelantará. Debes ser el primero, debes estar ahí, recordándole que te lo debe, te debe todo lo que es. —Dejó de hablar unos segundos para besar a Mateo apasionadamente mientras su mano jugueteaba con su pene. Sin dejar de hacerlo, recobró su tono de gata mimosa y le dijo susurrándole al oído, al tiempo que le mordisqueaba el lóbulo—: Falta poco más de un año para las próximas elecciones municipales. Pronto vendrá a ti, a pedirte tu dinero, a prometerte lo mucho que te compensará si le vuelves a apoyar… Si no eres tú el que pone las condiciones y te mantienes firme, la próxima legislatura volverá a ocurrir lo mismo. Migajas, eso es lo que te ha dado hasta ahora. Te mereces por lo menos la mitad del pastel. Es lo justo, ¿no te parece? Juntos podemos hacerlo, Mateo, piénsalo. Ayúdame y seremos los más poderosos de Beniaverd, el mundo estará a nuestros pies.

Las palabras de Virginia estaban empezando a envenenar a Mateo, que no era capaz de pensar con claridad mientras se excitaba con los juegos eróticos. ¿Por qué no? Su discurso tenía sentido, era coherente y, lo mejor de todo, era factible, relativamente sencillo de llevar a cabo si accedía Rosso, y este accedería porque necesitaba su dinero, como el que necesita respirar. Virginia lo tenía todo pensado.

—¿Y qué has pensado? ¿Que me presente a alcalde por el ALBI y quitarle el puesto al Chino, o que me monte mi propio partido y le haga la competencia? —preguntó divertido Mateo, esperando que la respuesta de Virginia le sorprendiera, como así fue.

—Mucho más sencillo que todo eso —contestó mientras se vestía—. Necesitamos estar dentro. Ya sabes eso que dice el refrán: el que reparte se queda con la mejor parte. Quiero estar en las listas del ALBI para las próximas elecciones. Quiero una concejalía con poder, con capacidad de maniobra, ya me entiendes… Quiero partir el pastel y poder decidir a quién le doy la mejor parte. ¿Imaginas en quién estoy pensando?

—¿En tu osito de peluche?

—¡Exacto! Tú me ayudas a estar en el gobierno municipal y nos repartimos al cincuenta por ciento los beneficios que pueda generarte. Los hilos se mueven desde dentro. Toda esa panda de torpes engominados que Rosso ha colocado como concejales son amiguetes sin cerebro o los hijos inútiles de los compromisos que ha tenido que pagar. ¡Pídele que me incluya en las listas y déjame lo demás a mí! Si no acepta, no habrá financiación de Mateo Sigüenza.

Todo se dispuso para el encuentro, una timba de póquer a la que solo acudirían Virginia, Mateo y el alcalde. Una pequeña trampa para propiciar una conversación que, de haber sido acordada formalmente, con mucha probabilidad no se hubiera producido nunca. Una encerrona, por supuesto, ideada por Virginia.

Eligieron el restaurante de Mateo, situado en una de las zonas privilegiadas de la costa de Beniaverd. Tras los intensos meses de duro trabajo que siempre traía el verano, se solía cerrar durante el invierno, para reabrir en primavera. El restaurante era un lugar discreto, lejos de las miradas de curiosos que después inventarían historias sobre lo que pudiera estar haciendo el alcalde con el constructor, acompañados de la joven misteriosa que últimamente se dejaba ver en todos los eventos. Rosso llegó en coche oficial, conducido por su chófer municipal, una persona de su confianza, de esas que no ven ni escuchan lo que no se debe ver ni escuchar. Eran las doce de una fría y lluviosa noche de noviembre, la hora de las cenicientas y las calabazas, la hora en la que se rompen los hechizos. El termómetro marcaba siete grados y la humedad se calaba hasta los huesos, lo cual era uno de los pocos inconvenientes del clima de Beniaverd. El paraguas del chófer acompañó servil a su jefe, el alcalde, hasta el rellano del restaurante, pero no pudo evitar que sus brillantes y relucientes zapatos se mancharan del barro formado con la arena de la playa. Le ordenó volver pasadas tres horas.

—¡Joder, Chino! Ya pensaba que tú tampoco ibas a venir. La gente es una informal, ¿sabes? Para dos gotas que caen se rajan todos y desperdician una partida con los amigos, ¡coño! Me temo que estaremos en familia. ¿Sabes lo que te digo? ¡Que mejor solos que mal acompañados! —se excusó muy teatralmente Mateo, utilizando la lluvia como el pretexto perfecto para justificar las ausencias de unos invitados inexistentes—. ¡A mis brazos, capitán! —le dijo mientras le daba un abrazo sonoro, con golpes en la espalda como si le sacudiera el polvo, ante la mirada de Virginia—. Ven, que te voy a presentar a una amiga mía.

La presentación fue un pulso de miradas. Virginia le tendió la mano, pero Rosso tiró de ella para invitarla a que se prestara para darle un par de besos. Se sirvieron una copa y comenzaron hablando del tiempo; la lluvia era siempre un recurrido tema de conversación antes de entrar en materia. El alcalde indagó sobre la pelirroja todo lo que ella se dejó, que no fue demasiado. Quiso saber de dónde era, a qué se dedicaba, qué la había llevado hasta Beniaverd, cuáles eran sus planes de futuro… Pero Virginia era una experta en esquivar preguntas incómodas. La conversación pronto empezó a tornarse algo incómoda. Entonces fue cuando Mateo invitó a cocaína.

—¡Vaya! Pareces de la Gestapo con tanta pregunta, precisamente tú, que eres un puto mafioso. Déjate de historias y prueba esta mierda. Me la pasa un tipo que sabe lo que se lleva entre manos. Hasta me ha propuesto entrar en el negocio, no te digo más —dijo Mateo mientras cortaba con una tarjeta de crédito seis finas rayas de cocaína encima del cristal de la mesa.

—Lo que te faltaba, meterte a narcotraficante. Si te pilla la guarda costera con un alijo, a mí no me vengas a buscar. Vale que en los papeles me digan de todo menos guapo, pero lo de las drogas no me lo perdonarían los votantes. Uno puede prevaricar, pero no drogarse; es la doble moral de la política. Además, yo creía que te habías especializado en el tráfico de influencias —bromeó Rosso.

—¡Tráfico de esto, tráfico de aquello! ¡Qué más da! Yo lo llamo negocios. Yo soy un tipo de negocios, lo de menos es con qué los hagas... Pero, tranquilo, que todavía no me ha dado por ahí. Anda, toma, haz los honores, que para eso eres el alcalde, el puto amo de Beniaverd —le dijo mientras le ofrecía un canutillo de plata.

—Las señoritas primero, Mateo, ¿ya se te han olvidado los modales?

—¡Joder, qué fino te has vuelto!, pero tienes razón. Venga, Virginia, vamos a pasarlo bien.

No era ni mucho menos la primera raya de cocaína que tomaba Virginia, ni tan siquiera su primera droga. Lo consideraba parte de la estrategia, al igual que tener que acostarse con tipos como Mateo. Eran meros gajes del oficio. Con cierta soltura, esnifó la droga y se frotó la nariz para disipar el cosquilleo.

—¿A que es genial? —dijo Mateo Sigüenza refiriéndose a Virginia—. Esta chica promete, y creo que puede ayudarnos a ambos. ¿No crees que puede adornar mucho tu próxima campaña electoral? Una mujer bonita e inteligente seguro que te hace aumentar el voto masculino.

Rosso no hizo ningún comentario. Cogió el canutillo y esnifó su raya. Empezaba a adivinar el porqué de aquel encuentro.

—Falta poco más de un año para las elecciones y creo que deberíamos hablar de negocios. La oposición viene pisando fuerte y el ALBI necesita caras nuevas, mentes pensantes, sabia fresca...

—Quiero estar en el próximo gobierno —dijo Virginia decidida, interviniendo por primera vez, al ver que Mateo divagaba—. Sigüenza y yo somos socios y juntos podemos impulsar tu proyecto político mucho más alto que ahora. Yo seré la imagen y la voz de Mateo en el Ayuntamiento y trabajaré duro para que este triángulo nos sea muy beneficioso a los tres.

—¿Socios? ¿Ah, sí? ¿Qué es lo que me he perdido, Mateo? Joder, me paso un verano sin verte y me la lías —dijo el alcalde desconfiado al tiempo que se servía un güisqui—. ¿Y por qué razón habría de hacer yo eso?

—Porque sabes que necesitas el dinero de Mateo y porque podrás entrar en el reparto de los beneficios que obtenga una vez estés en el poder. Hasta ahora, le has concedido algunas contratas y solo él ha sido el beneficiario de sus ganancias. Digamos que ha sido un justo pago por financiar tu campaña. Pero eso puede cambiar. A partir del próximo ejercicio, todos los beneficios que se obtengan de las empresas de Mateo que tengan directa relación con las gestiones municipales los repartiremos en tres partes, una para ti, otra para mí y una tercera para Sigüenza. Tú solo te tienes que preocupar de conseguir otra mayoría absoluta y de que los concursos públicos estén diseñados a su medida.

—¿Qué me dices? —invitó Mateo a contestar—. ¡Joder, Chino, que no vas a ser alcalde toda la vida! ¿No quieres retirarte con una pasta gansa en Belice?

Gregorio Rosso no soltaba palabra, pero su gesto torcido evidenciaba que estaba contrariado. Parecía estar haciendo la digestión lentamente a la propuesta inesperada y sorprendente que acababa de escuchar. Giraba el vaso de güisqui en círculos hacia la derecha y hacia la izquierda, mientras fijaba la mirada en los hielos que tintineaban rítmicamente, intentando encajar el golpe. Tras unos segundos interminables de silencio, finalmente habló.

—¿Sabes, Mateo? A ti te conozco hace tiempo, somos amigos de toda la vida, hasta nos hemos dado de hostias en el parque cuando éramos niños, pero... ¿podemos fiarnos de ella? Solo es una niña con ropa cara —dijo claramente sin importarle lo más mínimo importunarla, hablando como si no estuviera presente, tensando la cuerda. Virginia enmudeció, aquel tipo era más duro de lo que había pensado. No le gustaba en absoluto que la menospreciaran, y mucho menos que se dirigieran a ella llamándola niña.

—Pongo la mano en el fuego por ella. Viene de mi parte y me molesta siquiera que dudes de mi criterio. —contestó ofendido Mateo—. Es muy lista la jodida, y además guapa. Escucha lo que tiene que ofrecerte...

—Seamos francos, Gregorio —intervino Virginia—. Comprendo tus reservas hacia mi persona. Yo misma las tendría de ser tú. Es cierto que soy joven, pero tal vez mi juventud pueda utilizarse como un elemento a nuestro favor. No soy una chica tonta, ni una cara bonita sin cerebro. Aprendo rápido. Puedo trabajar de tu mano o trabajar para otro. No te dejes llevar por estúpidos prejuicios. ¿Sabes una cosa? En el fondo, me gusta tu desconfianza, eso denota una gran inteligencia por tu parte, pero creo que no alcanzas a entender que no se trata de una negociación. A ver si te lo explico. Si quieres el apoyo de Mateo para tu próxima campaña, queremos a cambio una concejalía suculenta. Me temo que tendrás que fiarte de mí... —afirmó con mirada seductora mientras cruzaba las piernas sensualmente—. O lo aceptas y todos contentos, o te tendrás que buscar los millones en otro sitio. Es hora de repartir. ¿Lo comprendes ahora?

Las cartas quedaron sobre la mesa a pesar de no haber jugado al póquer. Virginia había lanzado el órdago y ahora le tocaba a Gregorio Rosso aceptarlo o no. Se marchó molesto por haber sido retado por una niña con tacones altos que movía los hilos desde la cama de Sigüenza. Sabía que era lista y tremendamente ambiciosa, podía oler su enfermiza ambición a kilómetros de distancia, lo que la convertía en una competencia peligrosa para él. El razonamiento era sencillo: si ahora quería una concejalía, pronto se le quedaría corta y tal vez quisiera aspirar a la alcaldía, pensó Rosso para sus adentros. Conocía muy bien y en primera persona lo insaciable que puede resultar la droga del poder. Demasiado peligrosa como para compartir adicción con alguien como ella. Dos adictos terminan siempre por encontrar diferencias y, en el delicado negocio de la política, Gregorio Rosso era un hueso duro de roer al que no le gustaba nada la idea de juguetear con la peligrosa inexperiencia de la amante de su benefactor.

El chófer le esperaba en la puerta, puntual. Había dejado de llover y la luna se abría paso entre las nubes. Le abrió la puerta de atrás de su coche oficial y, sin mediar palabra, Rosso subió.

—¿Le llevo a casa, señor alcalde?

—Sí, a casa.

Cuando el coche arrancó, el alcalde sacó su teléfono móvil del bolsillo de la chaqueta y marcó un número. Tenía el ceño fruncido y, mientras esperaba a que alguien contestara al otro lado de la línea, jugueteaba nervioso con unas llaves. Finalmente, respondieron.

—Siento despertarte a estas horas. Necesito que me hagas un trabajo. Apunta este nombre: Virginia Rives. Sí, Rives con uve. Averíguame todo lo que se sepa de ella. Quiero saber hasta el día en el que hizo su primera comunión. Llámame en cuanto tengas algo. ¡Ah! Una cosa, esto es algo entre tú y yo, nada oficial, ¿me has entendido?

Cuando tensas demasiado la cuerda, corres el riesgo de que se termine rompiendo y el latigazo te dé en la cara. Virginia había retado a un hombre poderoso que no parecía haber sucumbido a sus encantos, y la cuerda empezaba a deshilacharse peligrosamente para ella.

Miércoles, 30 de junio de 2010

El Rincón de Reina fue mi hogar cuando era niña y mi negocio cuando crecí. Mi padre fue un hombre de mar, como la mayoría de los beniaverdenses. Su abuelo también lo había sido, y ni me alcanza la memoria para llegar a recordar qué generación de los Antón fue la que empezó a echarse al Mediterráneo como medio de vida.

　　Desde muy joven, mi padre, acompañado de mi abuelo, pasaba más horas sobre su barco pesquero, pequeño y modesto, que sobre tierra firme, incluso solía bromear diciendo que algún día se le iba a olvidar caminar. Lo que generosamente el mar les cedía, y con mucho esfuerzo y riesgo ellos conseguían capturar, era lo que se ponía a la venta en la lonja de pescado. Si el mar amanecía embravecido, aquel día no había ganancia y la jornada se dedicaba a otros menesteres en tierra firme, como reparar las redes o los desperfectos de la barcaza. Era duro, muchos se dejaron la vida en ello y todavía conservo en mi cerebro el intenso olor a pescado que mi padre traía a casa cada día, después de trabajar. Al darme dos besos y rozarme la cara amorosamente con la piel de sus manos, áspera y curtida, comida por el salitre, el perfume a mar, sal y pescado se me quedaba en la nariz durante horas; de hecho, creo que nunca se ha ido del todo. Sí, mi padre fue un hombre que olía a mar, pero también a esfuerzo y trabajo. Fue un hombre bondadoso, de esos que de tanta bondad parece que no les cabe en el pecho y un día el corazón se les parte en dos. Murió de una crisis cardiaca a los cuarenta y tres años, dejando una viuda y un par de mellizos, mi hermano Simón y yo, su pequeña Reina.

　　No puedo ni imaginar la fortaleza de mi madre para continuar viviendo con un par de niños a su cargo y sin ingresos. Solo la vi llorar el día del entierro. Supongo que pensó que no había tiempo para lágrimas y lamentos, cuando la prioridad es subsistir y sacar a tus hijos adelante. Hasta ese momento, ella había sido ama de casa, por lo tanto sin sueldo propio, y eso sí, una gran administradora de lo que mi padre conseguía recaudar de lo conseguido en el mar. Estiraba como nadie hasta la última peseta y era puro ingenio a la hora de llevar un plato de comida en casa. Si el lunes cocinaba unas lentejas con patatas, solía decir que había que cocinarlas con mucho caldo para que el viernes, añadiéndoles tan solo un puñado de arroz, volviéramos a tener un plato caliente en la mesa.

Junto con la tristeza por la ausencia de mi padre, tuvimos que acostumbrarnos pronto a convivir también con la escasez económica. El dinero no llegaba para cubrir todas las necesidades, y las pocas tareas de limpieza y costura que mi madre hacía para amigas y vecinas no eran suficientes. Pero el auge del turismo jugó a nuestro favor. Beniaverd, por aquel entonces, empezaba a estar de moda como destino turístico de sol y playa. El pueblo entero empezó a transformar su economía, básicamente pesquera, en una prometedora y floreciente economía turística. La gente llegaba para pasar sus vacaciones. Venían de toda España e incluso del extranjero, y todos ellos necesitaban lugares donde alojarse. La industria hotelera comenzaba a construir sus grandes hoteles, pero los pequeños hostales, algo más modestos y también más económicos, supieron aprovechar la oportunidad de negocio. El pueblo entero empezó a transformarse. Nacieron nuevos comercios, restaurantes, tiendas de recuerdos, y mi madre, una mujer emprendedora y con un ingenio natural agudizado por la necesidad del momento, transformó su casa en un lugar de alojamiento casero. No fue algo premeditado, pero salió bien. Las cosas más importantes de la vida las suele planificar el destino y esta fue una de ellas.

Los tres, mi madre, mi hermano y yo, vivíamos en una gran casa, una antigua masía propiedad de la familia de mi abuelo. Ubicada en la parte alta de Beniaverd, muy arbolada, con pinos y palmeras, y con unas vistas espectaculares al mar, tenía acceso a una pequeña cala gracias a un camino muy antiguo y algo abrupto por el que de niña mi hermano y yo bajábamos, los días de sofocante calor, para bañarnos en sus aguas paradisíacas. La casa tenía dos plantas, pero nosotros hacíamos la vida en la de abajo, alrededor del gran salón y la cocina. En la planta de arriba, había cuatro habitaciones que se utilizaban como trastero una de ellas y como alojamiento para la familia cuando venían a pasar unos días, las otras tres. Normalmente, estaban cerradas y éramos mi hermano y yo los que subíamos allí a hacer trastadas, a jugar a las tinieblas y al escondite, con el consiguiente enfado de mamá.

La ocasión la pintan calva, dice el refrán, así que mi madre debió de pensar que aquellas solitarias, frías y deshabitadas habitaciones podrían ser el sustento de la familia. Ni corta ni perezosa, ella misma les dio una mano de pintura, cosió unas bonitas cortinas de colores vivos a juego con las colchas y tiró todos los trastos viejos para disponer de ellas. Empezó a recibir inquilinos. Primero, se trató solamente de algunas personas conocidas de los vecinos que, esporádicamente, tenían que pasar alguna noche en Beniaverd, por trabajo u otros asuntos. Algunos viajantes y gente de negocios. Pero pronto empezó a recibir también a turistas que quedaban muy satisfechos y no solo recomendaban el lugar, sino que incluso solían repetir en años posteriores. Además del alojamiento, se ofrecía un trato familiar y buena comida casera. El boca a boca fue la mejor publicidad, y fue rara la semana en la que alguna de las habitaciones estuviera desocupada.

Así es la vida, que cuando te cierra una puerta te abre una ventana. Lo que empezó como una actividad que nació fruto de la necesidad, a las primeras de cambio, se transformó en un negocio floreciente que creció tanto que tuvimos que hacer sucesivas modificaciones con el fin de adaptarnos a todo.

Transformamos la planta de arriba para que fuera mucho más funcional y rentable. Las cuatro habitaciones se convirtieron en dos suites con baño incluido y zona de estar, con capacidad hasta para cuatro personas cada una de ellas. Además, fuera, en el jardín, en los alrededores de la casa pero dentro de la misma parcela de la familia, construimos dos casitas adosadas, de una y dos habitaciones respectivamente, con la intención de atender las demandas de familias enteras. Para entonces, mi madre ya era mayor y la vida de trabajo y sacrificio empezaba a pasarle factura. Simón, ese ser inquieto que pasó nueve meses completos junto a mí en el vientre materno, seguía igual de inquieto y empezó a probar suerte con la radio; lo suyo no era la hostelería y nunca mostró excesivo interés por el negocio. Yo me hice cargo de él y proporcioné el toque de marketing que mi madre no supo darle. Los tiempos avanzan y no hay que quedarse atrás. Para empezar, le cambié el nombre, bueno, sería más apropiado decir que en realidad le puse uno, porque hasta entonces no lo tuvo nunca. Lo llamé El Rincón de Reina.

La muerte se llevó a mi madre poco después y yo me volqué en el negocio, sin más vida que mi trabajo. Había dejado mi juventud en él. El Rincón de Reina se convirtió pronto en un alojamiento internacionalmente conocido, muy conocido. Aparecía en todas las guías de hoteles con encanto, lo conocían en todas las agencias de viajes, lo recomendaban en todas las páginas webs. El Rincón de Reina ofrecía todo lo que escaseaba en los gigantes y despersonificados hoteles que proliferaron ya por la zona. La presentación de sus suites y apartamentos era muy cuidada, procuraba que el trato al cliente fuera personalizado, casi familiar, que le hiciera sentir como en casa, y aunque la comida continuó siendo casera, con platos típicos de Beniaverd, la mayoría marineros, he de reconocer que nunca alcanzó el nivel de los guisos de mamá.

Esa es la historia de la casa que me vio nacer, crecer, quedar huérfana y renacer gracias a la fuerza de mi madre; la casa que también tuve que abandonar el día que decidí escapar para ser Carmen Expósito.

9

Los meses pasaron desafiando al acompasado reloj; lo hicieron con una rapidez impropia del paso del tiempo, que suele ser constante, imperturbable, salvo por lo subjetivo del ser humano. El invierno de Beniaverd era tan solo un descanso que por aquellas tierras concedía el verano, casi perpetuo. El sol siempre terminaba dominando al mal tiempo. Los beniaverdenses recibieron con júbilo el año 2006 y, el día de Reyes, Virginia Rives cumplió los veintiuno, envuelta en una vida que superaba en mucho sus expectativas infantiles.

El regalo de Mateo fue un pequeño chihuahua de color canela, ojos saltones y grandes orejas. Era una hembra de poco más de veinte centímetros y menos de dos kilos de peso, vestida con un traje especial para su pequeño y tembloroso cuerpo, en estampado de leopardo. Al cuello, la diminuta perrita llevaba un collar de piel con dos diamantes engarzados. A Virginia le hizo más ilusión el perro que los diamantes porque, si había algo en el mundo por lo que ella sintiera especial debilidad, incluso más que por las joyas y el lujo, eso eran los animales. No pudo evitar acordarse de Matilde, su querida vaca, a la que había dejado tras de sí, en su vida pasada, sin despedirse de ella y a la que echaba a faltar de vez en cuando, cuando necesitaba afecto sincero. Se preguntaba si seguiría viva o si ya habría muerto de vieja. No quiso plantearse ni siquiera que su padre pudiera haberla matado como venganza por su huida, pero sabía que esa era una posibilidad bastante certera. Con todo, no se dejó llevar por la nostalgia, nunca se lo permitía, y se aferró con fuerza al presente, a ese instante que estaba viviendo, a un día de cumpleaños como nunca antes había tenido.

—¡Es precioso! ¡Es tan pequeñito que parece un muñeco! —dijo casi con tono y emoción infantiles—. Muchísimas gracias, Mateo, eres un cielo, un hombre detallista. Bonito collar para un bonito perro. ¿Son diamantes de verdad?

—¡Claro que lo son! Es una hembra, con pedigrí, como tú. Un ejemplar así se merece un collar de categoría. Ahora tienes que ponerle un nombre.

—Pues le pondré un nombre de categoría, elegante, con clase… Se llamará Chanel.

—¿Chanel? Me gusta. Pero ¿sabes una cosa? No puede ser que Chanel luzca ese collar con diamantes y que su mamá no tenga ningún diamante que la haga brillar más todavía —dijo Mateo mientras se metía la mano en el bolsillo derecho de la chaqueta—. Cierra los ojos, preciosa, esto hay que solucionarlo. —Virginia obedeció emocionada, sabía que al abrirlos le esperaría una sorpresa agradable.

—¿Ya puedo abrirlos? —preguntó impaciente.

—Sí, ya puedes. ¡Tachán!

Delante de sus ojos encontró una cajita de joyería. Estaba abierta y dentro lucía un precioso anillo de brillantes que dejó a Virginia boquiabierta.

—Cierra esa boca, que te va a entrar una mosca —dijo Mateo divertido al ver cuánto la había impresionado.

—¡Es una maravilla! ¡Es tan bonito que no encuentro palabras para agradecértelo!

—Pues no me lo agradezcas con palabras, así de sencillo… —contestó Mateo con picardía—. Ven que te lo ponga; espero haber acertado con la talla. —Le cogió la mano derecha, porque con la izquierda Virginia sostenía a Chanel, y se lo puso en el dedo anular—. ¡Perfecto! Como anillo al dedo, como se dice en estos casos.

Para Virginia, aquella joya era mucho más que un anillo; era un símbolo de un estatus social al que le estaba empezando a cogerle el gusto. No pudo evitar estirar el brazo hacia la luz y, con la palma de la mano abierta, admirar los destellos que el sol provocaba en los diamantes. Estaba borracha de lujo, aunque para ella todavía no era suficiente; realmente, nunca lo sería.

El regalo de Mateo no fue el único. Ella misma se hizo un regalo, porque se lo merecía, porque todo lo que se regalara era poco. Aprovechando que el destino le había puesto en su camino a un amante poderoso y rico que le había obsequiado con una preciosa casa sin coste alguno, invirtió parte del dinero que tenía reservado para ese fin en un ostentoso coche deportivo. Eligió un descapotable en color azul eléctrico, un biplaza, un BMW modelo Z4, con todo el equipamiento, valorado en más de cuarenta mil euros. El propio Mateo quedó impresionado al verlo, y no pudo evitar preguntarse de dónde había sacado Virginia tanto dinero para vestir con ropa cara y permitirse aquellos lujos, teniendo en cuenta que acababa de cumplir veintiún años. Pero esa información tan solo ella la sabía, al menos por el momento. La estampa de Virginia parecía sacada de una caricatura de joven guapa, ambiciosa y rica, subida a un descapotable con el pequeño chihuahua metido en un bolso de mil euros, paseando despreocupada por las calles de Beniaverd, donde todos ya la conocían.

En cualquier caso, los pocos años de Virginia y su actitud desafiante y vengativa con la vida la estaban haciendo cometer errores, los propios de una juventud impetuosa que tiende a subestimar a su enemigo, porque se siente todopoderosa. Ella pensaba que aquella forma de vida no había hecho más que empezar y que nada ni nadie le arrebataría lo que tanto ansiaba. Siguió jugando a mover las fichas del ajedrez sabiéndose la reina y contando con un rey al que supo controlar a su antojo, Mateo Sigüenza, manejando los tiempos y las voluntades ajenas, emborrachándose de autosatisfacción. No se paró siquiera a pensar que aquel juego no estaba exento de importantes enemigos, como era el caso de Gregorio Rosso; enemigos que no estaban dispuestos a dejarla avanzar, sin al menos, plantarle cara. Sobre la lona de boxeo del poder en Beniaverd, ya había dos púgiles que se enfundaban los guantes y los golpes, algunos más bajos que otros, no se harían esperar.

Una mañana de febrero, el padre Jacobo, párroco de una parroquia modesta situada en un pueblo sevillano, recibió una visita inesperada. Estaba en la sacristía preparando la misa de doce. Era el día catorce, el día dedicado al amor, y tenía pensado aprovechar la onomástica para hablar a sus feligreses del amor divino y del humano.

El padre Jacobo nunca cerraba las puertas de la iglesia. Solía decir que la casa de Dios siempre debe tener las puertas abiertas porque simbolizan los brazos de Nuestro Señor, siempre dispuestos a acogernos, siempre de par en par. Ya había tenido algún susto que otro, ladronzuelos de poca monta que intentaban saquear los cepillos aprovechando las circunstancias, pero en general se trataba de un pueblo tranquilo de buena gente, sin grandes contratiempos.

La iglesia olía a cirio. Al padre Jacobo no le gustaban esos inventos modernos de las velas eléctricas. El obispado le obligaba a tenerlas por cuestiones de seguridad, para evitar incendios, pero casi como en un pequeño acto de desobediencia, en un arranque de rebeldía, el padre Jacobo encendía pequeñas velas, de esas que son chatas, que vienen con su base metálica y se consumen sin peligro. Adornaba el altar con ellas y le gustaba ese olor que lo impregnaba todo en segundos.

Era un cura joven y bien parecido. A sus veintiocho años, el alzacuellos lo convertía en un hombre muy atractivo, y así lo comentaban las mujeres habituales de la iglesia. De no haber sido un hombre de Dios, hubiera sido un perfecto marido, solían decir atraídas por la erótica de la sotana. Siempre vestía de negro, camisa y pantalón clásico, lo que le hacía parecer algo mayor, pero su cabello oscuro y abundante, en el que no brillaba ni una sola cana, delataban su juventud. Llevaba dos años a cargo de la parroquia. Su antecesor, el padre Miguel, había muerto de pura vejez a los noventa años, justo después de una misa de ocho. Se empeñó en no retirarse nunca y en morir dando misa, y casi lo consiguió. La mayoría de los feligreses del padre Jacobo ya no cumplían los cincuenta años y al principio, al recibir un párroco tan joven, sintieron un cierto rechazo inicial, acostumbrados como estaban a la sotana del padre Miguel, hasta los tobillos, como los curas de antaño. Sin embargo, pronto comprendieron que el padre Jacobo era un viejo en un cuerpo de joven, un cura de principios tradicionales, encerrado en unos mandamientos eclesiásticos algo estrictos para alguien que no ha cumplido los treinta como era su caso, tal vez como refugio en el que esconderse de sus propios miedos, una historia pasada que nadie en aquel pueblo de Sevilla conocía.

El olor de las velas empezó a enturbiarse y el fino olfato del padre Jacobo detectó aroma de tabaco que llegaba a la sacristía. Dejó de escribir el sermón y agudizó el oído. No pudo escuchar nada, pero cada vez olía más fuerte a cigarrillo. ¿Quién se habría atrevido a fumar dentro de la casa de Dios? Pensó enfadado mientras se levantaba de la silla y se dirigía hacia la iglesia a descubrirlo.

Un hombre grande y grueso, vestido con abrigo negro y un gorro de lana del mismo color, fumaba un cigarrillo mientras curioseaba la imagen del Cristo de la Agonía, una talla del siglo XVIII. Era un desconocido para él, que le puso de mal humor por lo que consideraba una falta de respeto.

—No se puede fumar aquí, señor —dijo el padre Jacobo sacando de su ensimismamiento a aquel hombre, que tampoco le había escuchado salir de la sacristía—. Sea usted tan amable de apagar el cigarrillo y descubrirse la cabeza en señal de respeto. Está usted en una iglesia —le recriminó.

El hombre hizo ademán de buscar con la mirada un lugar improvisado que le sirviera de cenicero, pero no encontró ninguno y, encogiéndose de hombros, sin pronunciar palabra, le hizo entender al cura que no sabía dónde apagarlo. El padre Jacobo dio pasos largos y sonoros, haciendo retumbar por toda la iglesia el sonido de sus zapatos contra el mármol del suelo. Cuando llegó a la capilla, cogió una de las bases metálicas de una vela consumida y volvió sobre sus pasos hasta donde estaba el hombre.

—Tome, utilice esto.

—Gracias —dijo mientras espachurraba el cigarro en el portavelas.

—¡El gorro! —ordenó de nuevo el cura, con tono marcial, mientras el hombre obedecía, dejando al descubierto una calva reluciente, brillante, como si la hubieran encerado recientemente.

—¿Es todo? —preguntó cínicamente el desconocido, asombrado por el recibimiento tan poco agradable que había tenido. Pensó del sacerdote que tenía muy malas pulgas para predicar el amor entre los hombres de buena voluntad—. No suelo frecuentar iglesias, así que ignoraba todas estas prohibiciones de Dios en su casa. Supongo que cada uno manda en lo suyo, y si Jesucristo no quiere malos humos por aquí,

¿quién soy yo para llevarle la contraria, verdad? —le dijo mientras le hacía un guiño cómplice.

El comentario jocoso no agradó al padre Jacobo; le pareció desafortunado y falto de toda gracia, pero intentó dulcificar el tono de la conversación porque entendía que él mismo había sido poco amable con un desconocido. Ambos habían empezado con mal pie.

—Usted dirá en qué puedo ayudarle. Si, como dice, no pisa habitualmente una iglesia, algún motivo de interés le habrá traído hasta aquí. ¿Estoy en lo cierto?

—Lo está. Vengo buscando información sobre una persona; tal vez usted sepa alguna cosa de utilidad sobre ella —dijo el hombre mientras rebuscaba algo en el bolsillo interior de su abrigo.

—Si esa persona que busca viene a misa, seguro que la conoceré, aunque este pueblo es pequeño y por aquí todos sabemos de todos —reflexionó el padre Jacobo en voz alta, dando por hecho que aquel hombre se refería a algún lugareño—. ¿Por qué quiere información de esa persona? ¿Tal vez es un familiar suyo? —indagó.

—Busco información de esta mujer. —Le entregó una fotografía que consiguió encontrar finalmente en el bolsillo.

El padre Jacobo tuvo que buscar asiento al verla; la joven de la fotografía era su hermana Virginia, a la que hacía años que no veía, de la que hacía años que no sabía nada. Estaba muy cambiada, parecía mayor, pero seguía siendo la hermosa joven pelirroja de los ojos castaños.

—¡Dios mío! ¡Es Virginia! ¿De qué la conoce usted? ¿Dónde está? ¿Está bien? ¿Le ocurre algo? —ametralló a preguntas al hombre calvo que le había mostrado la foto de su hermana.

—¿Conoce usted a Virginia Rives? —preguntó sin inmutarse ante el estado de nervios del cura.

—¿Que si la conozco? ¡Es mi hermana! ¿Pero usted quién es? ¿Qué quiere de ella? ¿Qué está ocurriendo? ¿Por qué pregunta por ella? —preguntó levantando la voz.

—Usted es el padre Jacobo Iruretagoyena Rives, ¿no es cierto?

—Sí, lo es, pero no pienso hablar más con usted hasta que no me explique qué está ocurriendo y por qué busca usted información sobre mi hermana. ¿Se encuentra bien? ¿Le ha ocurrido algo?

—Y dice usted que es su hermana.

—¡Claro que lo es! No entiendo lo que está pasando y qué es lo que usted pretende ¡Quiero saber qué es lo que sabe usted de ella! ¡Le exijo que me diga quién es usted! ¿Por qué pregunta por mi hermana?

El desconocido no dijo nada más. No pronunció ni una sola palabra. El silencio fue la única respuesta a todas las preguntas del padre Jacobo. El misterioso visitante se dio media vuelta y, mientras se colocaba de nuevo el gorro de lana para cubrir su calva, caminó con paso ligero hasta la puerta de la iglesia, dejando atrás al padre Jacobo, desencajado, presa de una crisis nerviosa, lanzando preguntas al aire que no recibieron respuesta, impotente, desesperado, persiguiéndole hasta la entrada, donde se rindió mientras el hombre se alejaba.

Las sospechas del investigador se vieron confirmadas al corroborar que aquella joven de la fotografía que el alcalde Rosso le había mandado investigar era la hermana de un cura de Sevilla apellidado Iruretagoyena. Para el investigador, indagar sobre ella había llegado a un punto muerto cuando quiso seguir la pista de Virginia Rives seis años atrás. Aquella chica, con aquel nombre y apellido, parecía no tener vida más allá de ese tiempo. Ni seguridad social a ese nombre, ni registro oficial, ni documento público que acreditara su nacimiento, ni nadie que la conociera como tal. Virginia Rives parecía tener tan solo seis años. ¿Cómo era posible que no lograra averiguar nada más? Había conseguido saber mucho sobre su pasado más reciente, por dónde había estado, a qué se había dedicado, qué compañías había frecuentado, pero nada, absolutamente nada sobre sus orígenes.

Hizo falta un buen soborno y buenos contactos en el Registro Civil para averiguar que la que se hacía llamar Virginia Rives, realmente, había nacido y había sido inscrita como Virginia Iruretagoyena, hija de unos granjeros de Cachorrilla, un pequeño pueblo de Cáceres y con un hermano sacerdote en Sevilla. El cambio de apellido en el Registro estaba fechado el diez de enero del año 2003, justo el año en el que la chica había cumplido la mayoría de edad, exactamente cuatro días después, pero no había fotografía que asegurara que fuera la misma joven, aunque todo apuntaba que así era. Se hacía necesario para la investigación confirmar que se trataba de la misma persona. Al investigador le resultó sencillo, mucho más de lo que había imaginado.

La reacción del padre Jacobo Iruretagoyena no le dejó lugar a dudas. Virginia Rives era su hermana y, por lo tanto, la misma mujer que había cambiado su apellido paterno una vez había cumplido la mayoría de edad. El motivo de por qué lo había hecho era una incógnita, pero el dosier de la intensa vida de Virginia no dejó indiferente al investigador y pronto sorprendería sobremanera a Gregorio Rosso. Unos datos mucho más que interesantes, si tenemos en cuenta que la información es poder y que el poder, para Rosso, era una forma de vida, su ecosistema natural.

En mayo de 2006, cuando empezaba la cuenta atrás para las elecciones municipales, la partida de ajedrez en el seno del ALBI se volvió tensa y algo sórdida. Todos los que revoloteaban alrededor del alcalde con el fin de seducir su voluntad, buscando un puesto suculento en la lista de las próximas elecciones, todos ellos, que no eran pocos, utilizaban todas las armas que estaban a su disposición. En el amor y en la guerra todo vale, y bien podríamos decir que aquella era una batalla difícil de ganar.

Mateo Sigüenza, meses atrás, había jugado la baza del chantaje, aunque él lo llamara negociación, sabedor del importante peso específico que tenía su dinero. Virginia Rives confiaba en poder ser el pico del triángulo, el extremo visible del iceberg, acomodada como estaba bajo el ala de Sigüenza. Pero Rosso ya no era nuevo en política y sí era experto en negocios. Sabía que necesitaba a Sigüenza, conocía el precio de su dinero, pero no estaba dispuesto a aceptar la oferta sin utilizar el as que se había guardado en la manga y que había resultado ser mucho más suculento de lo que pudiera haber imaginado nunca.

La sede del ALBI era un hervidero de gente. Tras tres años de legislatura, la primera en el poder, todos querían apostar a caballo ganador. Resultaba fácil y tentador subirse al carro del que sabes que lleva ventaja, pero la memoria de Rosso estaba fresca y recordaba muy bien quién lo había apoyado y quién no, en su carrera, años atrás, por conseguir la alcaldía. Muchos pensaron de él que aquella idea de crear un partido político independiente y presentarse como cabeza de lista a la alcaldía de Beniaverd había sido una fanfarronada más de un tipo rico y egocéntrico, una extravagante ocurrencia de alguien a quien le gusta el protagonismo. Pocos pensaron que el ALBI conseguiría una mayoría absoluta tan aplastante que convertiría el Ayuntamiento en una más de las empresas de Rosso, sin apenas oposición que fiscalizara los tejemanejes de El Chino.

Una vez convertido el ALBI en la fuerza política más votada de la historia de la democracia en Beniaverd, muchos de aquellos que habían criticado duramente su nacimiento y que no habían apostado lo más mínimo por su permanencia, y mucho menos por su éxito, empezaron a revolotear por la sede del partido como moscas buscando poder llevarse a la boca aunque solo fueran las migajas del pastel. El número de afiliados creció sorprendentemente y a Rosso no le faltaron los palmeros y las propuestas de nombres con los que elaborar las listas de las siguientes elecciones. Todos querían subirse al éxito, ahora sí, todos creían en una nueva victoria de la Agrupación Liberal Beniaverd Independiente. Pero Rosso, que era un hombre frío al que pocas cosas perturbaban, movía las fichas sabiendo que cada movimiento estaba respaldado por un pensamiento concienzudo, y así lo hizo con Virginia.

La mandó llamar. Preparó una cita con ella en el despacho de la alcaldía, en su terreno, con la intención doble de jugar en casa y de intentar impresionarla. Era la forma que el alcalde tenía de mostrarle su estatus, de presumir de su poder, una forma sutil de decirle a esa joven ambiciosa que estaba empezando a serle molesta, que allí mandaba él y que no estaba dispuesto a que fuera de otra manera. Él dictaba las normas y los demás obedecían, si lo que pretendían era poder bailar al son de la música que su orquesta tocaba. La invitó a ir sola, convenciéndola de que alguien de su inteligencia no necesitaba a Mateo para hablar de negocios. La hizo sentir importante, le alimentó su vanidad y Virginia accedió a guardar el secreto de aquella reunión. En el cajón de la mesa de trabajo, bajo llave, el alcalde guardó el informe que había encargado a un investigador como quien guarda una pistola con la que disparar a su enemigo. Un suculento informe sobre su vida, demasiado intensa tal vez para tan pocos años.

Virginia traspasó el portalón de hierro de la puerta principal del ayuntamiento. La diferencia de temperatura nada más entrar en aquella construcción barroca de finales del siglo XVIII la hizo erizarse. Los muros de piedra conservaban fresco el interior, mientras que afuera las temperaturas empezaban a castigar a Beniaverd en un mes de mayo que prometía ser muy caluroso. Se paró a mirar cada uno de los detalles de aquel edificio, perfectamente conservado, que parecía rezumar majestuosidad en cada columna, en cada baldosa de mármol. Un policía municipal que hacía su guardia diaria a las puertas de la casa consistorial se acercó a ella pensando que se trataba de una turista más, una guapa turista extranjera que se interesaba por la histórica construcción. Le ofreció un folleto de información, pero Virginia lo rechazó amablemente, pidiéndole que le indicara dónde estaba el despacho del alcalde con el que tenía una cita. Tras una llamada, el policía confirmó que el señor alcalde esperaba a la señorita Rives en su despacho. La identificó, anotó los datos de su documento de identidad en el registro de acceso y la invitó a subir por las escaleras de mármol hasta la segunda planta, la dedicada a los despachos de la alcaldía.

En cada peldaño que Virginia pisaba, en cada escalón que subía de aquella impresionante escalera hacia el despacho del alcalde, su respiración se aceleraba. Quería retener ese momento en su memoria e incluso hubo instantes en los que cerró los ojos, para guardar esa imagen para siempre en su retina, la primera vez de las muchas que pensaba subir por aquella escalinata. Vestida impecablemente con un traje entallado de color rojo intenso a la altura de la rodilla, con bolso de mano y zapatos en color negro, era la viva imagen de cómo la belleza exterior en ocasiones puede distraer la atención de la fealdad interior. Era elegante hasta doler, sensual hasta el éxtasis, pero terriblemente peligrosa. Virginia era una trampa para ratones que subestimó el poder del gato.

Gregorio Rosso salió a la puerta a recibirla ante el asombro del personal. Era un gesto que no solía hacer con nadie. La cogió por las manos elegantemente y le dio dos besos, aupándose ligeramente para poder alcanzar sus mejillas. Después, dio órdenes de que bajo ningún concepto les molestaran, nada de llamadas, y la invitó a pasar a su despacho.

La sala, diáfana, tenía tres estancias: una de trabajo, con una mesa señorial que a Virginia le pareció muy antigua; otra, con una mesa mucho más grande, alrededor de la cual había una docena de sillas forradas en terciopelo de color granate, donde se solían celebrar las reuniones de trabajo; y otra estancia, amueblada con un par de sillones y una mesa de centro, como si fuera una pequeña sala de estar. En la esquina, junto a uno de los tres ventanales que daban a la plaza Mayor de Beniaverd, una hilera de banderas, la local, la regional, la española y la europea, ondeaban colocadas en sus respectivos mástiles.

Virginia echó un vistazo a las paredes enteladas, igualmente barrocas y recargadas como el mobiliario. Allí parecía haberse detenido el tiempo. Por un momento, creyó estar en otro siglo de no ser por el ordenador y el teléfono que te devolvían a la actualidad. Detuvo la mirada especialmente en las fotografías en las que aparecía Rosso con diversas personalidades públicas, políticos y famosos. Pensó que algún día sería ella la que aparecería en aquellas fotografías, algún día no muy lejano. El alcalde inició la conversación y sacó a Virginia de su ensoñación.

—Supongo que el bueno de Mateo no sabrá nada de este encuentro, ¿verdad? —le dijo mientras con un gesto la invitaba a sentarse en uno de los sofás.

—Supones bien. Me dijiste que esta era una reunión para que tú y yo llegáramos a un acuerdo. Me parece bien, pero no me imagino qué puedes pretender acordar conmigo si lo que necesitas es el dinero de Mateo —se cuestionó en voz alta Virginia mientras se acomodaba.

—Eres inteligente, algo joven, pero lista como el hambre, ¿sabes? —afirmó Rosso sonriendo. Le sorprendía que Virginia fuera capaz de encontrar ese doblez en su intención—. Verás, creo que tú y yo necesitamos a Mateo a partes iguales. Yo necesito su dinero, como bien dices, y tú lo necesitas para conseguir tus fines. Al mismo tiempo, él nos necesita a ambos. Aunque si te soy sincero, creo que más a mí que a ti. A ti por razones obvias, lo tienes muy enganchado, tú lo sabes y él no se da cuenta, esa es tu gran ventaja y tu arma, y a mí, a mí me necesita porque soy la llave para que su fortuna crezca, el muy cabrón no tiene bastante con lo que lleva amasado. Por eso estamos condenados a entendernos los tres, esa es la verdad, y es una realidad sobre la que tenemos que trabajar. En lo que respecta a ti y a mí, yo pago y tú eres el precio. Aunque suene algo mercantilista es así, ¿cierto?

—Bueno, es una forma de decirlo, pero no olvides que tú también saldrás beneficiado. Yo diría que soy más bien una inversión. Como bien dices, es una gestión de tres, donde tú también estás incluido; de hecho, eres el pilar fundamental —puntualizó.

—Ya, permíteme que lo dude —dijo cínicamente el alcalde antes de cambiar de tema—. Así que quieres dedicarte a la política… ¿Puedo saber por qué? A tu edad yo solo pensaba en pasármelo bien y salir de fiesta.

—Sencillamente porque es un buen negocio —contestó resuelta Virginia—. En política nunca se pierde.

—¿Eso crees? Te voy a decir una cosa, Virginia; la política es un negocio peligroso porque todo el mundo tiene la mirada puesta en ella. Todo es público, el dinero es público, y eso significa que nada es secreto o, al menos, no debería serlo. La prensa, los adversarios políticos, incluso tus enemigos, los de tu propio partido, que son los más ambiciosos, vigilan tus movimientos con lupa, es un mundo de depredadores. Hay que ser cauto, discreto, frío y, sobre todo, no dejarse llevar por la avaricia, si quieres que las cosas funcionen. ¿Sabes por qué en todo este tiempo nadie ha sido capaz de probar ninguna de las acusaciones que la oposición ha filtrado a la prensa? Yo te lo voy a decir: porque nunca he traspasado la línea de la avaricia. Sinceramente, Virginia, no creo que seas una persona que reúna todas esas cualidades.

—Puedo aprender —respondió molesta por la observación, que sabía cierta.

—Sé que puedes, por eso te he hecho venir hoy aquí. No digo que no puedas desempeñar un buen papel; realmente, tienes cualidades que te hacen ser muy interesante para la política. Después de nuestra última conversación, la noche de la partida de póquer, he pensado mucho sobre vuestra propuesta. Eres joven y puedes ser un señuelo para un sector de votantes que todavía andan perdidos entre el acné y las fiestas de botellón. Es evidente que eres una mujer hermosa, muy hermosa, y contar en nuestro partido con alguien que estimule el voto femenino, una mujer decidida y bonita en la que se pudieran ver reflejadas las beniaverdenses, no es algo a despreciar precisamente. Al resto de votantes ya me los tengo ganados, han sido tres años y el que queda todavía, para transformar un pueblo pesquero, que no conocía su enorme potencial económico, en un lugar de referencia de toda España. Unas cuantas fuentes ostentosas, nuevas construcciones, un poco de verde por aquí y por allá, y Beniaverd parece un pueblo distinto. Queda mucho por hacer y necesito más tiempo, por eso es fundamental que vuelva a conseguir una mayoría absoluta para terminar los proyectos que he iniciado.

—Y así poder cerrar tu cuenta de beneficios... —interrumpió Virginia.

—No todo lo hago por dinero.

—¿Me quieres decir que lo haces por tu pueblo, por amor a tus conciudadanos? ¡Vamos, Rosso, tú y yo hablamos el mismo idioma!, no es necesario que vayas de alcalde abnegado conmigo. Has conseguido mucho en poco tiempo y por ese motivo me fijé en tu proyecto. Yo no me uno a gente mediocre.

—Bueno, estás con Mateo —bromeó sarcásticamente.

—Lo de Mateo es otra historia. No es mal tipo y tú lo sabes.

—Es un mediocre que ha tenido suerte.

Gregorio Rosso se levantó del sofá en el que estaba sentado y se sentó justo al lado de Virginia, sin apenas dejar hueco entre ambos. Por un segundo, Virginia se sintió desconcertada y algo invadida en su espacio. Rosso, como si nada, continuó la conversación.

—Si quieres estar en mi equipo, has de tener claro que trabajas para mí y para nadie más. ¿Entiendes lo que quiero decir?

—No del todo, la verdad —contestó Virginia algo descolocada.

—No quiero un trío, te quiero al cien por cien al servicio de mis intereses.

—¿Y Mateo?

—Mateo tendrá su justa compensación, la que yo decida, como ha tenido hasta ahora. Si quieres seguir metiéndote en su cama, es tu problema, no me importa la bragueta de nadie, pero en el Ayuntamiento seré yo quien decida qué se hace, cómo y de qué manera.

—¿Me estás pidiendo que lo traicione?

—La palabra traición es muy fea para que salga de una boca tan bonita —le dijo mientras le acariciaba los labios—. Te estoy pidiendo que te posiciones. Tú quieres estar aquí conmigo y yo te ofrezco esa posibilidad a cambio de que convenzas a Mateo de que me financie; parece que últimamente piensa con la entrepierna, pero, eso sí, sin que conozca nuestro... acuerdo secreto.

Aquel giro en la conversación y en la actitud del alcalde era algo que la pilló por sorpresa. Ni por un momento hubiera imaginado la propuesta que Rosso le estaba poniendo sobre la mesa y ese acercamiento algo descarado. Dudó, no tuvo tiempo de pensar, de valorar la situación y la primera reacción, así en caliente, la llevó a un callejón sin salida.

—Me pides que venda a Mateo, que le engañe, yo pensaba que era tu amigo.

—¡Mi querida Virginia! —exclamó en tono grandilocuente—. ¡Bienvenida a la política! No pensaba que pudieras serle tan leal, la verdad. Confieso que me has sorprendido.

—¿Y qué ganaría yo con eso? —se atrevió a preguntar finalmente—. Supongo que si lo hiciera me reservarías una concejalía con capacidad de maniobra…

—Mi silencio.

—No te comprendo…

—A cambio de tu colaboración, yo guardaría silencio sobre tu vida pasada —le dijo desafiante mientras deslizaba su mano por la cara interna del muslo de Virginia hasta llegar a rozarle la ropa interior.

Virginia se levantó de un brinco y se apartó de él instintivamente, alterada, con la respiración acelerada, como una gata erizada que advierte el peligro, en un intento inútil por recobrar la serenidad.

—No sé a qué te refieres —masculló con la voz entrecortada.

—Sí lo sabes, lo sabes muy bien —le respondió Rosso mientras caminaba hacia el escritorio y abría con una llave dorada el cajón donde había guardado el informe.

Sentado sobre una de las sillas de terciopelo granate, Rosso se acomodó, recostado, colocando sobre la mesa de reuniones los pies cruzados. Se desabrochó el botón de la chaqueta y se aflojó la corbata y allí, ante la mirada desconcertada de Virginia, que seguía de pie en una esquina, sin saber muy bien si quedarse o salir corriendo, empezó a leer en voz alta:

—«Nombre: Virginia Iruretagoyena Rives, actualmente inscrita en el Registro Civil como Virginia Rives. Natural de Cachorrilla, provincia de Cáceres. Hija de un granjero de nombre Dioni y huérfana de madre.» ¡Qué tierno!, ¿verdad? ¡Como Heidi, una infancia entre cabras! ¡Quién lo diría viéndote con ese Louis Vuitton y tu MBW descapotable! ¿Sabe papi a qué te dedicaste cuando te marchaste de casa? —carraspeó antes de continuar leyendo—. «Numerosos testigos declaran que estuvo viviendo en Cádiz, en la casa de una meretriz de la zona, conocida por conseguir prostitutas menores de edad a clientes exclusivos con altos ingresos.» ¡Vaya! Y yo que pensaba que solo ibas a ser una política precoz y resulta que también fuiste una putita joven. Vas muy deprisa, Virginia, deja algo que hacer para los treinta años…

—¡Yo no me he prostituido nunca! Esa mujer solamente me recogió en su casa en un momento en el que tuve problemas —se justificó.

—¿No te has prostituido nunca? Y a lo tuyo con Mateo cómo lo llamas, ¿amor incondicional? ¡Vamos, no me jodas! Pero, espera, que todavía queda lo mejor… ¡Menuda vida has tenido! ¡Digna de una telenovela! «Tras vivir dos años con la meretriz, Virginia Rives fijó su residencia en una céntrica calle de Cádiz, junto a Benjamín Holgado.» ¿Te suena ese nombre? El bueno de Benjamín Holgado. —Virginia guardó silencio y bajó la mirada—. Tal vez ya te has olvidado de él. Te voy a refrescar la memoria. «Benjamín Holgado, sesenta y tres años, soltero y sin familia, militar retirado por cuestiones de salud, amputado de una pierna por complicaciones de una diabetes. Holgado falleció en el mes de septiembre de 2004, dejando una importante cantidad de dinero y todas sus propiedades, dos viviendas, una en Cádiz y otra en Barcelona, a su única heredera, Virginia Rives.» De putita adolescente a trabajarte al lisiado de Holgado, ¡menudo carrerón el tuyo!

—¡Benjamín nunca me puso una mano encima, era un buen hombre! —espetó rabiosa.

—Ya me lo imagino. Siento curiosidad, dime una cosa… Cuando lo sacabas a pasear, empujando su silla de ruedas, ¿cómo te presentaba a sus amistades, como su nieta o como su sobrina? Menudos chismorreos tendrías que escuchar, esas historias le encantan a la gente.

—Él solo me ayudó, ¡estaba enfermo y no tenía a nadie!

—Y tú fuiste complaciente con él. Sí lo entiendo, Virginia, no creas que no soy capaz de comprenderte. No soy un monstruo…

—¡Tú no entiendes nada! ¡Tú has tenido una vida fácil! Has conseguido todo lo que te has propuesto sin apenas esfuerzo, sin inconvenientes en tu vida. ¡Rosso quiere esto, Rosso lo coge y punto! ¡No tienes derecho a rebuscar en mi vida y a meter las narices en mi pasado! Y, por supuesto, no tienes derecho a juzgarme. ¡Qué sabes tú de mí! ¿Eso que pone en unos papeles? ¡No tienes ni idea de lo que ha sido mi vida!

—Yo solo sé que Holgado te convirtió en una jovencita con dinero, con bastante dinero, por lo que he podido saber; lo que tú hicieras para merecerlo es cosa tuya. —Rosso se levantó de la silla de terciopelo y se dirigió hacia Virginia, que estaba tocada pero todavía no hundida. Acorralándola contra la pared, le retiró con delicadeza un mechón de pelo que le caía en la cara, mientras le dijo en un susurro—: Mi precio es el silencio. Nadie tiene que conocer tu vida, a menos que quieras que así sea. Puedes seguir siendo la Virginia Rives que un día llegó a Beniaverd con ganas de convertirse en alguien importante. Yo puedo hacer que seas ese alguien importante que tanto ansías. Toda esa rabia que llevas dentro puede hacer de ti un auténtico animal político. Sabes venderte... —le dijo mientras deslizaba su dedo por entre sus pechos—. Trabaja para mí y este informe nunca saldrá de ese cajón. Eres lista, sé que decidirás bien. Piénsalo.

Virginia apartó de un manotazo el pequeño cuerpo de Rosso y, sin pronunciar palabra, salió del despacho del alcalde, dejando a este con una cínica sonrisa de victoria en sus labios. El vestido rojo, con falda entallada, le impedía dar pasos amplios. Le hubiera gustado poder salir corriendo lo más rápidamente posible del ayuntamiento. Por el contrario, el taconeo de sus zapatos contra el mármol y sus pasos rápidos pero breves le hicieron tardar más de lo que le hubiera gustado hasta conseguir alcanzar la calle. Fuera ya del ayuntamiento, respiró profundamente bocanadas de aire fresco. Sentía que se ahogaba. Estaba tan furiosa que la ira le estrangulaba el estómago. Maldijo a Rosso, a su poder, a su capacidad para encontrar su punto débil, a sus sórdidas maniobras, lo maldijo con todas sus fuerzas. Lo maldijo por hacerla sentir vulnerable y acorralada como solo su padre antes había conseguido que se sintiera.

Viernes, 2 de julio de 2010

Tras llevar a cabo mi plan de simulación de suicidio y, ya en tierra, llegar a Bugarach me resultó bastante sencillo. Lo complicado ya estaba hecho. Recuerdo que, cuando puse el pie en el puerto de Villefranche, me dije a mí misma que en aquel preciso instante, ni un minuto antes, ni un minuto después, comenzaba mi vida como Carmen Expósito, mi nueva identidad. Hasta ese momento seguía siendo Reina Antón, aunque hubiera coqueteado por momentos con Carmen en mi cabeza, para ir haciéndome a la idea, pero una vez tiré por la borda a Reina, en un sentido figurado, claro está, ya solo era Carmen.

Toda la documentación de Reina quedó en el buque, junto con mis efectos personales, tarjeta sanitaria, carné de conducir, tarjetas de crédito... Todo excepto el documento nacional de identidad. De alguna manera, me he resistido siempre a que no se conozca lo ocurrido, supongo que es algo intrínseco al ser humano aferrarse a la verdad, y la verdad es que Reina Antón no murió en ese barco. Las personas tenemos la necesidad de saber; por eso, he pensado adjuntar ese DNI junto a este cuaderno y así, si muero como Carmen, que sirva como prueba documental de lo que estoy contando ahora, que nadie pueda pensar que es un relato de una loca que acabó sus días en las montañas francesas. Ya mismo lo voy a meter en un sobre y a grapar este a la contraportada de la libreta, y ahí quedará hasta que alguien lo encuentre.

Los primeros meses en Bugarach los dediqué a hacer turismo y a disponer del tiempo y la tranquilidad necesaria para planear mi futuro. Necesitaba pensar y ordenar mi cabeza, y el paraje era propicio para ello. Yo venía de un pueblo de costa, con clima mediterráneo, playas y sol, y, de repente, me encontré en mi nuevo entorno, en mitad de un paraje montañoso, a los pies de los Pirineos, con un clima bastante más frío, temperaturas a las que mi cuerpo no estaba acostumbrado, teniendo en cuenta que llegué en invierno.

Primero me alojé en un hotel de montaña, pequeño y acogedor, que de alguna manera me recordaba a El Rincón de Reina. Empecé a conocer a algunos vecinos y comerciantes de la zona, gente encantadora que se interesaba por mí. Mi discurso siempre fue escueto. Supuse que cuanta menos información diera sobre mi vida, menos posibilidades de contradecirme tendría en un futuro. No se me da bien mentir y, como la mentira tiene las patas muy cortas y un recorrido escueto, quise evitar la tentación de equivocarme y que se descubrieran incoherencias en mi historia. Tal vez estaba algo paranoica, lo sé, tal vez le di excesiva importancia a cosas que no la tenían, tal vez toda esa gente tan solo pretendía ser amable al preguntarme y no buscaba entrometerse, pero la realidad es que ese fue mi estado anímico los primeros días en Bugarach con mi nueva identidad: me sentía insegura y siempre alerta y desconfiada.

Como disponía de dinero, porque ya me había encargado de retirar mis fondos para poder tener liquidez que me permitiera empezar de nuevo, busqué casa. En un principio, la idea que tenía en mi cabeza era adquirir una masía amplia, un bonito caserón de montaña, para poder transformarlo en alojamiento para visitantes. En realidad, siempre había sido hostelera, se me daba bien y no conocía otro oficio, así que pensé que sería lo más sencillo de llevar a cabo. Pero la idea no gustó entre los hoteleros de la zona. Pronto se corrió la voz y no tardaron en hacerse oír las primeras opiniones en contra de mi proyecto. Teniendo en cuenta que Bugarach no tiene más de doscientos habitantes y ya cuenta con una buena infraestructura para alojar a todos los que tengan a bien pasarse por allí, es comprensible que vieran una amenaza en que una desconocida española les hiciera la competencia. No quise encontrar enemigos nada más llegar, era lo último que pretendía, así que desistí.

Pero de algo tenía que vivir, eso era evidente. Es cierto que contaba con bastante dinero, pero el dinero se acaba con dema-

siada rapidez si no se invierte en algo productivo, así que lo tuve claro el día que vi un cartel que decía «cierre por jubilación» en una pequeña tasca del lugar. Era perfecto. Con unos cuantos retoques, una mano de pintura y algo de gusto en la decoración, aquel bar de cafés y cruasanes podría ser un pequeño restaurante de comida española. ¿Cómo no lo había pensado antes?

Llegué a un acuerdo con los propietarios, una afable pareja de lugareños que ya estaban muy mayores para seguir regentando el negocio. Les alquilé el local y, en un par de meses, tras hacer algunas reformas, abrí al público una casa de comidas llamada La Española. Cómo me hubiera gustado poder llamarla El Rincón de Reina II, pero no era una buena idea dejarse llevar por la nostalgia y el romanticismo dadas las circunstancias. Aquel pequeño negocio, de tan solo cinco mesas, que ofrecía almuerzos y comidas del país vecino, tuvo una excelente acogida. No daba para muchas alegrías, pero tampoco pretendía hacerme rica con él, ya que su finalidad no era otra más que la de poder subsistir, cubrir gastos y tener para vivir de manera tranquila el resto de mis días.

A dos calles de La Española alquilé una casa, una planta baja no demasiado grande, porque en realidad era la mitad de la vivienda original que se había reformado convirtiéndola en un apartamento independiente. Para mí sola era más que suficiente. Resultaba acogedora, moderna pero conservando su esencia rústica y con una preciosa chimenea que le daba el calor hogareño que yo tanto necesitaba.

Y así empecé de nuevo, intentando mirar al futuro pero con una herida abierta en el.pasado. Así nació Carmen Expósito.

10

Reina Antón escuchaba día y noche Radio Beniaverd. En El Rincón de Reina siempre sonaba de fondo el transistor, como si fuera un sonido inseparable del hotel, la banda sonora del lugar. Su hermano Simón, el locutor estrella de la cadena, era un personaje popular, apreciado por los beniaverdenses y con cierto peso específico dentro del periodismo local, y ella, como hermana mayor aunque por pocos minutos de diferencia, se sentía muy orgullosa de ello, con un sentimiento casi maternal. Reina iba y venía, de aquí para allá, supervisando cada detalle, de la cocina a la habitación de algún huésped, de las habitaciones al jardín. Era un no parar. En la recepción, detrás del mostrador de madera, tenía un pequeño y algo antiguo receptor, que siempre sintonizaba la emisora de Simón. La tenía puesta a un volumen bajo, como en un murmullo, para no molestar, pero lo subía de inmediato cada vez que iban a contar algo que a ella le interesaba.

Aquella fría mañana de febrero de 2007, había poco que hacer. Era temporada baja y únicamente estaba ocupada una de las cuatro estancias del hostal por un viajante que había hecho parada en el pueblo antes de continuar su recorrido con destino a la costa catalana. Reina quería aprovechar para escuchar con atención el espacio radiofónico de su hermano, que estaba a punto de empezar. Sus obligaciones no siempre le permitían estar todo lo atenta que a ella le gustaba cuando su hermano Simón aparecía en antena. Se preparó un café con leche bien caliente y, sentada en un taburete de la cocina, prestó atención a la voz profunda del locutor, que con tono grandilocuente hizo la presentación del programa.

—Queridos oyentes, el de hoy es un programa de lujo. Ya sé que es algo que les digo siempre, pero no me lo pueden negar, ¿acaso les miento? Hoy, más que nunca, no pueden perderse *Las Mañanas de Simón*, porque podrán hablar directamente con el señor alcalde de Beniaverd, don Gregorio Rosso. No me digan que no quieren ustedes preguntarle algo, ¿a que sí? ¿A que tienen unas cuantas cosas que decirle? Pues bien, la ocasión la pintan calva, y no es que el alcalde sea calvo, porque todos sabemos que luce una buena cabellera; le preguntaremos también por el secreto de su pelo…, pero lo que les quiero decir es que esta es su oportunidad. A partir de las doce y media, abriremos nuestros teléfonos para que sean ustedes quienes entrevisten al Sr. Rosso. Aprovechen, que no tengo ganas de trabajar y prefiero que sean ustedes los que pregunten, que tal vez no se vean en otra como esta. Señoras y señores oyentes, tenemos las elecciones a la vuelta de la esquina como quien dice. ¿Cuánto falta para el próximo veintisiete de mayo? ¡Dos días…, que el tiempo pasa volando!

A Reina le hacía mucha gracia escucharlo y siempre se le escapaba una sonrisa. Era un *showman* al que no le faltaba rigor profesional. Quién le iba a decir que esa incontinencia verbal que ya tenía desde niño y que tantas expulsiones de clase le había costado en su época de estudiante iba a ser su medio de trabajo algún día, su sello personal, irónico y veraz, que tanto gustaba a los oyentes.

Reina bebió un sorbo del café con leche, abrazando la taza caliente con ambas manos para entrar en calor. Mientras lo saboreaba, le vino a la memoria la cantidad de veces que de niños discutían Simón y ella, y cómo su madre le mandaba callar porque decía que le producía jaqueca de tanto escucharlo. Hasta ella misma le solía decir que parecía un vendedor de feria, o un predicador americano de esos que salen por la televisión, y es que Simón podía estar horas y horas hablando sin parar. A decir verdad, como buenos hermanos mellizos, ella también se reconocía a sí misma como muy habladora, en ocasiones tal vez demasiado.

La fecha de las elecciones municipales ya estaba fijada por el Estado español. El veintisiete de mayo de 2007 todos los ayuntamientos de España elegirían gobierno municipal para los próximos cuatro años, así que la actividad frenética de precampaña y autopromoción ya había comenzado para todos los partidos políticos aspirantes a hacerse un hueco en la alcaldía de Beniaverd y, por supuesto, también para el ALBI. El programa de Simón era un buen escaparate para los candidatos; él lo sabía y se aprovechaba de ello. El estudio de Radio Beniaverd era un desfile de aspirantes a alcaldes y concejales, en busca de la simpatía de una numerosa audiencia. Simón Antón continuó hablando.

—Y como ya saben que estamos de rebajas y lo tiramos todo por la ventana, el programa de hoy está en promoción. Hoy les ofrecemos un dos por uno, como en el mejor de los supermercados que se precie. ¿No entienden a qué me refiero? Pues es bien sencillo, me refiero a que no solo tenderemos delante de nuestros micrófonos al señor alcalde, sino que el señor Rosso no se enfrentará en solitario a sus preguntas, viene muy bien acompañado. ¿Les suena el nombre de Virginia Rives?

Simón dejó la pregunta en el aire y pinchó una canción de Serrat, *Hoy puede ser un gran día*, una de sus preferidas. Solía gustarle la intriga en sus presentaciones, para mantener atento al oyente. Reina sorbió de nuevo el café y se paró a pensar en ese nombre que le resultaba familiar pero al que no ponía rostro en su memoria.

—Vale, vale, no seré malo, me portaré bien y les desvelaré el misterio. Virginia Rives es uno de los nombres que más nos ha sorprendido cuando hemos conocido la lista de candidatos por el ALBI para las próximas elecciones municipales. ¿Quieren conocer un poco mejor a esta joven promesa de la política de nuestro pueblo? ¿Quieren saber qué cualidades ha visto en ella nuestro alcalde para incluirla en las listas a sus veintidós años recién cumplidos? ¿Es de Beniaverd? ¿A qué dedica el tiempo libre? ¿A que sienten una irrefrenable curiosidad? ¡Pues no se pierdan *Las Mañanas de Simón*! Les recuerdo que ya están abiertos los teléfonos para que nos lancen sus preguntas audaces, mordaces, picaronas, comprometidas, sugerentes… Escuchen *Las Mañanas de Simón* porque este programa… ¡les va a gustar un montón!

La energía de Simón Antón traspasaba las ondas y contagiaba al oyente. Reina no podía quitarse de la cabeza ese nombre, el de Virginia Rives, y quiso encontrar la respuesta en sus archivos inmediatamente. Odiaba esa sensación de creer conocer a alguien pero no identificar de qué o en qué circunstancias. Era una gran fisonomista, no había rostro que una vez grabado en su retina fuera capaz de olvidársele, pero para recordar los nombres no era tan buena y, naturalmente, por la radio no podía ponerle cara a esa tal Virginia Rives que había mencionado Simón. Quiso salir de dudas. Salió un momento de la cocina, sin soltar la humeante taza de café con leche y tecleó con un dedo el nombre de Virginia en los archivos de entradas de huéspedes de su ordenador, y en un segundo obtuvo la respuesta. Virginia Rives era aquella joven pelirroja y elegante, altiva y ostentosa, que se había alojado en El Rincón de Reina durante casi un mes, hacía ya casi dos años. Reina la recordaba porque era alguien difícil de olvidar; le había comentado que era empresaria, que buscaba casa por la zona para establecerse y porque, además, todo lo había pagado en efectivo, a pesar de que su factura había sido bastante elevada. Lo que no pudo ni imaginar en aquel momento era de qué manera aquella mujer sería decisiva en su vida.

Por su parte, Rosso había ganado la partida en el pulso contra Virginia. Muy a su pesar, la pelirroja tuvo que tragar saliva y hasta bilis, y aprender a encajar el duro golpe de saberse desprotegida frente al alcalde, al que necesitaba para rozar la línea del horizonte al que pretendía asomarse. Experta como era en pegar los trozos de sí misma que la vida iba desquebrajando con sus golpes, supo recomponerse rápidamente. Apartó los sentimientos de su cabeza y solo dejó hueco para lo práctico, aunque sin olvidar lo ocurrido, porque si había un defecto que Virginia poseía en grandes dosis, ese era el rencor. Pero, en aquel momento, nada ni nadie iba a desviarle la atención de sus objetivos y, después de todo, cosas más graves le habían pasado en la vida como para desistir ahora, ante un chantaje burdo como aquel. Ya tendría tiempo y oportunidad para resarcirse, era una mujer paciente para la venganza.

A pesar de toda la información que parecía manejar Rosso sobre ella, lo que más le preocupaba a Virginia era conocer si el alcalde sabía que ella misma, con sus manos, había matado a su bebé nada más parirlo. Todo lo demás, comparado con ese hecho, eran pequeños pecados veniales que al fin y al cabo hacían equilibrios en la línea de la especulación, porque Rosso nunca sería capaz de demostrarlos. ¿Había sido prostituta cuando se fugó de casa de su padre? Solo ella lo sabía. ¿Se había aprovechado de un militar adinerado para que la nombrara su heredera a cambio de favores sexuales? Solo ella lo sabía y Rosso jamás podría afirmarlo con absoluta certeza.

Además, pensó que si el alcalde no le había atacado con el hecho más grave acontecido en su vida, el asesinato, era sencillamente porque lo desconocía; de lo contrario, ya estaría en la cárcel y se la hubiera quitado de en medio con gran facilidad. Pensar de esta forma la tranquilizó bastante.

A menudo, Virginia tenía pesadillas y se despertaba empapada en sudor. Soñaba que desenterraba el cuerpo de su hijo con sus manos, escarbando con desesperación en la tierra húmeda del bosque donde le dio secreta sepultura. En su angustia por encontrar el pequeño cuerpo del bebé metido en una bolsa de basura, las uñas de los dedos se le rompían y hasta perdía alguna de cuajo, sintiendo el dolor intensamente como si fuera real. Con las manos ensangrentadas y casi al borde del paroxismo, en su repetida pesadilla, escarbaba como un perro durante interminables minutos hasta conseguir encontrar la bolsa con los restos, pero al abrirla nunca hallaba dentro el cuerpo del niño, tan solo una placenta pútrida y plagada de gusanos retorciéndose en aquel nauseabundo trozo de carne maloliente. En ese momento siempre se despertaba, casi ahogada por el llanto, angustiada y sudorosa, y nunca era capaz de volver a dormirse.

Tras el acuerdo alcanzado entre Virginia y Rosso, con Mateo Sigüenza como convidado de piedra, el engranaje del partido empezó a funcionar. Había que dejarse ver, darse a conocer, hablar de lo bien que se había trabajado en los cuatro años de legislatura, maquillar los errores y, sobre todo, comerciar con la ilusión de prosperidad y bienestar para todos, sacar conejos de la chistera y vender un bien común, cuando lo que tramaban era un fin mucho más egoísta.

En cuanto a Virginia, había que lanzarla, porque al fin y al cabo era una desconocida que había llamado demasiado la atención por dejarse ver al lado de Mateo, un rico barrigudo con una guapa acompañante veinticinco años más joven que él, el perfecto chisme de pueblo que en nada la beneficiaba en su imagen pública. Acordaron, pues, que aquello debía cambiar y que era mejor que solo se dejara ver en círculos políticos, junto a Rosso y el resto de compañeros de partido, y que las visitas a la alcoba de Mateo fueran, en todos los casos, privadas y ajenas a las miradas del pueblo.

Virginia visitó emisoras de radio, concedió entrevistas a diarios de la zona, acudió a platós de televisión locales y se desenvolvió con soltura. Era lista y aprendía rápido. Siempre iba acompañada de Chanel y desplegando su encanto natural como el perfume que se desprende de la piel, volátil, embaucador. No solo hizo gala de una impecable presencia física, sino que además sorprendió al propio Rosso, al dominar la oratoria política, ese difícil arte de hablar sin decir nada. Al verla y escucharla, su edad parecía un efecto óptico, una mujer experimentada en un cuerpo fresco.

Los días de precampaña fueron frenéticos y causaron en Virginia el mismo efecto que una droga: euforia y adicción. Los baños de multitudes la embriagaban, la hacían sentir importante y poderosa, y ninguna otra sensación de las que había experimentado en su corta vida, algunas de ellas muy intensas, se podía igualar al éxtasis del poder. Pero pronto conocería el amor, un sentimiento que no entraba en sus planes, un sentimiento que se escapaba a su control y Virginia, sin autocontrol, solo era una joven como otra cualquiera.

Iván Regledo llegó a la vida de Virginia de la mano de Chanel, a tres días de las elecciones, el veinticuatro de mayo de 2007, casi como un plan burlesco ideado por el destino, jugando a obstaculizar todo lo ideado escrupulosamente por Virginia. A punto de cumplir los treinta años, Iván era un hombre fornido, de un metro noventa de estatura, profundos ojos verdes y un cabello castaño cortado al tres. Hacía cinco años que había ingresado en el cuerpo de policía local de Beniaverd y uno, que estaba adscrito a la Unidad Especial de la Alcaldía. Allí donde el alcalde iba o venía, algún miembro de este cuerpo especial, meticulosamente elegidos por el propio Rosso, velaban por la seguridad del primer edil.

Aquel día, Virginia, acompañada de un grupo de compañeros del ALBI, tenía previsto visitar un centro de la tercera edad con el fin de prestar atención a un sector de la población cuyo voto era, en opinión de Rosso, fácilmente influenciable, pero nada despreciable, si lo que se pretende es sumar una mayoría absoluta. Cuatro promesas bien ideadas pueden obrar maravillas en las decadentes mentes de los ancianos, es lo que solía decir el alcalde. En la puerta del geriátrico, aguardaba un grupo de jóvenes opositores, adscritos a grupos ecologistas la mayoría de ellos, que llevaban años criticando la irrespetuosa actividad urbanística del alcalde en Beniaverd. El pueblo era un pequeño paraíso natural con muchas hectáreas protegidas en las que, en los últimos años, parecían haber brotado casas como si de champiñones se tratara. El grupo no era demasiado numeroso, unas cincuenta personas más o menos, pero se hacían oír. Llevaban pancartas de protesta y utilizaban cacerolas y palos como improvisados instrumentos de percusión.

Virginia y Rosso iban en el mismo coche, un vehículo oficial con las lunas tintadas, que aparcó en la puerta del centro. Primero, bajó Virginia y después de ella lo hizo el alcalde, y en el mismo instante en que Rosso se estiraba el traje y se arreglaba el pelo con las manos antes de disponerse a entrar en el geriátrico con toda la comitiva, los manifestantes empezaron a lanzar huevos y tomates maduros contra él y todo el que estuviera a su alrededor. La policía cargó contra ellos, a porrazo limpio, desde las vallas de contención. La gente gritaba y hacía un ruido ensordecedor golpeando las cacerolas. Pero los huevos y los tomates seguían volando por los aires, impactando sobre el impoluto traje de Rosso y también sobre Virginia.

En un gesto instintivo por protegerse, Virginia se cubrió la cabeza con ambas manos y, en ese movimiento, soltó a Chanel, a la que llevaba sujeta con su brazo derecho. El caos reinó durante unos segundos que parecieron siglos, hasta que todos fueron capaces de refugiarse dentro del geriátrico y la policía disolvió a los manifestantes. Pero ya a cubierto, Virginia no lograba encontrar a Chanel y, con evidentes signos de angustia, comenzó a llamarla a voz en grito y a buscarla desesperada por entre los pies de la gente, temiendo que con el revuelo creado alguien pudiera haberlo pisado fatalmente sin darse cuenta. Toda la fortaleza de Virginia, esa mujer aparentemente imperturbable, se tornaba debilidad cuando se trataba de los animales, era algo que no podía evitar, una grieta en su coraza, y como una niña pequeña a punto de echarse a llorar, mirando el suelo, su desesperación crecía, casi hasta el ataque de pánico, al ver que Chanel no aparecía.

—Tranquila, ¿es este Chanel? —dijo entonces una voz agradable. Virginia alzó la vista del suelo y posó sus ojos en un guapo policía que con la palma de su mano abarcaba el pequeño cuerpo de Chanel, tembloroso y asustado. Al verla a salvo, Virginia suspiró aliviada.

—Esta —matizó.

—¿Cómo dice?

—Chanel es hembra —dijo mientras la recogía con ambas manos y la acurrucaba amorosamente contra su pecho—. No sé cómo agradecérselo... Es usted un héroe. Se merece una medalla. —El policía rio a carcajadas al escuchar el comentario. No sabía muy bien si lo estaba diciendo en serio o no, pero le resultó divertido imaginarse recibiendo una condecoración por haber salvado a un pequeño perro de que lo pisara una multitud descontrolada. Había hecho cosas mejores y más loables en su carrera como policía.

—Bueno, me conformo con haberla hecho feliz, señorita Rives —contestó galante.

—Muy feliz, agente...

—Iván Regledo. Llámeme Iván, por favor.

—Solo si me llamas Virginia.

—De acuerdo, Virginia.

—Si dentro de tres días ganamos las elecciones, cuenta con esa medalla —le dijo coqueteando antes de continuar con la campaña—. Gracias..., Iván.

El policía hizo un gesto reverencial colocando su mano en la sien, un saludo protocolario utilizado con los mandos superiores que dedicó a Virginia acompañándolo de una generosa sonrisa. La semilla ya se había sembrado y no tardaría en germinar. La mirada de Iván posada en los ojos color miel de Virginia nada tenía que ver con ninguna otra mirada anterior. Iván la había mirado por dentro. A Virginia le gustó, acostumbrada como estaba a que todos los hombres la miraran solo por fuera, como los niños babeando por un dulce con la cara pegada en el cristal de un escaparate. En un chispazo de su memoria traicionera, le vino a la mente Desiderio, pero inmediatamente volvió a encerrarlo en la caja fuerte donde guardaba su pasado, bajo llave. Aquella había sido una historia en la que solo una parte había querido querer; con Iván, sin embargo, uno era el metal y el otro el imán, tirando uno hacia el otro con la misma fuerza, con la misma intensidad. A partir de aquel día y durante los tres siguientes, hasta el momento de las elecciones, Iván apareció en todos y cada uno de los actos públicos que Virginia tenía en su agenda. Ella acudía a cada mitin con el ansia por verlo estrujándole el estómago y con la respiración contenida oprimiéndole el pecho. Una vez confirmaba su presencia, tan solo se cruzaban miradas cargadas de un pesado erotismo que ambos acumularon durante un tiempo. Pura química expuesta a las altas temperaturas de un mes de mayo electoral en Beniaverd, unas horas frenéticas y agotadoras en su carrera final hacia la meta, la alcaldía de Beniaverd, y todo bajo la atenta mirada de Mateo Sigüenza, quien empezaba a notar que la bella joven a la que estaba impulsando hacia el triunfo espaciaba demasiado sus encuentros sexuales.

El día de las elecciones, Virginia votó a las cinco de la tarde. Se hizo esperar para ser el centro de atención y acaparar así a los reporteros gráficos. Casi como si estuviera encima de una alfombra roja a punto de entrar en un gran teatro, más que atravesando el poco glamuroso pasillo de un colegio de primaria, cada paso que daba, con el sobre en una mano y Chanel en la otra, hacía girar la cabeza de todo aquel que se cruzara y despertaba los comentarios de periodistas y curiosos. Vestía una camisa negra, entallada, de manga corta, con botones de nácar que relucían desde su escote hasta su ombligo y una falda blanca a juego con los zapatos. Virginia no utilizaba pantalones y casi nunca se bajaba de sus tacones, como si así lograra ver la vida desde una perspectiva diferente al resto de los mortales. Era su seña de identidad, una marca de sí misma que ella con sumo cuidado había creado. Solía decir que la percepción que los demás tienen de ti mismo empieza por la ropa que uno mismo elige ponerse cada mañana y cumplía esa máxima a rajatabla, eligiendo con suma pulcritud su vestuario.

Ejerció su derecho al voto, posó como una estrella de cine para las cámaras y saboreó ese último peldaño antes de sentarse a contemplar el mundo desde lo alto de la escalera.

A las ocho de la tarde, cerraron los colegios electorales de Beniaverd y la atención mediática se desvió a las sedes de los distintos partidos políticos. En el ALBI, donde todos los medios de comunicación tenían un periodista y una unidad móvil para seguir, minuto a minuto, el escrutinio, la tarde era una fiesta y lo fue hasta bien entrada la madrugada. La mayoría de los afiliados, empezando por Rosso, confiaban en una desahogada victoria, avalada por las encuestas, y los datos oficiales pronto empezaron a darles la razón. De la contención se pasó a la euforia y el cava empezó a llenar las copas, que brindaban por un nuevo e histórico éxito en el Ayuntamiento de Beniaverd. Todos se dejaron llevar por lo dulce y embriagador que resulta el éxito y, entre abrazos y felicitaciones, Virginia se topó con Iván, prácticamente tropezándose con él, y el corazón le dio un vuelco.

—¿Hoy no te has traído a Chanel? —dijo Iván.

—¡Hola! Vaya, qué sorpresa verte por aquí. No te esperaba. ¿Y tú no te has traído el uniforme?

—No estoy de servicio. He venido a felicitar a la nueva concejala del Ayuntamiento de Beniaverd y a recordarte que no te olvides de mi medalla. —Virginia rio divertida y desinhibida por el cava. Normalmente ella no tomaba alcohol, pero la ocasión lo merecía.

—Una promesa es una promesa, y además esa fue una promesa electoral, de modo que no me quedará más remedio que cumplirla. Dame un poco de tiempo y yo misma te pondré esa condecoración en el pecho.

Se hablaban sin dejar de mirarse los labios, como si quisieran devorárselos y atrapar así las palabras del otro. Lo de menos era lo que se estaban diciendo, una conversación banal; lo realmente importante era el lenguaje no verbal de ambos, hablando en un mismo idioma, el del deseo contenido.

—Hace mucho calor aquí dentro, ¿te apetece dar un paseo? —propuso Iván con la intención de escapar de una multitud eufórica.

—Sí, necesito un poco de aire fresco. Es una buena idea.

Nadie se percató en aquel momento de la ausencia de Virginia. Las cámaras de televisión se disputaban las primeras palabras del recién reelegido alcalde, los *flashes* de las cámaras fotográficas luchaban por recoger la mejor instantánea de un Rosso exultante por su triunfo. Amigos más o menos interesados y afines en general se acercaban a él como, si al conseguir tan siquiera rozarle, de alguna manera su éxito les fuera contagioso.

Virginia e Iván se escabulleron entre la multitud y se refugiaron en un parque cercano. La noche era espléndida, olía a mar y lucían las estrellas. Iván la invitó a subirse a un templete, un pequeño auditorio al aire libre, en mitad del parque, donde los domingos tocaba la orquesta municipal. No parecía haber nadie por los alrededores, quizá

porque ya era de madrugada o porque era domingo y el lunes había
que ir a trabajar, o tal vez porque todos se habían refugiado en sus casas para conocer los resultados electorales, pegados a los televisores. El
caso es que estaban solos. Un puñado de sillas plegables apiladas junto
a uno de los muretes del templete esperaban a que alguien las guardara
en el trastero. Ese día había habido concierto y los operarios no las
habían retirado todavía. Iván abrió dos de ellas e invitó a sentarse a
Virginia con la intención de buscar el momento oportuno, intentando
dar tiempo al tiempo. Pero lo que ambos ansiaban desde el mismo
instante en que se habían conocido no podía hacerse esperar, ni necesitaba de conversación previa, y ambos lo sabían. No pronunciaron
palabras, pero se comunicaron con los ojos. Iván entendió enseguida
lo que ella le estaba diciendo y le mordió los labios casi con rabia animal; ella respondió invitándole a explorar su interior húmedo y apeti-
toso. Se poseyeron primero por la boca para seguir por el resto del
cuerpo. Mientras él la besaba, sus manos jugaron muy hábilmente a
desabrochar los botones de nácar de la blusa negra, sin prisas, y a rebuscar después por debajo de la falda blanca. Ella hizo lo propio con
el pantalón y la camisa de Iván, mirándole a los ojos. Pronto estorba-
ron las sillas y el suelo del templete se convirtió en el testigo de una
sinfonía de cuerpos jugando a mezclarse como dos trozos de plastilina
en manos de un niño, una sinfonía que aquel lugar, acostumbrado
como estaba a la música, jamás antes había escuchado tocar. Bajo el
techo del templete, el cabello anaranjado y revuelto de Virginia le ta-
paba la cara y sus jadeos sonoros exhalando con fuerza por la boca,
como soplidos de placer, intentaban apartarlo sin conseguirlo. Iván se
lo retiró de la cara con sus manos y, al ver su rostro, la encontró más
hermosa y sexy que nunca. Con un solo brazo, la puso de pie de espaldas a él, pegando todo su pecho bien formado contra ella. Virginia
notó el pálpito de su sexo contra su trasero e instintivamente abrió las
piernas, estaba a punto de desfallecer de puro deseo, abandonada
completamente entre los brazos de Iván. Pero él manejaba los tiempos a su antojo y la hizo esperar. Primero, le descubrió el cuello, apartando la melena hacia un lado y, con la punta de su lengua, le dibujó
un corazón de saliva caliente que la hizo estremecerse, mientras le
acariciaba los pechos con la otra mano. Allí de pie, apoyada contra

una columna, haciendo un esfuerzo para que sus piernas aguantaran su éxtasis, Iván le susurró cuánto la deseaba y ella cerró los ojos y se dejó poseer como si aquella fuera la primera vez que siempre había soñado tener.

El teléfono móvil de Virginia sonó, impertinente, reiterativo, devolviéndoles a la realidad.

—No lo cojas —dijo Iván.

—Se estarán preguntando dónde estoy. Es la noche de las elecciones, será alguien del partido. —Rebuscó hasta encontrarlo, pero ya era tarde, había dejado de sonar. Tenía una notificación de llamada perdida—. Era Rosso. Tengo que volver.

—¿Volveremos a vernos? Me encantaría.

—A mí también, pero mi vida es complicada.

—Soy policía, ¿recuerdas? Eso significa que me gusta el riesgo. Ponme a prueba.

—Tengo que irme.

Virginia no dijo nada más, solo sonrió. Le gustaba tanto Iván que le impedía pensar con claridad y no estaba acostumbrada a no controlar la situación. Nunca antes le había gustado nadie de aquella forma, se sentía vulnerable y esa sensación rescataba todos sus fantasmas. Necesitaba tener la mente fría para saber qué hacer con todo aquello que le estaba ocurriendo. De la mejor forma que pudo, recompuso su impecable imagen. Recogió la ropa que estaba esparcida por el suelo, sacudió la falda que ya no era tan blanca como antes, abotonó la blusa negra y se subió de nuevo a sus altos tacones. Escarbó en el bolso hasta dar con una barra de carmín y, ayudada por un espejo de mano, se retocó un poco el pelo con las manos y se maquilló de nuevo los labios.

En la sede del ALBI continuaba la fiesta, aunque algo menos concurrida. Nada más entrar por la puerta, Rosso reparó en ella. Se acercó con aire furioso y la agarró por el brazo hasta llevarla a un rincón apartado de las miradas. Estaba más que enfadado.

—¿Se puede saber dónde estabas? Toda la prensa ha preguntado por ti. ¡Dónde demonios te has metido! ¡Empiezas bien! El día que ganamos las elecciones vas y desapareces. He tenido que inventarme mil y una excusas para disculpar tu ausencia. Me paso meses vendiéndote a la opinión pública y tú vas y haces el mutis por el foro el día de

las elecciones. ¿No has aprendido nada de lo que te he enseñado?
¡Hasta Mateo ha preguntado por ti! ¿Dónde coño te has metido?

—Lo siento, Gregorio, me sentí mal y salí a dar una vuelta, para
que me diera el aire. No volverá a ocurrir... —se disculpó Virginia,
sabedora de su metedura de pata.

—¡Por supuesto que no volverá a ocurrir! Por la cuenta que te
trae, quiero que seas mi sombra. No darás un paso sin que yo lo sepa.
Esto es serio, Virginia, no me hagas arrepentirme por haber apostado
por ti.

—No te arrepentirás. Lo prometo.

—Ahí tienes a la prensa esperándote. Les he dicho que te habías
encontrado algo indispuesta... Por lo visto, he acertado con la excusa.
Ve y atiéndeles. Ya hablaremos más tarde.

Cámaras y periodistas hicieron corrillo alrededor de Virginia Rives, la nueva concejala por el ALBI en el Ayuntamiento de Beniaverd,
la concejala más joven de la historia del pueblo y algunos pensaban que
también la más hermosa. Todos querían saber lo emocionada que estaba por la victoria, los proyectos que iba a llevar a cabo, la concejalía
que le gustaría representar, querían saberlo todo sobre ella y ella contó
lo que quiso que supieran. Una vez más, el personaje construido meti-
culosa y concienzudamente por Virginia Rives volvió a convertirse en
el centro de atención, portada de los principales periódicos e informativos de la zona, tema de conversación en las cafeterías a la hora del
almuerzo y ahora, también, una mujer entre tres hombres, Mateo Sigüenza, Gregorio Rosso e Iván Regledo, los tres tirando de ella con
motivaciones distintas, en esa especial y tormentosa relación que desde
niña parecía tener con el sexo opuesto.

Aquella larga noche del veintisiete de mayo de 2007 marcaría un
antes y un después en la vida de Virginia Rives, una frontera entre lo
ansiado y lo conseguido, un paso hacia delante que más tarde le de-
mostraría lo peligroso que puede resultar desear sin medida, porque lo
que se desea muchas veces se cumple y siempre se cobra su precio.

Domingo, 4 de julio de 2010

Recuerdo muy bien al joven que un día se hospedó en El Rincón de Reina y que preguntó por la dirección del ayuntamiento y por Virginia Rives. No tenía muy buen aspecto, estaba extremadamente delgado y le faltaban un par de dientes. Su sonrisa era forzada porque sus ojos siempre eran tristes, a pesar de que sus labios se esforzaban en dibujar una expresión de alegría cada vez que me saludaba, supongo que por cortesía hacia mí. Me resultaba algo esperpéntico y bastante desagradable, he de reconocerlo. No debía de tener ni siquiera los treinta años, pero aparentaba muchos más. Su piel, demasiado pegada a sus huesos por la falta de peso, marcaba en exceso sus pómulos, lo que le daba a su rostro un aspecto algo cadavérico. Las cuencas de sus ojos parecían pozos sin fondo por los que asomaba una mirada apagada, sin vida. Me llamaron especialmente la atención sus manos, curtidas, hasta agrietadas. No las toqué, pero debían de ser muy ásperas. Pensé al verlas que se trataba de un hombre de campo o tal vez de mar, mi padre también había tenido unas manos endurecidas por el sol, el agua y la sal. Siempre iba limpio, muy aseado, incluso recuerdo que desprendía un agradable aroma a colonia de niño pequeño, de esa que te echas sin reparar en la cantidad, fresca. Es curioso en lo que repara la memoria, ¿verdad?

Apenas llevaba equipaje, tan solo una bolsa de deporte. Me fijé más tarde que se vestía alternando un par de camisas y un par de pantalones vaqueros, deduje que era todo el vestuario del que disponía. Además, era ropa antigua y gastada. Los pantalones tenían el borde del camal rozado por el uso y apenas conservaban su color original. A las camisas se le habían hecho bolitas en el tejido de tanto ponérselas y lavarlas por ser de mala calidad. Era un hombre humilde, educado y agradable al trato

que pensé había pasado por alguna enfermedad grave, a juzgar
por su aspecto.

Reconozco que al principio tuve prejuicios. Nada más verle
me dio muy mala impresión y hasta dudé si hospedarle o no en
El Rincón de Reina. A lo mejor daba mala imagen y causaba
cierto rechazo en el resto de huéspedes y no me convenía una
mala publicidad. Pero, una vez compartí un par de minutos de
conversación con él, me di cuenta de que los prejuicios son ma-
los consejeros. ¿Qué sabía yo de aquel pobre hombre y quién
me creía para opinar sobre su vida? Era exquisito en el trato,
parco en palabras, pero muy educado. Me dijo que le habían
recomendado mi pequeño hotel y ahí ya me ganó por completo.
No se puede rechazar a alguien que viene recomendado por
otro cliente, porque el boca a boca siempre había sido mi mejor
campaña de marketing.

Ahora pienso de otra forma. Ahora creo que debía haber he-
cho caso a mi instinto, ese detector de peligros que todos lleva-
mos dentro. Qué pocas veces lo escuchamos y cómo subesti-
mamos todo lo que no sea racional. De haber seguido mi primer
impulso de no hospedarle, de decirle amablemente que lo sentía
mucho pero que no tenía ninguna habitación ni apartamento li-
bres, todo lo demás no hubiera ocurrido y yo no estaría ahora
mismo viviendo en Bugarach, haciéndome pasar por Carmen
Expósito, temiendo por mi vida y dejando constancia por escrito
de todo lo que ocurrió y de lo que fui testigo.

Como iba contando, si su aspecto en sí mismo ya me llamó la
atención, todavía me resultó mucho más llamativo que preguntara
por Virginia Rives, la concejala del Ayuntamiento, a quien dijo co-
nocer. ¿Qué tendría que ver aquel hombre mal vestido y con aquel
triste aspecto con Virginia, la pelirroja concejala, siempre tan pul-
cramente ataviada, la abanderada de la elegancia? Me moría de
ganas por preguntarle, reconozco que suelo pecar de curiosa, así
me ha ido, pero él no dio pie a más conversación y me tuve que
conformar con las especulaciones que mi cabeza barruntaba.

De pequeña, mi madre siempre me advertía de lo peligrosa
que puede resultar la curiosidad. Siempre fui una buena niña,

pero algo metomentodo. Recuerdo que mi madre me comparaba con un pequeño ratón, un ratón que se cuela por todos los rincones, husmeando por las rendijas, buscando un trozo de queso que llevarse a la boca o cualquier cosa que el destino pusiera en mi camino. Para mí todo era una aventura. Solía decirme que quien va en busca de queso corre el riesgo de toparse con una trampa para ratones, y eso mismo es lo que me sucedió. Mi curiosidad fue mi propia trampa, una peligrosa trampa mortal de la que conseguí escapar con mucha dificultad y pagando un precio demasiado alto.

Por supuesto, y como no podría ser de otra manera, tampoco olvidaré nunca su nombre porque él, aquel extraño huésped y la carta que me dejó el día que se marchó de El Rincón de Reina, esa carta que nunca debí abrí, fue el principio de todo.

Maldigo aquel día con todas mis fuerzas y daría cualquier cosa por volver atrás. Maldigo profundamente el día en que conocí a Desiderio, a quien le gustaba que le llamaran Desi y por quien, extrañamente, también siento cierta lástima a pesar de todo. Maldigo a aquel hombre que abrió la caja de los truenos. Y me maldigo a mí, por ir en busca de queso y caer en la trampa para ratones.

11

Pretender ser la última en llegar a la fiesta y llevarte el mejor trozo del pastel es propio de alguien que valora en exceso su propia capacidad al mismo tiempo que subestima la del contrario, y eso mismo fue lo que le pasó a Virginia.

Rosso tomó posesión de su cargo de alcalde de Beniaverd casi como lo haría un rey absolutista, satisfecho con su desbordada mayoría absoluta, que le otorgaba la posibilidad de hacer y deshacer a su antojo. El pastel era suyo y en ningún momento, ni antes, ni ahora, había albergado la posibilidad de que fuera otro y no él quien se llevara a la boca el trozo más grande, ni la guinda más dulce.

Gregorio era quien era y estaba donde estaba porque sabía manipular como nadie las voluntades ajenas, y con Virginia hizo lo propio, como buen hombre de negocios metido a político. El reparto de competencias municipales fue un momento tenso para la ambiciosa pelirroja que esperaba, como una niña el día de su cumpleaños, que Rosso la recompensara con un suculento regalo en forma de una poderosa concejalía. Pero le tocó bailar con la más fea y, tras otorgarle tan solo la Concejalía de Eventos y Fiestas, se sintió defraudada, traicionada y profundamente frustrada.

Una vez se disolvió la reunión de toda la corporación municipal, y cada uno se marchó con su concejalía bajo el brazo, Virginia esperó a que todos salieran del despacho de alcaldía para quedarse a solas con Rosso y pedirle cuentas ante semejante despropósito. Estaba enfurecida.

—¡Me la has jugado, maldito seas!

—¿Disculpa? —respondió Rosso haciéndose el despistado, como si no supiera a qué se estaba refiriendo, pero satisfecho al comprobar que la reacción de Virginia era exactamente la que él esperaba.

—¿Concejala de Eventos y Fiestas? ¿Pero qué mierda es esa? ¡Ese no era el trato! Prometiste darme alguna competencia con la que poder hacer negocios…

—Una mujer tan bonita como tú merece que le saquen muchas fotos y que se luzca en los periódicos, eres perfecta para esa concejalía.

—Una concejala florero, ¿eso es lo que quieres que sea?

—No deberías despreciar el valor de la imagen, precisamente tú que tan bien la sabes utilizar… A la gente le gusta ver cosas bonitas, y tú eres la más hermosa de toda la corporación, por qué iba a desperdiciar esa cualidad… Tu vida será una fiesta continua, y encima te pagarán por ello, no creo que sea tan malo.

—¡Tú ya sabes a lo que me refiero! No he llegado hasta aquí para hacerme fotos con una panda de pueblerinos. Esto era un negocio, un negocio entre tres.

—Esa fue tu idea, pero nunca fue la mía. Lo que tú llamas negocios la ley lo llama prevaricar, y para prevaricar hay que estar muy seguro de que no te van a coger. No creo que estés preparada.

Rosso se dio media vuelta, invitándola gestualmente a que se marchara. No tenía intención de discutir más al respecto. Él mandaba y él decidía, el ALBI era suyo y nunca había tenido la intención de que nadie, y menos una joven prepotente recién llegada, manejara los hilos. Pero Virginia no pensaba dejarlo así, sin al menos discutir.

—¿Qué crees que pensará de todo esto Mateo? Él ha puesto mucho dinero sobre la mesa. ¿Acaso piensas que se va a conformar?

—A Mateo sé muy bien cómo tenerle contento. Es el primero que está en el punto de mira de la prensa y de la oposición. ¿Crees que la gente no habla de todas las concesiones que se le otorgan? ¿Crees que no husmean para ver qué pueden denunciar? Si no tenemos cuidado, esto nos estallará muy pronto en las narices y no es mi intención dejar la política para retirarme en una celda acusado de corrupción. Hay que ser muy cauto, y Mateo es demasiado simple como para darse cuenta de todo lo que está bajo la superficie. Yo debo pensar por mí y de paso también por él, porque la mierda termina por flotar. Además, Mateo no se ha quejado durante cuatro años y tampoco lo hará estos cuatro siguientes. A decir verdad, empezó a incordiarme cuando apareciste tú, curiosa coincidencia, ¿no te parece? No se lo digas, pero es un tipo fácil de manejar… ¡Vaya! Menudo secreto te acabo de desvelar… Pero si eso tú ya lo sabes muy bien, ¿verdad? —dijo con sarcasmo—. Dime una cosa, Virginia, ¿en serio pensabas que ibas a llegar y a convertirte en mi mano derecha? —Virginia le mantuvo la mirada fijamente, pero no contestó—. Te faltan al menos veinte años de experiencia y mucha humildad para aprender. La madurez te hará comprender que lo que quieres no siempre es lo mejor para ti. Muchas veces, es más inteligente saber adaptarse a lo que la vida te presenta. Ahora lárgate y aprende a conformarte con el trozo de la tarta que te ha tocado. ¿No querías ser concejala con tan solo veintidós años? Pues ya lo eres. No tenses más la cuerda, no te conviene. Recuerda lo que guardo en ese cajón —dijo señalando su mesa de trabajo—. Lárgate, tengo mucho que hacer.

Virginia obedeció y se guardó la ganas de estrangularlo con sus propias manos, allí mismo, en el despacho del alcalde. Era la segunda vez que Rosso le hacía experimentar esa sensación frustrante en lo más profundo de su pecho que le pesaba tanto, que no la dejaba respirar. Le odiaba. Odiaba que siempre fuera un paso por delante de ella. Odiaba ese control que ejercía sobre todo y sobre todos, odiaba esa calma y seguridad en sí mismo, odiaba incluso que nunca hubiera manifestado el más mínimo interés por sus encantos femeninos, como el resto de los hombres. Parecía un hombre hecho de piedra, frío e imperturbable, sin grietas por donde atacarle, pero ella, mejor que nadie sabía muy bien que ninguna persona es así y que solo es cuestión de saber observar y tener paciencia para dar con su punto débil.

Con aquella jugada, Rosso había dado un giro inesperado a los planes de Virginia en contra de sus deseos. Poco de lo que pretendía hacer era posible en la Concejalía de Eventos y Fiestas. El alcalde le había cortado el paso por la avenida que pretendía frecuentar, así que pensó que tal vez debía buscarse un atajo, callejear hasta llegar a su destino, aunque en ello tuviera que invertir más tiempo del que esperaba. Virginia no era de esas personas que se rinden al primer contratiempo, sino más bien de esas que les estimula la adversidad.

Además, estaba Iván, y esa sensación de mariposas en el estómago cada vez que se cruzaba con él. Eso tampoco estaba en sus planes. Los encuentros con él fueron secretos. Así lo decidió ella y así lo acató el policía, que estaba ciego y totalmente entregado. Pasada la enajenación transitoria producida por un estallido interior de hormonas, fruto del deseo, Virginia pensó con claridad y sobre todo con frialdad. Iván no pasaría de ser su amante, era la mejor opción para todos, un amante secreto al que no pensaba mezclar con sus sentimientos, que siempre lo enredan todo. Pensamiento y sentimiento, dos cuestiones en conflicto permanente para Virginia. Pero la razón no siempre manda sobre el corazón, por muy fuerte y concienzuda que esta sea, y aunque Virginia no quisiera reconocerlo, lo que sentía por Iván era lo más parecido al amor que ella podía sentir. Siempre que ambos podían, propiciaban un encuentro tórrido y apasionado, pero la frecuencia con la que se producían distaba mucho de ser la deseada por ambos. Virginia era ahora una mujer muy ocupada, una mujer pública, en el sentido mejor aceptado del término, no tan poderosa como a ella le hubiera gustado, pero una mujer que se debía a los miles de ciudadanos que la habían votado, a ellos y a Mateo, que al fin y al cabo había sido la llave que le había abierto la puerta.

Meterse en la cama con Mateo después de haberlo hecho con Iván era algo así como pretender saborear un puñado de tierra después de haberle dado un bocado a una jugosa fresa. Nada volvió a ser lo mismo, y Virginia lo sabía. Los primeros meses en el Ayuntamiento tuvo la excusa perfecta para escabullirse de las insistentes llamadas del empresario. Estaba demasiado ocupada: reuniones, eventos, fiestas locales, incluso dio orden de que no le pasaran sus llamadas. Pero, un día, tras acudir a un acto oficial para dar un pregón en las fiestas del barrio pesquero de Beniaverd, ya bien entrada la noche, Virginia volvió a casa y se encontró con una desagradable sorpresa.

Nada más entrar en casa echó en falta los brincos impacientes de Chanel, colándose entre sus piernas, deseosa de atención. Dio la luz de la entrada de la casa y, mientras colgaba el bolso en el perchero de la pared y se quitaba la chaqueta, llamó a la perra cariñosamente.

—Mi pequeña Chanel, ¿dónde estás? ¿Vienes con mami? ¿Dónde está mi chiquitina? ¿Quién quiere salir a dar un paseo?

Pero la chihuahua no contestaba, ni aparecía. Fue entonces cuando de la oscuridad del pasillo salió una figura humana, caminando lentamente, portando algo en el brazo. Era Mateo Sigüenza con Chanel en una mano.

—¡Me has asustado! ¿Qué haces aquí? ¿Cómo has entrado? —dijo Virginia algo contrariada por el sobresalto.

—Te recuerdo que esta es mi casa, tengo llave de todas mis propiedades. Menudo recibimiento el tuyo. Llevo meses intentando que te pongas al teléfono y nada, ni me coges el móvil, ni me atiendes en tu despacho. ¿Qué otra opción tenía? —contestó muy serio y muy pausado.

—Perdona, es verdad, te he tenido algo olvidado, pero compréndelo, son mis primeros meses en el Ayuntamiento y todavía me estoy adaptando. No tengo tiempo para nada. Todas las asociaciones de vecinos piden reuniones, y cuando no hay una fiesta en un barrio, la hay en otro, ya sabes lo que son estas cosas…

—Me hago cargo. ¿No me vas a dar un beso?

Virginia dejó las llaves encima de una bandeja de cristal que había en el recibidor y se acercó para coger a Chanel. No pudo evitar tener que besar a Mateo. Le acercó los labios suavemente, pero Mateo quería algo más que un beso casto de amigos y tiró de ella con fuerza, agarrándola por el cuello y obligándola a abrir la boca con su lengua. Al instante percibió el rechazo.

—¿Qué coño te pasa? ¿Ya no quieres nada conmigo? ¿Acaso hay otro que te calienta la cama? ¿Rosso tal vez? —Virginia rio a carcajadas, aquella especulación sí que no se la esperaba.

—¡Pero qué dices! Esa sí que es buena. No sé qué crees que podría atraerme de ese hombre que no levanta un palmo del suelo. Tendría la sensación de hacérmelo con un niño —respondió divertida—. Solo es que no te esperaba y me has pillado por sorpresa. Anda, pasa y preparé un café, ¿o prefieres mejor una copa?

Ambos pasaron al salón y Virginia le sirvió un güisqui. Ella se preparó una cola sin azúcar, con un trozo de limón y mucho hielo, y la dejó sobre la mesa. Chanel se subió al regazo de Mateo, que había acomodado su barriga y su grueso trasero en uno de los sofás. La perrita buscaba mimos. Mientras, Virginia se excusó para ir al baño y ponerse cómoda. Se desnudó completamente y se cubrió con una bata de satén negra. Se descalzó y caminó con los pies desnudos hasta el espejo del cuarto de baño que estaba al lado de la habitación. Abrió el grifo del lavabo y dejó que el chorro del agua se derramara generosamente. Con las manos se refrescó un poco el rostro, mientras se miraba a sí misma con la distancia de quien mira a otra persona. Se recogió el pelo en una cola alta y, a la vez que lo enroscaba para hacerse un moño, miró el reflejo de sus ojos, la mirada que el espejo le devolvía, y no se reconoció en aquella imagen. Se sentía cansada y por primera vez veía en sí misma a una fulana, una puta cara con la que ella misma había comerciado sin tener necesidad de ello. Proxeneta y prostituta al mismo tiempo. Tenía la certeza de que en cuanto volviera al salón Mateo buscaría sexo con ella, y también sabía que no podría negarse porque se lo debía. No quería hacerlo, no tenía ganas de tener que soportar el olor a tabaco del empresario y los soplidos de rinoceronte cada vez que la poseía.

Las intenciones de Mateo no se hicieron esperar. Ni siquiera apuró el güisqui. Nada más verla aparecer la miró con deseo, se puso en pie apartando a Chanel de un manotazo, y fue hacia ella. Le abrió la bata y, sin llegar a quitársela, la echó con un ligero empujón sobre el sofá del salón. Ella no opuso resistencia, simplemente se dejó hacer. Torpemente, y sin tan siquiera quitarse los pantalones del todo, dejándolos a la altura de las rodillas, se desahogó como un perro, pero con la brevedad de un conejo. Sin embargo, no quedó satisfecho; es más, en cuanto pudo recobrar cierta capacidad para pensar, entró en cólera.

—¿No te ha gustado? —preguntó mientras se abrochaba los pantalones.

—Estoy algo cansada, solo es eso.

—¡Y una mierda! Para echar un polvo así ya tengo a mi mujer, ¿entiendes? ¡Quiero a la Virginia que me volvía loco, no a la que mira al techo y se abre de piernas! ¿Ya no te gusto o es que ya tienes lo que quieres y no me necesitas? ¡Claro! ¡Idiota de mí! ¿Eso es, verdad? —le gritó mientras con una mano le cogía con fuerza la cara apretándole las mejillas.

—¡No me toques! ¿Me has oído? ¡Ni se te ocurra ponerme una mano encima! —Virginia se revolvió con furia al sentirse violentamente acorralada como cuando era niña. Chanel empezó a ladrar con insistencia.

—Todo lo que eres, todo lo que has conseguido, me lo debes, hasta esta mierda de perro que parece una rata. Igual que te lo he dado, te lo puedo quitar. ¡Maldita zorra! ¡Me has utilizado!

—Tiene gracia —dijo al tiempo que soltaba una risotada—. ¿Que yo te he utilizado a ti? ¿Cuánto tiempo hacía que no te sentías como yo te he hecho sentir? ¡Anda, dímelo! ¿Cuánto? ¿O es que ni te acuerdas?

—¡Yo puedo tener a la mujer que quiera! ¿Entiendes? —Se metió la mano en el bolsillo del pantalón y sacó un fajo de billetes de cien euros enrollados y sujetos con una goma. Los lanzó sobre la mesa—. ¿Ves eso?, solo es calderilla para mí. ¿Ves esta casa?; es mía, y tengo otras muchas como esta. Tengo un barco, empresas, coches deportivos y dinero en tres paraísos fiscales. ¿No crees que podría tener a la furcia que quisiera?

—¡Yo no soy una furcia! ¡No vuelvas a llamarme así en tu vida! —le dijo apretando los dientes mientras le daba un empujón y Chanel, enfurecida, atacaba los tobillos de Mateo.

Mateo hizo un movimiento brusco con su pierna y lanzó a la perra con fuerza hasta impactar violentamente contra la pared del salón. El ladrido de Chanel se transformó en un gemido de dolor y quedó inerte en el suelo. A Virginia le dolió más que si hubiera sido ella la golpeada y su instinto de protección para con los animales hizo saltar todas las alarmas. Se acurrucó en cuclillas y, con sumo cuidado, cogió a Chanel del suelo. Comprobó que respiraba y parecía recobrar el sentido tras el golpe. Sin poder evitarlo, y sin meditarlo siquiera un segundo, se levantó llevada por la ira y le dio una bofetada a Mateo. El empresario se llevó la mano a la mejilla. No daba crédito a lo que acababa de ocurrir. Jamás una mujer le había golpeado. Torció el labio, esbozando una sonrisa maliciosa, la zorra tenía agallas, pensó, y acto seguido, abofeteó a Virginia con tal violencia que cayó al suelo, sujetando a Chanel entre sus brazos.

—Te quiero fuera de mi casa. Búscate otro cabrón que te ponga el pisito, ya he sido bastante idiota. Tienes quince días para mudarte.

Mateo Sigüenza se dio media vuelta y dejó tras de sí a Virginia en el suelo, sangrando por la boca y con Chanel gimoteando. Segundos después, se escuchó un portazo brusco y un coche arrancar y chirriar ruedas antes de que el sonido se perdiera en la lejanía y quedara atrapado por el silencio de la noche. La pelirroja se tragó las ganas de llorar, se prometió no hacerlo nunca por un hombre, pero se juró a sí misma que aquello no iba a quedar así. Se sintió sola, débil y casi destruida, una sensación que ya le era familiar. Nada parecía salir como ella lo había planeado. Todo a su alrededor se desmoronaba y los enemigos empezaban a acumularse en la pesada mochila que llevaba a cuestas. Estuvo tentada de llamar a Iván para buscar entre sus brazos el consuelo que nunca había obtenido de nadie, pero no se lo permitió. Hizo la digestión del bocado amargo que había tragado, acurrucada entre las sábanas, con la sola compañía del diminuto cuerpo tembloroso de Chanel. Una vez más echó a faltar a Matilde. ¡Qué habría sido de ella!

Diez días tardó Virginia en salir de casa. En el ayuntamiento se excusó diciendo que tenía gripe. Iván insistió en visitarla, pero ella no se lo permitió. Todavía tenía la cara amoratada y no se sentía con fuerzas suficientes como para buscar explicaciones coherentes que evitaran demasiadas preguntas al respecto. Todo ese tiempo de reclusión en casa lo invirtió en reinventarse una vez más, reciclando todo lo que pudiera aprovechar de sí misma y volviendo a encontrar, en su soledad, la fortaleza necesaria para seguir adelante. Hizo balance de la situación y planificó de nuevo los pasos a seguir. Ahora estaba sola, sin el apoyo de Mateo, ni el aval político de Rosso. Había sido apartada a un ostracismo que en nada se parecía a lo que había imaginado que sería su andadura en la vida pública. Ella diseñaba su vida y el destino se burlaba de sus planes. Solamente era una figura bonita que cortaba cintas en inauguraciones, recibía ramos de flores y se hacía fotografías en actos públicos de poca relevancia y escaso glamur. Un cargo que saciaba su vanidad, pero no su hambre de ambición. Sabía que aquel era su techo, al menos mientras Gregorio Rosso fuera el alcalde, la cabeza visible y pensante del ALBI. Contaba con demasiados obstáculos a su paso para poder abrirse camino en su carrera política. Con Mateo ya no había vuelta atrás. Ser el pico del triángulo no había resultado nada positivo. Parecía estar en un callejón sin salida donde solo dos opciones eran posibles: o adaptarse como aquel día le había aconsejado Rosso, o bien volver sobre sus pasos y modificar el recorrido. Pero en el diccionario de Virginia no existían las palabras rendición y resignación, y nunca empezaba algo que no pudiera terminar. Necesitaba encontrar una escapatoria, una tercera opción en la que ella resultara victoriosa y los meses siguientes puso todo su empeño en ello, mientras el destino siguió jugando a inventar finales distintos.

El verano en Beniaverd volvió a despertar de su letargo una vez más, cíclico y puntual. Había transcurrido un año desde las elecciones y Virginia se empezaba a sentir como un hámster dando vueltas en la rueda de su jaula, sin más aliciente que llevarse a la boca un puñado de pipas, cuando el queso se lo estaban comiendo otros. Empezaba a ahogarse. Los últimos meses los dedicó a acomodarse en un segundo plano, algo que le costó mucho esfuerzo, ya que no era su hábitat natural. Había aprendido en poco tiempo que el clavo que sobresale siempre recibe más martillazos y por eso, cansada de los golpes que había recibido, había decidido retirarse de la primera línea de fuego mientras elaboraba otra estrategia. Se refugió en Iván, pero sin abandonar su pacto de relación secreta, lo que convertía la suya en una historia todavía más morbosa.

Virginia se mudó a un precioso chalet en lo alto de un acantilado, como siempre había soñado, como de niña había imaginado. Se lo compró a un británico de avanzada edad que había decidido volver a su país al saber que padecía un agresivo cáncer y que le quedaban pocos meses de vida. Cada mañana, desde la ventana de su cuarto, saludaba al nuevo día y desde ese mismo lugar contemplaba esconderse el sol. Allí sí se sentía en la cima del mundo, como si este estuviera a sus pies. Su casa le parecía un lugar mágico. Le dio una llave a Iván, un paso importante en la relación, y desde ese mismo instante, la casa del acantilado se convirtió en el nido de amor de la pareja, conocido tan solo por Chanel. Las noches eran largas y calientes, apasionadas y sensuales, y los días, cargados de suspiros que retumbaban en las gruesas paredes de piedra del ayuntamiento del siglo XVIII.

Rosso, por su parte, se sentía confiado. No volvió a preocuparse por Virginia, a quien pensaba derrotada. En realidad, estaba pletórico porque todo cuanto tocaba parecía convertirse en oro: subvenciones europeas para proyectos medioambientales, suculentas comisiones en maletines secretos para obras amañadas, concesiones poco objetivas, recalificaciones de terrenos muy oportunas… La sangre de sus antepasados mafiosos, según contaban las malas lenguas del pueblo, parecía haber encontrado el perfecto caldo de cultivo en la alcaldía de Beniaverd.

Su relación con Mateo Sigüenza siguió su curso. Ya sin Virginia de por medio, todo volvió a ser lo que había sido, una amistad interesada.

El *Imperio*, el ostentoso yate del empresario, sirvió de refugio en numerosas ocasiones para muchos de sus acuerdos al margen de la ley, con el mar como único testigo. Confiado en sí mismo y entregado a sus muchísimos votantes que parecían fácilmente impresionables con la política de fachada, sin ideología alguna, que caracterizaba al ALBI, Rosso continuó promoviendo eventos, algunos faraónicos, tal vez de demasiada envergadura para un pueblo de treinta mil habitantes. Así fue como nació la «I Regata del Mediterráneo».

Con la intención de ampliar el turismo de sol y playa de Beniaverd y, de paso, rentabilizar una importante inversión que sin duda llenaría un poco más los bolsillos del alcalde, Rosso ideó el nacimiento de lo que pretendía que, con el tiempo, se convirtiera en un referente mundial en el elitista deporte de la vela: una regata que atrajera a gente exclusiva perteneciente a la alta esfera de la sociedad española. Quería hacer de Beniaverd el objetivo de las miradas de turistas y prensa y, por qué no, también de la Casa Real española.

Tras muchas gestiones, Rosso consiguió que la reina Sofía fuera la encargada de inaugurar la primera edición de la Regata del Mediterráneo, una madrina de excepción. Nunca antes un miembro de la realeza española había pisado Beniaverd, y conseguir que Su Majestad accediera a inaugurarla supuso todo un acontecimiento en el pueblo, una medalla más que el alcalde lucía con orgullo, en su política de pan y circo.

—¡Soy el mejor! ¡El mejor! —dijo apretando el puño, en un gesto de victoria, nada más colgar el teléfono. Acababan de confirmarle la asistencia de la reina Sofía como madrina de la regata—. ¡Esto va a ser la hostia! Queridos compañeros, amigos todos, atención, por favor: os anuncio que la Casa Real vendrá a Beniaverd, nada más y nada menos que la reina doña Sofía —comunicó a todos los concejales que estaban reunidos en su despacho, justo antes de que se celebrara un pleno municipal—. ¡Estamos despegando! Quién sabe si en un par de años logramos que el príncipe Felipe venga a competir o que alguna de las infantas veranee en Beniaverd… Tenemos dos meses para prepararlo todo. Os quiero a todos centrados en esta historia, ¿de acuerdo? ¡A trabajar todo el mundo!

En unos segundos, tras el anuncio de la noticia, el despacho del alcalde fue toda una algarabía. Todos abrazaban y adulaban a Rosso, le regalaban los oídos, le decían lo bueno que era, lo importante que su gestión estaba siendo para el pueblo. Todos le estrechaban la mano y le felicitaban, todos menos Virginia.

—¿Y tú no dices nada? —dijo Rosso dirigiéndose a ella.

—Es estupendo —contestó sin entusiasmo alguno.

—¿No te hace ilusión hacerte una foto al lado de la reina de España? Ni en tus sueños de grandeza lo hubieras imaginado. Te recuerdo que eres la concejala de Eventos, y este será el más importante de todos los eventos que este pueblo haya podido ni tan siquiera imaginar. Quiero a toda la gente de tu departamento trabajando ya mismo en cada detalle. Necesitamos estar a la altura de las circunstancias. Ponte a trabajar en coordinación con Protocolo, Prensa y Seguridad. No puede fallar nada. ¿Entendido?

—Entendido —respondió cortante.

—¿No me vas a felicitar siquiera? No sé, un par de besos en la mejilla por lo menos…, con lo cariñosa que tú eres…

Virginia lo miró con desprecio, se dio media vuelta y se marchó, dejando a Rosso sumamente satisfecho. Disfrutaba viéndola contrariada, le hacía sentir victorioso.

Los dos meses siguientes fueron frenéticos. La fecha ya estaba marcada en el calendario, veinte de julio de 2008, domingo. Había comenzado la cuenta atrás. La tranquilidad del pueblo se vio bruscamente interrumpida. El nombre de Beniaverd empezó a ser frecuente en la prensa nacional, en los informativos de las grandes cadenas. Los beniaverdenses no tenían otro tema de conversación, no había tertulia en torno a un café que no se centrara en la regata y la visita real. Las calles se engalanaron para la ocasión, los comercios aprovecharon el tirón de nuevos visitantes, regatistas, periodistas y curiosos. El pueblo entero estaba eufórico y pletórico, y el domingo señalado llegó.

Como no podía ser de otra manera, el sol fue protagonista del cielo azul en aquella mañana de domingo, un azul intenso que competía con el del mar. Los barcos de vela que iban a participar parecían mecerse sobre las aguas del Mediterráneo, un mar en calma que acunaba las embarcaciones a la espera de que hicieran los honores y comenzara la regata. El pueblo al completo acudió al puerto deportivo y acaparó incluso el paseo marítimo. Todos vistieron sus mejores ropas y los niños agitaban pequeñas banderas de España que el ayuntamiento se había encargado de repartir en grandes cantidades. El azul del cielo invadido por miles de motas rojas y amarillas, como si fueran amapolas urbanas. Tras las vallas de seguridad se agolpaban niños y mayores, mientras la policía, numerosos efectivos del cuerpo nacional que habían llegado como refuerzo a los policías locales, sudaban bajo el uniforme los más de treinta grados a la sombra. La banda de música local amenizaba la espera tocando piezas festivas.

Rosso no cabía en su traje henchido de orgullo como estaba. A su lado, la más bella de las concejalas de su ayuntamiento, Virginia Rives, eclipsaba cualquier otra mirada que pudiera desviarse a la primera autoridad municipal. Ajena a la conveniencia o no para aquel acto, Virginia había elegido una pamela de color rojo para protegerse del sol y unas enormes gafas oscuras. Llevaba traje de chaqueta azul marino con botones marineros y zapatos altos también en color rojo, a juego con el bolso de mano.

Simón Antón retransmitía cada detalle desde la unidad móvil de Radio Beniaverd. El locutor reparó en la belleza y la elegancia de Virginia y le dedicó numerosos piropos y muchos minutos de atención. Alcalde y concejala, acompañados por otras autoridades, esperaban la llegada del coche oficial de la Casa Real, que se estaba haciendo esperar. El sol era de justicia, pero todos lo aguantaron estoicamente. Soplaba una ligera brisa marina que, de tanto en tanto, aliviaba a los asistentes y agitaba las palmeras del paseo marítimo.

De pronto, el murmullo de la gente se tornó más sonoro, mucho más bullicioso. Simón Antón anunció a su audiencia que se acercaba el coche que llevaba a la reina doña Sofía. Todos aplaudieron con ganas y agitaron todavía con más energía las banderas de España. Rosso suspiró satisfecho, y Virginia procuró no olvidarse del saludo protocolario que debía hacer. La reina bajó del coche y la multitud casi entró en un éxtasis colectivo. Ella saludó con su mano derecha al pueblo y se dirigió a las autoridades. Todos le hicieron una reverencia y los fotógrafos y cámaras acreditados para el evento, llegados de decenas de medios de comunicación nacionales e internacionales, encaramados a un templete que para la ocasión se había preparado para ellos, comenzaron a disparar sus cámaras intentando inmortalizar el mejor momento, capturar la mejor instantánea. Virginia se quitó la pamela y las gafas de sol en señal de respeto y flexionó las rodillas al tiempo que saludaba a la reina de España. Sintió dentro de sí que aquel momento era mágico y lo retuvo para grabarlo en su memoria.

El acto fue un éxito, no hubo ni un solo contratiempo. Daba la sensación de que Beniaverd acogía casas reales todos los días cuando, en realidad, se trataba de la primera vez. La «I Regata del Mediterráneo» quedó inaugurada y, en su breve discurso, su madrina, la reina Sofía le deseó una larga vida. Todos aplaudieron satisfechos aquellas palabras, especialmente el alcalde Rosso, que no podía sentirse más pletórico.

La prensa nacional del día siguiente guardó en todos los casos un hueco para hablar de Beniaverd y su regata, con presencia de la Casa Real española. Algunos periódicos lo trataron en la sección de deportes, otros en la de sociedad, pero todos, sin excepción alguna, recogían las fotos de la llegada de Su Majestad, saludando a las autoridades locales o posando en grupo con el puerto deportivo de Beniaverd como escenario. España entera puso sus ojos en Beniaverd y en aquellas instantáneas que serían el interruptor que activaría lo que más tarde iba a ocurrir.

Miércoles, 7 de julio de 2010

La mañana que Desiderio abandonó El Rincón de Reina ya amaneció triste; lloviznaba en Beniaverd y una espesa niebla lo tornaba todo sombrío, como en una película de terror. Fue un húmedo día del mes de mayo de 2009, uno de esos días en los que la primavera parece disfrazarse de invierno. No me gustan los días de lluvia, me ponen de mal humor. Como buena mujer mediterránea, el sol y su energía alimentan mi estado de ánimo, por eso acuso especialmente los días grises. Pero ahora, volviendo la vista atrás, recuerdo que aquel día todo era triste de por sí, como si una energía negativa arrasara nuestra alegría tal y como hace un ciclón con todo lo que encuentra a su paso, y lo peor de todo es que parecía ser algo contagioso.

Desiderio bajó temprano de su cuarto, una de las habitaciones de la planta de arriba. Llevaba unos días sin apenas verle. Aseado como siempre y con su característico olor a colonia de niño, parecía cansado, como si no hubiese dormido demasiado bien. Recuerdo que le pregunté cómo había pasado la noche, pero no estaba nada hablador aquella mañana. Contestó con un educado «bien, gracias» para salir del paso y me pidió la cuenta; dijo que se marchaba esa misma mañana. Me sorprendí. Desiderio tenía reservados cinco días más de estancia y, si se marchaba antes de lo previsto, debía cargarle una penalización en el importe de su factura. Así se lo hice saber, pero no le dio mayor importancia; de hecho, ni se inmutó. Realmente, parecía no importarle nada, estaba perdido en algún lugar de su interior, aislado, ausente, incluso abatido, nada que ver con el hombre amable y cordial que había sido días atrás.

En aquel momento, me hubiera gustado preguntarle qué le ocurría, mostrar interés por su evidente preocupación, consolarle de alguna manera..., pero Desiderio había levantado una barrera

invisible a su alrededor, una cortina de aire frío que me hizo pen-
sármelo dos veces y hacer caso de los consejos de mi hermano
Simón, que siempre me decía que no debía meterme en las vi-
das ajenas. Era evidente que algo le preocupaba, que algo debió
ocurrir para que se marchara cinco días antes de lo previsto,
pero le dejé ir, sin indagar nada al respecto. Sería la vida, el des-
tino o como queramos llamarlo, jugando a burlarse de mí, el que
más tarde me daría cuenta de todo, incluyendo detalles que hu-
biera preferido no conocer.

Cuando le entregué la factura, sacó de su bolsillo un puñado
de billetes de cincuenta euros enrollados y sujetos con una goma.
Calculé que debía haber unos mil o dos mil euros aproximada-
mente, tal vez más, es difícil precisarlo. Me sorprendió. Casi nadie
me pagaba en efectivo, ya casi todo el mundo utilizaba tarjetas de
crédito, especialmente si el importe era elevado. Además, Deside-
rio no tenía aspecto de manejar grandes cantidades de dinero y,
como solía decir mi madre, «el dinero y el amor no pueden per-
manecer ocultos».

Todo parecía envuelto en un misterio extraño, desde la niebla
y la molesta lluvia de la mañana hasta la mirada de Desiderio,
muerta, como si sus ojos se hubieran perdido para siempre en
las profundas cuencas de su rostro.

Me pidió por favor poder dejar su equipaje durante un par
de horas en la habitación. Dijo tener que hacer unas gestiones
antes de marcharse del pueblo. Yo no le puse ningún inconve-
niente. En realidad, no tardó más de hora y media en volver a por
él y, al marcharse, no dijo más, ni se despidió. Cogió su vieja
bolsa de deporte y sin tan siquiera buscar alguna prenda para
cubrirse la cabeza, salió como una sombra bajo la lluvia, cami-
nando lentamente sin inmutarse por el agua, hasta que se perdió
para siempre entre la niebla.

Me quedé con mal cuerpo. Me dejó una extraña sensación
que no sabría muy bien cómo explicar. Por un lado, estaba in-
quieta y preocupada, pero al mismo tiempo también aliviada.
Aquel hombre desprendía una energía que de alguna manera
alteraba mi estado de ánimo, pero también despertaba en mí

cierto instinto de protección, tal vez maternal, que me llevaba a preocuparme por él sin apenas conocerle. Tras su marcha, me dije a mí misma que debía apartarlo de mi cabeza. Muy probablemente, no volvería a verlo nunca más, así que lo más inteligente era olvidarme de él y de los problemas que pudiera tener, no jugar a especular, algo que me gustaba hacer y que casi siempre me llevaba a equivocarme en mis conclusiones.

Subí al cuarto donde se había alojado, para limpiarlo, cambiar las sábanas y retirar las toallas usadas. Todavía olía a su colonia de bebé, como si siguiera allí. Lo recogí todo e inspeccioné el baño, repuse las botellitas de gel y champú cortesía de la casa y, ya cuando me iba a marchar, reparé en un papel que había encima del televisor. Me acerqué. Se trataba de un sobre blanco en el que se podía leer, con caligrafía manuscrita, de trazos torpes y algo infantiles: «Para entregar a la policía. Gracias».

Por un momento lo solté, como si me hubiera quemado. El corazón empezó a palpitar con fuerza en mi pecho y en mi cabeza se agolpaban todo tipo de ideas y conjeturas sobre aquel sobre. ¿Debía abrirlo?; ¿no debía hacerlo? ¿Qué habría en su interior? Mi peligrosa curiosidad tenía hambre de autosatisfacción. Lo sopesé con la mano. No pesaba demasiado y al tacto solo noté algo sólido y pequeño en una de las esquinas. Opté entonces por intentar averiguar su contenido poniéndolo al trasluz. Me acerqué al cristal de la ventana por el que caían diminutas gotas de lluvia jugando a perseguirse y fusionarse unas con otras; sin duda no era el mejor día para que la luz de la ventana me ayudara a averiguar qué contenía el sobre en su interior. No había ningún papel dentro, solamente algo pequeño y duro, parecía una llave unida a un llavero circular mucho más grande.

El sobre manuscrito estaba cerrado. Era uno de esos apaisados que se cierran con una banda de pegamento protegida con una tira de papel plastificado. Miré en el fondo de la papelera y allí estaba la banda protectora. Pensé que, con suerte y mucho cuidado, podría tirar de la lengüeta y lograr abrirlo sin causarle daño. Así podría curiosear en su interior y luego volver a cerrarlo como si nada. Me prometí a mí misma que, después de abrirlo y ver lo que contenía, lo cerraría e inmediatamente lo llevaría a la policía, pero me resultaba completamente imposible entregarlo sin saciar mi curiosidad. Así que lo abrí y allí estaba: una pequeña llave y su llavero, una chapa circular con un número grabado, el 104.

12

Cachorrilla seguía en el mismo lugar del mapa, casi en el mismo espacio de tiempo, con algún que otro habitante más o menos en la cifra de censados, pero sin grandes cambios. El verano parecía un justiciero en tierras cacereñas, en busca de víctimas a las que castigar con sus altas temperaturas, que se soportaban como latigazos en la espalda y puñetazos en las sienes. Las horas en las que el sol caía a plomo, Cachorrilla era un pueblo desierto, casi fantasma. Todos los cachorrillanos se refugiaban en el interior de sus casas empedradas, frescas y agradables, mientras fuera las chicharras incansables ponían la banda sonora y los perros dormitaban su hastío bajo alguna sombra.

La taberna también estaba concurrida. Algunos, los menos, tomaban café mientras echaban una partida de cartas o dominó, y otros preferían más bien algo fresco que llevarse a la garganta. El viejo televisor sonaba de fondo sin que nadie le prestara la más mínima atención. Dioni bebía vino mientras mataba moscas dándose palmadas en la pierna. Una herida sin cicatrizar en su tobillo derecho parecía atraerlas como si de miel se tratara y, con el pantalón arremangado hasta la rodilla, las espantaba a manotazo limpio mientras las maldecía.

El tabernero leía la prensa, aprovechando la tranquilidad de la sobremesa, un par de periódicos, uno local y otro nacional, que siempre estaban a disposición de la clientela pero que pocos leían. Fue directo a la sección de deportes, en busca de las noticias sobre fútbol. Decepcionado, comprobó que había poco de interés. El mes de julio, una vez finalizada la liga, no viene cargado de demasiadas noticias futbolísticas, al menos noticias interesantes, más bien especulaciones sobre nuevos fichajes. Se distrajo ojeando las páginas siguientes y le llamó la atención una noticia sobre una regata celebrada en aguas del Mediterráneo, inaugurada el día anterior por la reina Sofía, en Beniaverd, una localidad de la costa levantina:

—Un día de estos cierro la taberna y me voy a Benidorm hasta que me muera —dijo el tabernero en voz alta, como si un pensamiento se le escapara por la boca sin pretenderlo—. No pienso morirme sin ver el mar. ¡Joder! Con este calor daría cualquier cosa por darme un bañito en la playa. Tiene que ser una gozada. Mira todos estos tipos elegantes con sus barquitos. Y ni te digo de las mozas. —Hizo un gesto de satisfacción mientras golpeaba con la mano la hoja del periódico que reproducía el reportaje fotográfico del evento—. Imagínate una playa entera llena de estas chicas en biquini o en *topless*, que es lo que se lleva en estos tiempos modernos. ¡Ay! ¡Tendría que haber nacido cincuenta años después!

—Ya puestos te vas a una playa nudista y así no te pierdes nada —dijo uno de los clientes que jugaba al dominó. Todos soltaron una risotada al unísono—. ¡Llévate cuidado, no te vayas a infartar de la impresión, que tú no estás acostumbrado a semejante paisaje!

—¡Callaos ya, idiotas! ¡Qué sabréis vosotros! ¡Hatajo de bestias! Pero...

Algo le hizo enmudecer repentinamente. Buscó con la mano en el bolsillo de su camisa y, sin apartar la mirada del periódico, sacó unas gafas de ver de cerca y se las colocó. Con la boca abierta y sin ser capaz de pronunciar una sola palabra, fijó su mirada en el periódico y después en Dioni, repitiendo ese juego de miradas una y otra vez. No daba crédito a lo que acababa de descubrir. Dioni bebía vino, fumaba un Ducados y libraba su particular batalla con las moscas de la herida de su tobillo, ajeno por completo al tabernero, hasta que este requirió su atención.

—¡Eh, Vasco! Acércate. ¿No es esta tu hija? Aquí dice que la de la foto que está saludando a la reina se llama Virginia, Virginia Rives, concejala de Eventos y Fiestas del Ayuntamiento de Beniaverd.

La taberna quedó en silencio. Todos desviaron su atención de la partida que jugaban y se miraron de reojo unos a otros, esperando la reacción de Dioni y sorprendidos por las palabras del tabernero. El Vasco se levantó sonoramente de su silla y, cojeando levemente, se acercó a la barra para ver el periódico, mientras barruntaba con voz gangosa, fruto del vino, todo tipo de insultos para su hija.

—La zorra de mi hija se apellida Iruretagoyena. Será otra Virginia. ¿Qué se le ha perdido a esa puta por allí? Esa inútil no podría ser concejala ni bendecida por el mismo Dios. La hija de Satanás se estará pudriendo en algún burdel de carretera, o lo mismo está ya en lo más profundo del infierno, que es su sitio natural.

El tabernero no dijo nada. Guardó silencio y le ofreció el periódico, al tiempo que ya se estaba arrepintiendo por haberle revelado su descubrimiento al Vasco. Todos continuaban en silencio, inmóviles, casi petrificados; sin mover una sola carta de la baraja, ni soltar una sola pieza de dominó, esperaban su reacción como quien espera escuchar el estruendo del trueno tras ver el relámpago. Dioni enfocó su mirada con mucho esfuerzo y clavó sus ojos en la fotografía del periódico. Guardó silencio unos instantes, que parecieron siglos, hasta que estalló. En uno de sus arranques de furia, tiró el periódico contra el suelo y lo pisoteó. Con el brazo, arrastró todos los vasos que había sobre la barra de la taberna hasta que cayeron estrepitosamente al suelo.

—«El que detiene el castigo, a su hijo aborrece; mas el que lo ama, desde temprano lo corrige.» Proverbios 23:22. ¡En la palabra sagrada encontrarás lo que has de hacer con el hijo descarriado! Castigo merece para aprender la lección. Ningún hijo honroso abandona a su suerte a su padre. ¡Hija de Satanás, pagarás por tus pecados con un castigo ejemplar! —gritó enfurecido, haciendo estremecer a los presentes, mientras abandonaba la taberna.

La noticia pronto fue la comidilla del pueblo; una noticia que serpenteaba por las calles como una víbora cargada de veneno. La desaparecida Virginia, la hija de la buena de Remedios, una santa, la misma que se había fugado años atrás cuando tan solo era una adolescente, ahora era una mujer importante en un pueblo costero, vestida con ropa cara y codeándose con la realeza, mientras su padre se pudría poco a poco en soledad, macerando su mal carácter en vino tinto y tabaco negro. La historia era más suculenta que la de un serial de televisión y no hubo tertulia de vecinas que no especulara sobre ella. Cachorrilla había encontrado a su hija pródiga y el pasado de Virginia la había encontrado a ella.

Sin embargo, no solo hasta ese rincón de Cáceres había llegado la noticia. En la parroquia sevillana del padre Jacobo también se leía la prensa y la impresión de ver a su hermana en el periódico, fotografiada junto a la reina de España, dio un susto a todos los feligreses, que vieron cómo su joven párroco parecía sufrir un ataque repentino, sin motivo aparente.

—¡Que alguien traiga un poco de agua para el padre Jacobo! —ordenó una de las señoras que acudían cada mañana a las reuniones de la iglesia—. ¡Rápido! ¡Padre, qué le ocurre! ¡Dios mío! ¡Reaccione, padre, reaccione! —le repetía una y otra vez mientras le daba ligeras bofetadas en las mejillas pálidas del cura.

—Tranquila, mujer, ya estoy mejor. ¿Dónde está esa agua?

—Ni que hubiera visto usted a un fantasma... —dijo la mujer mientras le acercaba el vaso—. O peor aún, al mismísimo Satanás. Se ha quedado blanquito como la cal de la pared. ¡Menudo susto! Se lo debe usted mirar, padre Jacobo, que es demasiado joven para estos vahídos. Nos tiene que durar al menos lo mismo que el bueno del padre Miguel.

—Que no cunda el pánico. Lamento haberlas asustado. Habrá sido una bajada de azúcar, solo he desayunado un café con leche esta mañana —se explicó Jacobo intentando disimular, al tiempo que se quitaba el alzacuellos para intentar respirar más holgadamente—. Sigan ustedes con la tertulia y elijan qué lectura de la Biblia prefieren para el sermón de hoy. Si me disculpan, voy a casa un momento, tomo algo y me incorporo con ustedes. Les dejo en compañía de Dios, no me sean traviesas.

Cogió el periódico y, ya en casa, a solas, se aseguró de que aquella joven de la foto realmente era su hermana pequeña. La observó detenidamente. ¡Estaba tan cambiada! Lo primero que sintió fue alivio. Notó por primera vez en mucho tiempo su pecho ligero, libre de ese peso que en los últimos años le venía oprimiendo, y es que la culpa puede ser una carga muy pesada. Pero, tras la breve liberación, pronto se apoderó de él cierto rencor, una fuerte sensación de reproche hacia Virginia, por hacer que sufriera por ella sin tener la más mínima consideración. Se santiguó. Sabía que aquel sentimiento era el de un pecador, pero también el de un ser humano. Dirigió la mirada hacia el techo y, en silencio, pidió perdón por no sentir tan solo alegría al saber que su hermana estaba bien, por no sentirse orgulloso de que hubiera encontrado una buena posición en aquel pueblo levantino. Rezó por ella y rezó por él, y se acordó del hombre calvo que le había interrogado tiempo atrás preguntando por una tal Virginia Rives, el mismo nombre que aparecía al pie de la fotografía.

En Beniaverd, tras el éxito de la regata del día anterior, Virginia se tomó el lunes de descanso. Pasó la noche con Iván y despertaron juntos, bajo las sábanas frescas de algodón egipcio y con la piel erizada por culpa del aire acondicionado.

—¿A dónde vas? ¿No pensarás irte ahora? —dijo Virginia al notar que, con sumo cuidado, Iván intentaba salir de la cama sin que ella lo notara.

—No quería despertarte. Pensaba ir a por la prensa. Me muero de ganas por verte en todos los periódicos. ¿Acaso no te pica la curiosidad? Tú no te muevas de aquí. Me acerco a un kiosco y te traigo todos los periódicos y revistas junto con un zumo de naranjas recién exprimidas, unas tostadas con mermelada y un café cargado. La mujer más bonita e inteligente que conozco se ha ganado que le sirva un buen desayuno en la cama. Yo también me he pedido el día libre, así que hoy eres toda mía.

—¿Acaso estás celoso de mi éxito? —le preguntó con voz de niña traviesa que espera una respuesta afirmativa.

—Estoy celoso hasta del aire que respiras y reclamo que me prestes la atención que merezco —le contestó mientras terminaba de vestirse y le daba un beso en los labios—. Me llevo a Chanel, así no tienes que sacarla tú.

—No, no te la lleves —respondió Virginia cortante, cambiando radicalmente el tono de su conversación—. Alguien podría reconocerla y preguntarse por qué llevas tú mi perro a pasear.

—¡Ya! No quieres que nadie me relacione contigo. ¿Es eso, verdad?

—No te enfades, Iván, sabes que las cosas no pueden ser de otra manera. Ya lo hemos hablado mil veces.

—Porque tú no quieres, Virginia. Las cosas son tan complicadas o tan sencillas como nosotros queramos que sean. Me estoy cansando de ser tu juguete secreto, de entrar y salir a hurtadillas de tu casa como si fuera un ladrón. —Virginia se levantó de la cama, estaba desnuda y rabiosamente bella. Se colgó del cuello de Iván y jugueteó mordiéndole el lóbulo de la oreja.

—Venga, no te enfades conmigo, por favor… Pronto cambiará todo, deja que haga lo que tengo que hacer, y después tú y yo podremos ser nosotros. Ten un poco de paciencia, aprende a esperar, ya queda menos… Tal vez un año o dos…

—¿Un año o dos? Mira, Virginia… —dijo Iván apartándola suavemente de su cuello—. No sé qué líos llevas entre manos, pero no quiero discutir. No sé qué papel juego en tu vida, no sé qué pretendes de mí, de los demás, no me cuentas nada y, si te soy sincero, ni siquiera sé si quiero saberlo… A veces, no sé si te conozco o solo quiero a la Virginia que me muestras, la que me dejas ver. Por momentos, eres una desconocida para mí y no me gusta esa sensación. Yo no soy como esa gente con la que tratas —le dijo muy serio, mirándola a los ojos—. Yo solamente quiero ser feliz a tu lado y empiezo a dudar que eso pueda ser posible. —Hubo un silencio sin respuesta y un suspiro profundo de Iván, casi de rendición—. Me marcho a por la prensa. Hablaremos luego.

Por la forma de cerrar la puerta, Virginia supo que Iván se había marchado muy enfadado, mucho más de lo que podía desprenderse de su actitud y de sus palabras y, en cierta manera, no le culpaba. Llevaban juntos más de un año de relación secreta y era muy comprensible que empezara a estar harto; al fin y al cabo, ella también lo estaba, aunque no lo reconociera. Iván era un buen hombre, atento y cariñoso. La sencillez con la que afrontaba la vida era una virtud para Virginia, una rareza difícil de encontrar entre la gente de la que se rodeaba habitualmente. La trataba como a una obra de arte, con admiración y muchos cuidados. Solía cocinar para ella y preparar románticos encuentros por sorpresa en la casa del acantilado. La hacía sentir bien y, seguramente, eso que ella sentía podría llamarse amor.

Pero la frialdad de Virginia no pensaba permitir que se abriera una grieta en sus planes, los renovados planes de una mujer tan ambiciosa como vengativa. Para ella, el amor era como un bonito globo de colores que siempre termina por reventar al más mínimo roce punzante.

Ella ya sabía lo que era estallar por los aires y no pensaba volver a repetir la experiencia. Si algo había aprendido en Beniaverd era a ser paciente, a medir los tiempos en función de la recompensa, a matizar su impulsividad jugando a mostrar a los demás lo que los demás pretendían de ella, un juego secreto que incluso empezaba a divertirle, una nueva Virginia que en parte debía agradecer a Rosso y Sigüenza, sus próximos objetivos. Siempre se aprende más de tu enemigo que de las aduladoras palabras de tus amigos, pensaba ella, ajena a que los periódicos también se leen en Cachorrilla.

Una vez más, Iván quedó en un segundo plano. En cuanto volvió con la prensa y Virginia se emborrachó de vanidad al verse en todas las portadas, el teléfono sonó. Era Simón Antón, el popular locutor que la reclamaba para una entrevista en *Las Mañanas de Simón*. Demasiado tentador como para rechazarlo.

—Lo siento, Iván, tengo que marcharme. No puedo decirle que no a Simón. Es la primera vez que me llama tras las elecciones. Además, me llama a mí sola, siempre he ido de florero de Rosso. Seguro que lo comprendes, dime que sí… Te recompensaré. Quédate en casa si quieres y relájate. En cuanto pueda, me escapo y regreso…

—No, Virginia, no me voy a quedar. Estoy cansado de esta historia, de ser siempre el segundo plato, de ser un secreto. He sido un idiota al pensar que podías hacerme un hueco entre portadas de periódicos y entrevistas de radio. Necesitas todo eso más de lo que me necesitas a mí. Es una realidad que me he estado negando todo este tiempo. Un hombre enamorado siempre piensa que tiene el poder de cambiar a la otra persona, pero eso es una gran mentira. Nadie cambia. La gente es como es y tú siempre serás así, una flor que gira sus pétalos hacia donde el sol luce.

—No digas eso, Iván. Este es un momento complicado. Es mi trabajo… —se justificó Virginia.

—Demuéstrame que te importo y déjame que te acompañe a la radio, llévame a esa entrevista contigo y preséntame en sociedad como tu acompañante —le dijo Iván para ponerla a prueba, sabiendo que no accedería—. Ella agachó la cabeza y guardó silencio—. ¿Te das cuenta de lo que te quiero decir? Todos los momentos van a ser complicados para ti. Me siento como una pieza que no termina de encajar en ti. Tu vida es un puzle demasiado complejo, Virginia, un puzle con demasiadas piezas. —Iván hablaba, reflexionando en voz alta, con un tono triste, mientras recogía sus cosas, esparcidas por la habitación—. Es mejor que lo dejemos aquí. No quiero que nos hagamos daño.

—¿Me estás dejando? —preguntó Virginia, asombrada por esa reacción. Hasta ese momento, siempre había sido ella la que dejaba las relaciones, a excepción de Mateo, pero aquello había sido más bien un negocio.

—Necesito tiempo y tú necesitas espacio para brillar. Si me alejo ahora, no te haré sombra. Lo siento, de verdad que lo siento.

Se acercó a ella con dulzura y la besó en los labios y algo en el interior de Virginia se desquebrajó. Cierta congoja le oprimió la garganta mientras miraba cómo Iván atravesaba el pasillo sin mirar atrás y dejaba la casa del acantilado. En ese instante ya le echó de menos, pero no quiso reconocerlo. Maquilló sus sentimientos hasta convencerse de que era mucho mejor así, de que, al fin y al cabo, nunca había pensado llevar aquella historia más allá de las sábanas. Guardó un trocito de su corazón para la esperanza, a hurtadillas de sí misma, no fuera a ser que el resto de su corazón se enterara y se sintiera traicionado al pensar que deseaba que Iván volviera algún día. Incluso llegó a reprocharse que, probablemente, había sido demasiado dura con aquella relación, demasiado egoísta. Todos los sentimientos se le antojaban confusos y revueltos, así que los diseccionó y eliminó los que la hacían sentir temerosa, decepcionada e insegura. Le esperaba una entrevista en *Las Mañanas de Simón*, el programa estrella de la radio en Beniaverd, y no era momento de dejarse llevar por las emociones, eso siempre podía esperar.

Mientras tanto, la situación política y económica del país empezaba a convulsionar. Los augurios catastrofistas de una crisis económica mundial eran ya un hecho y no una especulación de agoreros. España y su economía se precipitaron al vacío en lo que parecía una caída sin paracaídas, sin tan siquiera red quitamiedos. Todo cuanto se conocía hasta el momento como Estado del Bienestar se tambaleaba por efecto de un terremoto financiero que no dejaba títere con cabeza. La burbuja inmobiliaria estalló y el que más y el que menos intentaba ponerse a cubierto de los cascotes que sobrevolaban las cabezas de los ciudadanos, los principales perjudicados. Los efectos de aquel terremoto también se hicieron sentir en Beniaverd, un pueblo costero construido a golpe de ladrillo, sin una política racional ni ideológica, movido por la especulación y el despilfarro, en beneficio de unos pocos bolsillos.

Los meses que siguieron al verano de 2008 fueron difíciles para la alcaldía de Rosso. La oposición hablaba de moción de censura y de corrupción, y la prensa no hacía más que recoger titulares de denuncia llegados de todas partes. Gregorio Rosso, el hombre que parecía poder con todo, el fundador del ALBI, elegido en dos ocasiones por sendas mayorías absolutas, acusaba en sus apariciones públicas cierto malhumor más evidente de lo habitual. En sus declaraciones, hacía equilibrios para mantener la imagen de hombre honrado dedicado a su pueblo y convecinos que se había construido. La pulcritud de su imagen pública, construida durante años con diseñado empeño, se empezaba a desdibujar, y la sombra de su pasado mafioso cada vez era más grande. Las cuentas empezaban a resultar sospechosas y el círculo empezaba a marear a más de uno. Su nombre se escribía con demasiada frecuencia en los periódicos al lado de las palabras malversación o prevaricación. Muchos de sus votantes, ahora decepcionados ciudadanos que veían peligrar sus trabajos y sus casas, salieron a la calle y acudieron a los plenos a protestar. Ya nada era una balsa de aceite en Beniaverd, su segunda legislatura empezaba a parecerse más a una bomba de relojería.

Mateo Sigüenza empezó a ver cómo su imperio se destruía. Era rico para aburrir, pero su riqueza ya no crecía al ritmo deseado, incluso menguaba. Varias de sus promociones inmobiliarias quedaron paralizadas, produciéndole pérdidas millonarias y muchos enemigos. La columna vertebral de su economía, la construcción, enfermó sin posibilidad de cura, y poco o nada podían hacer al respecto sus muchas amistades influyentes, pero también interesadas.

Virginia, oportunamente apartada en su momento de los tejemanejes de Rosso y Sigüenza, agradeció al destino lo que en su momento maldijo. Se sentía afortunada por no estar en el ojo del huracán, pero, sabiéndose a salvo de las posibles consecuencias de lo que estaba ocurriendo, nunca se olvidó de sus traiciones. Ella nunca olvidaba.

A Iván no lo vio durante meses. Pasó el verano aprendiendo a hacer la digestión de su desamor. Era un sentimiento novedoso que debía aprender a manejar, algo que le estaba resultando mucho más difícil de lo que había imaginado. Desde aquel día, el día después de la regata, tan dulce y amargo a la vez, varias veces por semana había estado recibiendo llamadas desde un número oculto y, al contestarlas, solo se escuchaba el silencio y cierta respiración pesada al otro lado del teléfono. Siempre pensó que era Iván, que no podía evitar llamarla para escuchar su voz, y se acostumbró a recibirlas albergando la esperanza de que algún día le dirigiera alguna palabra.

El día de Nochebuena de aquel año, en plenas Navidades, cuando el espíritu de la concordia parece plantar la semilla en todos los corazones, Virginia se sentía especialmente sola. No es que fuera la primera Nochebuena de su vida que no tenía compañía, al menos una compañía agradable que ella misma hubiera elegido, sino que se trataba de una Nochebuena en la que echó a faltar las atenciones de Iván, a quien no conseguía apartar de su cabeza ni de su corazón, a pesar de sus esfuerzos, como si hubiera echado raíces dentro de ella.

No quería volver a casa, así que apuró al máximo el tiempo en su despacho del ayuntamiento. La soledad de una joven bella y triunfadora entre aquellos muros de piedra parecía retumbar como un eco. Por ser el día que era, el personal administrativo había hecho una jornada reducida, de modo que a esas horas de la tarde solo el personal de seguridad y ella estaban por allí. El silencio pesaba demasiado. Una vez más, sonó el teléfono y la sobresaltó. Era la llamada con número oculto que en los últimos meses recibía periódicamente. Descolgó, pero nadie contestó. Como siempre, una respiración fue la única respuesta. Especialmente vulnerable como se sentía aquella noche, se dejó llevar y habló, teniendo la certeza de que al otro lado del teléfono estaba Iván.

—Iván, ¿eres tú? Esto es una chiquillada, es absurdo. Por favor, ven a casa esta noche. Hablemos, seguro que tú también me has echado de menos. Hemos tenido tiempo suficiente para reflexionar y ver las cosas con distancia. Yo he pensado mucho sobre lo que me dijiste, he repetido tus palabras una y otra vez en mi cabeza. Me gustaría que tomáramos una copa y fuéramos capaces de dialogar. Creo que los dos lo merecemos. ¿No te parece? ¿Iván? ¿Iván? Contéstame, por favor...

Pero quien quiera que estuviera al otro lado de la línea colgó el teléfono sin pronunciar palabra. Decepcionada y muy abatida, Virginia se marchó a casa, a su refugio, a su pequeña fortaleza particular. Allí al menos la esperaba Chanel, su perrita juguetona y cariñosa que siempre la recibía con buen humor. De camino, mientras observaba las luces de Navidad que prendían de los balcones e imaginaba bonitas mesas adornadas para la ocasión, con manjares de todo tipo, se recreó pensando en todas esas familias unidas, brindando un año más por la felicidad. Sabía que aquella estampa idílica que dibujaba en su cabeza estaba muy lejos de parecerse a su familia y a su vida, pero no pudo evitar asociar ese pensamiento al recuerdo de su madre, Remedios. Pensó en ella amorosamente, recordando sus cuidados maternales cuando era muy niña, pero también pensó en ella con rencor, sin poder olvidarse de toda su debilidad, de esa fragilidad que la había hecho incapaz de protegerla de la maldad de su padre. Recordó también al bueno de Jacobo, su hermano, aquel niño que siempre recibía los golpes que iban dirigidos a ella, que siempre la mantuvo a salvo, hasta que un día la abandonó a su suerte, sin una explicación. Y, cómo no, también se acordó de Matilde y de su cuerpo cálido y enorme que le daba cobijo cuando nadie más lo hacía. Una lágrima se escapó a su férreo control y rodó por su mejilla. Rápidamente, Virginia la secó con su mano y parpadeó con fuerza para evitar que ninguna otra tuviera ese atrevimiento. Ella no lloraba. Suspiró. Necesitaba airear un poco tanta soledad como sentía y buscó en la radio del coche una emisora que emitiera buena música, capaz de mantener su estado de ánimo a flote, a punto como estaba de zozobrar.

El camino hasta su casa se le hizo eterno y solo pensaba en llegar, abrazar a Chanel, darse una ducha y refugiarse bajo las mantas hasta el día siguiente. Con suerte, dormiría como una niña y no tendría esa pesadilla recurrente que solía atormentarla de tanto en tanto. Entró en casa con ese pensamiento, dejó el bolso y el abrigo en el perchero de la entrada y enseguida notó un agradable olor a carne asada que la hizo pensar en Iván. Se emocionó. Seguro que había escuchado atentamente lo que le había dicho al teléfono y estaba allí para arreglar las cosas, para hablar, para pasar la Nochebuena con ella, para cenar juntos. Iván nunca le había devuelto las llaves, tampoco ella se las había pedido, y a menudo solía cocinarle y sorprenderla con cenas sorpresa. Se sintió feliz por el detalle. Avanzó por el pasillo luciendo una espléndida sonrisa de satisfacción como hacía meses que no lucía, confiada en que Iván la esperaba sentado a la mesa, disfrutando una copa de vino tinto, incluso tal vez, por qué no, con un par de velas encendidas. Pero no fue a Iván a quien encontró.

Sobre la mesa del salón, cuidadosamente colocado en una bandeja de horno, el diminuto cuerpo de Chanel, con la boca abierta sujetando una manzana, parecía un cochinillo asado a punto de servirse en los platos. Chanel era la carne asada que tan agradable al olfato le había resultado a Virginia. Su cuerpo cocinado estaba despellejado por efecto del calor y su carne, rosácea y agrietada, dejaba ver parte de sus huesos al desnudo. Alrededor de Chanel había una guarnición de patatas cocidas en el jugo del perro, aderezadas con ajo y perejil, un plato completo para la cena de Nochebuena.

Aquella espeluznante visión sobre la mesa del salón la hizo vomitar compulsivamente y sintió que iba a volverse loca. Gritó de furia y de pena mientras se sujetaba la cabeza con ambas manos por miedo a perderla y cerraba los ojos para evitar ver a su perrita en aquel estado. Caminó de un lado a otro de la casa, sin ir a ninguna parte, jurando en voz alta que mataría a quien hubiera hecho aquello, y no pudo evitar pensar en Mateo. Lo maldijo. Maldijo a sus hijos y pensó incluso en matar a uno de ellos para vengarse. Ojo por ojo. Pero pronto supo que el empresario nada tenía que ver con semejante atrocidad y que tanta maldad como se desprendía de aquel acto era algo mucho más elaborado de lo que la inteligencia de Sigüenza podía alcanzar a imaginar.

Sobre la mesa, junto al horneado cuerpo de Chanel, Virginia se percató de que también había un papel doblado y un paquete de Ducados estrujado, con varias colillas dentro. Sabiendo perfectamente de quién se trataba, desdobló el papel y leyó el mensaje que decía así:

Parábola de la oveja perdida.

Evangelio de San Mateo.

Y el hijo del hombre ha venido a salvar lo que se había perdido. ¿Qué os parece? Si algún hombre tiene cien ovejas y se extravía una, ¿acaso no dejará las noventa y nueve en las montañas e irá a buscar la descarriada?

Y si sucede que la encuentra, de cierto os digo que se goza más por aquella que por las noventa y nueve que no se extraviaron.

Así que, no es la voluntad de vuestro Padre que está en los cielos que se pierda ni uno de estos pequeños.

Sonó de nuevo el teléfono, una vez más la pantalla del móvil avisaba de que se trataba de un número oculto. Ahora Virginia ya sabía que no era Iván quien la llamaba, que nunca lo había sido. Ahora conocía muy bien el nombre de la persona que estaba al otro lado de la línea, su padre Dioni. Descolgó y con los ojos inyectados en sangre contestó a la llamada.

—¡Te mataré, maldito hijo de puta! ¡Juro que te mataré y esta vez no pienso fallar! ¿Me has oído?

—Buen provecho, hija de Satanás. Espero que hayas aprendido la lección. ¡Feliz Nochebuena! Y recuerdos al tal Iván. ¡Ah! Me he llevado de recuerdo los dos diamantes del collar del perro, para hacerme unos gemelos. —Y una carcajada de pura maldad zanjó la conversación.

Jueves, 8 de julio de 2010

Cuando un sobre misterioso que va remitido a la policía acaba en tus manos, un sobre que intencionadamente ha dejado a tu alcance un extraño hombre con el fin de que lo encuentres, resulta muy complicado no sentir curiosidad por su contenido. No es que me esté justificando ante quien esté leyendo ahora mismo este cuaderno, bueno, tal vez un poco, pero en realidad lo que pretendo es hacerle entender que, muy probablemente, la mayoría de la gente habría hecho lo mismo que yo: curiosear en su interior. ¿O acaso usted no lo hubiera abierto?

Sé que me prometí a mí misma que, tras indagar en su contenido, lo volvería a cerrar y lo entregaría a la policía, tal y como Desiderio había escrito de su puño y letra, pero pensé encontrar dentro algo mucho más clarificador, más evidente y no una llave que lo único que hizo fue estimular todavía más mi imaginación y mi curiosidad, un cóctel muy peligroso en cualquier caso, pero mucho más en este en concreto.

¿Qué abriría aquella llave? ¿Qué secretos escondería tras de sí la puerta cuya cerradura se correspondía con ella?

La observé con detenimiento y dejé mi mente en blanco para que la respuesta pudiera encontrar el camino hasta mi cabeza con cierta facilidad. Era demasiado pequeña como para corresponderse con la cerradura de una casa, eso era seguro. También era algo endeble, como de aluminio o acero inoxidable, no sabría muy bien especificar el material, pero tenía claro que no era una llave sólida, de hierro, que abriera la puerta de un hogar. Además, su llavero, una chapa circular con el número 104, me llevó a la conclusión de que era una llave de entre otras muchas similares a ella, como era obvio, una más, de una gran familia formada por más de cien llaves.

Por su tamaño y características, bien podría haber abierto una maleta, una bolsa de viaje..., pero, de estar en lo cierto, no encajaba el detalle del número. Nadie tiene más de cien maletas como para tener que numerarlas. Aunque, bien pensado, llave y llavero podrían no estar relacionados. Tal vez, la llave se correspondía con una maleta de Desiderio y el llavero simplemente fuera eso, un llavero, sin más, sin significado alguno. Improbable, lo sé, pensar demasiado a veces trae como consecuencia conclusiones estúpidas. Además, ¿dónde estaba esa maleta para que la policía diera con ella? ¿Por qué no la había dejado también en la habitación? ¿Acaso la había escondido en algún otro lugar? ¿De qué serviría entregar una llave que abre una maleta sin dejar ninguna otra pista que nos llevara a encontrarla?

El número también me hizo meditar, tal vez se trataba de la llave de una habitación de hotel. Si algunas llaves se numeran, esas son las de las habitaciones de los hoteles, pero, si de algo entendía yo era de hostelería y sabía muy bien que todos los hoteles de Beniaverd ya funcionaban con tarjetas electrónicas y, más concretamente, todos los de más de cien habitaciones. ¿Pertenecería a un hotel de otra localidad? ¿Quizá era una pista para llevarnos hasta otra habitación de algún lugar donde Desiderio se hubiera hospedado antes de llegar a El Rincón de Reina? Si así era, ningún distintivo indicaba el nombre de ese alojamiento, tan solo un número, el ciento cuatro y ninguna letra.

Cuanto más pensaba, más preguntas inundaban mi cabeza. Cada pregunta me daba como respuesta otra pregunta más y parecía razonar en espiral, sin llegar a ningún punto concreto. El caso es que no tenía ni idea de qué podía abrir esa llave misteriosa, y lo más curioso de todo es que me resultaba tremendamente familiar, como si hubiese visto más de esas en algún momento de mi vida.

Recuerdo que aquel día mi hermano Simón y yo comimos juntos. Solíamos reunirnos de vez en cuando para hablar de nuestras cosas y ver a los mellizos, mis sobrinos. Cuánto echo de menos esos ratitos. Aquel día comimos todos en El Rincón de Reina, aprovechando que era temporada baja y todo estaba muy tranquilo. Yo había guardado cuidadosamente el sobre entre las hojas de una agenda que siempre tengo en recepción y en mi bolsillo, la misteriosa llave ciento cuatro. Pasamos una velada agradable, como siempre, comentando las cosas de la vida, lo rápido que crecen los niños, lo cambiante del tiempo, la marcha de mi negocio, el éxito de su programa... y ya en el tiempo del café, pensé que tal vez él pudiera aportarme algo de luz sobre aquella cuestión.

Simón, aunque aparentemente parezca mucho más aloca-do que yo, en realidad es una persona tremendamente sensata. Su personaje, el Simón Antón dicharachero que creó para su programa de radio, no es más que una fachada, una careta que esconde y protege al verdadero Simón, el hombre y padre de familia que piensa las cosas y actúa concienzudamente, al me-nos, en este tipo de cuestiones. Por eso, cuando pensé en ense-ñarle la llave para ver si él adivinaba a qué cerradura podría pertenecer, obvié la historia del sobre y las indicaciones de en-tregarla a la policía porque, de habérselo contado todo, me ha-bría obligado a entregarla inmediatamente. Es más, no se hubie-ra quedado tranquilo hasta acompañarme en persona y ver con sus propios ojos cómo cumplía con las indicaciones escritas a mano por el huésped.

La historia que inventé fue sencilla. Simplemente, le dije que se trataba de una llave que había aparecido por el suelo de una habitación cuando había hecho la limpieza y que supo-nía que pertenecía al último inquilino, a quien pensaba devol-vérsela. Le quité todo el misterio a la historia y la adorné de una cotidianeidad aburrida ya que, infinidad de veces, los huéspe-des perdían u olvidaban objetos personales que solían recla-mar más adelante.

Se la mostré. Le pregunté si le resultaba familiar, como me ocurría a mí, y si era capaz de identificarla. Y así fue; casi al ins-tante, supo decirme a qué puerta pertenecía la llave ciento cua-tro que Desiderio me pedía que entregara a la policía. Esa llave era una de las que abría una taquilla de las instaladas reciente-mente en la estación de autobuses de Beniaverd. Lo recordaba con tanta precisión porque fue noticia, y todo lo que es noticia pasa siempre por sus manos. El alcalde Rosso, en el comienzo del verano anterior, había ordenado realizar unas obras de remodelación y mejora de la estación de autobuses que habían incluido, entre otras cosas, la instalación de ciento cincuenta taquillas, de esas que funcionan con una moneda de fianza, con el fin de dotar de un servicio de guarda y custodia a los viajeros, muchos de ellos trabajadores que iban y venía a poblaciones vecinas por cuestiones profesionales.

Ni maletas, ni habitaciones de hoteles, ni nada por el estilo. La llave misteriosa abría una taquilla, la ciento cuatro, de la estación de autobuses. ¿Cómo no me había dado cuenta antes? Con razón me resultaba tan familiar. Algo importante había guardado Desiderio en aquella taquilla, algo tan importante como para que tuviera conocimiento de ello la policía, algo que necesitaba estar guardado en un lugar seguro, algo así como una caja fuerte al alcance de cualquiera.

Lo sé; sé que, llegado a este punto, ya había traspasado la línea que separa la curiosidad de la imprudencia…, pero ahora ya es tarde para arrepentirse. Sé que con la información que tenía en aquel momento mi reacción, sensata y juiciosa, debería haber sido cumplir con el encargo de entregarla a la policía, aunque, a estas alturas del relato, ya habrá adivinado el lector de este cuaderno que no lo hice; es más, no solo no lo hice, sino que además tuve la osadía y la nula precaución de jugar a detectives y abrir la taquilla. Lo que encontré allí cambiaría mi vida.

13

Las doce campanadas que recibieron el año 2009 sonaron a muerto para Virginia. Como en la iglesia de Cachorrilla cuando era niña, el día que murió su madre, retumbando entre montañas el anuncio de difunto. Las campanas de la iglesia de Beniaverd anunciando un nuevo año chocaron en las paredes de su interior vacío, dolorosamente hueco. Nunca la soledad le había pesado tanto. Nunca su mirada había dejado ver con tanta claridad su deseo de venganza. Ya ningún disimulo era posible y empezaba a asomarse al abismo de la locura. Estaba envenenada, carcomida por el odio que durante años, silenciosamente, la había corroído por dentro.

El día de Reyes de aquel año cumplió los veinticuatro y no le hubiera importado morir con esa edad, en aquel mismo momento. Odiaba el día de su cumpleaños, siempre le ocurrían cosas horribles. A menudo, había coqueteado con la idea de la muerte placentera como un acto de alivio, demasiado a menudo para su edad. Había fantaseado incluso con tomar un puñado de pastillas y dejarse ir, lentamente, metida en la bañera, abrazada por el agua caliente a falta de un ser humano que la abrazara. Nadie la echaría de menos en un tiempo y tal vez encontraran su cuerpo hinchado y con olor a podrido un par de semanas después de su muerte, cuando en el ayuntamiento notaran su ausencia.

Abandonó la idea rápidamente porque imaginó a Dioni satisfecho por la derrota de su hija, capaz de dejarse morir antes que de matarlo. Capaz de rendirse hasta la muerte antes que de plantarle batalla. Se sentiría victorioso y no pensaba darle esa satisfacción. Su necesidad de venganza era más fuerte que su deseo de suicidio y esa fuerza, como otra cualquiera, le había funcionado otras muchas veces como motor para seguir adelante. Esta sería una vez más, una de tantas. Había perdido ya la cuenta de cuántas llevaba. El desgaste del tiempo y sus latigazos convertían la tarea en mucho más dificultosa cada vez y Virginia se sentía cansada.

Se levantó de la cama con mucha debilidad y casi cayó al suelo por culpa de un mareo. Llevaba días sin comer. Cada vez que intentaba llevarse a la boca algo de alimento, sentía náuseas y no era capaz de borrar de su retina el cuerpo de Chanel sobre la bandeja del horno, rodeado de una guarnición de patatas, como si fuera un pedazo de cordero. Lo peor de aquella horrible visión había sido ver los ojos de la perra. Esos expresivos, saltones y risueños ojos que en vida siempre chisporroteaban, sobre la bandeja del horno eran opacos, resecos, encogidos por efecto del calor, holgados dentro de sus cuencas. Pero si algo era incapaz de superar era el olor: el aroma a carne asada que incluso se le había antojado suculento y que parecía haberse quedado dentro de su nariz para siempre. Se la hubiera arrancado de cuajo si con ello hubiera conseguido apartar de su cabeza ese aroma a perro asado, a su pequeña chihuahua cruelmente cocinada.

Le corroía por dentro la idea de pensar en cómo había muerto su perrita. Sabía que Dioni era un hombre sanguinario y le dolía en lo más profundo de su corazón pensar que muy probablemente la había cocinado viva, lentamente, atrapada en el horno, intentando salir con su diminuto cuerpo, arañando la puerta con desesperación, gimiendo de dolor, hasta que el calor terminara por matarla. Sabía que, dentro de la tremenda crueldad del hecho, no había existido un pequeño atisbo de piedad, ni un segundo siquiera; conocía bien a su padre y tenía la certeza de que la había asado viva.

Como pudo, fue al baño. Rebuscó entre los cajones e hizo acopio de todas las pastillas que guardaba en casa. Antiinflamatorios, pastillas para dormir, antitérmicos… Todas fueron a parar al inodoro, flotando sobre el agua. Después, tiró de la cadena y respiró aliviada. No quería tener ninguna tentación a su alcance. Sentía que las fuerzas le flaqueaban y necesitaba vivir para vengarse. Sonó el teléfono, una vez más, una de tantas como en los últimos días, como en los últimos meses y como siempre con un número oculto en la pantalla. Virginia no lo cogió, desde el día de Nochebuena ya no lo hacía, pero a pesar de ello seguía recibiendo esas torturadoras llamadas que prolongaban su agonía. El sonido del teléfono le martilleaba las sienes, pero no podía apagarlo, era el número del ayuntamiento y debía estar siempre operativo. Lo puso en silencio.

Se miró al espejo, estaba demacrada. Su belleza fresca parecía haberse muerto por efecto del invierno como le ocurre incluso a las flores más hermosas, pero el suyo era un invierno del alma, una oscuridad interior que difícilmente encontraría una primavera. Sin pensarlo dos veces, se rebeló contra sí misma. Sacó del cajón derecho del mueble del baño unas tijeras y sin expresión alguna en su mirada, empezó a cortar, mechón por mechón, su preciosa melena pelirroja. Era una forma de hacerse daño, una sutil mutilación como castigo autoinfligido por no haber hecho antes lo que pensaba hacer ahora. Mientras el cabello caía sobre el suelo, un hilo de voz le repetía una y otra vez a la imagen del espejo:

—No quiero ser la niña del pelo rojo de mi padre. No quiero ser la hija de Satanás. Quiero ser otra mujer y dejar atrás mi pasado. Te odio, Virginia. Te odio, Dioni Iruretagoyena, te odio tanto, hijo de puta, que si me arrancara todo este dolor no me quedaría nada dentro. ¡Te mataré! ¡Juro que lo haré!

Virginia no quería ser quien era y quiso cambiarse empezando por cortarse el pelo, sin saber que por dentro seguiría siendo la misma, la víctima hecha verdugo. Cuando acabó, se volvió a mirar al espejo y vio en su reflejo a otra mujer. Se acarició la cabeza con ambas manos, para notar con su tacto la nueva imagen que de sí misma le devolvía el espejo. Se notó algo extraña, pero se sintió satisfecha. Incluso dibujó en sus labios una tímida sonrisa, un tenso pulso consigo misma. No tardaría en acostumbrarse a su nuevo aspecto. El corte de pelo, muy rapado, casi militar, le daba cierto aire masculino a sus facciones, cierta dureza a su expresión. Sus pómulos se marcaban con más fuerza, hundiéndole las mejillas. Se sintió preparada para el combate, para la batalla a vida o muerte. Se metió en la ducha y dejó que el agua resbalara por su cuerpo. El desagüe se tragó toda la indecisión, todo el temor, cualquier atisbo de duda y allí, debajo del agua, su cabeza empezó a maquinar el plan para cumplir con lo prometido: acabar definitivamente con Dioni.

Su vuelta a la vida pública, un par de días más tarde, causó sensación. El cambio radical de imagen fue incluso portada de la prensa local y tema de tertulia en el programa de Simón Antón. Aquellos días apodaron a Virginia como la teniente O'Neil de Beniaverd, buscando la similitud con la actriz Demi Moore, la protagonista de la película de Ridley Scott. Incluso marcó tendencia entre las mujeres más atrevidas del pueblo.

Virginia continuó con su vida como si nada extraño hubiera pasado, como si el nuevo año fuera uno más, porque había aprendido que la paciencia no es más que conseguir que el tiempo no tenga fecha de caducidad. Debía ser paciente para conseguir lo que quería, y estaba dispuesta a esperar cuanto fuera necesario. Para empezar, escribió una carta que decía así:

Mi querido Desi:

Sé que recibir esta carta será un golpe para ti y tal vez no entiendas el porqué de hacerlo ahora, después de tanto tiempo; un tiempo, todos estos años, en los que no he dejado de pensar en ti.

Soy consciente de que mi marcha, sin tan siquiera despedirme de ti, fue cruel. No sabría darte una razón que justificara mi forma de actuar porque, seguramente, no será justificable. Te merecías alguien mejor que yo en aquel momento y yo me ahogaba en Cachorrilla, así que hice lo que suelen hacer los cobardes: huir sin mirar atrás, sin pensar en cuánto dolor pudiera causarte.

El tiempo me ha enseñado que no se puede escapar de tu pasado. Vayas donde vayas, pase lo que pase, recorras cuantos kilómetros recorras, el pasado siempre está ahí, te guste o no, y si lo que pretendes es seguir adelante, es mejor reconciliarte con él.

Nadie mejor que tú puede comprenderme. Solo tú sabes qué cosas tan horribles me ocurrieron antes de escapar. En todo este tiempo jamás se lo he contado a nadie, así que eres el único que conoce mi secreto. Por eso, también sé que encontrarás en tu corazón la forma de perdonar mi huida, la forma en que no correspondí a tu cariño y toda tu bondad para conmigo.

Llevo unos meses intentando hacer balance de mi vida y, al repasar mis años más difíciles, también me he dado cuenta de que, paradójicamente, también fueron los más felices, porque estuviste a mi lado incondicionalmente. ¿Cómo fui tan ciega de no darme cuenta? Mi dolor no me permitió ver más allá de mí misma y sin pretenderlo, sin que esa fuera mi intención, te arranqué de mi corazón porque en aquel momento no era capaz de amar. Fui profundamente egoísta.

Tal vez hayas rehecho tu vida, tal vez incluso te hayas casado y tengas hijos. Si es así, me alegraré inmensamente de tu felicidad. Olvida entonces esta carta de una osada que solo pretende reparar el daño causado en su momento, pedirte disculpas y seguir adelante. Pero si no es el caso, si sigues guardando algún pensamiento secreto para mí, si alguna noche ocupé tus sueños más ardientes, si mi imagen te asaltó inoportunamente pellizcándote el corazón, me harías muy feliz si accedieras a verme. Me encantaría que pudiéramos hablar cara a cara, abrazarnos, por los viejos tiempos.

Ha pasado tiempo suficiente como para que todo haya reposado. Soy una mujer con una vida nueva, llena de éxito profesional, con una casa preciosa, con dinero, con poder, con una existencia que parece perfecta a los ojos de los demás, pero en la que hay un tremendo vacío: me faltas tú.

Te quiero, Desi, siempre te he querido, aunque en su momento no me diera cuenta y me consta que fui correspondida. Fui una estúpida, una auténtica idiota que dejó escapar al amor de su vida. He pensado en ti cada día, en nuestros planes de vivir juntos y felices en Ciudad Paraíso, en el árbol que plantaste frente a la ventana de mi cuarto el día de mi cumpleaños. Ya debe de estar muy crecido y precioso. Me acuerdo también de tus planes de boda en la iglesia de San Marcos, esa de tantos colores de la que tanto hablabas...

Querido Desi, no sé si es demasiado tarde para nosotros, pero al menos tengo que intentarlo. Si consideras que todavía estamos a tiempo, te esperaré en la estación de tren de Badajoz, tal día como hoy, dentro de dos semanas, a las doce de la noche.

Siempre tuya,

Virginia

Ninguna de las palabras escritas de puño y letra de Virginia estaban libres de intención. Cada una de ellas había sido medida con la precisión propia de un cirujano y con el mismo pulso frío y calculador, diseccionando los restos de Desiderio que había dejado tras de sí, años atrás. Si alguien en el mundo sabía que la había violado su padre, ese era Desi; si a alguien había sido capaz de manipular para que matara a su violador, o al menos lo intentara, ese era Desi; si alguien estaba loco por ella y le constaba, tras algunas indagaciones, que seguía soltero, a la espera de llenar el hueco que ella había dejado, ese era Desi. Tan solo tenía que unir con cuidado todas esas piezas, aderezar el cóctel convenientemente y servirlo frío. Virginia pretendía intentar de nuevo el mismo plan que había ejecutado en su momento, aunque esperaba que en esta ocasión finalizara de manera exitosa. Desiderio era quien lo conocía casi todo sobre ella; todo excepto que había parido un niño fruto de su abuso al que había matado con sus propias manos: ese era su secreto, el que jamás había contado a nadie. El hombre es el único animal que tropieza dos veces con la misma piedra, como se suele decir, pero, sin duda, el hombre enamorado es capaz de tropezar en infinidad de ocasiones y Virginia intuía que Desiderio seguía enamorada de ella, solo le quedaba confirmarlo.

Mientras esperaba el momento del encuentro, Virginia se dedicó al trabajo. Hizo acto de presencia en diversas fiestas de barrio, preparó discursos y pregones, se dejó ver en el teatro en actuaciones de folklore local y acudió a un par de comisiones de gobierno y a un pleno. Gregorio Rosso, por su parte, preocupado como estaba en apagar los fuegos de una sociedad algo inquieta por los titulares que la prensa publicaba sobre corrupción y negocios sucios, no reparó en el segundo plano que su concejala parecía ocupar desde hacía ya algún tiempo. Bastante tenía con que la oposición y la opinión pública empezaran a pisarle los talones. Todo su empeño lo centraba en intentar poner a salvo su prestigio, su patrimonio y su cada vez más manchado buen nombre. Atar cabos sueltos requiere de mucho tiempo y grandes esfuerzos y le quedaban pocas ganas de prestar atención a la fiera salvaje de Virginia que parecía domesticada y de quien ya no temía que pudiera escaparse del corral. Simplemente, pensó que había aprendido la lección y que en realidad tan solo se dedicaba a trabajar y que, por otra parte, no lo hacía mal. Sin duda, Rosso cometió un error de principiante: subestimar a la joven y bella mujer que ni olvidaba, ni sabía perdonar.

A nadie le extrañó que Virginia cogiera unos días libres. Su concejalía era una de las que mayor exposición pública tenía. Siempre había algún evento al que acudir, alguna fiesta en la que aparecer junto a los vecinos y normalmente coincidía con los fines de semana. Trabajaba los siete días de la semana y apenas tenía descanso. Su carisma y su belleza se habían convertido en imprescindibles en cualquier acto público que quisiera tener cierto prestigio. Su actividad era frenética y agotadora. Además, el invierno era sin duda el mejor momento para descansar ya que, una vez entrado el mes de mayo, la propia actividad turística de Beniaverd hacía imposible coger vacaciones porque su trabajo se multiplicaba considerablemente.

—Necesito unos días para descansar antes de que empiece la temporada fuerte —le dijo al alcalde.

—¿Quieres vacaciones? ¿Y dónde vas a ir? ¿A ver a la familia? —contestó Rosso de manera algo hiriente.

—Solo quiero airearme un poco, todo esto es más duro de lo que pensaba.

—Ya te lo dije yo. Te advertí que la política es una profesión de riesgo y que necesitabas rodaje. Por mí, no hay ningún problema. —Hizo una pausa, respiró profundamente y cambió el tono de la conversación—. Virginia, ahora que estamos solos, quería decirte algo. Últimamente, tengo la extraña sensación de que me evitas más de lo habitual. En cuanto acaban las reuniones, desapareces de la sala y no puedo hablar a solas contigo.

—Bueno, siempre tengo algo que hacer... —se excusó Virginia. Sí era cierto que evitaba quedarse a solas con Rosso.

—Claro, lo comprendo. Pues es una lástima, porque hace algún tiempo que quiero hablar contigo en son de paz. Sé que tú y yo tuvimos un comienzo algo complicado, ya sabes a lo que me refiero, la nuestra no fue la mejor forma de empezar. Han pasado dos años y unos meses y he estado observándote todo este tiempo. Creo que has sabido adaptarte muy bien a este mundo. La gente te adora. No hay vecino que no me diga lo encantado que está contigo y lo guapa que eres. Tienes una magia especial y lo sabes, eres un animal político y, a poco que aprendas, en tan solo unos años tu nombre puede sonar en la política nacional. Aún eres demasiado joven para eso, pero todos cumplimos años. Si sabes emplear todo tu potencial, llegarás muy lejos. —Virginia estaba boquiabierta escuchando los halagos de Rosso, no terminaba de creérselo. Rosso continuó con su discurso—. Y te voy a decir más. Fuiste inteligente apartándote de Sigüenza, no creo que lo necesites. Ahora, con la crisis en el sector inmobiliario, parece un gusano arrastrándose para que le otorgue alguna concesión, empieza a resultar patético. El muy cabrón parece un pedigüeño. Su inmobiliaria cae en picado y ha tenido que cerrar algunos negocios. Se mantiene gracias a la obra pública, porque ya no vende ni un puto bungaló, pero voy a tener que cerrarle el grifo. Su mujer le ha dejado, ¿lo sabías?

—No, no tenía ni idea. Hace tiempo que no trato con él.

—Dicen que cuando el dinero sale por la puerta, el amor se escapa por la ventana… o algo así. Menudo divorcio le espera, su mujer es una arpía y lo va a dejar tieso. ¡Pobre idiota! ¡Lo que le faltaba! A mí hasta me da un poco de pena… ¿Sabes una cosa, Virginia? Olvidemos nuestros comienzos. Al fin y al cabo, el presente es lo único cierto que tenemos. Tal vez no fue tan mala idea tenerte en mi equipo. Solo faltan dos años para las próximas elecciones y estoy contento con tu labor, francamente satisfecho.

—Perdona, pero creo que no te comprendo. ¿Me estás felicitando? ¿Estás hablando bien de mí? ¿Quieres que hagamos borrón y cuenta nueva? Disculpa si me sorprendo viniendo de ti. —Rosso soltó una carcajada. Se acercó a ella y se aupó ligeramente hasta llegar a la altura de sus mejillas, subida como estaba Virginia a sus inseparables tacones. La besó fraternalmente, casi de una manera conciliadora, y sonrió tanto que sus ojos achinados quedaron reducidos a dos líneas dibujadas bajo sus cejas.

—No soy tan malo como crees. Sé reconocer el talento y rectificar es de sabios. Eso sí, negaré ante cualquier foro haber dicho eso, y no vayas a creértelo ahora. No hay nada peor visto por los votantes que alguien engreído —le dijo mientras le guiñaba un ojo de manera cómplice—. ¿Amigos, pues?

—Amigos.

—Descansa. Tómate una semana, si quieres. Pero no apagues el móvil por si te necesito.

Subida a su BMW deportivo azul eléctrico, condujo hasta Badajoz. El viaje le sirvió para pensar en el borrón y cuenta nueva con Rosso. Desconfió de sus palabras, porque había aprendido a desconfiar de todo como la mejor fórmula de supervivencia. No es que ella misma no valorara sus capacidades, nunca había tenido problemas de autoestima y sabía muy bien que su gestión al frente de la concejalía empezaba a dar sus frutos entre los beniaverdenses; era más bien que no había detectado sinceridad en las palabras de Rosso. Pensándolo bien, se trataba de un político avezado y la honestidad no era precisamente la característica de su discurso y ella sabía por experiencia, que no lo es para ningún político. No es fácil que un manipulador consiga engañar a otro, y ambos jugaban en primera división. Virginia decidió mantener las palabras de Rosso en cuarentena para pensarlas con detenimiento más adelante. El tema era demasiado complejo para no dedicarle el tiempo necesario. El perdón de Rosso le llegaba demasiado tarde, le sabía a rancio, y lo hacía además en un momento de su maniobra política que ya no tenía vuelta atrás. Sin embargo, pensándolo bien, tal vez aquel giro en la actitud del alcalde pudiera traducirse en algo positivo para Virginia, antes de que ella misma hiciera estallar la bomba de relojería que tenía preparada.

Pensó también en Mateo Sigüenza y en su divorcio. Su situación no le despertaba ningún atisbo de lástima, es más, le produjo cierto placer imaginárselo solo y arruinado, y aún pensó que era poco castigo para tanto como le odiaba. Solo él, sin contar a su padre, le había agredido físicamente. Solo él, a excepción de su progenitor, había atacado sin piedad a una indefensa y diminuta perrita, por lo que su nombre también aparecía en su lista negra. Pero ahora su prioridad más inmediata se llamaba Dioni y todo los demás debía esperar.

El camino hacia Badajoz se le hizo largo. Hacía mucho frío y fuera, la carretera era peligrosa. Las placas de hielo la convertían en una trampa de patinaje. La nieve dibujaba pequeñas montañas en las cunetas, en los tejados de las casas y en las estaciones de servicio, y la escasa luz del alumbrado de la autopista lo tornaba todo sombrío. Llegó a su destino a eso de las diez de la noche y aprovechó las dos horas que faltaban para su cita para registrarse en un hotel cercano a la estación. Allí pasaría esa noche y el resto de noches que necesitara hasta convencer a Desiderio.

Había elegido Badajoz como escenario de su encuentro porque no quiso tentar a la suerte. De haber quedado en algún lugar de Cáceres, hubiera podido tener la fatalidad de toparse con alguien conocido. Tampoco barajó la posibilidad de que fuera Desi el que se desplazara hasta Beniaverd, allí era demasiado conocida y, dado que lo que pretendía era que su encuentro fuera lo más secreto posible, lo mejor de todo era elegir un lugar neutral.

La hora, las doce de una fría noche de febrero, tampoco fue casual. Ningún tren paraba en la estación de Badajoz pasadas las diez y media. Muy probablemente, el andén estaría solitario y la soledad es siempre la mejor cómplice para estos casos.

Dejó su equipaje en la habitación del hotel y se arregló un poco el maquillaje: un poco de máscara en las pestañas y un toque de color en los labios, suave, juvenil. Se cubrió con un abrigo de piel sintético, de imitación, porque Virginia jamás se hubiera puesto un abrigo hecho con pieles de animales, y se encasquetó un gorro de lana adornado con una flor tejida que le daba un aire muy elegante, al estilo años veinte. Los días de mucho frío como aquel, echaba a faltar su larga melena. Ahora siempre tenía las orejas coloradas e insensibles por las bajas temperaturas y no podía prescindir ni de gorro ni de bufanda.

Camino de la estación, el sonido rítmico de sus tacones al caminar interrumpió el silencio. El suelo estaba húmedo y algo resbaladizo, y se hacía difícil mantener el equilibrio. Al fondo, sentado sobre un banco de madera de esos que sirven para esperar la llegada del tren, una figura humana se dibujaba al trasluz de la farola. No había nadie más, así que Virginia supuso que se trataba de Desiderio. El hombre giró la cabeza en cuanto escuchó los pasos y se levantó inmediatamente, pero no se movió. Dejó que fuera Virginia la que se acercara a él. En la oscuridad, Virginia no podía verle la cara y por un momento temió que fuera otra persona; por eso, cuando estaba a unos cinco o seis metros de distancia, lo llamó por su nombre.

—Desiderio, ¿eres tú?

—¿Virginia? —contestó el hombre—. Sí, soy yo. Pensé que no vendrías.

Virginia se quedó parada justo debajo de una farola y fue Desi el que avanzó hacia ella. La luz indirecta la hacía parecer todavía más misteriosa. Desi aligeró el paso y en segundos se encontraron cara a cara, y al verlo de cerca, después de tanto tiempo, Virginia no pudo reprimir un gesto de sorpresa y cierta repugnancia. Desi era el esqueleto de lo que había sido, el cadáver andante de un hombre joven que pasea por el mundo en un cuerpo vacío y desquebrajado. A su sonrisa le faltaban dos dientes y vestía con ropa que parecía sacada de la beneficencia. Sus zapatos eran viejos, a pesar de que estaban relucientes, y su abrigo de paño negro le quedaba al menos dos tallas grandes. Frente a ella, abrigada con las pieles y con una elegancia imposible de disimular, el contraste era más que evidente. Virginia comprendió que, tras su marcha, tal vez la vida de Desiderio no había sido precisamente fácil y por un momento se sintió algo culpable por lo que había hecho y por lo que pensaba hacer. Pero no había vuelta atrás, para ella nunca la había.

No supieron cómo saludarse. Se sentían torpes el uno frente al otro, como dos desconocidos, porque de alguna manera lo eran. Fue Virginia la que decidió darle dos besos.

—¡Me alegro tanto de verte! —fingió.

—¡Dios mío! ¡Estás preciosa! —dijo Desiderio dando un paso atrás para poner distancia y así poder contemplarla mejor—. La última vez que te vi eras una jovencita pecosa y risueña, y ahora vuelves hecha toda una mujer. ¡Mírate! ¡Estoy impresionado! No encuentro las palabras para decirte lo hermosa que estás…

—Bueno, no es para tanto. Veo que sigues siendo el mismo adulador de siempre. La ropa y el maquillaje pueden obrar milagros. ¿No me vas a abrazar? ¡Te he echado tanto de menos! —Los dos se fundieron en un largo abrazo y Virginia descubrió que Desiderio seguía oliendo a bebé—. Tú estás… más delgado —acertó a decir.

—Es largo de contar. He tenido problemas, pero ya estoy recuperado. Bueno, hace un frío terrible… ¿No sería mejor que nos refugiáramos en algún lugar más agradable? Llevo un rato esperando y estoy medio congelado.

—¡Claro! Tengo habitación en el hotel de aquí al lado. ¿Pensarás de mí que soy demasiado atrevida si te invito a subir y charlamos?

—Yo no hubiera elegido un lugar mejor.

De camino al hotel hubo silencios, vacíos incómodos difíciles de llenar. Virginia se esforzaba por mostrarse agradable y condescendiente, pero comprendió que los huecos que la vida deja entre dos personas a veces se convierten en agujeros negros que todo se lo tragan. Supo que sería muy difícil volverle a convencer y que el precio que tendría que pagar para ello sería más alto de lo que había imaginado.

En la habitación, Virginia se quitó el gorro de lana y Desiderio soltó una exclamación, sorprendido por su corte de pelo.

—¡Tu preciosa melena pelirroja! ¿Qué ha sido de ella?

—Esto también es largo de explicar. Creo que tenemos muchas cosas que contarnos. ¿Te gusta el vino blanco? Puedo pedir una botella al servicio de habitaciones.

—No bebo. Ya no tomo nada, estoy limpio.

—En realidad yo tampoco, así que con el minibar tendremos bastante —dijo ojeando el interior de la nevera.

Ella se sirvió una Coca Cola y él eligió una tónica. Brindaron por los viejos tiempos y por la nueva oportunidad que pensaban aprovechar. Se pusieron al día y fue Desi el que empezó a contarle su vida.

—Quiero que sepas, Virginia, que tras tu marcha, y después de todo lo que pasó, algo dentro de mí no pudo soportarlo y me hundí. Entré en una espiral de autodestrucción y no me di cuenta hasta que casi me cuesta la vida. Empecé bebiendo. Me daba igual lo que fuera, con tal de que pudiera colocarme lo más rápidamente posible. Pero hubo un momento en que el alcohol no fue suficiente y fue entonces cuando probé de todo.

—¡Es horrible, Desi! No me podía imaginar…

—No, no digas nada —la interrumpió—, déjame que te lo cuente todo porque si no lo hago ahora, tal vez no sea capaz de hacerlo nunca. Necesito contártelo, los psicólogos los llaman exteriorizarlo, forma parte de la terapia. —Suspiró y continuó—: Empecé con la cocaína. De vez en cuando, pillaba algo de éxtasis o de LSD, incluso me pinché caballo en varias ocasiones y fumé *crack*. Yo solo quería evadirme de la realidad, escapar, huir, y colocarme fue la forma más sencilla y rápida que encontré. No sabes el infierno que pasé, el infierno que les hice pasar a mis padres. Robé y hasta les agredí en varias ocasiones. Hubiera deseado morir. ¿Es curioso, verdad? Precisamente, fue el hecho de encontrarme al límite de la muerte lo que me devolvió las ganas de vivir. Una noche pillé caballo de un amigo, se lo cogí de su bolsillo cuando me dijo que le sujetara la chaqueta para ir al baño de un garito. Estaba adulterado y casi me mata de una sobredosis. Me encontraron tirado en un banco de un parque, me dio algo chungo al corazón y estaba helado, a punto de congelarme en la puta calle. Fue un milagro. Unos segundos más tarde y no lo cuento. ¿Sabes que fue un médico el que me encontró cuando sacaba a pasear a su perro? Eso me salvó la vida. Allí mismo me reanimó y me asistió hasta que llegaron las emergencias. Lo conté de casualidad.

—No sé qué decir…, Desi.

—No digas nada. Esto que te cuento es tan solo la versión resumida de unos años malditos para mí. Tras aquel episodio, mis padres me ingresaron en un centro de rehabilitación. Había perdido mucho peso y varios dientes. La mierda de la droga te consume y te convierte en un esperpento de ti mismo. Hasta puedo decir que ahora estoy gordo para lo que llegué a pesar —bromeó—. Estuve ingresado un año entero, pero puedo decir que salí limpio y con la cabeza clara. Soy un hombre nuevo, con una nueva oportunidad, y tanto es así que no sabes lo que me sorprendió recibir tu carta. Fue la respuesta a mis plegarias. Si hay un Dios ahí arriba, debía de estar cansado de escucharme pedirle todos los días poder volver a verte.

Virginia agachó la cabeza. Se sentía tremendamente culpable. Por momentos, la culpa, un sentimiento que le era extraño, empezaba a oprimirle el pecho y se vio incapaz de mantenerle la mirada. Dedujo que el abismo en el que había caído Desi se debía a sus maniobras de manipulación. Pensó que su camino hasta la destrucción era una consecuencia directa por haberle convencido para que disparara a muerte a su padre. Pensó que se trataba de la conciencia atormentada de un buen chico convertido en un asesino frustrado, pero se equivocaba.

—Quiero pedirte perdón, Virginia.

—¿Perdón? ¿A mí? No te entiendo, Desi, no sé qué es lo que yo te tengo que perdonar… —respondió desconcertada.

—Verás, una de las partes más importantes de la terapia de desintoxicación es el tratamiento psicológico. Un grupo de profesionales te ayudan a indagar en tu interior, a buscar respuestas. Todos tenemos una causa que nos lleva a las drogas, algunos incluso varias, y es fundamental dar con ella, saber por qué empezó todo, si lo que pretendes es no volver a repetirlo. Las adicciones suelen ser fruto de una profunda insatisfacción. Yo trabajé mucho sobre este asunto y no me resultó demasiado complicado averiguar mi motivo. —Virginia callaba y se limitaba a escuchar, ávida de respuestas—. Sentí que te fallé. Sentí, en lo más profundo de mí, que habías escapado por mi culpa, porque no supe responder a tus necesidades. De alguna manera te dejé tirada, también yo te di la espalda, como lo había hecho todo el mundo. Tú depositaste toda tu confianza en mí y yo te traicioné. Debería haber acertado con aquel disparo y ahora tú y yo estaríamos juntos y todo esto no habría pasado. Tú no habrías escapado y yo, bueno, yo sería el de antes. Todos estos años me he culpado por tu huida, todo este tiempo me he reprochado a mí mismo lo cobarde y estúpido que fui…, un niñato cagado de miedo que no estuvo a la altura de las circunstancias. Tu vacío, tu ausencia se me quedó dentro y era tan grande, que no fui capaz de continuar con mi vida sin saber nada de ti, sin escuchar tu voz, sin tan siquiera saber si estabas bien, sin poder pedirte perdón… El resto ya te lo he contado.

Lejos de agravar su culpa, las palabras de Desiderio fueron para Virginia un bálsamo, una jarra de agua fresca en mitad del desierto, una oportunidad de oro para sus planes. Ella había supuesto que el hecho de inducirle a matar a su padre, de invitarle a convertirse en un asesino, había sido la causa de su declive, cuando realmente era el no haberlo conseguido lo que le había producido semejante desesperación. Qué curioso y subjetivo resulta el razonamiento humano, pensó. Respiró aliviada y recuperó la frialdad de corazón que, por un momento, parecía haberla abandonado. Aquella confesión pintaba bien, era momento de explotarla al máximo. El camino estaba allanado y solo quedaba echarle una capa de asfalto. Empezó por besarlo apasionadamente, dándole la dosis de droga afectiva que Desiderio necesitaba en aquel momento.

—No te culpo, bueno, ya no lo hago —dijo Virginia, dándole a entender sutilmente que apoyaba su versión de los hechos—. Sí, es cierto que me sentí sola y abandonada por todos, pero comprendo que eras un niño, éramos unos niños atrapados en una realidad horrible, demasiado grande para ambos. Lo importante es que los dos hemos logrado salir adelante, superar todo aquello, y que estamos juntos otra vez. Tal vez no sea demasiado tarde para que zanjemos aquel asunto que no supimos cerrar en su momento. Hay algo que tú no sabes... Algo que nadie sabe porque jamás ha salido de mi boca. Prométeme que nunca lo contarás, que guardarás este secreto hasta el día en que te mueras.

—Por supuesto, lo prometo —dijo con la mano derecha sobre el pecho.

—Creo que mereces saberlo. La sinceridad se paga con sinceridad. Me resulta muy difícil verbalizarlo, pero, como dices, es bueno sacarlo fuera para que la herida cure de una vez.

Desiderio la cogió de las manos para infundirle confianza y Virginia jugó el papel de víctima a la perfección, en una de las mejores interpretaciones de su vida.

—Después de lo que me hizo Dioni, bueno, mi padre..., me quedé embarazada.

—¡Dios mío, no tenía ni idea!

—Lo oculté. Jamás se lo he dicho a nadie. Ahora eres la única persona en este mundo que lo sabe. Me enteré del embarazo demasiado tarde para poder abortar, así que lo guardé en secreto. No sabes lo difícil que fue sentir crecer en mi vientre el fruto de aquella violación... No puedo explicártelo...

—¡Es horrible!

—Tuve que parir sola, en el establo, entre los animales. Creí que iba a morir, era tan intenso el dolor que a duras penas podía soportarlo, pero finalmente el bebé vino al mundo, era un varón.

—¿Y qué pasó? ¿Lo entregaste en adopción? ¿Vive contigo?

—Nació muerto —mintió—. Era muy pequeño y estaba amoratado. Fue prematuro. Creo que se asfixió con el cordón umbilical porque lo tenía alrededor del cuello. No pude hacer nada por salvar su vida... y me siento tan culpable por ello... —Virginia se echó a llorar desconsoladamente en los brazos de Desiderio—. Lo enterré en el campo. ¡Fue terrible!

—Entonces fue cuando escapaste, ¿verdad? Ahora entiendo muchas cosas.

—No podía quedarme allí. No podía estar ni un segundo más con aquel monstruo, bajo el mismo techo, en la misma casa. No podía mirarte a la cara sabiendo que te había ocultado todo lo ocurrido... Estaba avergonzada. Pensé que me despreciarías. Me sentía sucia y una mala persona. Aquella criatura tan pequeña que no tenía culpa de nada..., pobrecillo...

Desiderio la abrazó amorosamente y la meció con suavidad entre sus brazos. Ella se dejó querer y consolar antes de continuar.

—Pero eso no es todo. Dioni ha vuelto —le dijo mirándole fijamente a los ojos para impresionarlo con su expresión de espanto.

—¿Cómo que ha vuelto? ¿A qué te refieres?

—Hace meses que me amenaza. Me está chantajeando. De alguna manera, descubrió dónde vivía y desde entonces no me deja en paz. Una noche, incluso se coló en mi casa y mató a mi perra. Fue una advertencia. Tengo miedo, Desi, muchísimo miedo...

—¡Ese viejo miserable! No te imaginas en qué estado vive. La granja es un estercolero. Casi no tiene animales. Los vendió para gastárselo todo en putas y vino. Se quedó con unas cuantas gallinas, unos conejos y una pareja de cerdos.

—¿Y Matilde? —preguntó Virginia angustiada.

—No sé qué fue de ella. Cuando salí del centro de desintoxicación, ya no estaba en la granja.

—Seguro que también la mató, no creo que nadie quisiera una vaca vieja. Desi..., ayúdame, por favor. Sé que no parará hasta verme muerta. Sé que la próxima vez no será mi perra la que muera, no se conformará con hacerme daño de esa forma, va a por mí. Lo conozco muy bien, y sé lo que me digo.

La súplica de Virginia taladró a Desiderio, culpable como se sentía por haberle fallado la primera vez que pidió su ayuda. Asintió con la cabeza, convencido de las palabras de la mujer de la que siempre había estado enamorado. El amor es capaz de maquillar muchas voluntades y distorsionar la realidad con demasiada facilidad. En la pareja, siempre hay uno que ama más y en él reside el poder del otro. Virginia supo al instante que Desi mataría a Dioni, esta vez sí, y que además lo haría para salvarla y para salvarse a sí mismo. Conocía a la perfección el inmenso poder de la culpa y cómo esta era capaz de dar sus frutos a poco que sepas abonar la tierra en la que crece. Amor y culpabilidad, una peligrosa combinación en manos de una mente retorcida.

Y como quien algo quiere, algo le cuesta, la conversación se cerró con los cuerpos desnudos de ambos, entrelazados por primera vez. Desiderio, nervioso como si todavía fuera aquel joven adolescente de unos años atrás, disfrutó torpemente cada segundo de la carnalidad de Virginia, sin dejar de observarla, poseyéndola con los cinco sentidos: mirándola, tocándola, saboreando su piel, respirando el perfume de su sexo y escuchando el sonido de sus jadeos. Sin embargo, Virginia tuvo que cerrar los ojos para poder seguir adelante con aquella farsa. Pensó en Iván y con su recuerdo consiguió humedecerse hasta que todo hubo terminado.

Sábado, 10 de julio de 2010

Conforme me acercaba a la estación de autobuses de Benia-verd, iba notando cómo la adrenalina circulaba por mi torrente sanguíneo. Mi corazón era un músculo incontrolable que daba violentos golpes en mi pecho y, por más que intentaba respirar rítmicamente para recuperar algo de serenidad, me fue imposi-ble no sentir que me ahogaba por momentos. Fue una sensación extraña, entre agobiante y placentera. Supongo que algo así de-ben de experimentar los adictos a la adrenalina, una droga natu-ral que engancha a muchos de los que la prueban.

Tuve un instante de arrepentimiento, o tal vez debería llamar-lo un momento de sensatez. Justo al traspasar el umbral de la entrada principal de la estación, una persona se acercó a mí para saludarme. Era un vendedor de cupones de la ONCE que suele buscar clientela todas las mañanas entre los viajeros y que, de vez en cuando, también se acercaba por El Rincón de Reina para dejarme unos números. Un tipo amable. Me saludó amiga-blemente, sorprendido al verme y cojeando un poco debido a su discapacidad, se acercó para darme un par de besos y pregun-tarme qué hacía por allí.

En ese momento pensé en responderle con alguna excusa banal, decirle que esperaba a un familiar que iba a llegar en el próximo autobús o algo así. Pensé en justificar mi presencia y después largarme de allí. La noche anterior había estado dándo-le vueltas a un asunto hasta acabar neurótica. No había dejado de pensar que, tal vez, las cámaras de seguridad de la estación podían grabarme abriendo la taquilla y rebuscando un contenido incierto que debía ser del interés de la policía. Me asustó mucho imaginarme en semejante situación. Qué sabía yo de lo que ha-bía allí dentro, y si las cámaras registraban el momento, tal vez esas imágenes me podían convertir en una especie de cómplice, encubridora o algo por el estilo. Lo sé, estaba algo paranoica, soy muy consciente de ello, pero ver tanta serie policíaca trae como consecuencia pensar en todos estos detalles que terminan quitándote el sueño. Siendo fría, ni siquiera sabía si había cámaras de seguridad instaladas.

Cuando me recuperé de mi estado paranoico con el asunto de las cámaras, fue cuando apareció el vendedor de la ONCE, un testigo potencial. Él podría dar fe de que yo había estado por allí, y si le daba por curiosear y vigilar mis movimientos, podría contar que había abierto una taquilla de seguridad. Por eso dudé, por eso pensé en marcharme, pero no lo hice. La batalla que en mi cabeza libraban esos dos duendecillos, uno disfrazado de ángel y otro de demonio, atacándose el uno al otro, esgrimiendo argumentos para que siguiera adelante, en el caso del demonio, o para que abandonara, en el caso del ángel, como digo, esa batalla la ganó con mucha ventaja el demonio. Finalmente, me pudo la curiosidad.

Me acerqué hasta el fondo de la estación, justo detrás de las taquillas, al lado de la puerta de los baños públicos. Dos paredes de lo que era una pequeña estancia de espera para viajeros y familiares, con muchas sillas, estaban cubiertas con las taquillas numeradas. Busqué con la mirada la que correspondía al número 104, hasta que di con ella. Era la cuarta de la quinta fila contando de izquierda a derecha. Cada fila tenía veinticinco taquillas.

En la sala, había tres personas esperando. Una dormitaba sentada en una silla y con la cabeza apoyada, a modo de almohada, sobre una bolsa de viaje, otra leía la prensa, y la tercera hablaba por el teléfono móvil, una llamada tras otra. Me senté a esperar. Prefería que no hubiera nadie mirando porque no sabía qué me podía encontrar. Aproveché la espera para darme cuenta de que, al menos allí mismo, no parecía haber ninguna cámara de seguridad. Me sentí aliviada.

Estuve esperando, calculo que una media hora, hasta que la megafonía avisó de que el autobús con destino a Valencia estaba listo para recibir a los viajeros. Entonces, los tres hombres que allí estaban se levantaron y salieron. Era el momento, sin testigos.

No sabía el tiempo que iba a estar sola, dado que el trasiego de gente era muy frecuente.

Rebusqué en mi bolsillo la llave 104 y la metí en la cerradura. Giré hacia la derecha, creo recordar, y el mecanismo que te devuelve la moneda del depósito se activó al tiempo que la cerradura se abría y la puerta se entornaba.

Me cercioré de que continuaba estando sola y, sin abrir del todo la puerta, por la pequeña rendija de tan solo unos centímetros, miré en su interior. Tenía miedo de que algo saltara o cayera, o vete a saber qué pensé en ese momento... El caso es que me pareció distinguir una caja. Fue entonces cuando me atreví a abrir la taquilla del todo y, efectivamente, en su interior había una caja, más en concreto, una caja de zapatos.

Aquel misterio me estaba crispando los nervios. Primero, el sobre con una llave, después la llave que abre una taquilla y, dentro de la taquilla, una caja con otro misterioso contenido. Tenía la sensación de estar jugando con una matrioska, esas muñecas rusas de madera que siempre tienen una dentro de otra.

La cogí, acelerada y muy nerviosa. Recuerdo que también cogí el euro del depósito. Por fortuna, había llevado un bolso grande conmigo. Así que metí la caja dentro del bolso y me marché de allí, sin despedirme siquiera del vendedor de la ONCE. Solo quería llegar a casa, encerrarme en mi habitación y abrir aquella caja de zapatos de una puñetera vez.

14

La primavera de aquel año 2009 fue perezosa y especialmente lluviosa para lo que Beniaverd estaba acostumbrado. Abril hizo honor al refrán y día sí, día también, una tormenta descargaba sobre el pueblo. La humedad empezaba a calar en el humor de la gente, que ansiaba el sol y las cálidas temperaturas a las que estaban acostumbrados, pero el monte verde que adjetivaba el nombre del pueblo lo agradeció. El paisaje era una paleta de pintor que pasaba con sencillez del azul mar al verde intenso de los pinos, y el agua de la lluvia convertía la estampa en una húmeda acuarela sin secar.

Debajo del paraguas y enfundada en una gabardina de color hueso, Virginia caminaba con cuidado de no pisar con sus botas de piel los muchos charcos que dibujaban pequeños lagos en el asfalto de la calle. Pasaba desapercibida entre la gente, algo poco habitual en ella. Cuando llueve, todo el mundo camina siempre mirando hacia abajo y suele no prestar demasiada atención a quien pasa a su lado. La lluvia siempre invita a mirar al suelo más de la cuenta.

Abrazado contra su pecho, para protegerlo del agua, Virginia llevaba un maletín negro. Cuando empezó a apretar la lluvia, lo guardó dentro de la gabardina hasta que llegó a la entrada del *parking* donde tenía una cita. En el silencio del subterráneo, un silencio hueco y desconcertante, el sonido de las miles de gotas cayendo sobre el techo, multiplicaba su efecto y daba la sensación de que caía el diluvio universal, como si el mundo fuera a acabarse de un momento a otro y la tormenta fuera un aviso. Virginia sacudió enérgicamente el paraguas para que se escurriera un poco y sacó de su gabardina el maletín. Estaba seco. No podía decir lo mismo de las carísimas botas de piel que había estrenado esa misma mañana. Esa no había sido una buena idea, pero ya era tarde para lamentarse.

Un coche aparcado al fondo le hizo luces y Virginia respondió dirigiéndose hacia la plaza de aparcamiento donde se encontraba. Era un coche oscuro, azul marino o tal vez negro, grande, y con los cristales tintados. En su interior había dos hombres, de mediana edad, con aspecto serio; uno de ellos, el que tenía una poblada barba, iba vestido con traje y corbata y estaba sentado al volante. El otro vestía de manera más informal. Sin decir nada, Virginia abrió la puerta trasera derecha y se acomodó. Aquellos hombres la estaban esperando y no parecía que fuera la primera vez que lo hacían.

—Siento el retraso. La lluvia transforma a este pueblo en una ratonera. ¡Qué barbaridad! No hay manera de acceder al centro. Caen cuatro gotas y todo se convierte en un caos. ¡Claro! ¡Todo el mundo pretende llegar en coche a la vuelta de la esquina! —se excusó.

—¿Nos traes algo interesante? —dijo el hombre de traje y corbata.

—He conseguido fotocopiar algunos documentos: actas de técnicos, comisiones de gobierno... Esa clase de cosas.

—Pero eso son documentos públicos al alcance de cualquiera. Ya te explicamos que nosotros necesitamos otro tipo de papeles... —respondió el otro hombre.

—¿Me quieres dejar terminar? No me has dejado contarte lo mejor. Siempre guardo lo mejor para el final. El fin de fiesta. Tienes que aprender a tener un poco de paciencia, te lo digo yo, por propia experiencia. No sabes lo que he aprendido los últimos años que he pasado en este pueblo...

—¿Qué tienes? —le cortó. No le interesaba nada su disertación existencial.

—Una agenda manuscrita de Rosso. Con cifras e iniciales. Una pequeña libreta donde anota todos sus... negocios. ¡La joya de la corona! Creo que es el esqueleto de todas sus operaciones. Si la descifráis, tendréis el caso muy bien armado y podréis tirar de todos esos nombres para que caigan como en una partida de dominó.

—Déjamela ver —ordenó el hombre del traje, que parecía ser el que mandaba.

Virginia abrió el maletín y rebuscó en su interior entre un montón de papeles.

—Por cierto, no perdáis de vista los movimientos del técnico del departamento de Urbanismo, algo se trae entre manos con unas recalificaciones de terrenos. No para de cuchichear por los pasillos con

Rosso. Es nuevo, al de antes lo apartaron de su puesto, creo que no pasó por el aro y le costó una destitución. El de ahora es un tipo extraño, no me da buena espina. Para mí que está metido hasta el cuello. Con su sueldo no le da para el coche que conduce. —Finalmente, dio con lo que buscaba y se lo entregó al hombre de barba—. Aquí tienes. Son unas copias. Esta agenda siempre la lleva consigo. O está en el bolsillo interior de su chaqueta o la tiene en la mano, nunca la suelta. Pero el otro día tuvo un descuido y la dejó unos minutos a mi alcance. ¡Idiota! ¡El muy imbécil ahora se fía de mí! Se cree que estoy de su lado… La pena es que no pude fotocopiarlo todo y hubiera resultado muy sospechoso que me la hubiera quedado, pero ahora ya sabemos que existe y, más importante todavía, sabemos qué es lo que anota con tanto secretismo. ¿Para cuándo esa orden de registro? ¿Para cuándo la detención? ¿No tenéis ya bastante para convencer al juez?

—Mira quien habla de paciencia… Tiene gracia. La «Operación Imperio» está muy avanzada, pero hay que tenerlo todo muy bien atado. Al principio, las escuchas telefónicas no nos dieron gran cosa, mucha fanfarronería y palabras en clave, pero de un tiempo a esta parte parecen tener menos cuidado en sus conversaciones.

—Sí, está agobiado y tal vez por eso, por el estado de ansiedad, se le olvide tener precaución. Aunque no os fieis, es un tipo muy listo.

—A quien ya tenemos pillado es a Mateo Sigüenza. ¡Menudo sinvergüenza! El cabrón se lo tenía bien montado. Es cuestión de días que todo estalle. Creo que andan esperando coger también a Rosso para no hacer saltar la liebre. En cuanto le metan mano a Sigüenza, Rosso intuirá que es el siguiente y no queremos adelantarle la jugada.

—Por cierto, hablando de Sigüenza…, ¿no hay otro lugar mejor para estos encuentros que en el *parking* de su propiedad?

—Para que luego digan que los policías judiciales no tenemos sentido del humor. —Empezaron a reír los tres—. Si tienes algo más en los próximos días, comunícate con nosotros como siempre. Recuerda que tenemos los teléfonos pinchados, intenta sonsacarle cuando hables con él. Cualquier cosa que consigas nos ayudará con la Operación Imperio. Por cierto, ahora que menciono el barco, ¿sabías que el yate se lo ha vendido a unos narcotraficantes?

—No me extraña nada que se haya mezclado con semejante escoria. Tengo entendido que no pasa por su mejor momento —dijo Virginia con un tono malicioso.

—Pues esto que está viviendo ahora será gloria para lo que le espera. Este no se va a librar de la cárcel. ¡Joder! ¡Cómo me gusta este trabajo de vez en cuando! —aseguró con profunda satisfacción el hombre de la barba.

Cuando Virginia salió del *parking* continuaba lloviendo, pero la lluvia le pareció mucho menos molesta que antes. Estaba satisfecha y esa sensación, pletórica e intensa que hacía tiempo no sentía, le hacía ver el mundo con otros ojos. Todo estaba saliendo a pedir de boca, parecía que la suerte volvía a estar de su lado y sus meditados planes de venganza empezaban a cobrar forma, poco a poco, como cobran forma las obras de arte, con paciencia, con mucha paciencia. Hacía tiempo que lo tenía claro. Si el pastel de Beniaverd no iba a ser para ella, no sería para nadie y mucho menos para Rosso y Sigüenza, a quienes había decidido vender a la Fiscalía Anticorrupción, en un dos por uno, como los dos personajes de saldo que eran. La reina iba a ganar la partida matando a su propio rey y tirando abajo la torre. Un jaque mate inteligente.

En Cachorrilla, la noche no fue tan oscura y negra como de costumbre. La primavera empezaba a despertar en los brotes de los árboles y los pequeños animales del bosque salían de su escondite en busca de algo de calor. Aquella noche no había luna, pero el intenso fuego que devoraba la casa de Dioni Iruretagoyena iluminaba el pueblo entero. Las llamas, voraces y amenazantes, se alzaban varios metros como lenguas de demonios y las mangueras y cubos de los vecinos nada pudieron hacer para sofocarlas. El calor que desprendía semejante hoguera era insoportable. Con voluntad de querer hacer algo más por apagarla, nadie pudo acercarse a menos de doscientos metros. Los bomberos no llegaron a tiempo. Todos se preguntaban si el viejo cascarrabias de El Vasco estaba dentro de la casa o tal vez había tenido suerte y dormía la mona en algún burdel de carretera, aunque, en realidad, a nadie le importaba demasiado la suerte que había podido correr. Estaban más

PAZ CASTELLÓ

preocupados por que el incendio de la granja no fuera la chispa que iniciara un desastre forestal, en mitad del monte como se encontraban.

Desiderio era uno más de los que ayudaban a apagar el fuego. Mezclarse entre la multitud siempre es una buena coartada para el delincuente. Se mostró preocupado por la vida de Dioni y colaboró con ahínco para intentar extinguir el incendio. Se esmeró en lucir una fachada de buen vecino que no se correspondía con su interior. Él también estaba satisfecho. A juzgar por la voracidad de las llamas, Dioni era ya un pedazo de carbón irreconocible. Se sentía bien consigo mismo. Había sido capaz de acabar de una vez por todas lo que años atrás había dejado a medias y, además, lo había hecho siguiendo las indicaciones que le había dado Virginia, punto por punto.

Por expreso deseo de su amada, Dioni provocó un fuego en la vieja casa. Esperó pacientemente a que su víctima quedara inconsciente por el efecto del vino y forzó la puerta. Con una colilla de Ducados, prendió el colchón, el viejo colchón relleno de lana de oveja, y también las cortinas del dormitorio. Pero, primero, le propinó un fuerte golpe en la cabeza a El Vasco, para asegurarse de que no pudiera despertar. Para que todo fuera rápido, se ayudó con un poco de gasolina. Disfrutó sádicamente derramándola sobre el cuerpo del borracho. El fuerte hedor a sudor añejo y pútrido y a vino tinto murió en segundos, ahogado por el intenso olor a carburante. Esta vez estaría todo atado y muy bien atado, se repetía para sí mismo mientras en unos segundos la habitación se convertía en un infierno que casi le acaba atrapando. El fuego pasó rápido de la casa a la granja, pero los animales estaban a salvo. Desi se había encargado también de pensar en ello y los había dejado escapar para que no sufrieran ningún daño. A Virginia no le hubiera gustado saber que alguno de ellos hubiera podido morir por culpa del monstruo de su padre. Después, simplemente esperó a que el pueblo despertara alarmado por el incendio en la casa de Dioni Iruretagoyena, para mezclarse con la multitud.

Los días siguientes, Virginia hizo de la rutina su forma de esperar noticias. Desiderio y ella habían acordado no comunicarse directamente, aunque había sido más bien Virginia la que había sugerido que era conveniente que entre ambos no se produjera ninguna relación, al menos durante un tiempo prudencial. Pasado el revuelo que provocaría el suceso en Cachorrilla, sería la pelirroja la que se pusiera en contacto con él, y entonces, harían planes de futuro juntos. Por supuesto, ella no tenía ninguna intención de cumplir con la promesa de una vida idílica en Ciudad Paraíso; aquellas habían sido palabras de las que se lleva el viento, que tuvo que pronunciar como parte de la estrategia. Ya pensaría más adelante en cómo desdecirse ante Desiderio de lo prometido.

La señal para que Virginia supiera que todo había salido como habían planeado era un anuncio por palabras en un diario nacional. Resulta sencillo publicarlo por teléfono o por internet, desde cualquier lugar del mundo. El anuncio, en la sección de sociedad, debía decir: «Servida tu cena preferida: cerdo asado en su punto». Cuando Virginia lo leyera, comprendería que Dioni había recibido su merecido: morir de la misma manera que había matado a Chanel.

En el ayuntamiento, las cosas seguían como siempre. Nada hacía sospechar a Rosso que estaba siendo investigado por la Fiscalía Anticorrupción. Temía por su futuro incierto, se cuidaba mucho de sus enemigos visibles, de la prensa mordaz, de la oposición hostigosa, luchaba contra los efectos de una crisis económica que ya era un hecho en el país, pero no podía imaginar que tenía a un topo dentro de su equipo; un topo que estaba sediento de venganza.

Una mañana de trabajo cualquiera, Virginia desayunó un café con leche y un puñado de periódicos en la mesa de su despacho. Repasó lo más relevante de la actualidad y fue directa a la sección de anuncios por palabras del periódico escogido, como venía haciendo los últimos días. Allí estaba: «Servida tu cena preferida: cerdo asado en su punto». Gritó de alegría y dio las gracias al cielo porque todo hubiera salido bien. Había llegado a temer que una vez más se malograran sus planes, había dudado de la capacidad e inteligencia de Desiderio y había confiado en que la suerte supliera sus carencias. Pero al fin era cierto, algo real y no solo una dulce fantasía de su cabeza. Estaba pletórica, henchida de satisfacción y su corazón experimentaba una sensación de alegría absoluta que no había conocido jamás. No era para menos. Llevaba veinticuatro años esperando ese momento y a la tercera había sido la vencida. No podía creérselo. Era demasiado bonito para ser verdad.

Aún no había asimilado la noticia cuando su secretaria tocó la puerta con los nudillos.

—¡Adelante!

—Perdona que te moleste, Virginia. Tengo una visita esperando fuera que no consta en mi agenda. Dice que te conoce. He pensado que tal vez le dieras cita y se te pasara avisarme.

—¿De quién se trata? —temió por un segundo que fuera Desiderio, incapaz de controlar sus impulsos y cumplir con lo pactado.

—Es un sacerdote.

—¿Un cura?

—Sí, dice que se llama padre... —La secretaria dudó. Tuvo que consultar el nombre que había escrito en la agenda porque no lograba recordarlo—. Padre Iruretagoyena. ¿Le hago pasar?

—Que pase.

Estaba claro que la felicidad nunca es absoluta, pensó Virginia, importunada por una visita no deseada y mucho menos esperada. Se recompuso e hizo como si no estuviera demasiado sorprendida, como si no hubieran pasado muchos años desde la última vez que había visto a su hermano. Jacobo entró en el despacho y cerró la puerta tras de sí.

—¿No vas a saludar a tu hermano? —preguntó Jacobo, vestido completamente de negro, con chaqueta y alzacuellos—. Te sienta bien ese corte de pelo —apostilló intentando ser amable.

—¿Cómo tú por aquí? Tienes buen aspecto, algo delgado, pero estás guapo. ¿Cómo has sabido dónde encontrarme? —Virginia hablaba sin tan siquiera acercarse a él, mirándolo de reojo intermitentemente, mientras contemplaba la calle desde su ventana. Suponía que venía a darle noticias del suceso, pero se esforzaba por disimular que ya las conocía.

—Son las cosas de salir en los periódicos fotografiada con la reina de España, que todo el mundo se entera. No sabía que eras una autoridad tan importante.

—¡Ah, es eso! ¡Claro, los periódicos! No había caído en ese detalle. Y bueno, ¿cómo te va la vida?, ¿qué tal te trata tu Dios? Ya veo que eres un sacerdote con uniforme y todo. ¿Se llama uniforme? —dijo con intención de ofenderle—. ¿Sigues en Orihuela? Seguro que con esa pinta de galán de televisión tienes muchas pretendientas.

—No, ya no estoy en Orihuela. Ahora soy el párroco titular de una parroquia en un pueblo de Sevilla.

—¡Qué importante! Menuda carrera la tuya. ¿Y qué te trae por aquí? ¿Sigues queriendo recuperar a la oveja descarriada?

—He sufrido mucho por ti, aunque pienses que no me importas y utilices ese tono frívolo conmigo —dijo Jacobo muy serio—. Durante años, no he sabido dónde estabas, ni siquiera si estabas viva. Tal vez tú no puedas comprender lo que eso significa porque solo piensas en ti misma, pero me ha sido muy difícil conciliar el sueño durante todo este tiempo, sin saber si tendrías un sitio para dormir o si vivías en la calle. Ahora veo que vives bien, que tienes una buena posición. No me extraña, eres muy lista, siempre lo has sido y me alegro por ti.

—Gracias. ¿Es todo? —contestó fría y distante, como si despachara a su secretaria.

—No he venido por eso. Ya he comprendido que no quieres tenerme cerca, hace tiempo que lo sé. Estate tranquila, porque no pienso inmiscuirme en tu vida. He venido hasta aquí porque traigo malas noticias. Papá ha muerto.

Ninguno de los dos había tomado asiento. Virginia, de pie detrás de su mesa de trabajo, miraba por la ventana, y Jacobo, todavía junto a la puerta, como si el inmenso vacío que había entre ambos le impidiera avanzar, esperaba que dijera algo. Solo hubo silencio.

—¿No piensas decir nada? Tu padre ha muerto. Hace tres días.

—Para mí murió hace mucho más tiempo. Muerto y enterrado.

—¿No quieres saber cómo fue?

—Ya me lo imagino. Un infarto, una borrachera, tal vez un accidente con el coche… Me da lo mismo, no me importa en absoluto.

—No puedes ser tan fría, Virginia. Sé que en el fondo te importa.

—Te equivocas.

—Tuvo una muerte horrible. Murió quemado. Hubo un incendio en la casa, un terrible incendio del que no pudo escapar.

De nuevo se hizo el silencio en el despacho. Virginia seguía dándole la espalda a Jacobo, mirando la vida a través del cristal, ignorándolo en cierta forma. Temía que si mantenía aquella conversación cara a cara, pudiera adivinar en sus ojos la inmensa alegría que pugnaba por salirle de dentro. Se sentía incapaz de disimularla.

—Es terrible, sí, pero de algo hay que morir. Uno no elige dónde nace, ni de qué manera, de la misma forma que tampoco elige cómo y cuándo muere… —Suspiró—. Bueno, pues ya me he enterado de la noticia. Si es eso lo que venías a comunicarme, ya has cumplido tu cometido. Cuídate… —dijo para que se marchara.

—No es todo. Hay algo más. Los bomberos y la policía piensan que el fuego fue provocado con la intención de matarle, lo que lo convierte en un asesinato.

Solo al escuchar aquellas palabras fue cuando Virginia se dio la vuelta y alejó la mirada de la ventana para clavarla en los ojos de Jacobo.

—¿Provocado? ¿Un asesinato? ¿Y qué les ha llevado a pensar eso?

—Al parecer, se utilizó gasolina como acelerante. Dicen que el incendio fue tremendamente voraz y se originó en segundos.

—Tal vez él mismo la derramara…

—No creen que fuera así. Yo tampoco lo creo, y tú también sabes que eso no es posible. Nadie elegiría esa forma de morir y Dioni no se suicidaría jamás. Se trata más bien de una forma de borrar pruebas. Además, hay otra circunstancia muy sospechosa.

—¿Otra? —preguntó con el pecho encogido.

—Ningún animal de la granja sufrió daño alguno. Alguien les abrió la puerta y los dejó escapar antes de que el fuego arrasara la granja. Sabes que eso no lo haría nuestro padre. Quien quiera que fuera solo quería ver muerto a papá y sintió misericordia por los animales. Están investigando el asunto.

Por unos segundos, Virginia no supo qué decir. Tal vez había sido una torpeza que Desiderio pensara en los animales, pero no podía culparle por ello. Lo de la gasolina era otra historia, un error que podía costarles caro.

—¡Quién sabe lo que podía estar pasando por esa cabeza! Además, tampoco me extraña que mucha gente quisiera verle muerto. No me gusta hablar mal de los difuntos, pero nuestro padre era una mala persona…, un auténtico cabrón de los que solo tienen enemigos. Quizá ya no lo recuerdes, pero yo escapé de sus palizas, las que antes te daba a ti. —Jacobo agachó la cabeza, su herida seguía sin cicatrizar.

—Nadie merece morir así, ni siquiera alguien como él.

—Es muy bonito eso que dices, pero no es cierto. Él sí. Tal vez el mismo infierno vino a recogerlo envuelto en llamas. Sencillamente, es lo que se merecía. Tanto hablar de su Dios y al final fue el mismo demonio el que se lo llevó. Tiene su gracia.

—No digas eso, Virginia. Cuando te escucho hablar así me recuerdas a él.

Aquellas palabras le llegaron a lo más profundo de su corazón, ese que tenía muy escondido. Compararla con su padre era lo peor que alguien podía decirle, especialmente cuando ella misma ya había pensado en eso. De alguna forma, se sentía reflejada en él cuando actuaba de determinada manera y odiaba reconocerse en la persona que más detestaba. Escucharlo en boca de Jacobo fue como si le diera un bofetón.

—¡Yo no soy como él! —gritó con rabia—. ¡Yo simplemente digo lo que otros piensan! ¡Toda Cachorrilla tendría un motivo para matar a ese viejo borracho, incluso tú, con esa cara de bueno y ese alzacuellos!

—Yo estaba en Sevilla. ¿Cómo puedes insinuarlo siquiera?

—Y yo estaba aquí, en Beniaverd, trabajando. Quien quiera que lo hiciera nos hizo un favor y, por mi parte, le estoy agradecida. ¡Tema zanjado! No quiero saber nada más de esa historia. Y por lo que respecta a ti, ya sabes dónde estoy. Ahora puedes dormir tranquilo. Sé cuidarme de mí misma. Vete a salvar a los pecadores de esa parroquia tuya. Ha sido un placer volver a verte. Si me disculpas, tengo mucho trabajo pendiente. Lárgate.

Visiblemente enfadado, Jacobo salió por donde había entrado, sin decir adiós y dando un portazo. No reconocía en aquella mujer a la niña que había criado. Era mala y le dolió pensarlo. De vuelta a Sevilla, quiso disculparla por su comportamiento. Tal vez una parte de Dioni seguía viviendo en ella, como una maldita herencia genética, o tal vez solo era el fruto de lo sembrado en su niñez, una fiera que se había revuelto contra su depredador para salvar su vida. Sea como fuere, a Jacobo le entristeció sentir a su hermana tan distante y tan diferente.

A Virginia la alegría le duró lo justo. En cuanto había sabido que el incendio estaba siendo investigado por la policía como un asesinato, la inquietud se apoderó de ella. Había salido triunfante de cuantas batallas había librado, pero esta se escapaba de su control porque estaba Desiderio de por medio. No podía controlar a Desi, no podía manejar sus muchas debilidades, por lo que buscó, desesperadamente, una forma convincente de alejarse de él, una explicación razonable que pudiera mantenerla a salvo en caso de que todo saliera a la luz.

Y estaba en lo cierto Virginia cuando temía por las muchas debilidades de Desi, a quien el tiempo de espera se le estaba haciendo eterno. En Pescueza, el pueblo vecino de Cachorrilla, donde Desiderio seguía viviendo con sus padres, las noches eran largas y los días interminables. Nada de comunicarse directamente, ni llamadas, ni cartas, ni mensajes, ese era el trato. Sería Virginia la que retomaría el contacto cuando estimara conveniente, algo que solo ella sabía que no iba a ocurrir y que Desi ansiaba cada día, que ese fuera el elegido. Él había prometido cumplir con lo pactado y Virginia le había obsequiado con una generosa cantidad de dinero en efectivo. Cinco mil euros en billetes de cincuenta que Desi enrolló y sujetó con una goma. Más de lo que jamás había visto junto, algo insignificante para ella.

Un adicto nunca deja de serlo, y para Desi ahora Virginia era su droga. Necesitaba chutarse y el mono de su ausencia después de haberla probado le resultaba insoportable. Recordaba cada noche cómo olía, lo suave del tacto de su piel y terminaba durmiéndose después de masturbarse compulsivamente con su recuerdo. Estaba enganchado y había sido capaz de matar por su dosis; por eso, resulta sencillo comprender que no fuera capaz de mantener su promesa más de un par de semanas.

El primer día del mes de mayo de 2009, Desiderio sucumbió a su escasa fuerza de voluntad. No podía seguir aguardando noticias como si nada hubiera ocurrido. Ya sabía lo que era eso, ya conocía cuánto duele la incertidumbre y lo mucho que cuesta levantarse cada mañana esperando que ese fuera el día que sonara el teléfono para acostarse, cada noche, sin que hubiera ocurrido. Además, la policía no tenía ninguna pista sobre quién había podido ser el causante del fuego y a nadie pareció importarle demasiado que Dioni muriera, así que pronto el caso quedó dormido en los archivos. Pensó que era el momento de tomar la iniciativa e ir al encuentro de Virginia. Pensó que, además, ella se alegraría y recreó esa imagen fantasiosa en su cabeza.

Sin pensarlo dos veces, cogió una bolsa de deporte de su armario y metió dentro unas mudas, un par de pantalones y otro par de camisas.

Se guardó en el bolsillo el fajo de billetes y recordó que Virginia le había hablado de un bonito lugar para hospedarse en Beniaverd, llamado El Rincón de Reina. Allí había pasado ella los primeros días, nada más llegar al pueblo. Allí se hospedaría él también.

Decidió que no avisaría de su llegada, que sería una sorpresa, convencido como estaba de que Virginia le amaba tanto como él a ella y de que le esperaba ansiosa. En la estación de autobuses de Cáceres, preguntó por la mejor combinación para llegar hasta Beniaverd, ese pueblo del levante español conocido por su sol y playas que ahora era su paraíso buscado y deseado, eso sí, en tierras españolas. No le importaba en absoluto. Ya tendrían tiempo de viajar a México y de instalarse en Ciudad Paraíso, como él había planeado cuando eran niños.

Ahora la vida se le antojaba con tantas posibilidades, todas ellas maravillosas, que hasta le aturdía un poco sentirse tan feliz. La falta de costumbre. Nada le parecía un inconveniente. Estaba magnánimo y le dio una generosa propina a la taquillera. Esta lo miró extrañada al recibirla porque superaba el importe del billete. Desiderio tuvo la necesidad de contarle a una desconocida el porqué de tanta felicidad y derroche.

—Quédeselo. Solo es dinero. Voy en busca de la mujer que amo para pedirle que se case conmigo. ¿No es maravillosa la vida?

La mujer sonrió y le deseó suerte.

Era primavera y las flores adornaban el paisaje tras la ventanilla del autobús. Todo pasaba rápido ante sus ojos, pero el tiempo no acompañaba esa velocidad. Estaba nervioso y decidió dormitar un poco durante el trayecto para que le resultara más corto. Soñó con ella, cuando era una dulce joven pecosa que hablaba con su vaca Matilde, el día en que la había conocido. Eligió solo los recuerdos bonitos para soñar, como si el resto de lo vivido lo pudiera borrar a su antojo. Tuvo un sueño plácido y feliz, y despertó por un frenazo brusco del autobús. Estaba cerca de su destino, Beniaverd, el lugar donde volvería a encontrarse con el amor de su vida una vez cumplida la misión.

Volvería a pedirle que se casara con él. Esta vez en serio. Buscó en el bolsillo de su pantalón y sacó una cajita de joyería. Era el anillo de compromiso que había elegido para ella. Había gastado parte del dinero en comprarlo, pero merecía la pena. Jugueteó con su dedo índice imaginando que era el de Virginia. Fantaseó con el momento de la petición. Sería mágico. Visualizó a Virginia emocionada, abandonándose a sus brazos protectores, dándole el sí quiero. Ahora ya no había inconvenientes. Ahora ya eran libres. El autobús paró. Había llegado a su destino.

Lunes, 12 de julio de 2010

De camino a casa, tenía la sensación de llevar una bomba de relojería dentro del bolso en lugar de una caja de zapatos de contenido incierto. Hubiera podido echarle un vistazo furtivo en la estación de autobuses antes de guardarla, pero los nervios no me dejaron pensar con claridad. Solo quería escapar de allí, irme a un lugar donde mi grado de paranoia descendiera y poder descubrir el secreto que albergaba, en un lugar tranquilo, pero sobre todo, donde me sintiera segura.

Conduje hasta El Rincón de Reina mirando de reojo el bolso que había colocado en el asiento del pasajero. No podía evitarlo, aunque no sé muy bien qué esperaba con ello. Aquellos diez minutos de trayecto me parecieron interminables.

Me refugié en la cocina y pasé el cerrojo, un pestillo viejo y endeble que cualquiera hubiera abatido de una patada y que ni siquiera recordaba que estuviera en aquella puerta. Nunca antes la había cerrado, o si lo había hecho, jamás había pasado el cerrojo, pero dado el misterio, me hacía sentir más segura.

Me serví una tila caliente en el microondas. En menos de un minuto tenía la taza entre mis manos. Bebí dos sorbos profundos antes de coger aire y animarme a abrir la caja. Primero lo hice tímidamente, al igual que había hecho con la puerta de la taquilla, por si acaso saltaba algo de dentro o desprendía algún olor desconocido, o vete tú a saber qué... Al comprobar que nada extraño ocurría, le quité la tapa allí mismo, sobre la mesa de la cocina, mientras el vapor de la tila dibujaba extrañas curvas en el aire.

Confieso que al ver su contenido me quedé algo decepcionada. No sé muy bien qué esperaba encontrar, pero creo que tanto secretismo y mi desbordante imaginación me habían hecho suponer algo que no se correspondía con la realidad. Allí dentro solamente había tres cosas: una pequeña caja de joyería, un puñado de billetes sujetos con una goma y unas cuantas servilletas de bar, escritas con muy mala caligrafía. ¿Eso era todo lo que debía entregar a la policía? Menudo chasco. La cosa hubiera tenido más emoción de haber encontrado un arma de fuego o tal vez un cuchillo ensangrentado o, por qué no, una parte mutilada de un cuerpo humano... Lo sé, lo sé... demasiadas series policiacas, ya lo he confesado antes.

Al menos me sentí más tranquila, lo que me permitió pensar con mayor claridad. Enseguida me vino a la memoria el día en que Desiderio había abandonado El Rincón de Reina y había pagado su cuenta con dinero en efectivo. Recordaba a la perfección el fajo de billetes de cincuenta euros que había sacado de su bolsillo y que estaba sujeto con una goma. Probablemente, el dinero de la caja de zapatos era el mismo con el que aquel día Desi me había abonado la cuenta.

Le quité la goma y conté los billetes. Había un total de dos mil ochocientos cincuenta euros. Una cantidad no demasiado elevada para ser objeto de un delito, al menos, de un delito de cierta envergadura.

Lo siguiente que investigué fue la cajita de joyería. Era azul y brillaba por efecto de la purpurina que tenía salpicada. Resultaba algo recargada a la vista. Con letras doradas en cursiva, se podía leer en la tapa: «Joyería San José. Cáceres». Hice memoria, intentando recordar si Desiderio me había comentado de dónde venía. ¿Tal vez de Cáceres? No logré acordarme de ese detalle. La abrí y dentro encontré un anillo dorado, una alianza. Parecía de oro y pertenecía a una mujer, a juzgar por la talla. A mí no me entraba nada más que en el dedo meñique. Me lo probé, no pude evitarlo, así que concluí que con seguridad pertenecía a una mujer con las manos muy finas.

Mientras la observaba con detenimiento para comprobar si tenía la marca habitual que certificara que era de oro, me di cuenta de que en su interior había una inscripción. Tenía grabados dos nombres, como es habitual en las alianzas: Virginia y Desiderio. Eché de menos una fecha.

Dinero y un anillo de enamorados, eso era todo lo que tenía hasta el momento. Pero alguna historia debían de contar esas cosas, supuse. Más que de interés para la policía, todo aquello me estaba pareciendo una historia de desamor. En cualquier caso, una vez más estaba sacando conclusiones precipitadas y, por lo tanto, equivocadas. La respuesta se hallaba sin duda en lo último que llamó mi atención, sin embargo lo más importante. Todo estaba escrito, detalladamente, en el puñado de servilletas que dormían en el fondo de la caja de zapatos.

Supongo que debió de ser el primer papel que encontró a mano Desiderio en aquel momento. Eran servilletas del bar El Reloj, una cafetería que hay justo en la entrada de la estación de autobuses de Beniaverd. Todas llevaban el logotipo impreso en la parte inferior derecha. Eran de papel absorbente y estaban dobladas con la forma del servilletero, de esos que ponen en las mesas. Desi las había desdoblado para que le sirvieran de cuartilla. Estaban escritas con bolígrafo de tinta azul y con una caligrafía bastante torpe, casi infantil. La debilidad del papel, y supongo que la presión del bolígrafo sobre este, hizo que al escribir algunas partes se rasgaran. Resultaba complicado descifrar el mensaje.

Había un total de diez servilletas que, además, estaban numeradas para poder seguir el orden del relato. Con mucho interés, mientras apuraba la tila, comencé a leer lo que Desiderio tenía que contarme. El relato no me dejó indiferente, y aquel día aprendí que hay veces que es mucho mejor no conocer la verdad.

15

Ajena por completo a que Desiderio ya estaba en Beniaverd, Virginia se disponía a desayunar tranquila en una cafetería cercana al ayuntamiento, mientras leía la prensa. El papel impreso le devolvía la trágica realidad del mundo, que en nada se correspondía con su estado de ánimo, gozoso y pletórico. Las noticias solo hablaban de la creciente psicosis al contagio de la llamada gripe A, que se expandía sin control por todo el mundo y que ya había llegado a España, de la recesión económica que azotaba el país y de la resaca de las protestas que, con motivo de las concentraciones del Primero de Mayo, se habían celebrado en todos los rincones españoles. Todos esos grandes problemas a ella le parecían nimios en aquel momento de su vida. Era feliz y la felicidad suele ser egocéntrica. Su mundo giraba a su ritmo y sus planes más inminentes se habían cumplido. ¿Qué más podía pedir? Poco faltaba para llevar a cabo el resto de lo planeado y la maquinaria ya estaba rodando. Lo demás, poco le importaba. El único pequeño inconveniente con el que se había encontrado, la investigación de la policía al sospechar que el fuego que había matado a su padre pudiera ser intencionado, no había llevado a ningún sitio, y mucho menos hasta ella. Estaba libre de toda sospecha. Al fin y al cabo, Desiderio no lo había hecho tan mal y no había resultado ser tan estúpido, ni siquiera él había sido interrogado por la policía.

Divagaba entre sus pensamientos y las noticias del periódico, un rato aquí, un rato allá, mientras esperaba a que le sirvieran el café con leche y las tostadas con mantequilla que había pedido, sentada a una de las mesas del fondo de la cafetería. La gente la saludaba, no en vano era una conocida autoridad en Beniaverd y ella respondía amablemente, deseando los buenos días a todo el mundo. El sonido de las cucharillas de café tintineando y el aroma de bollería caliente le parecían una mezcla de sensaciones mágicas y disfrutó, despreocupada, del momento. Hacía tanto tiempo que no se sentía tan libre... El pasado puede llegar a pesar demasiado y a impedirnos caminar hacia delante y eso ella lo sabía bien.

—Perdone que la moleste. ¿Está libre este asiento? —le interrumpió la lectura una voz grave. Al levantar la mirada para responder, se encontró con Iván, vestido de uniforme.

—¡Iván! ¡Qué sorpresa! —dijo absolutamente conmocionada—. Sí, está libre.

—¿Te importa que te acompañe? Mi compañero prefiere tomarse el café en la barra. —Virginia dirigió su mirada hacia la barra y saludó con la mano a otro policía, que le hizo un gesto amigable, casi cómplice.

—Por favor, me encantaría que me acompañaras. —En realidad, estaba encantada de que el destino le hubiera puesto la guinda a aquel momento y ya no le importaba que la vieran junto a Iván.

—Te brillan los ojos.

—Será porque me alegro de verte.

—A mí también me ha gustado encontrarte. Desde que dejé la Unidad Especial de la alcaldía no hemos vuelto a coincidir, y mira que este pueblo es pequeño. ¿Cuánto tiempo hace que no nos vemos? ¿Siete u ocho meses?

—En realidad creo que algo más. —Se mordió la lengua para no confesar que los tenía contados. Nueve meses y dieciocho días exactamente.

—Estás preciosa con ese corte de pelo. Te vi en el periódico. Una chica atrevida.

—Necesitaba cambiar. Ahora ya está creciendo. Es lo bueno del pelo, que siempre crece. —Algo ruborizada, se colocó el cabello por detrás de las orejas en un gesto coqueto—. Tú también estás muy atractivo con el uniforme. Me has recordado el día que te vi por primera vez, en campaña electoral, el día que salvaste a Chanel... —La conversación empezaba a ser entre absurda y ridícula, con cierto aire adolescente, pero ambos estaban nerviosos y se respiraba la misma atracción que en su momento les había unido. Fue Iván el que finalmente dejó de frivolizar.

—Virginia, he pensado mucho en ti. Te he echado de menos.

—A mí me ha pasado lo mismo, Iván, pero no he querido que pensaras que no respetaba tu decisión de darnos un tiempo. Fuiste tú el que se marchó, y esto no es un reproche.

—Lo sé y te lo agradezco. Realmente necesitaba un tiempo, y ese tiempo me ha servido para notar tu ausencia. Me dejaste un vacío muy grande, esa es la verdad, pero me pregunto si sería demasiado tarde para... —Virginia sonrió tímidamente intuyendo el final de la frase. Con Iván perdía toda su coraza de mujer fuerte e imperturbable.

—He pensado mucho sobre lo que me dijiste y creo que tenías toda la razón. Me equivoqué al mantener lo nuestro en secreto. Si volviéramos a empezar, si tuviera otra oportunidad de hacer las cosas de manera diferente, no cometería de nuevo el mismo error.

—¿Crees en las segundas oportunidades?

—En lo que realmente creo es en nosotros. Tengo confianza en que lo nuestro funcione, y créeme cuando te digo que no suelo regalar mi confianza fácilmente.

El compañero de la barra le hizo un gesto a Iván, señalando el reloj. Era hora de volver al trabajo. Este respondió asintiendo con la cabeza.

—Tengo que marcharme. ¿Te gustaría que quedáramos para hablar?

—Me encantaría.

—Te llamo. —Se levantó de la silla y le dio un beso dulce en la mejilla. Ella suspiró. No podía ser más feliz, era imposible.

El alcalde, Gregorio Rosso, tenía una cita con el programa de Simón Antón, en Radio Beniaverd. Una vez al mes, respondía a preguntas de los ciudadanos, una forma como otra cualquiera de acercarse al pueblo para mantener bien pintada la fachada de su personaje. Un baño de multitudes radiofónico que, por momentos, se tornaba chaparrón. El teléfono de la emisora no paraba de sonar cuando la cita se acercaba y Simón se preparaba concienzudamente cada una de las preguntas. Era un periodista incisivo, a pesar de su puesta en escena algo excéntrica. Además, ningún otro profesional de los medios de comunicación tenía el privilegio de contar periódicamente con la máxima autoridad local en su programa, y Simón sabía aprovecharse de ello.

—Queridas vecinas, queridos vecinos. Amigos todos, oyentes de *Las Mañanas de Simón*. Hoy es el gran día, la cita del mes que no se pueden perder. ¿Ya han pensado qué le quieren preguntar a nuestro alcalde? Por favor, no colapsen la centralita. Si no logran contactar con nosotros hoy, aguarden pacientemente hasta el próximo mes. Querido oyente: ¡estrújese la neurona y juegue a preguntar eso que está usted pensando y, si no es mucho pedir, por favor, sea usted algo ingenioso! ¡La audiencia se lo agradecerá! Solo aquí, solo en Radio Beniaverd, solo en *Las Mañanas de Simón*... Comunícate con el alcalde Rosso, sin censuras, sin tapujos, de oyente a alcalde, de ciudadano a político... con Simón Antón.

La promoción sonaba reiteradamente a lo largo de las horas previas, al tiempo que la cita se tornaba más incómoda cada mes para Rosso. Las cosas no iban bien, y el clima crispado de una sociedad que caía en picado se trasladaba también al ánimo de los oyentes. Las reglas del juego pasaban por prohibir los insultos y las palabras malsonantes, pero, una vez metidos en harina y a micrófono abierto, no todos los que llamaban cumplían con el requisito de la buena educación y el respeto. Rosso se sentía como si estuviera en una caseta de feria, contra una pared de colores, delante de un puñado de ciudadanos incontrolables que, por el módico precio de una llamada, jugaban a tirarle tartas de merengue, sin poder hacer otra cosa más que intentar esquivarlas, aunque cada vez esa tarea le resultaba más complicada.

El programa comenzó y entre las llamadas para quejarse de cuestiones domésticas, como aceras rotas, árboles que molestaban en algunos balcones, problemas de aparcamiento y cosas por el estilo, se recibió una mucho más inquietante.

—Buenos días, ciudadano. ¿Con quién hablo? —preguntó Simón.

—Puede llamarme José.

—Adelante, José, con su pregunta, el alcalde le escucha.

—Más que una pregunta, quisiera hacerle llegar al señor alcalde una advertencia, desde el cariño y el respeto que le tengo; como votante que soy del ALBI, quiero decirle al alcalde Rosso que tenga cuidado.

—Simón y Rosso cambiaron el gesto de su rostro y, cariacontecidos ante lo que sonaba amenazante, Simón intervino.

—¿A qué se refiere, José, con que debe tener cuidado? ¿Es acaso una amenaza por su parte? Porque de ser, nos veremos en la obligación a dar conocimiento de esta llamada a la policía para que intervenga inmediatamente.

—No, no, no me han entendido ustedes, o tal vez no me he explicado bien… —dijo el tal José con voz pausada, tal vez demasiado pausada. Resultaba extraña—. He dicho que hablo desde el respeto y el cariño. No se trata de una amenaza, se trata de una advertencia que debe tomar muy en serio. No peligra su vida, lo que peligra es su gestión y no soy yo el enemigo, yo solo quiero avisarle…

—¿Quién es usted? ¿Avisarme de qué? ¡Explique con más detalle lo que pretende hacer entender! —increpó Rosso con evidentes signos de nerviosismo—. ¿A qué se refiere cuándo dice que peligra mi gestión?

—Mire a su espalda, señor alcalde, y no confíe en nadie. Sé que la palabra «nadie» es muy ambigua, pero usted sabrá interpretarla adecuadamente. Tenga cuidado. Buenos días. —Y el oyente que se había hecho llamar José colgó el teléfono.

El silencio, que siempre es el peor enemigo de un programa de radio, se apoderó de los micrófonos. Rosso hacía tiempo que se sentía acorralado por la opinión pública y sus adversarios políticos y, lejos de pensar que se trataba de una llamada de algún incauto ávido de notoriedad, tomó sus palabras muy en serio. Para Simón, era la primera vez que ocurría algo así y no supo muy bien cómo manejarlo. Estaba acostumbrado a que alguien gritara o insultara por el teléfono. Ante eso, se cortaba inmediatamente la llamada y todo formaba parte del espectáculo. Pero semejante advertencia en directo, en aquel tono pausado, casi sentenciador, trastocó su serenidad ante los micrófonos. Dio paso a unos minutos musicales.

Con su bolsa de deporte sobre la espalda y las ilusiones a flor de piel, un tímido Desiderio llegó a El Rincón de Reina. No era un hombre viajado y tampoco estaba acostumbrado a tratar con la gente, pero tuvo la impresión de que la dueña del hostal, Reina Antón, lo miró con cierto aire de desprecio, de arriba abajo, desaprobando su aspecto o, tal vez, desconfiando de él. Pidió habitación, pero la mujer dudó unos segundos, hojeando en una agenda de papel para ganar tiempo antes de contestar. Fue entonces cuando Desi acertó a decir que le habían recomendado aquel lugar y que era un amigo de Virginia Rives, la guapa concejala del ayuntamiento.

Al escuchar el comentario, Reina pareció relajarse un poco y en seguida cambió el trato con él. Lo acomodó en una de las habitaciones que El Rincón de Reina tenía en la planta de arriba y se deshizo en todo tipo de cumplidos. Era una mujer muy parlanchina e inquieta, risueña y pizpireta, y no parecía saber lo que es estar callada. Desiderio le preguntó si sabía dónde podía encontrar a Virginia, pensaba ir a visitarla, darle una sorpresa, y Reina amablemente le indicó que, además de poder acudir a su despacho en el ayuntamiento, podía encontrarla en su casa del acantilado, conocida por todo el pueblo como la casa del inglés, por su antiguo propietario.

Se dio una ducha para quitarse de encima el cansancio del viaje. Sacó de la bolsa de deporte una camisa limpia, otro pantalón y una muda, y solo entonces reparó en que tal vez debía haber comprado algo de ropa nueva. Virginia era una mujer muy elegante y de mucha clase, y si pensaba empezar una vida junto a ella, debía ponerse a su altura en cuestiones de moda, algo que, por otra parte, a él no le importaba en absoluto.

Después de vestirse, derramó sobre su pelo, todavía húmedo, una generosa cantidad de agua de colonia para bebés, de una botella de litro. Con ambas manos la extendió por todo su cabello, su rostro y su cuello, dándose suaves golpecitos, como solía hacer su madre antes de ir al colegio cuando era niño. Le encantaba esa colonia porque le devolvía a una época feliz de su vida. Seguir usándola, a pesar de su edad, era su forma de no hacerse mayor, pues no en balde, los aromas pueden ser recuerdos muy persistentes en nuestra memoria.

Empezaba a caer la noche y el ocaso del día contemplado desde la ventana de su habitación con vistas al mar le pareció la estampa más bella del mundo, después del cuerpo desnudo de Virginia, claro. Era la primera vez que veía la inmensidad del Mediterráneo dibujando espuma blanca con su bravura hasta fundirse con la arena de la orilla. La línea del horizonte se le antojó el fin del mundo, el lugar secreto donde el sol pasaba todas las noches y desde donde espiaba, lascivo, a la luna. Se acordó de nuevo de la línea curva que dibujaban las caderas de Virginia tumbada en la cama del hotel de Badajoz. Suspiró. Cuánto se había perdido en su vida. ¿Cómo había podido escurrirse entre sus dedos su juventud, como lo hace un puñado de arena, sin apenas darse cuenta? Pero no quiso dejarse llevar por el lamento y jugó a imaginar cuánto le quedaba todavía por vivir junto a Virginia.

El teléfono móvil sonó en el fondo del bolso. Como una chiquilla, Virginia sintió cómo en el estómago se le hacía un nudo. Ansiaba la llamada de Iván y, al comprobar en la pantalla que era él, se mordió el labio, nerviosa.

—Te invito a cenar. Comida italiana. ¿Conoces la Pizzería de Piero, en el puerto? —dijo Iván, sin mediar ningún saludo.

—Acepto la invitación, pero solo si me dejas que después sea yo la que te prepare el postre aquí, en casa.

—¡Cómo podría negarme!

—¿Pasas a por mí? Ya estoy lista. —Realmente llevaba horas preparada, a la espera de que se produjera la llamada.

—Abre la puerta de tu casa.

—¿No me digas que llamas desde la puerta?

Corriendo como pudo sobre sus tacones, atravesó el pasillo, haciendo sonar contra el suelo de madera un repiqueteo divertido que Iván escuchó desde la puerta, haciéndole sonreír. A Virginia le encantaban ese tipo de detalles, esas pequeñas sorpresas con las que siempre le sorprendía Iván. Abrió y allí estaba él, riendo generosamente. Ella le borró la sonrisa besándole con el ansia de más de nueve meses de deseo contenido.

El restaurante olía a orégano y a mezcla de quesos. La iluminación era tenue y cada mesa tenía una lamparilla encendida. No había demasiada gente y el ambiente era agradable. Eligieron una mesa algo escondida, en la intimidad de un rincón. Pidieron una ensalada César para compartir, pizza *pepperoni* para él y lasaña de espinacas para ella, seguía sin probar la carne. Para beber, se decantaron por el vino blanco. El camarero les observaba con cierta curiosidad. Iván era cliente habitual y Virginia era una autoridad local, así que no pudo evitar cuchichear con el resto de camareros y hasta con el propio Piero.

—Están hablando de nosotros —dijo Virginia, en tono confidencial.

—Se están preguntando cómo es posible que haya logrado engatusar a una mujer tan hermosa y tan importante como tú —bromeó.

—Pensándolo bien, esta es oficialmente nuestra primera cita, al menos es la primera vez que salimos juntos, como una pareja, fuera de mi casa.

—Puedes decirlo, como una pareja normal, que lo nuestro parecía más un secuestro intermitente donde yo era el secuestrado, tú la secuestradora y mi amor por ti, un síndrome de Estocolmo para estudiar en un diván. ¿No te parece que así es fantástico? ¿No es mucho mejor no tener que esconderse? ¿Qué daño hacemos a nadie? A ellos hasta les parece divertido... —dijo saludando de manera cómplice a los camareros.

El camarero sirvió las copas de vino y dijo con un marcado acento italiano:

—El señor Piero les hace saber que el vino es cortesía de la casa. Que disfruten ustedes de la cena. —Ambos alzaron la copa y le agradecieron al dueño del restaurante el detalle con un gesto de cabeza.

—Por nuestra primera cita oficial —dijo Iván.

—Por nosotros, por nuestra segunda oportunidad —brindó Virginia.

Las copas se juntaron apenas rozándose y el vino pronto hizo que a Virginia le subieran los colores. No solía beber nada con alcohol, pero en aquella ocasión se saltó las normas porque bien lo merecía. Reía sin reparos y escuchaba divertida las ocurrencias de Iván. Eran dos jóvenes enamorados cenando en una noche de un precioso mes de mayo. De tanto en tanto, sus manos se encontraban por encima del mantel y la chispa saltaba irremediablemente. Y es que la química entre ambos jamás había llegado a morir. Las miradas de deseo de Iván le arrancaron a Virginia más de un suspiro y, sin tener que decirse nada, ambos supieron que no tomarían el postre en la pizzería.

De camino al coche, dieron su primer paseo juntos. Para ambos, todo era nuevo, al tiempo que no lo era. Entrelazaron sus manos y caminaron acompasados por primera vez. Los callejones oscuros fueron el pretexto para más besos y para que las manos impacientes de Iván la buscaran por debajo de la ropa.

—Vámonos a casa… —pronunció ella entre jadeos.

—¿Te acuerdas de nuestra primera vez? ¿En el templete de la música, en el parque, la noche de las elecciones? —le susurró al oído.

—¿Se puede olvidar algo así? Eso fue una locura.

—Lo nuestro es una locura…

La casa del acantilado les esperaba. El mar se tornó algo violento por momentos, se había levantado algo de viento. El habitual murmullo de las olas muriendo en la orilla había sido sustituido por sonoros golpes de mar contra sí mismas y contra las rocas. En lo alto, la casa de sus encuentros furtivos estaba por encima de cuanto pudiera ocurrir a sus pies.

Aparcaron el coche muy cerca de la entrada del jardín y, aún sentados dentro, volvieron a besarse bajo la luz de la farola.

—Abrígate, se ha levantado mucho viento —dijo Iván. Y justo cuando ella iba a salir del coche, finalmente se lo confesó—. Te amo, Virginia, nunca sabrás cuánto te amo.

Ella le devolvió una mirada, pero no dijo nada. Habría sido incapaz de decirle a nadie que lo amaba, ni siquiera a Iván. Sintió que enmudecía y, que al mismo tiempo, sembraba una semilla de decepción en él, que esperaba escuchar que era correspondido. Virginia lo besó con dulzura, era lo más que podía ofrecerle de momento, un beso sincero y una mirada limpia.

—Anda, vamos a casa… Parece que va a haber tormenta.

Los juegos eróticos empezaron en la puerta del jardín. Virginia no atinaba con la llave en la cerradura porque Iván le hacía reír mordiéndole el cuello, mientras la abrazaba por la espalda, atrapándola con sus brazos.

—Para un poco —le pidió divertida.

—Me gusta este corte de pelo, te deja todo el cuello al descubierto para que pueda morderte…

Eran jóvenes y libres y jugaban a vivir con intensidad, pero no estaban solos. Oculta entre las sombras, una mirada indiscreta los vigilaba. Apretando con fuerza la pequeña caja de joyería que escondía en su bolsillo, Desiderio contemplaba la escena sin ser visto y sintiéndose el hombre más estúpido del mundo.

El viento se tornó violento por momentos y pequeñas gotas de agua salpicaron la cara de Desi mientras la pareja entraba en casa. Había empezado una tormenta de primavera y otra tormenta de desencanto y decepción empezaba a fraguarse en el pecho de Desi, que no se movió durante minutos, de la puerta de la casa del acantilado. Parecía petrificado, una estatua más del paseo. Después, recogió los trozos de sí mismo y volvió a El Rincón de Reina. Se refugió en su habitación, de donde apenas salió durante días.

Los titulares de toda la prensa local recogieron la noticia de la misteriosa llamada de un ciudadano llamado José, advirtiendo de peligros desconocidos al alcalde Rosso, en el popular programa de Simón Antón. Fue la chispa que encendería la llama. Se convirtió en un tema que alimentó varias semanas a columnistas y contertulios políticos.

Los analistas políticos quisieron ver en semejante y surrealista advertencia el fin de la etapa ALBI en el Ayuntamiento de Beniaverd. El imperio Rosso empezaba a mostrar grietas y, lo más importante, estas se hacían evidentes, cuando hasta ese momento solo habían sido especulaciones de cafetería. Nadie había hablado claro hasta entonces, tal vez por cierto temor al poderoso Chino y su forma mafiosa de actuar, tal vez porque tampoco hubiera pruebas que sustentaran según qué acusaciones. Es posible que por ambas cosas a la vez. La llamada misteriosa fue como abrir la puerta y dejar que el viento esparciera todo tipo de suposiciones, algunas más acertadas que otras.

Rosso estaba nervioso y tenía motivos para ello. Desconocía la trascendencia del agujero que se estaba cavando bajo sus pies, pero intuía que no pisaba suelo estable. Había perdido el sueño y estaba bastante más delgado. Vivía una agonía que no sabía cuánto iba a durar. Necesitaba hablar, tal vez desahogarse, y llamó a Mateo Sigüenza para interrogarle.

—¿Qué sabes tú de todo eso que dicen? El tipo ese que llamó a la radio seguro que es alguien que conocemos. ¿Reconociste su voz? —le preguntó a Sigüenza.

—No tengo ni puta idea, pero yo no le daría mayor importancia. Toda esa mierda seguro que estaba preparada por el locutor ese de tres al cuarto. Te dije que tenías que untarlo para que fuera un poquito más manso. Todos los periodistas son unos muertos de hambre, y a poco que les metas en los bolsillos, se les quitan las ganas de buscar carroña. ¿Tú tienes tus asuntos bien atados? Si los tienes, ni Dios te puede meter mano. Que digan lo que quieran, palabrería, solo es palabrería. ¿Cómo van a demostrar que me has pasado información privilegiada o que te has pasado por el forro los concursos públicos? Me meo de la risa, Chino. Y si me sale a mí de los cojones donarte unos millones porque eres un tío de puta madre y somos amigos, qué tienen todos esos qué decir... ¿No es mi dinero? ¿Acaso no puedo hacer con mi pasta lo que me venga en gana? Ni caso, Chino, ni puñetero caso... Yo soy el amo del mundo y el que venga a joderme comerá mierda...

—¿Has bebido? —preguntó, ante la incontinencia verbal de Sigüenza y el tono gangoso de su voz.

—¡Joder, Chino, cómo estás! ¡Que la vida son cuatro días, hostia! Estoy aquí con unos amigos con los que hago negocios. Me han comprado el yate, el *Imperio*, y les he invitado a unas copas y un poco de polvito blanco. Son buena gente, tío. Estos sí se lo saben montar. Lo mismo abro una nueva línea de negocio, que lo del ladrillo ya es un asco. ¡Soy el puto amo! —acabó diciendo, soltando una carcajada que ensordeció a Rosso al otro lado de la línea.

—Cuidado con lo que hablas, que se te va la lengua muy fácilmente. Nada de nosotros y nuestros tratos, te lo advierto. ¿Me has entendido? —Y colgó.

El hombre de barba, traje y corbata que se había reunido en el *parking* de Sigüenza con Virginia Rives, aquel policía judicial que llevaba la investigación, se frotó las manos cuando Rosso colgó el teléfono. Los niños y los borrachos siempre dicen la verdad, y Mateo Sigüenza se había resbalado en aquella charla informal con el alcalde. Todo había quedado grabado. Las escuchas telefónicas empezaban a dar sus frutos.

—¿Nos sirve? —preguntó al resto del equipo.

—Habría que consultarlo. Al fin y al cabo, Rosso no reconoce nada de manera explícita. Solamente habla de «lo nuestro» —dijo una mujer.

—Es cierto, pero Sigüenza sí habla de amaños y de entregas de dinero.

—Además, Rosso no lo niega en ningún momento. Es una aceptación implícita —comentó otro hombre.

—Podría excusarse diciendo que estaba borracho. Ese tipo se ha metido de todo, si no podía ni hablar. No sé, tengo mis dudas. Hablaré con el fiscal —volvió a decir la mujer.

El círculo se iba cerrando y para algunos el cerco dibujado a su alrededor empezaba a ser demasiado estrecho, mientras que para otros, como Virginia e Iván, el mundo se les presentaba en toda su inmensidad.

Desiderio abandonó El Rincón de Reina cabizbajo y ausente. Desde aquel día de tormenta no había dejado de llover en Beniaverd, como si el cielo también llorara lo ocurrido, sintiendo cierta empatía. Sin embargo, él no lloró. Tal vez ya estaba seco por dentro o tal vez pensó, de una vez por todas, que Virginia no se merecía sus lágrimas. Quien dijo que el hombre es el único animal que tropieza dos veces con la misma piedra debía saber muy bien lo que duele sentir una decepción como la sufrida por Desi, por partida doble, por segunda vez en su vida.

Reina lo notó distinto cuando le pidió la factura, mucho antes de lo que tenía previsto marcharse en un principio. Supo que algo le había pasado a aquel hombre modesto que olía a colonia de niño. Le pagó en efectivo, con billetes de cincuenta que sacó de un fajo sujeto con una goma.

—¿Le importa que deje mis cosas en la habitación? Tengo que hacer unas gestiones antes de marcharme —preguntó Desiderio.

—Ningún problema. No limpiaré la habitación hasta que usted no se marche. Puede dejar tranquilo el equipaje, no es necesario que haga esas gestiones cargado con él. No tenga prisa.

Fue hasta la estación de autobuses de Beniaverd y sacó un billete con trasbordo para volver a Cáceres. En una caja de zapatos que había cogido de un montón de basura que había al lado de un contenedor de cartones, guardó la cajita que contenía el anillo de compromiso que había comprado para Virginia y el dinero que ella le había dado y todavía no se había gastado. Aún le quedaba suelto para tomarse un café, era todo lo que necesitaba. Sentado en una pequeña mesa individual del bar El Reloj, donde los viajeros solían parar para tomar algo, cogió un puñado de servilletas y con cuidado las desdobló para que fueran más grandes, improvisando así unas cuartillas. Amablemente le pidió un bolígrafo al camarero y, mientras saboreaba su último café en Beniaverd, empezó a escribir en las servilletas.

Cuando terminó, guardó el puñado de servilletas manuscritas en el fondo de la caja de zapatos, junto al dinero y el anillo. Se dirigió a la zona de la estación donde había visto taquillas de seguridad. Se había fijado en ellas el día de su llegada. En aquel momento, Desiderio pensó que aquellas taquillas eran lo más parecido a una caja fuerte que tenía a mano y eligió la número ciento cuatro. Metió la caja de zapatos en su interior y buscó una moneda de euro en el bolsillo de su pantalón. La hizo deslizarse por la ranura y giró la llave hasta que la taquilla se cerró.

De vuelta a El Rincón de Reina para recuperar su equipaje, paró en un estanco y compró chicles y un sobre apaisado. Allí mismo, sobre el mostrador del estanco, nuevamente pidió un bolígrafo prestado y escribió: «Para entregar a la policía. Gracias».

Cuando entró en el hostal, se dio cuenta de que Reina lo observaba. Sabía muy bien que si dejaba el sobre a la vista, ella lo encontraría y confiaba en que lo entregara a la policía. Allí mismo, en la habitación, despegó la cinta de papel que protegía el adhesivo del sobre, la tiró a la papelera y, después de meter en él la llave ciento cuatro, lo cerró y lo dejó a la vista.

Solo le quedaba coger sus cosas y marcharse de vuelta por donde había venido. Llovía, pero no le importó mojarse. En realidad, ya nada le importaba.

Domingo, 18 de julio de 2010

Una vez, le escuché decir a alguien que la verdad es tan solo un punto de vista. No sé si estoy de acuerdo con esa afirmación o soy más bien de las que piensa que la verdad es absoluta, única y no varía según quién la pronuncie, pero el caso es que me encontraba ante la verdad de Desiderio, en forma de relato, contada en unas cuantas servilletas de celulosa.

Comencé la lectura. Recuerdo que, en el encabezamiento, Desiderio había puesto su nombre completo y el número de su documento nacional de identidad. Supongo que para darle cierto carácter formal a lo que escribía, como si de una declaración ante la policía se tratara.

El relato comenzaba hablando de su niñez, de su pueblo natal en la provincia de Cáceres, llamado Pescueza, limítrofe con otro pequeño pueblo cacereño, de nombre Cachorrilla. Contaba que fue allí donde había conocido a Virginia Iruretagoyena, una joven risueña, pelirroja y pecosa que le encandiló a primera vista. En ese momento inicial de la historia no relacioné a aquella Virginia con Virginia Rives, la concejala de Fiestas y Eventos del Ayuntamiento de Beniaverd. Me despistó el apellido. Fue algo más tarde cuando Desiderio explicó que había renunciado a su apellido paterno y por qué razones.

Fruto de aquel amor, Desiderio se confesaba «totalmente enganchado», tal y como él mismo definía su estado, «adicto a una mujer de la que nunca había logrado desintoxicarse».

A juzgar por el relato, la vida de Virginia había sido extremadamente cruel y difícil. Según contaba Desiderio, su padre la había violado cuando todavía era una niña y fruto de aquella violación había nacido un bebé varón, en un parto malogrado al que no pudo sobrevivir. Después, ella había escapado y Desiderio no había vuelto a saber nada más de la joven hasta hacía poco.

Contaba, con tremenda amargura en aquellas servilletas de bar, cómo se sumió en el más profundo de los agujeros, cómo había vivido la ausencia de Virginia, que al parecer desapareció así, sin más, sin mediar siquiera unas palabras de despedida. El muchacho se refugió entonces en las drogas y a punto estuvo de morir, un infierno que describía con cierta torpeza pero con una sordidez de lo más angustiosa. Al leer aquello, comprendí el estado físico en el que se encontraba el día que lo había conocido, cuando se presentó en El Rincón de Reina. Pensé lo injusta que había sido con él al juzgarle por su aspecto.

La confesión continuó pareciéndome de una tristeza profunda y desgarradora, pero por el momento, y teniendo en cuenta lo que llevaba leído, no entendía qué interés podía tener para la policía, más allá de los abusos del padre de Virginia.

Pero fue entonces cuando entró en materia. Contaba Desiderio que Virginia había vuelto a su vida unos cuantos meses atrás, una fría noche de invierno, de la misma forma que se había marchado un día, por sorpresa. Él se había sentido feliz, pletórico e infinitamente contento al pensar que la vida les ofrecía una segunda oportunidad, pero en realidad ella había regresado por causas muy diferentes, por una motivación que él no conocía en ese momento: una doblez que Desi no había sabido percibir. Según contaba, Virginia quería ver muerto a su padre y se había servido de él para matarlo de una forma terrible y cruel, quemándolo vivo. Lo había utilizado.

Tuve que parar en seco la lectura porque quedé conmocionada. Sentí de golpe un tremendo calor que me subía por el estómago hasta casi salirme por las orejas. Estaba leyendo que la concejala más popular del ayuntamiento, la misma que se había hospedado en mi hostal nada más llegar a Beniaverd, había instado a Desiderio a que matara a su padre para vengarse de una violación que había terminado en embarazo. Según ese relato, Virginia era, pues, una parricida, al menos había sido la autora intelectual del asesinato de su padre. Desde luego, ese asunto sí era de interés de la policía.

Pero aún quedaban cosas por contar y me sentía nerviosa por acabar cuanto antes de leer las servilletas. Obviando los muchos detalles que Desi narraba, cómo lo había hecho, qué gasolina había utilizado, el golpe que le había dado en la cabeza, de qué manera había liberado a los animales de la granja…, como digo, obviando todos aquellos detalles, Desiderio se declaraba culpable de la muerte de Dioni Iruretagoyena, por la que había recibido cinco mil euros de manos de Virginia. Especificó haber cerrado el trato en la habitación de un hotel de Badajoz, situado al lado de la estación de trenes de esta ciudad. El dinero que había en la caja de zapatos sujeto con una goma era el que restaba de aquellos cinco mil euros a cuenta, después de haber realizado algunos gastos. Con ese dinero había comprado el anillo de oro al que le faltaba la fecha pues nunca habría tal compromiso. También había pagado los billetes de su transporte y su estancia en El Rincón de Reina. Para él, era dinero manchado de sangre, una mísera cantidad para una muerte que Desi dijo haber llevado a cabo tan solo por amor.

Pero aquello no era todo. La rocambolesca historia que narraba tenía un final mucho más inquietante incluso que todo lo que había contado hasta ese momento. Tras sufrir una segunda decepción con Virginia, al saberse engañado en el momento en que la había descubierto con otro hombre, a Desiderio se le cayó la venda de los ojos y empezó a cuestionar todo lo que Virginia le había contado hasta entonces. Dijo de sí mismo haber sido un idiota, el mayor idiota sobre la faz de la tierra.

Desiderio explicaba que siempre la había creído a pies juntillas. La palabra de Virginia había sido incuestionable para él y jamás había puesto en duda nada de lo que ella le contara. Hasta ese momento. Al saberse utilizado como quien se sirve de un objeto para conseguir sus fines, sin tener en cuenta sus sentimientos y los años de sufrimiento, sintió la traición como la peor de las heridas y empezó a dudar de ella. Virginia solo lo había querido para matar a otro hombre, esa era una verdad escondida dentro de sus muchas mentiras, y si le había mentido en eso, ¿en qué otras cosas no lo habría hecho? Fue entonces cuando Desi desconfió de sus palabras y recordó algo que años atrás había ocurrido en Cachorrilla.

Semanas después de que Virginia huyera de su pueblo sin decir nada a nadie, unos animales salvajes desenterraron una bolsa de basura que contenía restos humanos, no muy lejos de la granja donde vivían los Iruretagoyena, en mitad del monte, en las inmediaciones de Cachorrilla. La noticia conmocionó a todo el pueblo porque en el interior de esa bolsa se había encontrado un bebé muerto, recién nacido, la placenta de la madre y restos de ropa ensangrentada. Por aquel entonces, Desiderio no conocía todavía que Virginia había parido, de hecho nadie lo sabía, porque el embarazo lo había mantenido en secreto. La policía que había investigado el asunto nunca supo quién era la madre. Pero al bebé se le practicó la autopsia, como es preceptivo en estos casos, y se llegó a la conclusión de que había muerto ahogado. Se encontró agua en sus diminutos pulmones. El suceso fue noticia en todos los periódicos de la zona. Nunca se supo quién había sido la madre asesina y el niño fue enterrado en una fosa común.

Tras las mentiras de Virginia, Desiderio recordó lo ocurrido y se culpaba en el escrito por no haberse acordado antes. Supongo que reprimió aquel recuerdo de manera inconsciente cuando todavía se creía las cosas que Virginia le contaba. Pero ahora ya no era así, ahora sospechaba que Virginia había matado a su propio hijo y que, una vez más, le había mentido al decirle que el bebé había nacido muerto, y así lo dejaba reflejado en su relato. Dejó escrito que estaba casi convencido de que ella era la madre de aquel niño enterrado en el monte dentro de una bolsa de plástico. Dijo de la concejala, lo recuerdo bien, que era una persona «cruel y capaz de matar» que había reconocido haber enterrado a su bebé con sus propias manos. No le cabía la menor duda de que el niño de la bolsa de basura era su hijo.

La lectura de las servilletas me estaba poniendo mal cuerpo. Tenía el vello de punta y el estómago revuelto y, por momentos, tuve que reprimir las arcadas. ¡Menuda historia! ¿Sería cierto todo aquello que contaba o se trataba más bien del relato de un toxicómano desquiciado por no haber conseguido a la mujer que había deseado desde joven? No sabía muy bien qué pensar, pero no creía capaz a Desiderio de inventar semejante historia, tan sórdida y cruel al mismo tiempo, y con tanto lujo de detalles. ¿Qué clase de persona inventaría todo aquello por venganza? Un pálpito me decía que todo cuando contaba era cierto, terriblemente cierto, y que Virginia Rives era una asesina.

Ahora era yo la conocedora de ese terrible secreto, la encargada de hacerlo llegar a la policía. Por culpa de mi incorregible curiosidad, me veía involucrada en mitad de una declaración de culpabilidad por el asesinato de un hombre. Por no haber sido prudente, conocía el inconfesable secreto de la concejala Virginia Rives. Por un instante, sentí el impulso de devolver la caja de zapatos de vuelta a la taquilla ciento cuatro, de donde nunca debí sacarla. Pensé en guardar de nuevo la llave en el sobre para entregarlo a la policía, como debería haber hecho desde el primer momento, pero no lo hice. Estaba metida en un lío.

16

Estaba amaneciendo. Era el momento mágico en el que el día coincide furtivamente con la noche por unos instantes. Los pájaros de Cachorrilla, cantarines, iban de aquí para allá, alborotados, en bandadas sonoras, como chiquillos correteando por un parque. El día despertaba con cierta niebla, pero con una temperatura muy agradable. Una fina capa blanca desdibujaba el paisaje. Al final del camino que unía los restos de la granja quemada de los Iruretagoyena con el pueblo, se olía la muerte, en el mismo lugar donde todavía el aire conservaba el olor a quemado.

La rama del árbol del paraíso crujía por el peso. El balanceo rítmico del cuerpo de Desiderio, oscilante, de izquierda a derecha y de derecha a izquierda, hacía crepitar la cuerda de la que estaba suspendido por el cuello. Aún se movía, y no era por efecto del viento, que esa mañana parecía seguir dormido. Era la inercia de la vida que se resiste a marcharse. Tardó varios segundos en dejar de agitar las piernas, tal vez porque es difícil matar el instinto de supervivencia, a pesar de que había planeado su ahorcamiento muy concienzudamente, durante horas, durante días enteros, a solas con sus pensamientos.

El árbol del paraíso estaba muy crecido. Habían pasado más de nueve años desde el día en que él mismo lo había plantado con sus manos para Virginia, entre el alcornoque y el olivo, para que pudiera contemplarlo desde la ventana de su cuarto. Había sido un regalo de cumpleaños, el árbol de la ciudad de sus sueños. Ahora, ese árbol sujetaba una cuerda torpemente anudada a su rama principal. En el otro extremo, una soga apretando la garganta de Desiderio. Todo había terminado. Se había ido tranquilo, con la tranquilidad de conciencia que proporciona una confesión, ligero de espíritu, pero sin ganas de continuar. Se había ido pensando que tal vez la muerte le compensaría con ese paraíso que la vida le había negado. Fue un viaje a una segunda oportunidad en un mundo que esperaba fuera más justo y menos cruel. Un viaje con destino incierto.

Finalmente, el cuerpo de Desiderio dejó de moverse y permaneció quieto hasta el final de la tarde. Uno de los pocos buitres que repoblaban los montes cacereños sobrevoló el cadáver y alertó a los vecinos. Había carroña cerca. Había carne muerta con la que alimentar las conversaciones de taberna. Un hombre joven, vecino de Pescueza, se había suicidado.

La frenética actividad turística que acompañaba a Beniaverd en el comienzo del verano empezaba a notarse en el pueblo. Las calles ya estaban repletas de terrazas, las playas abarrotadas de bañistas y los restaurantes llenos hasta la bandera. Eran los primeros días del mes de junio. A juzgar por el ajetreo, no parecía notarse demasiado en Beniaverd los efectos de la crisis económica que estrangulaba el país. Sin embargo, de puertas adentro todo era muy distinto. Las arcas municipales estaban vacías y Rosso movía los hilos como podía para mantener el equilibrio sin que se notara demasiado.

En una comisión de gobierno, de las que se celebraban semanalmente para tratar los temas de la gestión municipal de las diferentes áreas, Rosso anunció que iba a estar ausente unos días. Dijo necesitar vacaciones, algún tiempo para descansar y desconectar, pero Virginia supo enseguida que estaba mintiendo. Había aprendido a detectar cuándo no era sincero, cuándo era el personaje que él mismo había construido.

—Con un par de semanas tendré bastante —explicó—. Sé que no es un buen momento para dejar la alcaldía, pero confío plenamente en mi primer teniente de alcalde y, cómo no, en todo mi equipo. —Abrió una botella de agua y la apuró casi de un trago, como si al beberla le resultara más sencillo excusarse—. No hay asuntos de importancia que tratar, y como este año no celebraremos la Regata del Mediterráneo por falta de presupuesto y de momento quedará en suspenso, seguiremos con esta política de austeridad hasta que las cosas mejoren. Cualquier decisión de importancia puede esperar a que yo vuelva. Estaré operativo a través del teléfono.

—¿Va todo bien, alcalde? —preguntó el concejal de Hacienda, poniendo voz a lo que todos estaban pensando.

—Las cosas no podrían ir mejor. ¿Acaso no me merezco unas pequeñas vacaciones?

Que Rosso tomara un descanso sorprendió a todos y fue un detalle que no pasó desapercibido. El alcalde era un adicto al trabajo, un hombre que no abandonaba su puesto por nada, ni por nadie. No tenía ni esposa ni hijos, y se decía de él que nunca había formado una familia porque ese es un negocio que no da dinero y requiere de demasiada inversión. Nunca antes se había ausentado de la alcaldía, en los seis años que llevaba al frente, y además era capaz de compaginar las obligaciones públicas con sus negocios privados. A Virginia le pareció sospechoso que así, de repente, necesitara un respiro y, como buena espía infiltrada que era, trasladó la información, diligentemente, a la Policía Judicial.

A Reina Antón, la caja de zapatos le quemaba entre las manos. Hacía una semana que había descubierto su contenido, pero todavía no había hecho acopio de las fuerzas necesarias para acudir a la policía. Temía tener que dar demasiadas explicaciones. Sus miedos y sus paranoias se multiplicaban cada vez que pensaba en ello. Estaba asustada. Uno de aquellos días de incertidumbre, cuando la caja todavía dormía en el altillo de un armario, a la espera de encontrar el momento oportuno y la valentía necesaria para entregarla a las fuerzas del orden, escuchó a Virginia Rives por la radio. Su hermano Simón la estaba entrevistando, era la invitada de *Las Mañanas de Simón*.

Su voz era cálida, pero sintió un escalofrío al escucharla. Parecía tan sensata, tan serena y tan convincente, que se le hacía difícil imaginársela matando a un bebé con sus propias manos, llevada por un odio irrefrenable o deseándole la muerte a su propio padre. Hablaba de forma pausada y parecía mayor de lo que era. Se recreaba en las expresiones y lograba envolverte con su discurso. A Simón se le notaba encantado con tenerla en el estudio, incluso podía afirmar que esa mujer le gustaba. Reina conocía muy bien a su hermano mellizo. Nuevamente, dudó sobre la certeza del relato de las servilletas de papel. Podía tratarse de la fantasía de un trastornado que, de salir a la luz, tal vez hiciera más daño que bien. Estaba hecha un lío, pero pensar con que tan solo existiera una remota posibilidad de que todo fuera cierto y escuchar a esa mujer peligrosa cerca de su hermano, la hizo decidirse.

Terminó el programa. Le hubiera gustado coger el teléfono y llamar a Simón para advertirle de que la guapa concejala a la que acababa de entrevistar podía ser una peligrosa psicópata. Tenía pruebas para demostrarlo. Pero Reina sabía que esa clase de información en manos de un periodista como Simón podía ser una bomba de relojería, y bastante le había afectado a ella todo el asunto como para además involucrarlo también a él. Tal vez, ni siquiera la tomara en serio sabiendo lo fantasiosa que podía llegar a ser, así que optó por no contarle nada.

En Beniaverd no había Policía Nacional, tan solo un retén de la Guardia Civil a las afueras del pueblo, algo alejado, y otro de la Policía Local que le venía de camino al centro. Reina metió la caja en su bolso y con este bien pegado al costado, caminó decidida a entregarlo. Daba pasos firmes y rápidos e intentó pensar en otras cosas, no fuera a ser que volviera a arrepentirse por el camino. Pero no se arrepintió y, ya en la central de la policía, se sintió algo más relajada. Se dijo a sí misma que estaba haciendo lo correcto.

—Buenos días, vengo a entregar las pruebas de un delito —dijo en voz baja al policía que le atendió en el mostrador.

—Muy bien. Por favor, si es tan amable, enséñeme su documentación y dígame qué delito quiere usted denunciar. Rellene este formulario con letra clara —dijo casi mecánicamente el policía, sin apenas levantar la mirada y entregándole unos papeles oficiales.

—Mire, señor agente… ¿Podríamos hablar en algún lugar un poco más discreto? —repitió en el mismo tono confidencial, agachando un poco la cabeza y sin dejar de sujetar el bolso con fuerza, mientras se aseguraba con una mirada rápida a izquierda y derecha de que nadie más la escuchaba—. Lo que tengo que enseñarle es grave. Se trata de un delito de gran envergadura.

Las palabras de Reina lograron captar la atención del policía, que inmediatamente levantó la vista. Beniaverd no era un pueblo que se caracterizara precisamente por su índice de delitos importantes. Casi nunca pasaba nada y cuando algo ocurría, solían ser pequeños hurtos o peleas de jóvenes borrachos en las madrugadas festivas. El agente sintió curiosidad y la hizo pasar a una sala contigua.

—Siéntese, por favor —la invitó ofreciéndole una silla. Él también tomó asiento—. Y dígame..., ¿qué eso de «gran envergadura» que me trae? —preguntó con cierto tono burlesco.

Reina sacó la caja de zapatos del bolso y la puso sobre la mesa.

—¿Una caja de zapatos?

—Mire dentro. A mí me pasó lo mismo que a usted...

El policía la abrió y echó un vistazo a su contenido, pero Reina, impaciente como estaba, no dejó que sacara conclusiones por su cuenta e inició una historia, algo inconexa, con la información que ya conocía.

—Esta caja estaba guardada en una taquilla de la estación de autobuses. La llave de esa taquilla la dejó un huésped de mi hostal dentro de un sobre donde había escrito «Para entregar a la Policía. Gracias». Lo encontré cuando limpiaba el cuarto. Lo sé, debí traerlo en aquel momento, pero sentí curiosidad y abrí la taquilla. Allí me encontré eso. Lo más importante de todo no es ni el dinero, ni el anillo. Lo realmente importante es lo que está escrito en las servilletas. Es una confesión de un crimen e involucra a la concejala Virginia Rives en un asesinato —dijo casi sin respirar Reina.

—¡Alto, alto! Tranquilícese un poco, señora. ¿Dice usted que alguien ha escrito en estos papeles que Virginia Rives ha cometido un crimen?

—Exacto. Eso mismo. En realidad, son dos crímenes, uno de ellos lo ha ordenado cometer y el otro lo ha cometido ella misma.

—Eso que dice usted no tiene ningún sentido. Nadie ha muerto por aquí. Además, ¿hay pruebas de ello?

—¿Pruebas? —Reina no había pensado en eso.

—Sí, algo que avale la versión de quien escribió los papeles. No se puede acusar a alguien de un delito tan grave sin aportar pruebas —explicó el policía, intentando disimular su asombro.

—No sé muy qué decirle, agente. El relato da muchos detalles de la historia de Virginia Rives, habla de su vida, de su pasado, de su niñez y de las cosas que le ocurrieron entonces. Habla de un incendio donde murió el padre de Virginia hace unas semanas, en un pueblo de Cáceres llamado Cachorrilla. Los crímenes se cometieron allí, por esa razón aquí no sabemos nada. El incendio fue provocado y dice que fue ella quien ordenó que quemaran a su padre... Pero, además, Desiderio, que es quien ha escrito todo esto, sospecha que Virginia mató a un niño al que dio a luz con tan solo quince años, fruto de una violación de su padre, aunque de eso no tiene prueba alguna.

—¿Pero usted se está escuchando, señora? Esa historia parece sacada de una novela de misterio. ¿Sabe usted si realmente se produjo ese incendio del que habla o si ese hombre ha existido realmente? ¿Acaso no le parece realmente grave acusar a alguien de haber matado a un niño sin tan siquiera saber si alguna vez ha dado a luz? —dijo el policía con la intención de desacreditar todo lo que estaba escuchando.

—Entonces..., ¿no cree usted que sea cierto? —preguntó Reina al policía.

—Desconozco si es cierto o no, lo único que digo es que estas cosas hay que investigarlas, comprobar si realmente son verdad y no dar crédito así como así a unos papeles escritos por vete a saber quién. No se preocupe por nada. Me encargaré personalmente del caso. Estudiaré detenidamente cada una de las acusaciones y, si hay algo de certeza en ellas, no dude que iniciaremos una investigación.

—¿Me mantendrá informada?

—Por supuesto. Déjeme sus datos —le dijo mientras le ofrecía un papel y un bolígrafo.

—¿Ya está? ¿No es necesario que rellene una denuncia o algo así? —preguntó extrañada Reina al recordar los formularios que le había entregado nada más entrar en el retén, antes de pasar a la sala contigua.

—No es necesario. Iniciaremos cualquier trámite formal si los hechos son constitutivos de delito y levantamos diligencias. De momento, déjelo en mis manos. Haré las averiguaciones pertinentes. —Reina suspiró aliviada. Tal vez le había dado demasiada importancia al asunto, pensó.

—No sabe cuánto se lo agradezco, señor agente —le dijo mientras le tendía la mano—. Muchas gracias por todo. ¿Puedo saber su nombre?

—Agente Regledo. Iván Regledo, señora. Estaremos en contacto. Que tenga usted un buen día.

Reina abandonó las dependencias policiales sintiéndose mucho más ligera en comparación a como había entrado. Aquel guapo policía de ojos verdes había conseguido tranquilizarla y devolverle cierto grado de coherencia a tan rocambolesca historia. Se había quitado un peso de encima. Pero Iván, que tras salir Reina de la sala había echado el cerrojo, quedó perturbado con la lectura de las servilletas. ¿Era la mujer de la que estaba enamorado, la misma que allí se describía, capaz de matar a sangre fría? La duda puede ser una peligrosa semilla que germina incluso en los campos más áridos, y en Iván pronto echaría raíces.

Con tan solo una maleta como equipaje, el alcalde Gregorio Rosso embarcó con destino a Jamaica. Lo hizo solo y no fue un viaje de placer. Su instinto depredador hacía tiempo que le advertía del peligro que corría y temía convertirse en el cazador cazado de un momento a otro. Antes de que nada pudiera ocurrir, Rosso necesitaba poner en orden determinados asuntos y algunos de ellos pasaban por realizar algunas gestiones en las islas Caimán, ese precioso territorio situado en aguas caribeñas donde el dinero sospechoso duerme el sueño de los justos.

Se hospedó en un lujoso hotel donde los turistas adinerados son siempre bien recibidos, si bien no disfrutó demasiado de los placeres y comodidades del establecimiento. Un mozo, con uniforme color granate y botones dorados en la pechera, como salido de una estampa colonial de los años cincuenta, le acompañó hasta la puerta de su habitación, portando su única maleta en un carrito para equipaje. El chico sonreía constantemente, luciendo una perfecta dentadura de un blanco inmaculado. Rosso solo miraba al suelo del ascensor. Estaba preocupado, apenas había dormido, y aunque en ocasiones había tenido tentaciones de abandonar la alcaldía y escapar de todo antes de quedar atrapado en su propia red, cierto ego personal le había hecho desechar la idea. Cuando llegaron a la puerta de la habitación, el botones forzó un poco más la sonrisa hasta tal punto que dejaba ver parte de sus muelas. Rosso comprendió que era el momento de la propina. Abrió su cartera y le dio un billete de cinco dólares.

En la habitación, una suite con decoración recargada, cortinas floreadas y mucha mampostería dorada, había una cesta de frutas tropicales que presidía la mesa del pequeño salón contiguo al dormitorio. Justo al lado de la fruta, había otra bandeja más pequeña con un amplio surtido de bombones y una enfriadera con una botella de champán y dos copas con ribetes dorados. Antes de deshacer el equipaje, Rosso descorchó la botella y se sirvió una copa que bebió de un trago, como si de agua se tratara. Después se sirvió otra.

Lanzó la maleta sobre la cama con cierta desgana y, al abrirla, lo primero que puso en orden fueron los papeles que guardaba en un portafolios negro. Después, buscó en el bolsillo interior de su cazadora, cerrado con cremallera, y sacó un lápiz digital de memoria. Solo tras comprobar que todo ello estaba en orden, se recostó sobre la cama, se descalzó, bebió dos copas más de champán y llamó a recepción para solicitar los servicios de una señorita de compañía, a ser posible que hablara español porque su inglés no era demasiado fluido.

Pasada una media hora, cuando casi ya le habían vencido el sueño y el alcohol, tocaron a la puerta. Una joven con acento cubano, de piel oscura y cabello decolorado, pajizo y encrespado, lo saludó llamándole cariño como si lo conociera de toda la vida.

—¿Eres tú quien quiere pasarlo bien? Me han dicho que tienes ganas de fiesta. ¿Es cierto, mi amor? —dijo la joven, entrando sin pedir permiso.

Rosso la examinó de arriba abajo antes de cerrar la puerta de la habitación. La encontró desgarbada y algo delgada para su gusto, ni siquiera era guapa. Sus gruesos labios pintados de un rojo poco elegante, el excesivo azul de sus párpados y una ropa escasa, que dejaba bien poco a la imaginación, delataban a qué se dedicaba. Era vulgar, no parecía demasiado limpia y olía a perfume barato y otras esencias que Rosso prefirió no adivinar. Pero, a pesar de todo, no la rechazó. Tenía ganas de desahogarse, y aunque solía ser más exigente con sus compañías femeninas, especialmente cuando las pagaba, pasó por alto sus miramientos y le ordenó que se metiera en la ducha.

—Sí, mi amor, podemos jugar con el agua, pero el dinero por adelantado —le dijo ella mientras le acariciaba sus partes por encima del pantalón—. Tú ya sabes, mi niño...

Rosso sacó un puñado de dólares sin preguntar el precio de sus servicios; fue la joven la que se sirvió con una sonrisa. El cliente era generoso y eso la hizo feliz. Guardó el dinero en un bolso de mano y se desnudó. Cuando fue a quitarle la ropa a Rosso, fingiendo cierto interés por él, este se lo impidió.

—¡Aséate! No me gustan las putas que huelen a otros —le dijo con desprecio.

Ella obedeció sin rechistar; deseos más extraños estaba acostumbrada a satisfacer. Cuando terminó, salió cubierta por una toalla anudada por encima del pecho. Se acercó a Rosso, que continuaba vestido, y empezó a contonearse para él, jugando a abrir ligeramente la toalla para provocarle. Pero Rosso comenzó a sollozar repentinamente como un niño pequeño, ante la mirada de asombro de la joven. Por un momento, se quedó paralizada y no terminó de entender lo que estaba ocurriendo hasta que el alcalde habló, entre hipos y pucheros.

—He sido un niño malo, mamá, y sé que me vas a castigar —dijo con tono infantil, como si de una repentina regresión a su infancia se tratara—. Pégame, pégame fuerte, que he sido muy travieso… Castígame, mamá, me lo merezco —repetía una y otra vez, mientras le ofrecía una pequeña fusta a la prostituta y no dejaba de sollozar.

La joven suspiró y lamentó su suerte. Era uno de esos tipos raros a los que les gusta que les peguen, pensó, un masoquista pervertido que cree ser un niño y que disfruta al ser dominado, un loco traumatizado por su madre, tal vez.

Una vez había comprendido por qué había sido tan generoso, le arrancó la ropa con cierto grado de violencia fingida que a Rosso le gustó. Después, cogió la fusta y le obligó a ponerse de rodillas de espaldas a ella. Sabía muy bien qué era lo que el Chino quería y no tuvo ningún reparo en hacerlo. Primero, le azotó en la espalda mientras le repetía con insistencia lo mal niño que había sido, lo mal que se había portado. Le obligó a lamerle los zapatos hasta que estuvieran relucientes y con el tacón le pisó cada uno de los dedos de los pies. El alcalde jadeaba y sollozaba al mismo tiempo y, a juzgar por su expresión de placer y dolor en su rostro, parecía estar satisfecho, muy satisfecho. Después, lo agarró con fuerza del pelo y lo forzó para que se pusiera a cuatro patas, como un perro sumiso. Ella le gritaba y él seguía gimiendo. Cuanto más verbalizaba su enfado la joven puta, más parecía disfrutar el alcalde. Tras dejarle la marca de la fusta en las nalgas, la chica, haciendo gala de cierta experiencia en aquellos menesteres, pellizcó los testículos de Rosso con sus uñas y lo penetró analmente con el mango de la fusta. Fue entonces cuando, entre lamentos infantiles, Rosso alcanzó un orgasmo, tirado en el suelo de la habitación de un hotel en la isla de Gran Caimán, babeando de perverso placer, entre las cuatro paredes que guardaron el secreto inconfesable del imperturbable alcalde de Beniaverd.

Aquella noche durmió como un niño que ha redimido su mal comportamiento. A la mañana siguiente volvió a ser el mismo, el hombre calculador y metódico que nada dejaba a la improvisación. Se afeitó, se dio una ducha y se vistió con traje y corbata. No olvidó darse un toque de perfume caro en su cuello. Con su portafolios bajo el brazo y su lápiz de memoria en un bolsillo interior de su chaqueta, desayunó algo liegro antes de pedir un coche que le llevara a una sucursal bancaria. Ya en el banco, se acercó a una señorita que vestía completamente de blanco y llevaba el pelo recogido en la nuca. Le preguntó si hablaba español. Ella sonrió y negó con la cabeza. Con un gesto le indicó que se sentara. Rosso se acomodó en una butaca mientras la mujer vestida de blanco se levantó y se adentró hasta un lugar donde él no podía verla.

El banco era enorme, un gran espacio diáfano con mucha luz y enormes ventanales. El suelo de mármol brillaba como un espejo y una joven algo entrada en carnes no hacía más que ir de aquí para allá con una mopa, limpiando sobre limpio. Al instante, volvió la mujer vestida de blanco, acompañada de un hombre con gafas, de unos treinta años, muy delgado y de la misma estatura que Rosso.

—Buenos días. ¿Puedo ayudarle en algo? Soy el señor Martínez —le dijo el hombre tendiéndole la mano.

—¡Vaya! Siempre resulta agradable encontrar a alguien español en un país tan lejano —contestó Rosso sorprendido, al tiempo que se presentaba.

—Mi abuelo era español. Yo nací aquí, pero mi padre siempre tuvo especial interés en que hablara el idioma. Ya sabe, romanticismo patriótico...

—Pues me alegro por la parte que me toca, no sabe lo difícil que me resulta manejarme con mi escaso inglés. Esa siempre ha sido mi asignatura pendiente. ¿Podemos tratar estos asuntos en algún lugar más discreto?

—Por supuesto, señor Rosso. ¿Qué ha venido usted a buscar aquí, si no es indiscreción?

El joven le sonrió de manera cómplice y le hizo pasar a un despacho. No era el primer cliente que buscaba pasar lo más desapercibido posible. En el despacho, Rosso le explicó al señor Martínez su interés en abrir una cuenta numerada, de esas en las que no aparece nombre alguno, solo dígitos. La operación resultó ser bastante rápida para lo que el alcalde había imaginado. Además de la cuenta, contrató también una caja de seguridad.

—Me gustaría poder depositar algo ahora mismo —dijo Rosso.

—Por supuesto, no hay ningún inconveniente. Le acompañaré yo mismo.

Las cajas de seguridad estaban en la parte posterior del banco. Para acceder a ellas, había que pasar ciertos controles. Rosso siguió al señor Martínez, que tras cruzar dos puertas blindadas separadas por un corredor, entró en una sala cuyas paredes eran compartimentos privados con números, pequeños nichos de secretos. En el centro, había una mesa. El señor Martínez comprobó el número de la caja contratada y la abrió, colocándola sobre la mesa.

—Toda suya. Esperaré fuera.

Cuando Rosso se quedó a solas, sacó de su bolsillo el lápiz digital y lo depositó en la caja junto con el portafolios negro. Después suspiró.

El señor Martínez le acompañó hasta la puerta. Le tendió la mano en señal de cortesía y le agradeció que hubiera elegido su banco para sus gestiones.

—Espero verle pronto de nuevo por aquí —dijo el empleado sacudiendo con fuerza la mano de Rosso.

—Tal vez antes de lo que usted se imagina.

—Comprendo —sonrió el joven, entendiendo entre líneas—. Le puedo asegurar que esta isla es ideal para un retiro profesional. Además, podría practicar el inglés. Nunca es tarde para aprender.

—Cierto, nunca es tarde para empezar de nuevo. Ha sido un placer.

Tras las gestiones bancarias, Rosso sintió la necesidad de tomar un trago y un poco de aire a partes iguales. Decidió caminar dando bocanadas de oxígeno caribeño con cierta ansiedad. A cuatro manzanas del banco, tomó asiento en la terraza de una coctelería decorada para captar a los turistas. Pidió una ginebra con tónica y marcó un número en su teléfono móvil mientras jugueteaba con los hielos del vaso. Al otro lado de la línea respondió una voz masculina.

—*Il mio amico! Che gioia parlare con te!*

—No te hagas el sorprendido, Luigi, ya sabías que esta llamada se iba a producir y, por favor, deja el italiano para otro momento.

—No estás de buen humor, amigo. ¿Ocurre algo?

—Las cosas se están poniendo feas y necesito que hagas unos movimientos importantes con mucha discreción —dijo Rosso.

—Tú mandas.

Los dos policías judiciales que habitualmente seguían las escuchas telefónicas del alcalde despertaron repentinamente de cierto letargo al oír la conversación. Hacía días que no les llegaba nada interesante para la Operación Imperio.

—¡Triangula la llamada y localiza dónde está ese tal Luigi! —ordenó nervioso el de barba—. ¿Es este tu amiguito, Rosso? —se preguntaba en voz alta, como si estuviera interrogando al alcalde—. ¿Acaso es este tu hombre de paja? ¿Qué tienes que contarle desde las islas Caimán? ¡Vaya! Si al final será verdad lo que cuentan de tu historia con la mafia… ¡Qué cabrón!

—El número está a nombre de un tal Luigi Manfredi, jefe, un italiano afincado en Madrid. Habla desde allí.

—¡Estupendo! A ver qué tienen que decirse estos dos…

La conversación prosiguió y Rosso dictó a Manfredi un número de cuenta bancaria, la que acababa de abrir. Quería efectivo en esa cuenta en cantidades discretas durante los próximos meses, esa fue la indicación. Más tarde, recibiría otras órdenes. El resto de asuntos debería seguir como hasta el momento.

—Tenemos a su testaferro, jefe.

—La pieza que nos faltaba —afirmó el policía—. Ahora solo tienen que mover el dinero. Dejemos que se confíen. Ellos solitos nos guiarán. Te hemos pillado, Manfredi. Voy a saber de ti hasta cuándo te cortas las uñas. Quiero conocer de ese tío hasta lo que desayuna los domingos. ¿Entendido? Sociedades, inmuebles, cuentas, todo lo que esté a nombre del tal Luigi lo quiero sobre mi mesa...

Rosso colgó el teléfono y terminó su ginebra con tónica como un turista más. Se sentía mejor. Pensó que tal vez podía celebrarlo llamando de nuevo a la puta cubana de la noche anterior. Estaba lejos de España y nada tenía que temer. Le gustaba ser quien realmente era. Resultaba agradable poder sacar a pasear sus perversiones, sin miedo a ser descubierto.

Martes, 20 de julio de 2010

Reconozco que hablar con el policía que me atendió el día que me decidí a entregar la caja de zapatos me tranquilizó mucho. Me pareció un joven prudente y, sobre todo, analítico. Pero la tranquilidad no me duró demasiado, puesto que pronto y por casualidad averigüé que el tal agente Regledo tenía una parte subjetiva que había olvidado comentarme: su relación sentimental con Virginia Rives, lo que le convertía en un policía con intereses personales en el caso.

Lo supe por Simón, un domingo que comimos juntos. Hasta el momento, yo no le había contado nada de mi hallazgo en la taquilla de la estación de autobuses, pero salió en la conversación el nombre de Virginia Rives mientras tomábamos café y los gemelos jugaban en el jardín.

Recuerdo que me dijo que, en los corrillos de prensa, se apuntaba a Virginia como la nueva sucesora en el ALBI, tras el desgaste que estaba sufriendo la figura del alcalde, Gregorio Rosso. Fue nombrar a Virginia y la charla se tornó interesante para mí. Normalmente, me aburría sobremanera cuando Simón parloteaba con sumo interés, algo petulante por cierto, sobre política y otras cuestiones. Eran temas que no solían atraerme demasiado y que Simón utilizaba para hacerse el intelectual, dando a entender que no había asunto en el pueblo que se le escapara. Le gustaba jugar a presumir de gran periodista delante de mí, y yo lo dejaba. Pero en aquella ocasión, al nombrar a Virginia, por motivos más que obvios, presté más atención e incluso le pregunté por su opinión personal. Aún se me escapa una sonrisa al recordar lo sorprendido que se quedó Simón al verme tan interesada en lo que él pudiera opinar al respecto.

He de decir que Simón es un hermano estupendo, generoso y buen amigo. Siempre ha estado ahí cuando lo he necesitado y solo puedo contar bonitas experiencias vividas a su lado. Es la persona a la que más quiero y mi única familia. No obstante, también es cierto que entre nosotros, como ocurre entre todos los hermanos, siempre hubo cierta rivalidad por superar al otro, tal vez algo más acentuada por su parte. Ahora, desde este ostracismo autoimpuesto, echo de menos esas conversaciones, incluso echo a faltar su petulancia intentando quedar por encima de mí. Cómo me gustaría tenerlo aquí conmigo, en mi pequeña casa de comidas, en mi nuevo hogar, escuchándole disertar sobre los asuntos de Beniaverd, en torno a un café que yo misma le prepararía... Qué pequeñas se ven ahora esas rivalidades...

En fin, las cosas son como son y no sin esfuerzo empiezo a asumirlas, por el bien de todos, incluido el de Simón. Al fin y a la postre, mi vida en Bugarach es tranquila y feliz dentro de lo que cabe...

Como iba diciendo, Simón pensaba de Virginia que tenía potencial para la política, pero que era demasiado joven para tomar el mando del ALBI. Creo recordar que dijo que le faltaba experiencia, lo que me hizo dibujar una mueca en mis labios que sorprendió a Simón. Me preguntó de qué me reía y yo disimulé con mi respuesta, por no decirle que de ser cierto todo lo que yo había leído sobre ella, su experiencia en la vida podría resultar de lo más trágica y sádica para cualquiera. Me guardé mis pensamientos para mí misma y Simón continuó con su pequeño discurso.

Fue entonces cuando abordó el análisis de la vida personal de Virginia. Dijo que se la había visto varias veces con un guapo policía local de Beniaverd, muy acaramelados, casi como dos adolescentes que no pueden reprimir comerse a besos por los rincones, algo que, según el criterio de Simón, resultaba contraproducente para su intachable imagen pública.

Por supuesto, no asocié a ese policía con el que parecía que Virginia estaba ennoviada con el policía que me había atendido, hasta el momento en que Simón pronunció su nombre. Recuerdo que mi hermano dijo, con cargada ironía y mucho sarcasmo, exactamente la siguiente frase: «Ya verás qué poco tarda Iván Regledo en ascender dentro del cuerpo».

Fue entonces cuando me quedé fría. Como solía decir mi madre, si me pinchan, no me sacan sangre. Maldita suerte la mía. De toda la plantilla de policías de Beniaverd había tenido que topar con el novio de Virginia Rives, una fina ironía del destino.

Como es comprensible, la sensación de tranquilidad con la que días atrás había salido del retén de la policía se esfumó inmediatamente. ¿Qué podía hacer entonces? ¿Debía confiar en que el agente Regledo actuara diligentemente sin dejarse influir por sus sentimientos? Me resultaba difícil creer que así fuera. ¿Era mi obligación acudir a otro policía, o bien a la Guardia Civil, para contar lo ocurrido? ¿Y qué pensarían de mí si lo hacía? Ya ni siquiera tenía la caja de zapatos que avalara mi historia. ¿Qué habría hecho con ella Iván?

Demasiadas preguntas para mi cabeza. Demasiadas incógnitas que no podía resolver. En mi mano, solo estaba dejar que el tiempo escribiera el resto de la historia. Lo que aún yo no sabía es que el resto de la historia me había elegido como coprotagonista.

17

Las blancas sábanas de algodón olían a Virginia, a dulce de almendras y a lavanda. Ella dormía boca abajo ligeramente tapada, ofreciendo su espalda desnuda a la brisa del mar que se colaba por la ventana. Iván estaba despierto y la observaba. Su pálida piel resplandecía salpicada por diminutas pecas que jugaba a contar en silencio. Le encantaba contarlas. Por alguna extraña razón, los pequeños puntitos de melanina que cubrían el cuerpo de Virginia invitaban a los hombres a contarlos, sin conseguirlo, un misterio que ella nunca había logrado comprender.

La habitación estaba fresca. Las cortinas se ondulaban por el viento, dibujaban garabatos en el aire, líneas curvas improvisadas. Con mucho cuidado, Iván subió la sábana hasta los hombros de Virginia para que no cogiera frío, sin despertarla, como en una caricia. Después, cerró la ventana. Era muy temprano, pero no podía dormir. Virginia, sin embargo, parecía capturada por Morfeo, nada perturbaba su plácido sueño. La contempló furtivamente, a sabiendas de que ella no era consciente de que estaba siendo observada. No sabía muy bien qué pretendía obtener de aquella minuciosa observación. Incluso se colocó en cuclillas delante de su rostro, a tan corta distancia que pudo sentir su respiración. Le hubiera gustado poder colarse en su mente para saber qué estaba soñando. Le hubiera gustado conocer sus más íntimos pensamientos y averiguar quién era realmente la joven de la que estaba enamorado. Temía quedar atrapado en una trampa de la que no pudiera salir.

Descalzo y en ropa interior, Iván fue hasta la cocina y se preparó un café cargado. Hacía más de un mes que vivía atormentado por el contenido de una caja de zapatos que una mujer había dejado a su cargo, y esa historia le quitaba el sueño. Se acababa el verano y aún no había tomado una decisión. Aquel asunto le hacía dudar sobre cómo debía actuar. No le había comentado ni una palabra a Virginia, temía estropear la segunda oportunidad de una relación que parecía empezar a funcionar. Pero su instinto policial, su curiosidad, esa incertidumbre que tenía dentro, tal vez todo junto, le impedían ignorar lo escrito en unas servilletas de papel por un desconocido.

El olor del café despertó a Virginia, o tal vez fuera el martilleo de los pensamientos de Iván en su cabeza. Era hermosa hasta recién levantada de la cama. Con su pelo naranja alborotado y una bata de seda blanca, acudió al reclamo del aroma.

—¡Qué madrugador! ¿Nadie te ha dicho que los domingos son para descansar? —dijo mientras le robaba la taza a Iván y bebía un sorbo.

—No podía dormir. Pensaba en Chanel. —Virginia se sorprendió y tragó el café con cierta dificultad.

—¿En Chanel? ¿Y eso a qué viene ahora? —contestó algo a la defensiva.

—Por un momento eché de menos su alboroto por la casa. Siempre que pasaba la noche aquí y me levantaba antes que tú, se enroscaba por mis piernas para que la cogiera en brazos. Era horriblemente pesada cuando lo que quería eran mimos. Más de una vez casi me hizo tropezar. Yo creo que tenía celos de ti. Es curioso cómo una criatura tan pequeña puede echarse tanto a faltar. No me dijiste cómo murió —preguntó intencionadamente, aunque sabía muy bien la respuesta, al menos la versión de Desiderio escrita en las servilletas.

—La atropelló un coche —acertó a inventar Virginia.

—Es terrible... ¿Y dónde fue? ¿En qué calle? Me resulta extraño no haber escuchado ningún comentario al respecto.

—Fue en el centro... No recuerdo el nombre de la calle. Un coche le dio un golpe seco, no pudo frenar a tiempo cuando íbamos a cruzar por un paso de peatones. No pareció ser nada grave en el momento, ni siquiera sangraba, así que no le di mayor importancia y me marché a casa. Murió horas después por una hemorragia interna, tal vez por eso pasó desapercibido el incidente. Debí llevarla inmediatamente al veterinario para que le echaran un vistazo, no creas que no me culpo por ello todos los días. —Suspiró satisfecha por la versión que acaba de improvisar. Le pareció convincente, incluso con cierta carga dramática—. ¿Te apetecen unas tostadas? —preguntó para intentar cambiar de tema.

—Con mantequilla, por favor.

Hubo un silencio. Iván sorbía su café a pequeños tragos y pensaba. Virginia, dándole la espalda, preparaba las tostadas y también pensaba.

—Estaba dándole vueltas a la cabeza esta mañana a lo nuestro. Me he dado cuenta de que no sé nada de ti —dijo Iván—. Apenas conozco tu pasado, nunca me has hablado de tu familia, de tu niñez, de las cosas que te gustaba hacer cuando eras pequeña… No sé, nunca hemos tenido una conversación sobre nosotros.

—Yo tampoco sé mucho de ti. ¡Qué importa el pasado! Lo importante es quiénes seamos ahora, tú y yo, el presente —respondió Virginia, que empezaba a incomodarse con la conversación—. ¿Se puede saber a qué viene eso ahora?

—Sentía curiosidad. Me imagino que, antes de aterrizar en este pueblo, habrás vivido en algún sitio. No creo que seas el fruto de una generación espontánea, digo yo… —insistió.

Virginia desenchufó la tostadora tirando con fuerza del cable. Con desgana puso el pan sobre un plato, untó la mantequilla y lo acercó hasta donde estaba Iván, al otro extremo de la cocina, sentado sobre un taburete. Lo dejó sobre la mesa con cierto desaire. El plato sonó con rotundidad y las tostadas casi caen al suelo.

—A ver, ¿qué quieres saber? Te has levantado preguntón esta mañana —dijo enfadada—. Dispara.

—Podríamos empezar por el principio… No sé… ¿Dónde naciste? ¿Dónde pasaste tu infancia?

—Nací en un pequeño pueblo de la provincia de Cáceres llamado Cachorrilla. Apenas alcanza los cien habitantes. Allí me crie y allí pasé mi niñez y adolescencia. Hubo un momento en que el pueblo se me quedó pequeño y decidí viajar. Estuve aquí y allá, nunca demasiado tiempo en cada ciudad, hasta que llegué a Beniaverd. El resto ya lo sabes. ¿Satisfecho?

—No entiendo por qué te molesta tanto que te pregunte por tu pasado.

—No fui feliz en mi infancia y es una etapa de mi vida que prefiero olvidar, eso es todo.

—¿Tienes familia?

—¿Es esto un interrogatorio o algo parecido? A lo mejor prefieres que me siente y me apuntas con una luz en la cara como hacen en las películas... —Hizo una pausa. Suspiró e intentó guardar un poco las formas antes de continuar—. Para tu información, soy huérfana y solo tengo un hermano, pero no tengo trato con él. Hace su vida y yo la mía. Fin de la historia. Se me ha quitado el hambre —dijo tirando su tostada a la basura—. Me tengo que arreglar, esta mañana hay un acto en una pedanía al que tengo que asistir. Será mejor que me prepare unas palabras para el discurso. Si no te importa, me encerraré un rato en el despacho para escribirlas. Estás en tu casa.

A paso ligero, la bata de seda, volátil y etérea, parecía volar alrededor de las piernas de Virginia. Dio un portazo al entrar en el despacho. Estaba contrariada y supo que había perdido la compostura ante las preguntas de Iván. Cuando se sintió a solas, suspiró profundamente. El interrogatorio de Iván le había pillado por sorpresa y dudó si haberle dicho una escueta verdad sobre su vida habría sido lo más apropiado. Lo meditó unos segundos. Las mentiras tienen las patas muy cortas y se les da alcance muy fácilmente, así que, tras este razonamiento, concluyó que decir una parte de su verdad, la parte confesable, tal vez había sido una decisión acertada al fin y al cabo. Se echó en cara a sí misma no haber previsto que, tarde o temprano, aquello iba a pasar. Debió anticiparse a aquella conversación, prepararse para resultar más convincente, estar lista para cuantas preguntas quisiera hacerle. No podía culparle por ello, era lógico que Iván quisiera saber más de ella a medida que la relación se iba consolidando, pero a Virginia aquello le asustaba; su pasado volvía a suponer un cerco que la ahogaba, una vez más.

De repente, le vino a la cabeza Desiderio. Se había olvidado por completo de él. Le resultó extraño no haber recibido noticias suyas y pensó que estaría esperando, tal y como habían acordado, a que Virginia se pusiera en contacto con él. Volvió a suspirar. Necesitaba encontrar un modo de quitárselo de encima antes de que diera problemas, pensó, sin saber que Desiderio era ya otro problema muerto a sus espaldas.

En la cocina, Iván apuró el café y se sirvió otro. A cada respuesta de Virginia había sentido un mayor desasosiego. Hubiera bebido un trago de güisqui para templarse, pero en casa de Virginia no había alcohol. Frente a su segunda taza, analizó cada respuesta y el comportamiento de la guapa pelirroja, su extraño comportamiento cargado de nerviosismo. Era cierto que había nacido en Cachorrilla, tal y como Desiderio contaba. También era cierto que tenía un hermano y que ahora era huérfana, aunque había omitido que hacía muy poco que su padre había muerto y en qué circunstancias. Sus respuestas habían sido pinceladas del sórdido relato de las servilletas, una versión amable, lo que le llevó a pensar si no sería cierto también el resto de la historia que contaba Desiderio. La sola posibilidad de que así fuera le hizo estremecerse. Iván no podía seguir con aquella incertidumbre, debía conocer la verdad, y debía conocerla cuanto antes.

Tras su escapada a las islas Caimán, el alcalde Rosso volvió a su refugio en el ayuntamiento de Beniaverd. A su vuelta fue discreto y se dejó ver lo justo. El ambiente en el pueblo empezaba a ser convulso y el alcalde, mucho más preocupado por sí mismo que por la ciudadanía, había subestimado el poder de las circunstancias.

Tras el verano, comenzaron a visualizarse los graves problemas de liquidez que arrastraba el consistorio. Hubo dificultades para pagar las nóminas de los funcionarios y los trabajadores de las contratas hacía meses que cobraban con mucho retraso. Las facturas de los proveedores municipales se apilaban por cientos en las mesas de los despachos. Las entidades bancarias no concedían créditos a nada ni nadie que tuviera vinculación municipal. Por si esto fuera poco, Rosso tuvo que enfrentarse a una huelga de limpieza que dejó a Beniaverd sumergida bajo toneladas de bolsas de basura durante más de quince días. Los trabajadores querían cobrar sus atrasos. El dueño de la empresa concesionaria, Mateo Sigüenza, no pagaba, ni atendía a razones sindicales. Acusaba al mismo ayuntamiento y a su alcalde de incumplimiento de la contrata. Todos se echaban las culpas unos a otros y, mientras eso ocurría, el pueblo era un estercolero al borde de la inmundicia, con graves problemas de salubridad, lo que provocó que Rosso tuviera que reunirse con carácter de urgencia, cara a cara, con Sigüenza, su viejo colaborador, su amigo bajo precio, a quien dos años atrás había otorgado la concesión de los servicios de limpieza de Beniaverd como pago por los favores prestados.

Fue una cita oficial en el despacho del alcalde, una forma de mostrar a los ciudadanos que Rosso tomaba interés en el asunto y actuaba como lo debe hacer un buen alcalde, buscando soluciones en negociaciones conciliadoras. Pero lo que sucedió en la alcaldía fue de todo menos conciliador. La basura no solo estaba amontonada en las calles de Beniaverd.

—Señor alcalde, el señor Sigüenza acaba de llegar —le anunció por teléfono su secretaria, una rubia teñida, embutida en unos pantalones vaqueros.

—¿Hay prensa esperando?

—Sí, señor, están todos los medios fuera.

—Gracias. Hágalo pasar.

Sigüenza entró luciendo una sonrisa postiza y haciendo gestos que exaltaban la moribunda amistad con Rosso.

—¡Amigo mío! ¡Qué caro te haces de ver! ¡Mi querido Chino! ¡Hace tanto que no nos corremos una juerga, que ya ni me acuerdo de cuándo fue la última! —Se encorvó ligeramente para abrazar al pequeño alcalde y darle sonoras palmadas en la espalda.

—Sí, yo también me alegro mucho de verte, Mateo —mintió—. Es una pena que tengamos que hacerlo en estas circunstancias. Siéntate, por favor. —Ambos tomaron asiento, cada uno en un sofá.

—Supongo que quieres que esta situación se acabe y me has citado para darme una fecha de pago de lo que todavía se me debe de la contrata.

—¿Lo que todavía se te debe? ¿No me estarás hablando en serio? Se te ha abonado más del ochenta por ciento, ¿sabes cuánta pasta es eso? Sí, claro que lo sabes… A ti no se te escapa ni un euro sin que lo cuentes una y otra vez. Además, el ayuntamiento no puede hacer frente al resto. Tú querías hacerte cargo de las basuras del pueblo y me insististe mucho para ello, ¿ya se te ha olvidado? Dijiste que la mierda era un buen negocio porque nunca se acaba, esas fueron exactamente tus palabras. ¿Te haces una idea de lo que tuve que mover para que se te adjudicara? Tuve que comprar al técnico municipal para que diera el visto bueno.

—Se te olvida un pequeño detalle… Uno nada más —dijo Sigüenza con sarcasmo—. Me hablas de memoria y parece que a ti te está fallando, yo de ti me lo haría mirar. Esta concesión te la pagué con intereses. ¿Ya no te acuerdas de esa bolsa de deporte que te hice llegar a través de tu chófer? No venía precisamente del gimnasio. ¿Y ese pisito en la playa que puse a nombre de una sociedad fantasma? ¿También se te ha olvidado? Así que no me eches en cara que me hiciste un favor, yo te pagué muy bien por ello y ahora quiero que se cumplan las condiciones.

—Primero paga a los trabajadores, limpia las calles que huelen a cloaca y después hablaremos del resto. La cosa está muy mal, no te lo puedes ni imaginar.

—¿Y la tengo que pagar yo? Seguro que para ti no pinta todo tan negro… Eres muy listo, una rata que sabe nadar y guardar la ropa.

—¿Me estás llamando rata? —contestó Rosso ofendido—. ¿Precisamente tú? ¿Vienes a darme ahora lecciones de moralidad?

—Sí, eres una rata vestida de Armani que no levanta dos palmos del suelo. Porque, al fin y al cabo, yo soy un empresario. Mi dinero es mío y solo mío, pero tú, mírate… Eres un puñetero corrupto que se enriquece con el dinero público. ¿No es más inmoral lo tuyo que lo mío?

—¡No sabes qué coño estás diciendo! ¡Se te está yendo la cabeza de toda la mierda que te metes por la nariz! Claro, como ahora tienes amigos nuevos metidos en otros negocios… No te equivoques, ¡tú eres parte de todo esto tanto como yo, no me vengas con historias! Nunca has tenido bastante, no has sabido ver el momento de decir basta, y ahora todo va a estallar. ¿Quieres que nos abran una investigación? ¡Nos observan con lupa, y no solo la basura de la calle es lo que empieza a oler mal! Sé inteligente por una vez y haz lo correcto.

—Lo haré, claro que lo haré. No me subestimes, Rosso. No se levanta un imperio empresarial si no se tiene cabeza.

—¿Es una amenaza? Porque no te conviene amenazarme.

—Dímelo tú… ¿Acaso temes algo?

—Temo lo mismo que puedas temer tú… Que no se te olvide que estamos juntos en esto, que no se te olvide nunca… Tienes dos días para limpiar la mierda del pueblo. ¿Me has oído? Dos días.

El dedo índice de Rosso apuntaba directamente a la cara de Sigüenza como si empuñara un arma. La mirada del alcalde no era para
tomarla a broma. Mateo Sigüenza resoplaba como un búfalo, conte-
niéndose las ganas de darle un puñetazo al alcalde de Beniaverd y dejarlo clavado en el sofá. Se levantó sin decir nada más. Se estiró el traje
y ajustó el nudo de su corbata. Le devolvió la mirada desafiante a Rosso como despedida y salió del despacho de la alcaldía. No habían necesitado más de diez minutos para evidenciar sus diferencias, pero los
trapos sucios se lavan en casa. A las puertas del ayuntamiento de Beniaverd, una nube de periodistas de todos los medios aguardaba con
impaciencia sus declaraciones.

—Tranquilos, señores, tranquilos... —dijo abrumado por la ava-
lancha de micrófonos y cámaras que se le vino encima.

—Por favor, señor Sigüenza, háganos una valoración de la reunión
que ha mantenido con el señor alcalde. ¿Han llegado ustedes a un
acuerdo? ¿Se recogerá la basura de Beniaverd en las próximas horas?
—preguntó una reportera.

—Puedo anunciarles que Beniaverd volverá a lucir con la belleza
que le caracteriza. Entre el alcalde Rosso y yo hay una sintonía armóni-
ca que, una vez más, se ha puesto de manifiesto llegando a un acuerdo
satisfactorio por ambas partes —dijo petulante—. Solo hemos necesitado un apretón de manos para arreglarlo.

—¿Cobrarán los atrasos los trabajadores de la limpieza? ¿Descon-
vocarán la huelga? —interrogó otro periodista.

—Ahora mismo me marcho para reunirme con los representantes
sindicales. Confío en su buen juicio. Por mi parte, me comprometo a
abonar lo adeudado en un plazo de cuarenta y ocho horas. Muchas
gracias a todos.

Sigüenza se abrió paso entre la multitud de periodistas haciéndose
un pasillo con sus brazos, al tiempo que desoía las preguntas que estos
le hacían, unas sobre otras, amontonadas. Al salir, se cruzó con Virginia
Rives, que iba camino del ayuntamiento. La prensa seguía observando
cada movimiento del empresario y, al darse cuenta de ello, Virginia se
acercó a él y lo saludó cordialmente, haciendo del teatro político una
escena de brillante improvisación. Ambos se besaron en la mejilla y Sigüenza, sin dejar de sonreír, no pudo reprimir susurrarle algo al oído.

—Puta zorra...

—Yo también me alegro de verte. Saluda a tu señora de mi parte —dijo Virginia en voz alta, para que la prensa lo escuchara. Y ambos continuaron su camino.

Las primeras indagaciones que hizo Iván fueron sobre Desiderio. Era importante saber qué clase de persona es la que realiza una burda confesión escribiendo en unas servilletas de papel de un bar. Contó con la colaboración de la policía local de Cáceres, que le permitió, por tratarse de un favor entre compañeros, indagar sobre su pasado. Pronto comprendió que se trataba de una persona poco estable, con problemas de drogas e incluso con antecedentes menores por algunos hurtos y robos. La pista le llevó hasta el centro de rehabilitación donde Desiderio había pasado parte de su proceso de desintoxicación, y fue allí donde le facilitaron un número de teléfono de Pescueza, el pueblo limítrofe con Cachorrilla, donde al parecer tenía fijada su residencia. Lo que no esperaba Iván era encontrarse con la noticia de que Desiderio había muerto, y mucho menos que se había suicidado.

Fue su madre la que atendió el teléfono, una madre profundamente afligida y que nada parecía conocer sobre qué motivos habían llevado a su hijo a colgarse de un árbol, en el momento en el que empezaba a recobrar el control sobre su vida. Una madre que sobrevive a un hijo.

—¿Y dice usted que era amigo suyo? —preguntó lastimosamente al otro lado del teléfono.

—Bueno, solamente un conocido, señora. Me lo presentó una amiga suya, una conocida que teníamos en común, Virginia Rives, de Cachorrilla —mintió—. ¿La conoce?

—Rives, Rives... Pues no me suena... —dijo intentando hacer memoria mientras se limpiaba la nariz sonoramente.

—Una chica pelirroja y pecosa que hizo amistad con su hijo cuando eran unos chavales. Vivía en el pueblo de al lado. —El silencio se prolongó más de lo que resulta cómodo en una conversación telefónica entre desconocidos y la mujer pronto cambió su tono afligido por uno iracundo.

—Esa mala pécora no era amiga de mi hijo, ella fue su perdición. ¡Ojalá se pudra en el infierno! Ella es la que tendría que estar muerta y no mi hijo. ¡Apártese de ella! ¡Todo lo que toca lo envenena! ¡Maldita sea! —Y colgó el teléfono.

A Iván se le cortó la respiración. Pudo apreciar el odio en las palabras de la madre de Desiderio y se le heló la sangre. Por un momento, se había sentido aliviado al saber que el hombre que había escrito todo aquello en unas servilletas era inestable y drogadicto, y por lo tanto, alguien poco de fiar. Sus prejuicios lo habían llevado a dudar profundamente de su versión de los hechos porque, en el fondo, pretendía creer en la inocencia de Virginia. Sin embargo, el rencor que parecía guardarle la madre de Desiderio a Virginia y su manera de manifestarlo le habían hecho no bajar la guardia todavía y mantener encendida la luz de alarma. De no haber sido por esa reacción, hubiera zanjado el asunto y se hubiera deshecho de la caja de zapatos y sus confesiones. Pero la realidad era que seguía hecho un lío y el paso del tiempo, alimentando aquel tremendo secreto, no hacía más que aturdirlo sobremanera. Estaba librando una batalla entre su corazón y su sentido común, y ambos estaban empatados, tal vez porque quería creer que todo era una invención de una mente trastornada, tal vez porque no quería creer que todo fuera verdad.

La conclusión a la que había llegado tras sus primeras indagaciones era que ambos, Desiderio y Virginia, eran viejos conocidos, a pesar de que Virginia jamás lo mencionara, algo que no terminó de extrañar a Iván, teniendo en cuenta el hermetismo de Virginia sobre su vida. Pero ¿era cierto que recientemente se habían reencontrado? La pregunta alimentó el desasosiego de Iván, que rebuscó en la caja de zapatos. Sacó las servilletas manuscritas y buscó con la mirada, ayudándose de su dedo índice, la parte en la que relataba su encuentro en un hotel de Burgos, cercano a la estación de tren meses atrás, una fría noche de febrero. Necesitaba confirmar la historia.

Encendió el ordenador de su mesa de trabajo y buscó el teléfono de ese hotel y, sin pensarlo dos veces, llevado por el inmenso poder que tiene la verdad cuando pugna por salir a flote, marcó el número.

Una voz femenina de catálogo sonoro, agradable a pesar de todo, atendió su llamada. Iván se identificó como policía en el curso de una investigación, dándose un aire interesante. Necesitaba confirmar una reserva del pasado mes de febrero a nombre de una tal Virginia Rives.

—Lo lamento mucho, pero tendré que consultarlo con el director del hotel —contestó sorprendida la recepcionista, pero sin perder su neutro tono de amabilidad—. Por favor, no se retire, en unos segundos estoy de nuevo con usted.

Mientras la música en espera taladraba la cabeza de Iván, monótona y aguda, la impaciencia crecía en la boca de su estómago. Inconscientemente, se sorprendió a sí mismo deseando que aquella cita secreta en un hotel de Badajoz, una oscura y heladora noche de febrero, para planear un asesinato, jamás se hubiera producido, pero algo le decía que era cierta. Más pronto que tarde, la amable señorita del hotel lo devolvió a la realidad.

—¿Agente Regledo? ¿Sigue usted ahí?

—Aquí estoy.

—Siempre es un placer colaborar con las fuerzas de seguridad. Efectivamente, hay una reserva en la fecha indicada a nombre de Virginia Rives. Fue tan solo de una noche y se pagó en efectivo. Habitación doble con cama matrimonial.

—¿Recuerda usted a su acompañante? ¿Les dio su nombre o algún tipo de documentación?

—No, señor, no consta.

—Por favor, deme una dirección de correo electrónico y le enviaré una fotografía, tal vez le ayude a recordar.

Iván buscó en su ordenador alguna foto reciente de Virginia y eligió una que había hecho unas semanas atrás, un día que habían cenado juntos cerca de la playa. Le dio al botón del ratón y la envió por correo.

—Ya tiene una fotografía en su correo. ¿Se acuerda de ella? ¿Es esa mujer la que se hospedó en su hotel?

La joven, con una intriga impropia de su trabajo, aburrido y monótono, no acertaba a darle al botón adecuado de puro nerviosismo. Finalmente, logró abrir el archivo.

—¡Sí, es ella! —dijo casi entusiasmada—. La recuerdo muy bien. Llevaba un gorro de lana y vestía muy elegante. Es guapísima… Aunque en la fotografía lleva el pelo algo más largo. El día que se marchó la vi con la cabeza al descubierto y me gustó su atrevido corte de pelo.

—¿Recuerda a su acompañante?

—Por supuesto, cómo podría olvidarlo.

—¿A qué se refiere? —preguntó extrañado Iván por la respuesta.

—Bueno, a que se trataba de una pareja poco convencional. Resultaba raro verles juntos. Incluso llegué a pensar que se trataba de una profesional de lujo, ya me entiende...

—¿Una prostituta? —dijo Iván sorprendido.

—Sí, una prostituta de alto *standing*. De no ser porque el hombre que le acompañaba parecía venir de un comedor social, eso, y que fue ella la que pagó la habitación, hubiera jurado que se trataba de un encuentro «comercial», llamémoslo así. —Iván frunció el ceño, algo molesto por el comentario, pero lo dejó correr, al fin y al cabo, de alguna manera sí había sido un encuentro comercial. La recepcionista prosiguió, animada como estaba por participar en una investigación policial—. El chico era joven, rondando los treinta, diría yo, y no era mal parecido, pero le faltaban varios dientes y vestía con ropa vieja. Ella estaba deslumbrante a su lado. Recuerdo que pensé que si no se trataba de una prostituta no podía imaginar qué otro motivo podía llevar a una mujer de esas características a pasar la noche con aquel hombre. Realmente, una pareja atípica, por eso me acuerdo.

—Muchas gracias, ha sido usted de gran ayuda.

—Ha sido un placer.

La historia tomaba cuerpo y a Iván no le quedó más remedio que asumir lo que tenía entre manos. Nada más colgar el teléfono, escondió la cabeza entre sus brazos, con los codos apoyados sobre la mesa de trabajo. Con sus manos entrelazadas sobre la nuca, le hubiera gustado ser un avestruz para esconder su cabeza bajo tierra y no tener que pensar sobre qué era conveniente hacer en una situación como aquella. Cuando levantó la cabeza de nuevo, se topó con la fotografía de Virginia en la pantalla del ordenador. La miró a los ojos unos segundos y pensó que, al menos, merecía una oportunidad para explicarse. Una moneda siempre tiene dos caras, y hasta ahora solo conocía la de Desiderio. ¿Qué tendría que decir Virginia de todo aquello? Se moría de ganas de escucharlo.

Era casi la hora de comer y el fin de su turno. Se quitó el uniforme y de alguna manera se liberó de cierto peso de responsabilidad. Vestido con unos pantalones vaqueros y una camisa blanca, cogió el coche y condujo hasta la puerta del ayuntamiento. Con suerte, llegaría a tiempo de recoger a Virginia antes de que se marchara a casa. En la radio sonaba la canción del grupo Efecto Mariposa *Por quererte*, y su estribillo parecía taladrar la cabeza de Iván, como si el destino le mandara un mensaje en forma de canción: «No sé quién eres. No sé quién soy...», repetía una y otra vez.

Justo en el semáforo de la esquina de la calle del consistorio, encontró a Virginia. La luz se puso en rojo e Iván paró. Tocó el claxon y Virginia se dio la vuelta, y al toparse con la sorpresa de Iván, no pudo reprimir una espléndida sonrisa a la que él no correspondió. Abrió la puerta del acompañante para que subiera al coche y pronunció las palabras que toda pareja teme escuchar porque nunca anuncian buenos presagios.

—Sube. Tenemos que hablar.

El semáforo se puso en verde y ambos masticaron un silencio incómodo, a pesar de que la música de la radio seguía sonando.

Jueves, 22 de julio de 2010

*Desconcertada al saber que el agente Regledo era la pareja
sentimental de Virginia, dudé acerca de si era conveniente o no
volver a hablar con él, interesándome por la marcha de la investigación y, por supuesto, sin desvelar que conocía su íntima relación con la sospechosa. Mi intención fundamental era conseguir
que la caja de zapatos y todo su contenido volviera a mis manos
de nuevo y así poder acudir a la Guardia Civil para enmendar el
camino equivocado que había tomado y que me había llevado a
un callejón sin salida. Supongo que resulta bastante ingenuo
pensar que me la fuera a devolver sin ninguna objeción, así sin
más, después de conocer su comprometido contenido. Pues sí,
es un razonamiento muy poco inteligente, lo que, unido a que el
arte de disimular no es mi fuerte y que, además, no he sido llamada para la interpretación, me hizo desistir rápidamente y abandonar la idea. Pero, aunque finalmente decidí no volver a la comisa-
ría de policía, el destino me tenía preparado un encuentro con
Iván por culpa de un mal aparcamiento.*

*Fue un sábado. Lo recuerdo porque era el día que realizaba
las compras en el mercado de abastos de Beniaverd. Algunos
productos que utilizaba para la cocina de El Rincón de Reina
me los suministraban directamente, pero otros, como el pescado
por ejemplo, prefería elegirlos personalmente, una vieja costumbre heredada de mi madre o, tal vez, una vieja manía de la hija
de un pescador. Como decía, el sábado era el día reservado
para estos menesteres y el lugar, el tradicional mercado de Beniaverd, con más de cien años de historia, albergaba muchos
recuerdos de infancia para mí. El aparcamiento por la zona era
toda una pesadilla y supongo que sigue siéndolo a día de hoy.
El parking privado solía estar completo los sábados por la mañana. Aquel día, no me quedó más remedio que dejar el coche*

estacionado en una zona de carga y descarga, al fin y al cabo, técnicamente era lo que iba a hacer, más cargar que descargar para ser exactos. Pero coincidirá conmigo el lector de este diario en que cuando se aparca mal, siempre hay un policía cerca. Es una de las reglas de la ley de Muphy: si su coche es susceptible de ser multado, lo será y nada o casi nada podrá hacer por evitarlo. Y como la suerte aquellos días parecía haberme abandonado como un amante de verano, allí estaba él, el único policía de toda la plantilla de Beniaverd al que me hubiera gustado evitar, el agente Regledo.

Iba cargada con unas bolsas para dejar en el maletero y volver al mercado de nuevo, cuando lo vi de espaldas, con esa postura típica que tienen todos los guardias cuando van a poner una multa: las piernas ligeramente entreabiertas y la cadera echada hacia delante para así poder encorvar la espalda y utilizar su cintura como apoyo del boletín de denuncias y el bolígrafo. Miraba mi coche, centrándose en la matrícula, con cierto aire de desprecio, sin que el pobrecillo pudiera defenderse y a unos cinco metros de distancia. Al darme cuenta de lo que estaba sucediendo, comencé a correr dificultosamente, cargada con las bolsas, mientras repetía una y otra vez: «Espere un momento, agente, espere un momento...».

El policía se dio la vuelta al escucharme. Al principio, no lo reconocí. Llevaba la gorra puesta y los ojos escondidos tras unas gafas de sol de cristales verdes, unas Ray-Ban modelo aviador. He de reconocer que el agente Regledo es un hombre muy atractivo y que así, uniformado y tras las gafas, me pareció como sacado de un anuncio de televisión, tan solo faltaba la música sensual de fondo y un refresco sin azúcar en su mano. Pero la magia del momento se hizo añicos cuando, ya de cerca, me di cuenta de que era él, el novio de Virginia Rives.

Me quedé algo impactada por el repentino encuentro e intenté comportarme de la manera más natural posible, pero en realidad no hizo falta que hiciera gran cosa; fue él el que hizo y dijo todo, controlando absolutamente la situación.

Para empezar, no terminó de redactar la denuncia. Con su

generosa sonrisa, me regañó para que no volviera a aparcar en la zona reservada a los comerciantes, mientras rompía el papel en mil trocitos. Yo se lo agradecí y, tras acabar el tema de conversación relativo a mi mal estacionamiento, hubo un par de segundos de silencio. Supongo que ninguno de los dos sabíamos cómo abordar la cuestión que ambos conocíamos. Finalmente, fue él el que sacó el tema. Me explicó que había estado realizando una serie de indagaciones acerca de Desiderio y que el resultado había sido bastante «tranquilizador». Recuerdo que utilizó exactamente esa palabra, tranquilizador, para referirse a que Desiderio había resultado ser una persona inestable, politoxicómana, con varios años de internamiento en un centro de rehabilitación, y que, muy probablemente, nada de lo que ponía en su confesión fuera más allá de un delirio de alguien de sus características. No comprendí muy bien qué era lo que había de tranquilizador en aquello, hasta que caí en la cuenta de que realmente se refería a Virginia y su implicación en los hechos. ¿Qué otra cosa podría importarle a él, más que su novia fuera inocente?

Me atreví a preguntar sobre si era cierto o no que había sido ella la que había pagado a Desiderio por quemar vivo a su padre, pero Iván no me contestó directamente. Empezaba a molestarse por mi interés y por mis preguntas, y me demostró que dominaba el lenguaje de las evasivas. Tan solo dijo que la investigación seguía su curso, pero que afirmar semejante delito sin tener ninguna prueba era mucho más que arriesgado y altamente improbable. ¿Prueba? ¿No servía para nada una confesión escrita por Desiderio? Supongo que no. Mi gozo en un pozo, qué otra respuesta pretendía esperar.

Ante sus poco explícitas y nada aclaratorias respuestas, dudé si preguntarle también sobre ese bebé que Desiderio dijo que había aparecido desenterrado por animales salvajes, en mitad del bosque, un bebé que él intuía que podía tratarse del hijo de Virginia. Sin duda, era un asunto delicado, demasiado espinoso, pero me pudo la curiosidad y me faltó la prudencia una vez más, así que mi boca desoyó a mi sentido común e hizo la pregunta casi a bocajarro. Supongo que de haberla pensado un par de segundos más, no la hubiera pronunciado.

Iván carraspeó y tragó saliva, incluso cambió de postura corporal y se puso rígido, casi marcial. Era evidente que le incomodaba la conversación. Estaba a la defensiva. Tras unos segundos de silencio, se quitó las gafas y clavó su mirada esmeralda en mi persona y sin dejar de ser amable, pero con evidentes signos de malestar, se limitó a pronunciar unas frases que recuerdo a la perfección: «Señora Antón, deje este tema en manos de la policía, nosotros sabremos qué hacer. Hablamos de la vida de alguien de carne y hueso, no de un serial de televisión, y por favor, absténgase de comentar este asunto con nadie. Si la investigación requiere de su testimonio, la llamaremos». Y me deseó un buen día colocándose la gorra y ajustándose el cinto del pantalón, donde llevaba el arma y la porra.

Lo tomé como una advertencia. De alguna manera, había metido el pie en terreno pantanoso y, de adentrarme más de la cuenta, corría el riesgo de llenarme de fango y, lo peor de todo, de quedar atrapada en él. Aquello no era un serial de televisión, eso era más que evidente, la vida siempre tiene mejores guiones que la ficción... y ¿a quién se refería al decir que se trataba de alguien de carne y hueso? Supongo que pensaba tan solo en Virginia y el daño que se le podría causar en caso de que toda esta historia saliera a la luz. Pero ¿acaso el padre de Virginia no era una persona también?, ¿acaso no era de carne y hueso Desiderio?, y qué decir del pequeño bebé enterrado cruelmente en el bosque, ¿no era el ser más indefenso de todos?

Suspiré de impotencia y me tuve que tragar las ganas de contestarle todo aquello con la rabia que sentía en aquel momento. Regledo me había invitado a dar un paso atrás y eso me enfurecía. Aquel día, sin duda, fui consciente de que tal vez sabía demasiado.

18

En la central de la UDYCO, Unidad de Drogas y Crimen Organizado, se podía mascar la tensión. Los agentes eran galgos enjaulados a punto de salir a ganar la carrera. Estaban ansiosos y con el olfato afinado. La operación para desarticular una red de narcotráfico que introducía hachís y cocaína por vía marítima, procedente de Marruecos, estaba a punto de pasar a la acción. La policía llevaba más de siete meses de complicadas investigaciones y, por fin, se acercaba el momento de salir de los despachos y abortar la llegada de un gran alijo al puerto de Beniaverd.

La operación antidroga, a la que habían bautizado como «Operación Espalda Mojada», tenía en jaque a la Policía Nacional desde hacía casi un año cuando, casi por casualidad, la detención de un pequeño camello en Barcelona había hecho saltar todas las alarmas y dirigir las miradas hacia un pueblo costero del levante español. El traficante tenía miedo, síndrome de abstinencia y la lengua muy suelta. Fue sencillo sonsacarle información, pero lo que nadie alcanzó a imaginar en aquel momento es que toda aquella incontinencia verbal llevaría hasta una de las mayores operaciones de narcotráfico en España. Más de diez investigadores trabajaban en ella sin descanso y, de tener éxito, supondría la desarticulación de una importante red de narcotráfico con sede en Marruecos, el primer eslabón de la cadena, pero con distribución europea. Todo estaba bien atado. La droga se trasportaba por vía marítima, hasta llegar al punto de recogida, el puerto de Beniaverd. Según habían podido saber los miembros de la UDYCO, una vez recibida la mercancía y tras almacenarla temporalmente en Beniaverd, se procedía a su distribución por las principales ciudades europeas a través de una red de transportes legal, fundamentalmente camiones de gran tonelaje con doble fondo, camuflada entre su carga. La operación era de gran magnitud y nada podía fallar.

Todavía no se había producido ninguna detención, pero todo estaba hilado con punto de precisión. La policía esperaba el momento oportuno para abortar el envío y ese momento se acercaba. La adrenalina circulaba por las venas de los agentes, más amigos de la acción que de la burocracia de los despachos. Uno de los informadores había dado un chivatazo que había movilizado a toda la unidad. El próximo alijo llegaría al puerto de Beniaverd en unos días, a bordo de un yate de lujo llamado *Imperio*, una reciente adquisición de la banda, un capricho de su cabecilla. Arribaría cargado con tres toneladas de marihuana y dos de cocaína, aprovechando que la embarcación de lujo despistaría sobre su carga, o al menos eso pensaban ellos. La última reunión sobre la Operación Espalda Mojada se celebraba en la central de la UDYCO.

—Al parecer, la banda ha cambiado su forma de transportar la mercancía por vía marítima —explicaba el jefe de la operación con voz solemne y rostro serio—. Hasta ahora, como sabéis, hacían uso de yolas, porque con los barcos de pesca se servían de una infraestructura que pasa bastante desapercibida entre el resto de pescadores. Para ellos, eran medios discretos que no requerían de ninguna inversión ni transformación. Todos los pesqueros de cierta envergadura cuentan con sofisticados instrumentales y medios de comunicación y pueden camuflarse con facilidad entre el resto de la flota pesquera.

Mientras hablaba, con la sala en penumbra, imágenes en diapositivas se proyectaban sobre un panel blanco. Con un golpe de clic, el jefe de la unidad cambiaba de imagen en función de su discurso. Hizo una pausa y, tras darle de nuevo al botón, apareció una fotografía del yate *Imperio*.

—Este es el nuevo medio de transporte de los narcos. Un yate de lujo llamado *Imperio*. —Un murmullo de los agentes interrumpió el silencio—. Ahora es propiedad de nuestro cabecilla en Marruecos, Mohamed Lagrich. Anteriormente, pertenecía a un empresario de Beniaverd llamado Mateo Sigüenza. La compraventa ha sido legal, con documentación de por medio que puede acreditarla, pero algo me dice que ese tal Sigüenza no se ha limitado a venderle su juguetito a Lagrich. Se comenta que se han hecho muy amigos e incluso se los ha visto juntos en alguna ocasión después de cerrar la venta del barco.

Quiero saber más sobre ese tal Sigüenza. Gutiérrez y Sandoval, dedi-
caos a averiguarlo todo sobre ese tipo y, muy especialmente, hasta dónde llega la amistad con nuestro traficante. Tirad del hilo, mi instinto
me dice que Sigüenza está metido hasta el cuello.

—Sí, señor —contestaron los dos agentes.

—Quedaos con la imagen del yate, es nuestro objetivo en el puerto
de Beniaverd. Y de paso no olvidéis esta cara. —Le volvió a dar al
botón y, en la proyección, apareció una fotografía de Sigüenza, fumando un puro en una terraza del puerto—. Es el antiguo propietario del
barquito, el mismo que no vamos a perder de vista hasta que no tengamos la certeza de que está limpio. Lo mismo nos sorprende y nos lo
encontramos por allí. Con estos tipos todo es posible. Es una cara nueva que desde ahora debemos añadir a nuestra memoria fotográfica.
Miradlo bien. Al resto ya los conocéis. Sabremos pronto el día y la hora
de la operación. Os quiero a todos alerta, tenemos que cerrarla con
éxito. ¡A trabajar!

Los agentes arrastraron sonoramente las sillas y dieron por finalizada la reunión. El jefe de la unidad encendió la luz de la sala. Todos
se pusieron manos a la obra y Gutiérrez y Sandoval comenzaron su
investigación acerca de Sigüenza desconociendo, en aquel momento,
hasta dónde tal cosa les llevaría.

La dulce Virginia presintió lo amargo que se le avecinaba el panorama.
Podía notar la tensión en el gesto de Iván, que conducía con destino
incierto sin pronunciar ni una sola palabra. De reojo le observaba. Tenía la mandíbula rígida, estaba apretando los dientes con fuerza y ni un
solo segundo apartó la mirada de la carretera. Sus cejas estaban curva-
das y enmarcaban unos ojos profundamente perdidos en el interior de
un agujero negro. El silencio era incómodo, pero Virginia no se atrevió
a buscar en su cabeza algo oportuno que decir. Prefirió aprovechar el
tiempo especulando sobre qué era lo que Iván tenía que contarle, esa
conversación que no podía esperar y que no auguraba nada agradable
con total seguridad. Ni por un instante, ni tan solo por un segundo, se
le pasó por la cabeza que su pasado pudiera volver a pisarle peligrosamente los talones, al menos no de aquella forma.

Iván condujo hasta el mirador del acantilado, muy cerca de la casa de Virginia. Un bonito lugar donde las parejas suelen ir para coquetear con la noche y dar rienda suelta a sus pasiones, poniendo a la luna como testigo mudo de lo más carnal. Era la hora de comer y no había nadie. El clima tampoco acompañaba. Se había levantado algo de viento y las olas, como potros salvajes, galopaban sin control hasta estamparse contra las rocas una y otra vez, obstinadas. Muy cerca del borde del acantilado, Iván paró el motor del coche y apagó la radio que todo el trayecto les había acompañado como un convidado de piedra, sin que ninguno de los dos le prestara la más mínima atención. Fue Virginia la que inició la conversación.

—¿Puedo saber a qué viene todo esto? Me estás asustando.

—¿Quién es Desiderio? —preguntó a bocajarro, sin tan siquiera mirarla a los ojos. Tenía miedo de descubrir que tal vez le estaba mintiendo.

A Virginia se le hizo un nudo en el estómago y empezó a sudar de manera repentina. Buscó rápidamente algo que decir y optó por la evasiva para poder ganar tiempo.

—¿Ya estamos otra vez con los interrogatorios? No sé qué te pasa últimamente, Iván, estás cambiado. Ya no eres el hombre cariñoso de siempre, me evitas, no paras de hacer preguntas extrañas. ¿Qué te ocurre? ¿Tal vez esta segunda oportunidad no está resultando como tú esperabas?

—Quiero saber quién es Desiderio. —Iván giró la cabeza y clavó su mirada inquisidora en los ojos de Virginia. Quería una respuesta a su pregunta y empezaba a cansarse de tantos rodeos.

—No te me vayas a poner ahora en plan celoso, no te va nada ese papel de hombre ofendido. Está bien, te diré quién es Desi, porque al fin y al cabo no es nadie, un tipo del pueblo que siempre ha estado obsesionado conmigo, un pobre hombre. ¿Acaso te ha molestado? ¿Se ha puesto en contacto contigo? Nada de lo que te pueda contar el pobre de Desi será verdad, se le fue la cabeza después de no sé cuántos años de drogas y alcohol. Le dije que me dejara en paz, pero si sigue molestando, voy a tener que pedir una orden de alejamiento… Se lo advertí, se lo he advertido muchas veces. En el fondo me da un poco de pena, ya sabes, es un enfermo, pero si te está molestando con tonterías creo que es el momento de pararle los pies…

Virginia hablaba sin parar, los nervios del momento derivaban en cierta incontinencia verbal. Se sentía acorralada, atrapada en su vida y en el coche de Iván. La ira, ese monstruo que llevaba dentro casi desde que tenía uso de razón y que parecía algo adormecido en los últimos meses, empezaba a despertarse y lo hacía con hambre, mordiéndole las entrañas. Necesitaba más información, necesitaba saber de qué se tenía que defender. Necesitaba entender por qué motivo Iván le hablaba de Desiderio, a cuento de qué, y hablar sin parar era una buena forma de distraer la atención. Cuando por fin se calló, cuando ya no supo qué decir más, bajó el parasol del coche, sacó de su bolso un lápiz de labios y, mirándose en el pequeño espejo, se retocó un poco, en un gesto de frivolidad que exacerbó a Iván. La cogió con fuerza por ambos brazos haciendo que cayera el pintalabios al suelo, y le increpó:

—¡No te va a hacer falta una orden de alejamiento, Virginia! ¡Desiderio está muerto! ¿Lo entiendes? ¡Muerto y enterrado!

Virginia se quedó descolocada y sintió un alivio instantáneo al escuchar que Desiderio ya era una historia pasada, un cadáver más que utilizar a su antojo, sin que este pudiera replicar. La noticia fue como echar azúcar en el café caliente. Pero lo que Virginia desconocía era que Desi ya había replicado por escrito antes de morir. Ni siquiera se molestó en preguntar, porque no le interesaba lo más mínimo, de qué manera había fallecido. Dio por hecho que una sobredosis fatal lo habría llevado a la tumba y agradeció que el destino le quitara un problema de encima de una vez por todas. Se sintió afortunada y hasta tuvo que reprimir una mueca previa a una sonrisa para que Iván no pensara de ella lo que realmente era.

—¿Muerto? Era algo que se veía venir… Siempre tuvo problemas con las drogas —acertó a decir finalmente, sin poder aportar a sus palabras el más mínimo grado de empatía—. ¿Y por qué sabes tú eso? ¿Qué tiene que ver Desiderio con nosotros? No comprendo por qué me montas esta escena por la muerte de un drogadicto al que no conocías y que solo era un loco obsesionado conmigo al que hace mucho tiempo que no veía.

—No te conozco, Virginia —dijo Iván decepcionado, sin dejar de sujetarla por los brazos y buscando en sus ojos a la mujer de la que se había enamorado un día perdidamente. Le hubiera encantado encontrarla en algún rincón de su mirada, pero no la hallaba por más que lo intentaba.

—¡Suéltame! —Con un gesto brusco apartó las manos de Iván—. ¡Me estás haciendo daño! ¡Háblame claro si tienes algo que decirme!

Iván bajó del coche y caminó unos pasos hasta quedar al borde del acantilado. El viento le alborotaba el pelo y jugaba con su camiseta. Las gotas de agua del mar que salían despedidas por el impacto de las olas llegaron a mojarle la cara y se las secó como las lágrimas que no derramó. Cabizbajo, observó la inmensidad del acantilado y pensó que él mismo se sentía así, al borde del precipicio. Le hubiera gustado tener alas y saber volar, pero era un hombre, un policía, y debía saber mantener los pies en el suelo, por muy resbaladizo que este fuera.

Desde el coche, Virginia le observaba y se debatía entre quererle y odiarle. Normalmente, era capaz de elegir el sentimiento, pero con Iván las cosas no funcionaban de la misma manera, tal vez porque le amaba y el amor, un anárquico con reglas propias, escapaba a su férreo control. No sabía qué era lo que Iván había averiguado de su vida, ni de qué forma había llegado a saberlo, pero estaba claro que algo había descubierto, teniendo en cuenta que conocía la existencia de Desiderio. Salió del coche y caminó hasta situarse justo detrás de él. Iván pudo oler su perfume mezclado con el aroma del mar. Cerró los ojos y quiso retenerlo unos segundos.

—¿Vas a contarme lo que sabes? —le preguntó Virginia, que ya había desistido de disimular.

—Sé demasiado. Sé todo lo que tú nunca me has dicho, ni siquiera cuando te lo he preguntado. ¿Cuántas mentiras más me escondes, Virginia? ¿Quién eres realmente? Tal vez ni siquiera tú misma lo sepas, ¿verdad? Me has mentido. ¿Acaso no es cierto que te encontraste con Desiderio en un hotel de Badajoz el pasado mes de febrero? ¿Tampoco es cierto que le pagaste una buena cantidad de dinero para que provocara el fuego en el que murió tu padre? ¿Crees que no encontrarán tus huellas en los billetes que le diste?

—¡Es mentira, todo es mentira! —negó como última salida, llena de furia. Iván se giró y la volvió a mirar a los ojos.

—Dime que es mentira que tuviste un hijo... Cuéntame qué hiciste con él... Un recién nacido metido en una bolsa de basura, como si fuera un desperdicio, fue desenterrado por los animales del bosque un par de semanas después de que tú te marcharas de Cachorrilla. Nunca se supo quién era la madre. Lo encontró un vecino medio comido por las fieras. Un bebé convertido en carroña, es algo absolutamente despreciable. ¡Asegúrame que no es tu hijo! —le gritó—. ¿Cuál crees que sería el resultado si envío una muestra de tu ADN a la policía de Cáceres? Desiderio dejó escrito que podría ser el fruto de la violación de tu padre. ¡Por Dios, Virginia! ¡Ese niño nació vivo y alguien lo ahogó! Había agua en sus pulmones... Lo reveló la autopsia y se publicó en todos los periódicos de la zona... ¡Dime que no fuiste tú! —Virginia le escuchaba horrorizada sin decir palabra—. Desiderio lo dejó todo escrito antes de ahorcarse. Se suicidó. Se mató porque nos vio juntos. Estaba enamorado de ti y no pudo superar tu traición. Escribió que tú le prometiste matrimonio... ¡Maldita sea, Virginia! ¡Hasta te compró un anillo!

Virginia no pudo reprimir una arcada y se encorvó para vomitar. Tiró hasta las entrañas. Desconocía que hubieran encontrado el cuerpo de su hijo. Desconocía que Desiderio se hubiera suicidado. Desconocía que los hubiera pillado juntos. Desconocía que había desvelado toda su mentira... Hubiera querido morir en aquel momento, solo por el hecho de poder escapar, pero no había vuelta atrás. Se limpió la boca con la manga de su camisa y, con los ojos ennegrecidos por la máscara de pestañas emborronada, intentó justificarse desesperadamente.

—¡Fue Desiderio el que lo mató, te lo juro! Le pedí ayuda y fue él el que metió su cuerpecito en el abrevadero de los animales hasta que dejó de llorar, te lo prometo, Iván. Por favor, tienes que creerme... Yo le pedí una y otra vez que no lo hiciera, pero estaba loco, ido... Después, lo metió en la bolsa y lo enterró. Todo fue idea suya y yo tenía tanto miedo, que no supe reaccionar. Solo pude huir, escapar de ese infierno... —mintió entre sollozos.

—Y qué me dices de la muerte de tu padre... Me consta que te reuniste con Desiderio en ese hotel, lo he comprobado. Si le pagaste por hacerlo, eres tan culpable como él a los ojos de la ley.

—No lo hice. Él mató a mi padre, pero nada tuve que ver con eso. Lo odiaba desde el día en que le conté que me había violado y juró que se vengaría... Solamente me reuní con él para quitarle esa idea de la cabeza. Le di dinero para que me dejara en paz. Supo de mí por los periódicos y, al verme de nuevo, se reavivaron sus viejas neurosis. Le perseguían sus fantasmas... Estaba completamente trastornado. No te miento, Iván, te lo juro por mi madre, que está muerta desde que yo era una niña y es la persona a la que más he querido.

—Si es así y me dices la verdad, la policía tiene que saberlo. Si no has hecho nada, nada tienes que temer, Virginia. Lo pondremos todo en conocimiento de la Policía Nacional y pronto se conocerá la verdad. Es el momento de que todo salga a la luz.

—Por favor, no digas nada de todo esto, te lo suplico. Desiderio está muerto ya, qué solucionaríamos haciéndolo público...

—No me puedes pedir eso, Virginia. Hay dos homicidios sin resolver, la muerte de tu padre y la muerte de un recién nacido que ni siquiera tiene un nombre en una tumba. Yo soy policía y si me callara todo lo que sé, estaría cometiendo un delito. Me juego mi carrera, e incluso podría ir a la cárcel.

—Nunca he suplicado nada a nadie, Iván, y esta va a ser la primera y la última vez... Por favor, no lo hagas... —le rogó sujetándole con dulzura la cara con ambas manos y rozándole los labios. Iván la besó llevado por la inercia de ese imán que parecía unirle a ella, pero al instante la separó de su boca.

—Aunque yo guardara silencio, no serviría de nada, Virginia. No soy la única persona que conoce esta historia. La confesión de Desiderio la encontró Reina Antón, la propietaria de El Rincón de Reina, el hotel. Estaba todo en una taquilla de la estación de autobuses metido en una caja de zapatos. Desiderio dejó la llave en la habitación en la que se hospedó y Reina indagó hasta dar con la taquilla. Fue ella quien me entregó las pruebas. Cada vez que me ve, me pregunta por el caso y empieza a sospechar que te estoy tapando.

—Destruye las pruebas y sin ellas será solo la palabra de una mujer contra la autoridad de un policía. ¡No podrá demostrar nada! Te lo suplico.

—No puedo creer que me lo estés pidiendo… Sabes que no puedo hacerlo. ¿Lo sabes, verdad? —le dijo volviéndola a besar e intentando convencerse de su inocencia—. Si eres inocente todo saldrá bien, yo estaré a tu lado en todo el proceso, pero no me pidas que infrinja la ley… No puedo hacerlo, ni siquiera por ti.

No hablaron más. En los ojos de Virginia, Iván pudo leer una despedida. Él no le aguantó la mirada y se volvió para buscar refugio en el paisaje salvaje del acantilado. El abismo con abismo se camufla. La desesperación de Virginia le hizo pensar lo fácil que resultaría darle un pequeño empujón y hacerle caer hasta las rocas. Incluso imaginó su cuerpo precipitándose al vacío y recreó el sonido de su cabeza estallando contra las rocas. Así era ella. Así es como solía abrir la puerta de la jaula cuando se sentía encerrada. Las fieras salvajes, si tienen que morir, lo hacen matando hasta el último momento de aliento. Lo imaginó todo por un instante, efímero, tan solo un segundo. Pero se trataba de Iván, y un atisbo de conciencia, de humanidad, tal vez de amor por alguien que no era ella misma, le impidió hacerlo. Sacudió la cabeza para quitarse esa idea de su mente. Supo que en su forma de entender la vida, en el código que regía su mundo, estaba tomando una decisión equivocada, pero a pesar de ello, no fue capaz de hacerlo.

—Por favor, solo te pido que lo pienses —le dijo antes de marcharse.

—No tengo nada que pensar; lo siento, Virginia —replicó él.

—Sé que lo harás…

Se marchó a casa caminando, empujada por la fuerza del viento que soplaba con más intensidad y le hacía perder el equilibrio. Dejó a Iván pensativo, al borde del precipicio. Necesitaba encontrar una salida y de nuevo se sintió maldita por la vida que siempre frustraba sus planes de libertad. Había luchado mucho por conseguir estar donde estaba, por ser quien era, por reinventarse, y ahora todo se iba al traste por culpa de Desiderio, o tal vez por culpa de Reina, una chismosa metomentodo que hocicaba en vidas ajenas. Necesitaba encontrar un culpable a quien castigar, esas eran sus normas.

En el mismo instante en que entraba en casa sonó su teléfono móvil. Era un número oculto, pero Virginia sabía muy bien quién la estaba llamando. Lo había olvidado por completo y no tenía ningunas ganas de contestar para tener que dar explicaciones. Ya había dado demasiadas ese día. Al otro lado de la línea, a los policías anticorrupción encargados de la investigación del alcalde Rosso al frente de la Operación Imperio, les habían dado plantón y estaban molestos. Esperaban a Virginia, su confidente, en el aparcamiento de Sigüenza, como ya era habitual. La operación estaba a punto de cerrarse. Virginia estampó el teléfono contra la pared y definitivamente dejó de sonar. Sigüenza y Rosso le parecieron enemigos menores en aquel momento. Su batalla ahora se libraba a vida o muerte. Todo era tan relativo… Las corruptelas de ambos se le antojaban una partida de Monopoly comparadas con su vida que se iba al traste. Había construido un castillo sobre una base de lodo y todo empezaba a desmoronarse.

Estaba furiosa, y su ira la descargó contra todo lo que encontró de paso por la casa, camino de su habitación. Le dio patadas a las sillas, tiró bruscamente al suelo todo lo que adornaba las mesas y estanterías, arrancó de un tirón las cortinas y la casa quedó totalmente destrozada en cuestión de segundos. Pero ella necesitaba más que eso para sentirse satisfecha, compensada por la vida, damnificada en su agravio.

El idiota de Desiderio, pensó, ya estaba muerto y el muy canalla había jugado bien sus cartas. Tal vez lo había subestimado y nunca hay que subestimar a tu enemigo, se reprochó, y mucho menos a tu aliado. Pero ahora, poco o nada podía hacer al respecto, más que maldecirlo y desearle la peor de las eternidades en el infierno, por traidor. Por alguna razón, no era capaz de odiar a Iván, a pesar de que el amor y el odio son vecinos de escalera. Así que solo le quedaba cargar toda su ira contra Reina Antón, una mujer inocente que se había visto involucrada en toda aquella historia por un exceso de curiosidad. A ella le puso la diana. Contra ella descargaría toda su furia.

Esperó a que cayera la noche y a que la oscuridad fuera su cómplice. Se vistió con ropa cómoda y escondió su cabello rojizo bajo un gorro. Antes de salir de casa, se miró en el espejo y se refrescó el rostro. Reconoció en sus ojos esa mirada, la de su otro yo, con el que convivía desde niña, ese demonio que tal vez su padre siempre intuyó que estaba ahí. Había aprendido a aceptarlo, porque en realidad nunca había querido combatirlo. Si era sincera consigo misma, esa parte perversa de su ser era la que le había ayudado a sobrevivir en situaciones donde la muerte jugaba a coquetear con ella peligrosamente. Había sido su flotador en aguas turbulentas, el que le había salvado de morir ahogada en su propia existencia.

Caminó por todo el pueblo, callejeando y huyendo de la luz de las farolas como hacen los gatos salvajes cuando buscan ratones que cazar. Pronto llegó a los alrededores de El Rincón de Reina, aunque ni siquiera tenía un plan. Le movía la rabia, la desesperación y ambas son poco sensatas y nada lógicas. Vio luces y movimiento en el interior. Se escuchaba el murmullo de voces, incluso alguna carcajada, la gente era feliz. Estuvo escondida alrededor de media hora, pero el paso del tiempo le era ajeno a Virginia, metida como estaba en su mundo interior, en su caos personal.

De repente, algo le llamó la atención. Era Reina, que sacaba un gran cubo de basura y se dirigía hacia la parte trasera de la casa donde estaban los contenedores. Virginia la siguió sigilosamente. Con mucho esfuerzo, la mujer vació el contenido del cubo en uno de los contenedores y, ya más ligera de peso, se dio la vuelta para volver a la casa, despreocupada. Fue entonces cuando Virginia la abordó por detrás y la sujetó por el cuello con su brazo izquierdo. Con la mano derecha, fruto de la improvisación, utilizó una llave del llavero de su casa para fingir que era un cuchillo y la clavó con fuerza en el cuello de Reina.

—No grites o morirás desangrada como un cerdo. Nadie podrá ayudarte. Bastarán dos minutos —le susurró de manera siniestra al oído.

—Por favor, no me hagas daño, no llevo nada. Ni siquiera he cogido el bolso… —suplicó Reina, muerta de miedo, pensando que se trataba de un robo.

—No quiero tu dinero, solo que me escuches con atención. Mantén la boca cerrada porque, de lo contrario, te la coseré con mis propias manos antes de matarte. ¿Lo entiendes?

Reina guardó silencio. Por un momento, no acertó a comprender de qué le estaba hablando aquella mujer. Las piernas le flaqueaban y creyó que iba a morir esa misma noche, incluso se encomendó a Dios en lo que pensó eran sus últimos momentos.

—Te estoy preguntando si lo entiendes… —volvió a insistir Virginia ante el silencio de Reina.

—No comprendo a qué te refieres.

—Eres una cotilla peligrosa y meter la nariz en los asuntos de los demás puede traer consecuencias. ¿Todavía no has aprendido eso a tu edad? O te mantienes callada, o empezaré mi trabajo por tu familia. Sé quién es tu hermano. Sé que tienes dos sobrinos preciosos, gemelos... ¿Cuántos años tienen? ¿Cinco, tal vez seis? Es posible que quepan los dos en una misma maleta que lanzaré al mar en un viaje cualquiera en ferry. Tal vez nunca aparezcan, el mar es así de caprichoso, pobres criaturas. —Reina se estremeció de puro horror al pensar en sus sobrinos y en las cosas que esa mujer estaba diciendo.

—Por favor, te lo suplico, no le hagas nada a mi familia. Dime qué quieres de mí y lo haré, te lo prometo.

—Quiero que te olvides de Desiderio y de sus mentiras. ¿Está claro?

Fue entonces cuando Reina fue consciente de quién era la mujer que la estaba atacando y por qué. También supo que sus amenazas no eran vacías.

—No diré nada a nadie, Virginia, no lo haré, créeme... Por favor, por favor... —sollozó.

—Esto es lo que vamos a hacer, escúchame bien. Quiero que desaparezcas del mapa. No quiero volver a cruzarme contigo por este pueblo nunca más. Si no desapareces tú, te haré desaparecer yo misma. Pero primero, ya sabes, empezaré por los niños. No te imaginas lo sencillo que resulta matar a un niño... Tienen esos cuerpos tan pequeños, están tan indefensos, son tan confiados..., que cualquier desconocido puede llevárselos para hacerles cualquier barbaridad. ¿Tú no quieres eso, verdad? —Reina negó ligeramente con la cabeza a pesar de que apenas podía moverse, porque la llave se le clavaba en el cuello—. ¿Le has contado a alguien lo que sabes? ¿A tu hermano el periodista, quizá? ¡Sois una puta familia de bocazas!

—Te juro que no le he dicho ni una palabra, te lo juro por lo más sagrado, por mis sobrinos...

—Por su bien espero que digas la verdad, de lo contrario ya te he dicho lo que puede ocurrir. Sabes que te hablo en serio. ¿Lo sabes, verdad? Estás sola en esta historia. La policía no podrá hacer nada por ti. Así que tienes dos semanas para marcharte de aquí y que nadie vuelva a saber de Reina Antón nunca más. Estoy siendo generosa contigo, te doy la posibilidad de vivir, la opción B es la muerte, y te aseguro que de la cárcel se sale, pero del cementerio no. ¿Lo has comprendido? —Reina asintió—. Ahora lárgate y no lo olvides. Dos semanas, ni un día más. Volverás a tener noticias mías.

Virginia echó a correr y se perdió entre la noche, como una sombra más que no quiere ser vista. Reina, sin embargo, quedó clavada en el suelo, de rodillas, frente al cubo de basura, llorando desconsoladamente y aterrada por la experiencia. Sabía que todo lo que había escuchado iba muy en serio, había leído de lo que era capaz Virginia y supo, en ese momento, que de alguna manera Reina Antón había muerto en vida.

Pero la verdad es como el viento que siempre sopla, con mayor o menor fuerza y al que resulta imposible encerrar, porque se cuela por las rendijas. Quizá Reina guardara silencio para siempre, pero todavía quedaba un cabo suelto, Iván, que libraba una batalla con su conciencia.

Domingo, 25 de julio de 2010

A mi madre, muy aficionada al refranero español, la escuché decir en repetidas ocasiones: «En octubre, todos los males descubres», y cierto es que aquella frase del saber popular me martilleó la cabeza los días siguientes a que Virginia Rives me amenazara. La de cosas que sabe la vida que sus moradores desconocemos...

Todo ocurrió en octubre de 2009, a finales de mes, pocos días después de que me encontrara en el mercado con el atractivo agente Regledo, aprovechando la oscuridad de la noche y con la impunidad que te proporciona el saber que no te ve ni te oye nadie, con nocturnidad y alevosía.

Me asaltó por sorpresa cuando salí a sacar la basura. Los contenedores de El Rincón de Reina estaban situados detrás de la casa principal y apenas había luz desde que la bombilla de la farola que debería alumbrar el camino se fundió hace ya no sé cuántos años. Nunca la cambié. Hubiera tenido que llamar a un electricista con una de esas escaleras altas para que hiciera el trabajo, pero un día por otro pasaron años sin que la bombilla volviera a lucir. Esos pequeños detalles cobran importancia cuando menos te lo esperas, porque, tal vez, de haber tenido algo de claridad detrás de la casa, junto a los contenedores, tal vez y solo tal vez, hubiera podido verla venir.

Aunque, ahora que lo pienso con frialdad, pasado el tiempo y desde la distancia, resulta absurdo este razonamiento. Estoy segura de que Virginia hubiera encontrado cualquier otro momento para hacerme llegar sus amenazas; es una mujer imparable, una depredadora, un ser que únicamente piensa en sí mismo, una mala persona que fue capaz de matarme en vida. Es inútil especular ya sobre ello.

Al principio, no la reconocí. No pude ver su cara y su voz me sonaba como en un tétrico susurro de película de terror. Pensé que era una ladrona en busca de algo de dinero, una yonqui desesperada, y sentí miedo porque la desesperación puede hacerte actuar por encima de tu voluntad. Me agarró con fuerza y me amenazó con algo punzante, probablemente un cuchillo, pinchándome el cuello. Me hizo daño y creí que iba a morir. Pero entonces empezó a hablar y a decirme cosas que no tenían demasiado sentido. Me llamó cotilla peligrosa y se recreó dando detalles sobre las horribles cosas que les iba a hacer a mis sobrinos si no mantenía cerrada la boca. Supe entonces que yo no era una víctima al azar. Quien quiera que fuese, sabía muy bien quién era yo y conocía a mi familia. Me quedé horrorizada. Cuando se tiene familia es cuando valoras cuánto tienes que perder en la vida y el miedo se vuelve entonces realmente poderoso. Lo que no temes por ti mismo lo temes por ellos. Sin embargo, seguía sin saber quién era, a pesar de que mi cabeza iba a cien por hora.

No la reconocí hasta que pronunció el nombre de Desiderio. Se me heló la sangre al escucharlo. ¿Cómo podía haber sido tan ingenua? Me culpé durante mucho tiempo por no haber previsto algo así, por haber dejado que todo ese asunto llegara hasta ese punto, por no haber actuado de otra forma. Aunque ¿quién es capaz de imaginar un desenlace semejante? Durante todo el tiempo que llevo viviendo con otra identidad, como Carmen Expósito aquí, en Bugarach, he podido leer mucho sobre agresiones y sus secuelas traumáticas. He necesitado mi propia terapia. Muchas de las víctimas de ataques suelen sentirse culpables, y eso fue lo que me ocurrió a mí durante mucho tiempo, después de aquella emboscada. Me sentí culpable por mí misma y por mi familia. Ahora ya estoy mejor, eso creo, la culpa ya no duerme a mi lado en la cama, pero me mata la nostalgia…

Como iba diciendo, Virginia dejó muy clara su amenaza: debía quitarme de en medio o sería ella quien lo hiciera. Me dio un plazo: dos semanas. Tomé muy en serio sus palabras e interpreté su ataque como una confesión de todo lo que había leído en las servilletas, escrito de la mano de Desiderio. De haber sido mentira, de haber sido todo fruto de la mente perturbada de Deside-

rio…, ¿qué era lo que Virginia tenía que temer? Conocía, pues, de lo que era capaz y supe que hablaba en serio porque, además, aquel solo fue el primero de los muchos avisos que recibiría en los días sucesivos y siempre con el mismo mensaje: debía apartarme de su camino o me aplastaría como a un bicho molesto, a mí y a mi familia.

Al día siguiente del ataque, un mensajero dejó una cajita a mi nombre en recepción. Yo misma firmé la entrega. Cuando la abrí, encontré en su interior un puñado de cabello oscuro, unos cuantos mechones cortados torpemente. Mi teléfono sonó en ese mismo instante, mientras me preguntaba qué clase de envío era ese. Al otro lado de la línea, Virginia Rives me dijo, como si me estuviera viendo en ese momento y supiera que acababa de abrir la caja con el pelo dentro: «Es cabello de uno de tus sobrinos. La próxima vez no le cortaré solo un poco de pelo. Te quedan trece días…». ¿Qué clase de perturbada es capaz de hacer una cosa así? Esa mujer había desarrollado una peligrosa obsesión conmigo.

Tres días más tarde, recibí en mi correo electrónico un mensaje de una cuenta desconocida. No había texto alguno, solamente un archivo adjunto que contenía un artículo de investigación sobre niños desaparecidos en España, publicado en el dominical de un diario nacional. Cifras de niños perdidos a los que nunca habían encontrado, casos concretos con nombres relevantes, historias reales, hipótesis sobre secuestros o asesinatos que jamás se habían podido resolver, la crónica negra de un país, un escalofriante documento que yo sabía muy bien quién me enviaba y con qué intención.

En mitad de la noche, sonaba mi teléfono móvil y me recordaba que el plazo se iba terminando: te quedan seis días, te quedan cinco días, se te acaba el tiempo, me decía su tenebrosa voz al otro de lado de la línea. Me llevaba la cuenta de una manera perversa. Me acosaba. Mi angustia iba en aumento y mi paranoia, descontrolada. Dejé de comer, apenas dormía y mi pensamiento era circular y obsesivo. Fue una pesadilla que no había hecho más que empezar y de la que todavía hoy no he *despertado. Aquella mujer estaba loca, completamente loca, y temí seriamente por mis sobrinos si no la obedecía.*

Así pues, tuve dos semanas para hacerme desaparecer e idear un plan concienzudo y verosímil. Dos semanas para convertirme en otra persona. Podría haber escapado con mi identidad real, con mi propio nombre y todo mi pasado, pero de haberlo hecho ahora seguiría siendo una diana con nombre y apellidos para ella, que, por alguna razón que se escapa a mi entendimiento, centró en mi persona toda su rabia. La creí capaz de cualquier cosa; no en balde, había sido capaz de matar a su propio hijo y también a su padre; ¿por qué habría de tener reparos en hacerlo con mi familia o conmigo? No encontré una respuesta a esa pregunta que me sirviera, que me tranquilizara, por eso opté por cambiar mi identidad y convertirme en quien soy ahora, Carmen Expósito.

No tenía ni idea de por dónde empezar, así que recurrí a internet. Tecleé en un buscador «cómo conseguir una identidad falsa» y una abrumadora cifra de dos millones cuatrocientos mil resultados aparecieron en la pantalla. No me lo podía creer. Tuve suerte, vi una luz entre tanta oscuridad, ya que me topé con un artículo muy interesante escrito por un norteamericano experto en seguridad informática y autor de varios libros sobre criptografía, bajo el título de «Cómo crear una identidad falsa». Estaba escrito en inglés y eso suponía una verdadera dificultad para mí; como ya he explicado, más allá del castellano, solo conservo de mi época de estudiante algunos conocimientos de francés, ahora ya más perfeccionados al vivir en tierra gala. El ordenador pareció adivinar mi contrariedad y una leyenda en la parte superior de la pantalla me ofreció la posibilidad de traducirlo, ofrecimiento que acepté de inmediato. No puedo decir que la traducción fuera demasiado buena, pero al menos me sirvió para entender qué pasos debía tomar si quería convertirme en otra persona.

El texto hacía referencia a este tipo de situaciones, enmarcadas dentro de la sociedad de los Estados Unidos. Su lectura me resultó apasionante. Hablaba de dos posibilidades. Una de ellas era crear una nueva identidad partiendo de cero, de la nada, inventando a un niño inexistente, lo que denominaba «agricultura de identidad». A este niño, que con el tiempo haríamos crecer, le dotaríamos de toda la documentación que pudiéramos precisar para nuestra suplantación, número de la seguridad social o cuenta bancaria, por ejemplo. Pero esta opción tenía un inconveniente, el tiempo, algo de lo que yo no disponía.

La otra opción era la de usurpar la identidad de alguien que tuviera una edad similar de seguir vivo y que hubiese fallecido siendo un niño: resucitar a una sombra. A pesar de que el artículo advertía de la dificultad cada vez mayor de llevar a cabo esta práctica en Norteamérica, me pareció la más apropiada para mi situación. Pero ¿cómo conseguir nueva documentación con la identidad de alguien fallecido aquí en España? Empecé a indagar sobre ello.

No voy a desvelar por escrito cómo la conseguí, pero lo hice y no me resultó tan complicado como a priori me había imaginado; el dinero puede comprar muchas cosas, casi todo en la vida parece tener precio. Por supuesto, no dejaré en este cuaderno escrito el nombre de las personas que me ayudaron, ni los delataré de manera directa, porque entiendo que por mi parte es un acto de lealtad para con ellas guardar ese secreto, a pesar de la ilegalidad que cometieron y siguen cometiendo, supongo, para otras personas. Ellos me ayudaron en el momento más difícil de mi vida y yo solo puedo agradecerles ese apoyo guardando su anonimato. Me limitaré a advertir que fue gracias a un contacto con un funcionario del Registro Civil. Gracias a él soy ahora Carmen Expósito, una niña fallecida en un orfanato, hace cuarenta y ocho años resucitada para mí; alguien sin familia, un ser que a nadie importa, una sombra en vida para escapar de Virginia Rives.

19

El mes de noviembre lo precipitó todo, como el frío que precipita el silencio de los pájaros. El bullicio de las calles y paseos de Beniaverd se refugió en el interior de las casas y fuera solo sonaban los ecos de un tiempo pasado que fue mejor. El programa radiofónico *Las Mañanas de Simón* se hizo eco aquel día de la decadencia de un pueblo en su discurso editorial, cargado de cierto grado de populismo. Simón Antón parecía un predicador anunciando el fin del mundo.

—Mis queridos oyentes, ya hemos entrado en el túnel y se avecinan tiempos de caos. El castillo de naipes está a punto de derrumbarse. La crisis parece haber instalado su oficina central de operaciones en nuestro pueblo, y todo por la nefasta gestión del alcalde Gregorio Rosso. Claro que se trata de una crisis mundial, pero mirémonos el ombligo por un momento. Abramos la puerta de nuestros frigoríficos y no la de nuestros vecinos, que no vendrán a darnos de comer cuando la punzada del hambre pellizque nuestros estómagos. Salvemos nuestra casa, que es la que nos da cobijo. Los datos son escalofriantes. El paro en Beniaverd ha aumentado un veinte por ciento en este año 2009 que a punto estamos de dejar atrás. Ni siquiera la pesca, la que dio de comer a nuestros padres y abuelos, nos sirve ahora como reflote económico. El turismo no ha llegado ni al setenta por ciento de ocupación hotelera, comparando con las cifras de ejercicios anteriores. El ayuntamiento está al borde del caos y se escuchan voces de una posible intervención. A nuestro pequeño paraíso mediterráneo parece haberle abandonado la luz del sol. Estamos sumidos en una profunda oscuridad y dicen, cuentan, hablan... que se trata del principio de lo peor. ¿A dónde vamos a llegar?

»Esa misma pregunta que ahora les traslado a través de los micrófonos de Radio Beniaverd he pretendido hacérsela llegar a nuestra primera autoridad, Gregorio Rosso, nuestro alcalde, el capitán del barco, pero parece haber metido la cabeza bajo tierra como un avestruz. No responde a las llamadas y recados de este servidor que les habla, y hace semanas que no se le ha visto públicamente. Hay quien dice que no sale de su despacho más que para lo imprescindible. Señor alcalde: ¡el barco se hunde! ¿Piensa quedarse de brazos cruzados?

»Mis queridos oyentes, no dejen de sintonizar Radio Beniaverd porque hoy, en *Las Mañanas de Simón*, contaremos con la presencia de tres representantes de la oposición municipal. A río revuelto, ganancia de pescadores, y los ánimos les aseguro que están más que revueltos. Ya pueden enviar sus preguntas a través del teléfono. Estas son... ¡*Las Mañanas de Simón*!

Desde El Rincón de Reina, su hermana lo escuchaba como cada día, mientras ultimaba los detalles de su desaparición. Planear tu propia muerte da mucho trabajo. Pensó por un instante lo mucho que echaría de menos a Simón y su ánimo flaqueó, pero debía ser fuerte, también por él y sus gemelos. Le consoló pensar que, en cualquier lugar del mundo, podría seguir oyendo su programa a través de internet, eso calmó ligeramente su profundo desasosiego al pensar que lo sentiría cerca de alguna manera. Se agradeció a sí misma haber sido capaz de guardar el secreto de Virginia Rives y no haberle dicho ni una palabra, algo extraño en ella. Si hacía balance, tal vez era lo único que había hecho bien en toda esta historia. Gracias a ese gesto de prudencia, ahora Simón y los pequeños estaban a salvo.

Miró su nueva documentación, ya la tenía en sus manos, oficialmente ya era otra persona sin haber dejado de ser ella misma. Dentro de muy poco se iba a llamar Carmen Expósito. Repitió varias veces el nombre en voz alta, mirándose al espejo, una y otra vez, pero no se reconoció en él. Era como si el espejo le devolviera la imagen de una extraña. Creyó que no tenía aspecto de llamarse Carmen y que jamás se acostumbraría a ello. Sintió ganas de llorar y de morir de verdad, pero la vida suele ser obstinada.

Se le acababa el tiempo y ya lo tenía todo pensado. Fingiría su suicidio en un crucero por el Mediterráneo. Dejaría una nota de despedida y haría creer a todo el mundo que se había tirado por la borda, hastiada con su vida. Las dos últimas semanas se había encargado de mostrarle a su hermano Simón que estaba algo deprimida y que necesitaba escaparse para pensar. Después, viajaría por tierra hasta Bugarach, la localidad del Pirineo francés, idílica y solitaria, que por una extraña razón se había cruzado en su camino. Reina pensaba que el destino la había llevado hasta ese sitio en el mapa y que, como si de una señal del más allá se tratara, era el lugar que la vida le había buscado como refugio, su cárcel en libertad. Se preguntó si pasaría allí el resto de su vida hasta morir como Carmen Expósito o si, algún día tal vez, todas las mentiras de Virginia saldrían a la luz y daría con sus huesos en la cárcel. Solo cuando atraparan a Virginia ella se sentiría realmente a salvo. Le gustó imaginarlo por unos segundos. Si eso ocurría, ella podría recuperar su vida. Pero se convenció a sí misma de que Virginia saldría impune, una vez más. Solamente le quedaba una cosa por hacer que se impuso como promesa: escribiría su historia desde el retiro impuesto en Bugarach para que, algún día, todos supieran la verdad y, muy especialmente, su hermano Simón.

En la sede central de la UDYCO, el agente Sandoval hablaba por teléfono recostado sobre su silla de trabajo y con cierto aire de desidia. De repente, se puso erguido y chasqueó los dedos para llamar la atención de su compañero Gutiérrez, que estaba en la mesa de al lado, pero sin prestarle atención. Los ojos de Sandoval, de un profundo azul mar, se esforzaban por transmitirle a Gutiérrez todo lo que Sandoval estaba escuchando. A juzgar por su expresión de asombro, debía de ser algo realmente interesante. Desvió entonces la mirada para coger un bolígrafo de un bote que había sobre su mesa y comenzó a escribir.

—Un momento, por favor, que estoy tomando nota. Sí, ajá, sí, ya comprendo... —repetía una y otra vez mientras apuntaba algo en una hoja de libreta bajo la atenta mirada de Gutiérrez, que no entendía nada—. Muchísimas gracias, compañero. Ha sido un placer hablar contigo. Supongo que estaremos en contacto ahora que tenemos al mismo tipo en el punto de mira. Menuda pieza este Sigüenza. Sí, no te preocupes, hablamos. —Y colgó el teléfono.

—¿Me vas a contar qué has descubierto? Por tu cara, se diría que el secreto de la cuadratura del círculo —dijo Gutiérrez.

—No tanto, pero esto le va a gustar al jefe. El tal Sigüenza, el anterior propietario del yate de Mohamed Lagrich, está siendo investigado por casos de corrupción en connivencia con el alcalde de Beniaverd. Parece que se lo han montado de puta madre en los últimos años. Adivina cómo se llama la operación anticorrupción...

—Sorpréndeme.

—Operación Imperio, como el barco. ¿Y lo mejor de todo? —añadió Sandoval poniéndole misterio al asunto.

—Tú dirás.

—Lleva meses con el teléfono intervenido. Horas y horas de grabaciones donde aparecen también llamadas de Lagrich. Me lo han confirmado. Me dicen que hablan de «negocios». ¿Qué tipo de negocios son los que se hacen con un narco como Lagrich? Seguro que el jefe estaba en lo cierto y está metido hasta el cuello. Me da a mí en la nariz que esas grabaciones nos van a resultar muy reveladoras —dijo Sandoval frotándose las manos.

—No sé, Lagrich es un tipo listo y lleva tiempo en esto. Dudo mucho que revele información de importancia por teléfono móvil.

—Me las van a mandar. Pronto lo sabremos. ¿Apuestas algo?

El jefe de la operación les hizo un gesto con el brazo derecho desde detrás de un cristal que separaba su estancia de trabajo del resto de policías de la unidad. Ambos se acercaron. Dentro del despacho olía a café cargado y todo estaba en perfecto orden. El jefe de la unidad era un hombre muy meticuloso en su trabajo y eso se dejaba ver en la colocación de sus cosas, algo neurótica. Las carpetas de trabajo estaban ordenadas por colores, de más oscuras a más claras, y encima de su mesa solo había una lámpara, un teléfono y una fotografía de su hija, una joven que vivía en el extranjero con su madre. Nunca colocaba nada más, ni siquiera un ordenador. Parecía que nadie trabajara allí y que acabara de pasar el servicio de limpieza. Nunca se encontraba ni un bolígrafo fuera del cajón, ni un papel en la papelera. Estaba divorciado y tenía fama de ser algo huraño en el trato personal, pero esa fama no le hacía justicia, tan solo era fruto de su carácter excéntrico y poco sociable, pero en realidad era un gran policía y una buena persona metida en un mundo gris.

El sol que entraba por la ventana molestaba a los ojos, así que bajó la cortina de láminas de madera y, al cabo de unos segundos, la estancia quedó en una agradable penumbra a la que pronto se acostumbraron los ojos de los tres. Encendió la lámpara de mesa y les invitó a sentarse a los dos.

—Ya tenemos fecha de la llegada del alijo al puerto de Beniaverd. El veintisiete de noviembre. Me la acaban de confirmar.

—Eso es dentro de tres semanas —dijo Gutiérrez.

—Exacto, no tenemos demasiado tiempo. Hay que poner en marcha el operativo. Necesitaremos refuerzos del GRECO. —Hacía referencia al Grupo de Respuesta Especial al Crimen Organizado—. Esto es algo grande y no puede salir mal.

—Yo también tengo información, jefe —dijo Sandoval—. Sigüenza, el tipo que nos mandó investigar, el del yate, el empresario de Beniaverd que usted intuía que podía estar implicado...

—¡Al grano, Sandoval, que ya sé quién es Mateo Sigüenza! —apremió el jefe, a punto de perder la paciencia. Los nervios estaban a flor de piel desde que habían empezado las pesquisas.

—Pues que está siendo investigado por corrupción dentro una operación llamada «Imperio». Hay horas y horas de escuchas telefónicas en las que también aparecen conversaciones con Lagrich hablando de... «negocios» —explicó entrecomillando con los dedos la palabra—. Me las van a mandar. Ya es nuestro, jefe. Lo tenemos cogido por los huevos, a él y a Lagrich.

—Cuidado con esas cosas, Sandoval, que tal vez sea meternos en la boca del lobo. A Lagrich pienso pillarlo en plena faena. A ese mal nacido ya no hay nada que lo libre de trincarlo, tengo pruebas para aburrir. Y en cuanto a Sigüenza, es peligroso lo que me cuentas.

—¿A qué se refiere?

—Las escuchas telefónicas de las que me hablas han sido autorizadas para la Operación Imperio, pero no para nuestra operación Espalda Mojada. ¿Crees que autorizará el juez abrir una pieza separada con las mismas grabaciones? —argumentó el jefe—. Son arenas movedizas, pero no está de más saber de qué hablan estos dos tipos. No puede ser nada bueno lo que se traigan entre manos. Ya consultaremos los temas legales si necesitamos cubrirnos en ese sentido. Que te las hagan llegar. Convocad al resto de compañeros. Dentro de dos horas os quiero a todos en la sala de reuniones.

En Beniaverd, Iván había pedido unos días de vacaciones. Estaba profundamente afectado por todo lo ocurrido y en su cabeza sonaban una y otra vez las palabras de Virginia, retumbando como un eco en su conciencia: «Sé que te lo pensarás, sé que lo harás». Odiaba sentirse manipulado de esa forma, pero tenía que reconocer que no sabía muy bien cómo evitarlo, tratándose de Virginia. La amaba, o tal vez había amado a esa joven ambiciosa y decidida cuya belleza y sensualidad eran una fuerza de la naturaleza. Pero a la Virginia oscura y siniestra, mentirosa y manipuladora, que se escondía en algún lugar de su interior, a esa, acababa de descubrirla.

Desde el día que habían puesto las cartas boca arriba en el acantilado, desde el día en que su relación se había asomado al borde del precipicio, no se habían vuelto a ver. Cada uno gestionaba su dolor a su manera. En aquel momento ambos se habían dado un adiós en forma de paréntesis, aunque los dos intuyeran que la despedida definitiva se escondía a la vuelta de la esquina.

Iván se marchó a la montaña para poder escuchar el silencio. Necesitaba un buen consejero y el ruido de la ciudad no le ayudaba a centrarse. Alquiló un pequeño refugio de madera que solían utilizar los cazadores de la zona y que se había rehabilitado para el turismo rural. La casa tenía una enorme chimenea y el frío de noviembre invitaba a alimentarla con una buena fogata. Hubiera podido quedarse allí el resto de su vida, pensó. El policía pasaba horas y horas mirando los dibujos de las lenguas de fuego como si intentara descifrar un mensaje oculto en ellos. Comía poco, alguna que otra lata de conserva que había llevado con su equipaje y bebía alcohol, más de lo habitual. Estaba ausente, como hechizado. Solo cuando las llamas consumían la leña, Iván salía para buscar troncos y el latigazo que el frío le daba en la cara, como un bofetón en sus mejillas calientes por la hoguera, le despertaba de su ensoñación. Una de las veces que atizó las brasas para reavivar el fuego, un rescoldo salió disparado y le quemó la mano. Sintió el olor de su piel chamuscada y la mano en carne viva. Un intenso dolor le impidió dormir aquella noche y no pudo quitarse de la cabeza lo mucho que habría tenido que sufrir Dioni Iruretagoyena al morir quemado vivo. ¿Se merece alguien morir así?, se preguntó en varias ocasiones en sus muchas horas de conversación consigo mismo. Había podido saber lo despreciable que era Dioni y lo que fue capaz de hacerle a su hija, pero ni siquiera en ese caso Iván podía justificar un asesinato, aunque lo intentó con todas sus fuerzas.

Lo que más le atormentaba era, sin duda, la historia del recién nacido muerto y enterrado como una basura. Quería creer en las palabras de Virginia y culpar a Desiderio de semejante atrocidad, pero su confianza en ella se había quebrado irremediablemente. La confianza está hecha de cristal y una vez rota es imposible reconstruirla. Dudaba, y lo hacía con tal intensidad que no pudo reprimir su impulso de indagar más sobre el asunto.

Sacó el portátil y se conectó a la red gracias a la conexión inalámbrica que le ofrecía su teléfono móvil. Frente al fuego, con barba de tres días, algo más delgado, ojeras por la falta de sueño y un café caliente con un generoso chorro de brandy, servido en una taza de metal desportillada, parecía un ermitaño urbanita buscando respuestas a preguntas sin formular. Cuando el ordenador hubo despertado de su letargo porque la conexión era lenta, Iván entró en internet y fue directo a la página del *Diario de Cáceres*. Supuso que un suceso así habría sido noticia en la prensa local y no se equivocaba. Acudió a la hemeroteca del periódico y, acotando las fechas de los hechos, se ayudó tecleando las cinco palabras clave: bebé, muerto, bolsa, basura, Cachorrilla. En menos de un segundo, varios artículos aparecieron en la pantalla. El último de ellos decía así:

El recién nacido hallado en el monte fue asesinado

La autopsia realizada a los restos de un niño varón, recién nacido, hallados el pasado miércoles, enterrados en el monte cercano a Cachorrilla, han dado como resultado de la muerte «asfixia por sumergimiento en líquido». Los resultados confirman que el niño nació vivo y que murió ahogado.

El forense ha encontrado agua en los pulmones del bebé, por lo que se abre ahora una investigación para intentar esclarecer la autoría de los hechos. Se desconoce el nombre de la madre, aunque se han recogido restos biológicos para poder determinar la maternidad.

*En la bolsa de basura en la que apareció el cuerpo, también
se hallaron restos de la placenta, el cordón umbilical y ropa de
mujer ensangrentada. Al parecer, la bolsa fue enterrada a poca
profundidad en la zona boscosa cercana a Cachorrilla y días
después fue desenterrada por animales salvajes. Fue un cazador que deambulaba por la zona el que encontró los restos y
alertó a la policía.*

*La policía baraja la hipótesis de que se trate del fruto de un
embarazo no deseado, posiblemente de una joven adolescente,
que podría haber mantenido oculto durante toda la gestación,
pero por el momento no se tienen más datos sobre el caso, aunque la investigación continúa abierta a la espera de obtener nuevas pesquisas.*

Aquel era el último artículo del *Diario de Cáceres* que hacía referencia al suceso. Nada más aparecía publicado sobre el asunto. Nada
más en toda la hemeroteca. Ni una sola palabra. Iván supuso que tal
vez nada nuevo se había sabido al respecto y, por lo tanto, la noticia
había muerto por olvido. Probablemente, el asunto había quedado sin
resolver en los archivos policiales y ahora ya solo era un número de
investigación por el que nadie había vuelto a preguntar. Una vida inocente que a nadie importaba. Un niño sin nombre que había querido
atrapar el aire a bocanadas con sus pequeños pulmones para aferrarse
a la vida y que solamente pudo respirar agua de un abrevadero de animales. Una vida con una historia tan breve como cruel.

Sintió frío a pesar del fuego y echó al café otro chorro aún más
generoso de brandy. La conciencia le atormentaba y soñaba una noche
sí y otra también con un bebé llorando, desnudo, con el cordón umbilical colgado de su ombligo, ensangrentado y amoratado por el frío y
rodeado de lobos en mitad del bosque. Angustiado, Iván intentaba
salvarlo desesperadamente, corriendo entre los árboles pero sin conseguir avanzar por más que se esforzaba en dar zancadas amplias. En el
sueño, disparaba a los lobos con su arma reglamentaria, pero sin dar en
la diana. Cada noche que la pesadilla recurrente se repetía, despertaba
empapado en sudor en el mismo instante en que conseguía llegar hasta
el bebé y se disponía a cogerlo entre sus brazos. Nunca llegaba a hacer-

lo, nunca conseguía salvarlo y los lobos olisqueaban al niño como lo hacen con una presa. El llanto del niño y la voz de Virginia le estaban haciendo perder la razón.

Tras leer el artículo del diario, Iván decidió entonces que no podía obviar todo lo que sabía y que la verdad le libraría de volverse loco. Aquel niño merecía que se le hiciera justicia, incluso Dioni lo merecía. Si Virginia decía la verdad, nada debía temer. Él era un buen hombre que había hecho el juramento de cumplir y hacer cumplir la ley, y, ante eso, únicamente había un camino posible: denunciar el caso. Tomó por fin la decisión más difícil de su vida, entregar la caja de zapatos de Desiderio a la Policía Nacional para que ambos homicidios, el de Dioni y el del bebé de Cachorrilla, pudieran cerrarse. Supo que esa decisión le costaría su relación con Virginia, pero también supo que jamás podría volver a amarla de la misma forma después de todas las mentiras y de todo cuanto le había ocultado. Los secretos pueden ser los grandes asesinos de los sentimientos, pensaba él. Sentía que ya no la conocía, que ya no sabía quién era. La decisión de seguir adelante fue un bálsamo para Iván, que aquella noche durmió mucho mejor. La tranquilidad de conciencia fue sin duda para el policía el mejor somnífero.

El cerco policial se estrechaba lentamente alrededor de Rosso y de su testaferro Luigi Manfredi, como lo hace la soga alrededor del cuello del ahorcado. Tras averiguar la existencia de Manfredi, la policía había centrado su investigación en este personaje, un napolitano de dudosa reputación, al parecer buen amigo de la infancia de Rosso. Las pesquisas llevaron a los agentes hasta más de media docena de sociedades. En ellas, el italiano aparecía, bien como apoderado, bien como administrador, según conviniera, y se encargaba de utilizarlas para el blanqueo de dinero. Se trataba de empresas pantalla muy bien diseñadas por el alcalde para sus negocios más oscuros. El rastreo concienzudo de cuentas bancarias y sociedades empresariales, tejidas como telas de araña, dieron lugar a un voluminoso informe de cientos de folios. El dinero suele dejar un rastro difícil de borrar. Todo estaba a punto de caramelo, la Operación Imperio estaba preparada para salir del horno.

Rosso, que permanecía alerta en su puesto de alcalde pero manteniendo cierto grado de confianza en sí mismo y en su forma de hacer las cosas, se refugiaba aquella mañana en su despacho del ayuntamiento. No había demasiada actividad pública y pensó que tendría una mañana tranquila, pero se equivocaba. Tras leer los periódicos, ordenó a su gabinete preparar una rueda de prensa para contestar a todas las infamias que, según él, se vertían calumniosamente sobre su persona y su gestión. Había tomado como estrategia para superar aquella crisis dar la cara en contadas ocasiones para disipar rumores y calmar los ánimos de los ciudadanos, mientras buscaba una digna salida por la puerta de atrás. La rueda de prensa se fijó para el día siguiente, pero jamás llegó a producirse. Todavía no había despachado a su jefe de prensa cuando sonó su teléfono móvil. Era el número de Mateo Sigüenza.

—Puedes marcharte —le dijo haciéndole un gesto con la mano para que abandonara el despacho—. Nos vemos mañana en la sala de prensa.

Cuando el asesor de comunicación de Rosso cerró la puerta al salir, este suspiró antes de atender la llamada. Estaba cansado de Sigüenza y no tenía los ánimos como para soportarlo más de lo necesario. Era como un niño pequeño, con sus caprichos y sus rabietas, lloriqueando todo el día cogido a su pierna. Pero aquella llamada tuvo un contenido muy distinto al que esperaba.

—¿No hay un solo día en el que no puedas vivir sin mí? —dijo Rosso intentando ser gracioso—. Búscate una novia que te entretenga y deja de llamarme tanto.

—No te preocupes, Chino, esta va a ser la última llamada que te haga. De hecho, no vas a volver a verme —aseguró Sigüenza en un tono demasiado serio y pausado para lo que en él era habitual.

—¿Qué quieres decir? ¿Ocurre algo? —preguntó preocupado.

—Escúchame bien. Lo que te voy a decir es muy importante. Por los viejos tiempos, por nuestra bonita amistad y porque te aprecio a pesar de nuestros más y nuestros menos, debes escapar. He recibido un soplo. Tengo buenos contactos en las altas esferas…; ya sabes lo que se dice, que hay que tener amigos hasta en el infierno… Me han alertado de que van a por nosotros. No hay demasiado tiempo, llevan meses, tal vez años, de investigaciones y estamos con el agua al cuello. Lo tienen todo muy hilado y en las próximas horas van a empezar las detenciones. Tú eres el primero porque yo me largo. ¿Lo has entendido?

—Pero ¿cómo? No es posible... —titubeó Rosso—. ¿Estás seguro de eso?

—Completamente. De hecho, estoy a punto de embarcar en un vuelo cuyo destino no te voy a decir por teléfono. Me quito de en medio de inmediato. Tú deberías hacer lo mismo. He llamado para avisarte. Ese es mi código de honor para con mis amigos. No lo demores o te trincarán. Lárgate hoy mismo, si es posible. Y otra cosa... ¿Quieres saber quién ha estado metida en esta operación desde el principio?

—¿Quién?

—Tu guapa concejala Virginia Rives. La muy zorra es, además de puta, chivata. Siento haberla metido en nuestras vidas. Fue un error que ya no tiene remedio.

De sonido de fondo se escuchaba la megafonía del aeropuerto. Llamaban para el embarque de un vuelo cualquiera.

—Te tengo que dejar. Mi avión no tardará en salir. Te deseo lo mejor Chino. *Ciao, bambino*. Cuídate mucho.

Mateo Sigüenza colgó el teléfono, le quitó la batería y tiró todo a una papelera del aeropuerto de Barajas. Le esperaba un vuelo con destino a un país sin tratado de extradición con España, unas vacaciones indefinidas de impunidad legal. Se difuminó entre el pasaje y desapareció. Mientras tanto, en Beniaverd, Rosso sintió un frío terrible y después el calor de la furia subiéndole por los pies hasta llegar a la coronilla. Arremetió a patadas contra las sillas de la mesa de reuniones mientras maldecía a Virginia. Su secretaria entró alertada por los gritos.

—¿Pasa algo, señor alcalde? —preguntó asustada desde la puerta, sin atreverse a entrar.

—¡Tráeme a Virginia inmediatamente! —ordenó fuera de sí.

La secretaria salió para obedecer a Rosso y a este pareció encendérsele una bombilla en su cabeza. Fue hacia su mesa y abrió con llave el primer cajón. Con desesperación, rebuscó entre los papeles hasta dar con unos folios que dormían en el fondo desde hacía un tiempo considerable. La mirada se le iluminó. Los dobló por la mitad y los metió en un sobre blanco, ordinario, sin ningún membrete del ayuntamiento. Después escribió en él: «Radio Beniaverd. A/A Simón Antón».

Se trataba del informe acerca del oscuro pasado de Virginia Rives, elaborado por el detective al que había recurrido Rosso al principio de su legislatura, donde se desvelaba su vida como Virginia Iruretagoyena y en el que su impecable imagen pública quedaba seriamente dañada. Ya casi lo había olvidado. Llevaba cerca de tres años en ese cajón, tal vez porque Rosso intuyó siempre que algún día podría serle de mucho interés, al menos, como arma de venganza. Había llegado ese momento. La secretaria volvió a entrar, tras tocar ligeramente con los nudillos en la puerta.

—Virginia Rives no ha venido hoy, señor alcalde. Me dicen en la concejalía que hace tres días que no aparece por allí —dijo con tono temeroso, anticipando la reacción de furia que pudiera tener Rosso, pero este permaneció preocupantemente calmado, con una ira contenida que se escapaba por su mirada—. La he llamado al móvil, pero no lo coge. ¿Quiere que haga algo más?

—Sí. Toma —dijo extendiendo la mano con la que sostenía el sobre—. Ponle un sello a este sobre y échalo a un buzón. No quiero que añadas nada que lo vincule con el Ayuntamiento, ni que vaya por correo oficial, ¿lo entiendes?

—Sí, señor. Correo ordinario. Entendido.

—Eso es. ¡Ahora, lárgate!

En la brigada anticorrupción, la llamada que acababan de grabar del teléfono de Rosso precipitó la Operación Imperio. Sigüenza se había escapado y había alertado a Rosso para que también lo hiciera. No había tiempo que perder si querían cerrarla con algo de éxito. Alguien de dentro había puesto sobre aviso a Mateo. Demasiadas horas de trabajo para tirarlas por la borda. Si no se actuaba con rapidez y diligencia, la operación peligraba seriamente. El jefe de la unidad, el hombre de traje y barba que se reunía con Virginia en un aparcamiento, daba órdenes a voces, mientras hablaba por teléfono. Estaba enfadado por cómo habían sucedido las cosas. Confiaba en sus hombres, pero el nombre de Sigüenza ya era demasiado conocido en otras investigaciones policiales, y a mayor extensión del caso, mayor posibilidad de grietas en un sistema que se supone hermético. No podía poner la mano en el fuego por los demás. Tal y como estaban las cosas, todo debía llevarse a cabo de manera inminente. Los policías corrían de un lado para otro, en un aparente caos que no era más que la puesta en marcha de un operativo complejo. La adrenalina se podía respirar en el ambiente. En menos de una hora, el ayuntamiento de Beniaverd estuvo tomado por la policía. Los vecinos de un pueblo costero y tranquilo como aquel no salían de su asombro. Los furgones policiales habían aparcado en la plaza Mayor y la gente se asomaba a los balcones curioseando sobre lo que estaba ocurriendo. Tomaban fotografías y grababan lo que veían con sus móviles. Los medios de comunicación llegaron casi a la par, para olisquear en lo podrido de su casa consistorial. Todos los funcionarios recibieron la orden de permanecer en sus puestos, en silencio y a disposición de los requerimientos policiales. No podían tocar nada, ni atender el teléfono. Dos policías armados subieron directamente a la planta de la alcaldía e irrumpieron en el despacho de Rosso. Cayéndole el sudor por las sienes, sorprendieron al alcalde intentando ocultar documentos. La destructora de papel estaba en marcha y un buen puñado de folios reducidos a finos hilos se amontonaba en una bolsa de basura. Los cajones estaban revueltos, como si hubieran entrado a robar ladrones de poca monta y Rosso, que se había quitado la chaqueta del traje, llevaba la camisa blanca empapada pegada al cuerpo y la corbata aflojada. Le faltaba el aire. No le había dado tiempo a más cuando los agentes le dijeron que estaba detenido y le pusieron las esposas.

—Mira en el bolsillo interior de la americana —dijo a su compañero el policía que le esposaba.

—Aquí está —contestó después de rebuscar unos segundos, alzando una pequeña libreta de tapas color granate—. La famosa agenda de la que nos hablaron.

—Nos va a tocar jugar a los puzles —bromeó refiriéndose a los documentos destruidos—. Coge el portátil y todos los dispositivos electrónicos que encuentres. ¡Andando! —le dijo a Rosso mientras lo empujaba suavemente para que caminara.

Rosso no dijo ni una sola palabra durante su detención, ni siquiera reivindicó su inocencia ni criticó la actuación policial. Solo pensaba en el momento de salir esposado por la puerta del ayuntamiento bajo la mirada de vecinos y prensa. Sabía que esa imagen ya nunca más lo abandonaría y que, pasara lo que pasara, ya era un hombre destruido. Y así fue. La noticia dio la vuelta a España en cuestión de minutos. La gente le gritaba desde los balcones y a pie de calle, donde un buen puñado de vecinos se había dado cita para estar en primera línea del espectáculo. «Chorizo, sinvergüenza, malnacido», ninguno se privó de insultar a su alcalde, el mismo que había pasado del cielo a lo más profundo de los infiernos. Los agentes requisaron numerosos documentos y ordenadores en las más de nueve horas que duró el registro. El nombre de Beniaverd apareció irremediablemente unido a los delitos de cohecho, prevaricación, malversación de caudales públicos y tráfico de influencias, entre otros. Junto con Rosso, fueron detenidas siete personas más, funcionarios, técnicos y compañeros de partido.

La oposición sacaba pecho frente a las cámaras, llenándose la boca con declaraciones acerca de la importancia que había tenido su participación en dicha operación. Se tenían a sí mismos como el azote de los corruptos, mientras se frotaban las manos con el trozo de pastel que ahora tendrían para repartir. Todos pretendían sacar tajada del operativo. Los compañeros de corporación y demás afines al ALBI esgrimían como defensa el derecho a la presunción de inocencia. La fotografía de los periódicos fue la de Rosso entrando en el furgón policial, cabizbajo, esposado, mientras un agente le agachaba la cabeza para que no se la golpeara con el techo del vehículo. Los *flashes* dispararon cientos de veces y los vídeos repitieron la secuencia hasta la saciedad, una y otra vez.

Desde su casa del acantilado, Virginia siguió toda la operación a través de la televisión, sabiendo que ella había sido el verdadero interruptor de todo aquel operativo. Había esperado mucho hasta llegar a ese momento, pero no imaginó que aquella venganza le supiera tan insípida e incompleta. Le faltó la imagen de Sigüenza detenido, pero ya sabía que todo no se podía tener en la vida y que los planes pocas veces salen tal y como los diseñas. Ahora tenía problemas mayores de los que preocuparse y ni siquiera podría ya sacar tajada política de todo aquello, tal y como ella había pensado en su momento. Todo le pareció una insignificancia, una burla grotesca del destino.

Miércoles, 28 de julio de 2010

Embarqué en un crucero por el Mediterráneo para fingir mi muerte y escapar de Virginia Rives, tres días después de que detuvieran al alcalde Gregorio Rosso. Se me acababa el tiempo. La noticia me ayudó mucho. Todo el mundo, incluido mi hermano Simón, como es comprensible, estaba pendiente de los nuevos datos que iban apareciendo sobre el caso. Todo cuanto sucedió a continuación fue como una cortina de humo para mi estrategia de huida. Simón estaba en su mundo y no me prestó demasiada atención, cosa que yo agradecí porque me lo puso todo más fácil. La bomba de la Operación Imperio no había hecho más que estallar y faltaba por recoger los escombros, hacer la autopsia a los muertos antes de enterrarlos, en un sentido político, claro está, curar las heridas de todos los afectados y llorar tanto desastre como se había producido en un pueblo tranquilo como Beniaverd.

La verdad es que casi hizo más daño la onda expansiva que la propia explosión. La prensa nacional centró su mirada en nuestra localidad, poniéndola como ejemplo de la corrupción política nacional, un mal de nuestra sociedad. Yo estaba más preocupada por mis asuntos que por aquel terremoto mediático que estábamos sufriendo, pero me dio en la nariz que Virginia estaba detrás de todo aquello. Tenía que estarlo. Los medios de comunicación la salvaban de la quema y la policía la exculpó de cualquier implicación con la Operación Imperio. Al parecer, estaba limpia, pero yo sabía que todo lo que esa mujer tocaba terminaba por pudrirse, y no podía ser que no tuviera nada que ver con todo aquello, sabiendo como sabía de lo que era capaz.

A Simón, el caso le fue muy beneficioso profesionalmente. Me alegré por él. Como experto periodista beniaverdense y gran conocedor de la política local, los medios nacionales se lo rifaron

*como corresponsal sobre el tema. Era la oportunidad que todo
buen profesional espera que se produzca en su carrera: que un
medio nacional se fije en un periodista de provincias. Finalmente,
fichó por una cadena de televisión y empezó a colaborar en programas sobre la Operación Imperio y todo su entramado. El
asunto dio para meses de tertulias y análisis políticos e, incluso,
la prensa del corazón encontró carnaza para sus programas.
Una señorita de compañía acudió a uno de esos programas noc-
turnos de máxima audiencia para contar intimidades del alcalde
que nada tenían que ver con la Operación Imperio pero que ali-
mentaban el morbo y subían la audiencia con mucha facilidad.
Según contó esta joven, al alcalde Rosso le gustaba que le azo-
taran en las nalgas y le castigaran como a un niño pequeño para
conseguir placer sexual. Ni que decir tiene que aquellas declaraciones gustaron mucho a determinado sector periodístico y
dieron mucho de sí. Además, después de ella, hubo más testimo-
nios que siguieron el rastro del dinero rápido y fácil a cambio de
hacer leña del ya árbol caído que era Rosso. Durante semanas,
desfilaron por los platós de televisión un buen puñado de prostitutas que daban detalles de las andanzas íntimas del alcalde
corrupto. La vida sexual de Rosso quedó al descubierto y fue la
sal que la prensa amarilla echó sobre las heridas de la corrupción. El escándalo tenía todos los ingredientes: corrupción, narcotráfico y sexo. Simón estaba en su salsa.*

*Me sentí culpable al pensar que había enturbiado ese mo-
mento de felicidad profesional con la pena que le estaría causando conocer de mi suicidio fingido, pero la vida, igual que te
da, también te quita.*

*Y por si faltaba algo en Beniaverd, dos días después de mi
llegada a Bugarach, el pueblo de nuevo fue noticia, esta vez dentro del marco de una importante operación antidroga. Creo recordar que la llamaron «Operación Espalda Mojada». El tranquilo
pueblo de costa en el que nací, donde nunca pasaba nada, parecía convulsionar por momentos. Una importante red de narcotráfico fue desmantelada y decomisado un alijo de muchas toneladas de cocaína y hachís, procedente de Marruecos. Detuvieron*

a una docena de implicados. Lo mejor de todo es que el yate en el que transportaban las drogas era el Imperio, el que fuera propiedad de Mateo Sigüenza y que había dado nombre a la operación anticorrupción. El muy sinvergüenza había conseguido salir del país y escapar de la justicia, y desde entonces se encontraba en paradero desconocido, con una orden de búsqueda y captura.

De qué manera fingí mi muerte y cómo conseguí establecerme en esta aldea francesa es una aventura que ya he contado. Mi casa de comidas funciona bien. La gastronomía española siempre es una buena carta de presentación y económicamente no me van mal las cosas, no me puedo quejar, tal y como anda la economía mundial. Pero mi ánimo ya no ha vuelto a ser el mismo nunca más.

A veces, pienso que en realidad Virginia Rives también asesinó a Reina Antón, aunque mi cuerpo siga respirando y mi corazón latiendo. Me arrebató toda mi vida y me obligó a inventarme una nueva; de alguna manera, me obligó a construir una mentira para poder seguir viviendo, y es muy difícil permanecer en un engaño como si nada. Una vez escuché decir que si repites muchas veces una mentira, al final esta termina por convertirse en una verdad. Realmente es eso lo que yo hago cada día: fingir que soy quien no soy, repetir una farsa... Sin embargo, en mi interior sé que nunca se hará realidad.

Siento nostalgia. Echo de menos a mi familia, comer los domingos con mi hermano y que me cuente cosas interesantes de su trabajo. Echo de menos ese aire presuntuoso y petulante que se daba cuando hablaba de sus asuntos periodísticos. Echo de menos el alboroto de mis sobrinos y las charlas de chicas con mi cuñada. Echo de menos mi Rincón de Reina, a sus huéspedes, el olor de su cocina, el mar de mi pueblo... Echo de menos mi vida.

Y lo peor de todo es que la historia de Virginia Rives no terminó ahí, pero ese capítulo lo escribiré otro día. Hoy estoy demasiado cansada para seguir pensando en todo ello.

20

El retiro de Iván duró lo que tardó en poner en orden su cabeza y su corazón. Al fin, la lucha terminó con una clara victoria del sentido común. Aunque no siempre gana lo razonable, para el policía, amar a Virginia empezaba a ser como conjugar el verbo en modo subjuntivo, demasiado complicado. A él no le iban ese tipo de relaciones con mujeres difíciles, era un hombre sencillo y pretendía seguir siéndolo, pero de alguna manera la seguía queriendo, aunque ya lo hacía con tibieza. Había recuperado el sueño y se había convencido a sí mismo de que hacía lo correcto. Así que recogió sus cosas y volvió a Beniaverd.

Se encontró el pueblo sumido en un profundo caos. Su ausencia le había hecho perderse el capítulo más convulso de toda la historia de Beniaverd. Había estado tan pendiente de poner en orden sus ideas, que ni siquiera había pensado en consultar las noticias por internet. En la cabaña no había televisión, ni tampoco radio, así que su retiro había sido como vivir en una burbuja, en otro mundo, el suyo propio, mientras que por Beniaverd parecía haber pasado un huracán que todo lo había arrasado.

Tras el impacto inicial, pensó en Virginia. En la prensa nada se decía sobre ella y el entramado de corrupción destapado. En la radio, no la mencionaban. Tal vez porque creyera que lo conveniente en aquel asunto era permanecer en la sombra, o tal vez porque necesitaba estarlo, el caso es que Virginia Rives se dejó ver muy poco públicamente por Beniaverd durante los días de la Operación Imperio, tan solo lo justo y necesario por razón de su cargo. El pueblo olía a cloaca y las alcantarillas de los trapicheos políticos se habían destapado; la porquería tiende a subir a la superficie, Beniaverd estaba podrido, pero Virginia tenía su propia podredumbre de la que ocuparse. A Iván le alegró saber que no tenía más problemas añadidos a los que ya llevaba entre manos. Le deseaba lo mejor, de todo corazón, porque continuaba aferrado a la idea de que era inocente.

Antes de poner en manos de los investigadores policiales la caja de zapatos con todas las pruebas que Desiderio había dejado para después suicidarse, Iván pensó que le debía una llamada. Lo menos que podía hacer era comunicarle su decisión y hacerle saber que iba a seguir adelante con su deber. Quería decirle también que lo había pensado, que en realidad no había hecho otra cosa más que darle vueltas, pero que había concluido que no podía traicionarse a sí mismo solamente porque ella se lo pidiera. Quería explicarle lo difícil de aquella decisión, lo mucho que le había costado entender que hay cosas que están por encima de todo, y por supuesto, también lo están por encima de ambos. No podía obviar la muerte a sangre fría de un hombre y mucho menos ignorar que una criatura inocente había venido al mundo y se le había arrebatado la vida de manera cruel y despiadada. Esas cosas no podían haber ocurrido y hacer como si nunca hubieran pasado. Ante eso era incapaz de mirar hacia otro lado, porque sabía que, de hacerlo, la mirada interior de su conciencia le perseguiría el resto de su vida. Quería decirle todo eso y mucho más. Que confiaba en que la justicia pusiera cada cosa en su sitio y que finalmente había decidido creerla y la consideraba inocente de todas esas atrocidades. Quería decirle que la acompañaría en todo el proceso judicial hasta llegar el día en que su nombre quedara limpio y, así, librarse de su pasado para siempre y poder ser libre por fin. Sabía que su relación de pareja había muerto, pero quería ofrecerse como amigo, una persona en la que ella pudiera confiar en los difíciles momentos que se le avecinaban. Iván quería decirle todo eso, pero no tuvo oportunidad.

Ni siquiera deshizo el equipaje. Tiró sobre la cama la bolsa con la poca ropa que se había llevado a la cabaña, se descalzó y cogió el teléfono. Marcó el número de Virginia y contuvo la respiración. Deseaba que todo saliera bien, confiaba en que pudiera ser así. Al tercer tono, Virginia contestó.

—Hola —dijo con dulzura.

—Soy Iván.

—Lo sé, conozco tu número.

—Claro, qué tontería. —La conversación, entre absurda y tensa, se interrumpió por un silencio eterno.

Al final, Virginia le preguntó:

—¿Dónde has estado? Te llamé, pero tenías el teléfono fuera de cobertura. No sabes la de cosas que han pasado por aquí...

—Sí, ya me he enterado. He escuchado la radio en el camino de vuelta. ¡Menudo follón! He estado fuera, en la montaña, necesitaba pensar.

—¿Y has pensado?

—Sí, lo he hecho. He tomado una decisión. —Virginia guardó silencio. El corazón le iba a mil por hora, incluso temió que su latido pudiera escucharse por el teléfono. Sabía que su futuro dependía de lo que Iván fuera a decir a continuación, pero lo que escuchó no le gustó—. No puedo hacer como si nada de esto hubiera ocurrido, Virginia. Me gustaría que lo entendieras, lo pondré todo en conocimiento de la policía y me apartaré de este caso. Pero quiero que sepas que estaré a tu lado para lo que necesites...

—No digas nada más —le interrumpió Virginia—, me he equivocado contigo. Eres como todos —le espetó con desprecio—. Deseo que la vida te regale todo el sufrimiento que mi padre me dio a mí; quiero que te sientas indefenso y muerto de miedo, que no puedas dormir tranquilo sin echar la llave de tu habitación, que te violen sin que nadie haga nada por ayudarte, que sufras el dolor de desgarrarte por dentro y que el olor de tu sangre se clave en tu cerebro para siempre. Te deseo que esa justicia que tu tanto defiendes te dé la espalda una y otra vez..., como lo estás haciendo tú ahora mismo, como lo han hecho todos... —La voz se le quebró e hizo una pausa para respirar—. Adiós, Iván, cumple con tu deber. —Y colgó el teléfono.

Al otro lado de la línea, a Iván la congoja se le alojó en la garganta. Todo el resentimiento y la rabia de Virginia le habían puesto el vello de punta. Jamás la había escuchado hablar así, jamás supo que guardara dentro tanta ira. Sintió pena por ella y, al mismo tiempo, cierto reproche. Le hubiera gustado abrazarla entre sus brazos y decirle que todo se iba a arreglar, pero no le había gustado que le acusara de ser como todos los demás, porque él la había querido de verdad.

Virginia terminó de hacer el equipaje. Intuía la respuesta de Iván y llevaba días con las maletas medio hechas. Una parte de ella se arrepintió de no haberlo empujado por el acantilado el día que había tenido oportunidad. Odiaba quererle y a la vez ansiaba odiarle. Ella y el amor no se manejaban bien, era la falta de costumbre. Pensó que se había hecho blanda con los años o que, a lo mejor, se había acomodado en su nueva vida inventada y se había confiado en exceso. No podía vivir en alerta permanentemente. Había ya demasiados cabos sueltos en toda esta historia. Jamás podría librarse de ser una Iruretagoyena, por mucho que los papeles dijeran otra cosa. Las cosas son como son y no como dicen que son. Tenía que huir, era su única opción, de lo contrario acabaría en la cárcel porque solo hacía falta rascar un poco en la desconchada fachada de su historia para que todo saliera a la luz.

A pesar de que se acababa de estrenar el mes de diciembre, Virginia descapotó su BMW de color azul intenso, a juego con el cielo y el mar. Cargó un par de maletas y cerró con llave la puerta de su casa del acantilado, con la percepción de hacerlo para siempre. El día era plácido y el mar estaba en calma. Mirar al horizonte le produjo una leve sensación de reconciliación con el mundo. Suspiró. Retuvo el olor a mar cerrando los ojos unos segundos. Las gaviotas graznaban y pellizcaban el agua con sus picos. El mundo era una bonita estampa, a pesar de todo. Se recompuso una vez más, tenía experiencia en ello. Subió al coche y arrancó. Le quedaban muchas horas de camino hasta su destino, el único lugar al que podía acudir en busca de ayuda. Dejó que el viento le acariciara, le gustaba esa sensación de libertad, y condujo escuchando la radio, dejando atrás su vida como Virginia Rives.

En la mesa de trabajo de Simón Antón se amontonaba el correo de toda una semana. Su éxito profesional con motivo de la Operación Imperio le hacía viajar con frecuencia a Madrid para intervenir como experto en diversos programas de televisión que trataban el caso. Llevaba una semana sin aparecer por la emisora y lo hizo algo contrariado por el cansancio acumulado y porque llevaba varios días sin noticias de su hermana Reina. Estaba rara, esquiva, poco habladora para lo que era habitual en ella, y algo tristona. Si le preguntaba qué era lo que le ocurría, cambiaba de tema y esa actitud a Simón le crispaba los nervios. Para colmo, había recibido una carta suya donde decía que necesitaba tiempo para pensar y que iba a embarcar en un crucero por el Mediterráneo. Algo no estaba bien, lo presentía, pero su trabajo le tenía muy ocupado, tal vez demasiado.

Agradeció estar de vuelta a la radio, era como su segunda casa y allí pronto le arrancaron una sonrisa. Sus compañeros de Radio Beniaverd últimamente lo recibían como una estrella mediática y le daban las atenciones que hasta entonces nadie le había dispensado.

—Pero qué guapo sales en le tele, Simón, pareces un artista de cine —le dijo la secretaria de recepción nada más verle aparecer.

—Es el maquillaje, Rosario, todo mentira, mira qué ojeras traigo… —dijo señalándose los ojos con el dedo índice—. Este que ves es el auténtico Simón y no el que sale por la tele.

—¡Qué va a ser el maquillaje! El que es guapo es guapo y ya está. Déjame que te ayude con el abrigo. ¿Hace mucho frío en Madrid?

—Ha estado nevando toda la semana. Tengo los huesos helados. Nos sabes cuánto he echado de menos el clima mediterráneo de Beniaverd. No pienso quejarme nunca más del mal tiempo. Aquello sí es frío y lo demás son tonterías.

Rosario, una señora sesentona que guardaba con sumo celo su verdadera edad, con cabello de un rubio amarillo rancio, peinada con moño alto y con los labios pintados de rojo pasión, le ayudó a quitarse el abrigo y le agarró cariñosamente por los mofletes como las madres hacen con los niños pequeños.

—¡Uy! ¡Pero qué orgullosa estoy de mi Simón! Ya te decía yo que vales mucho, pero mucho, mucho. ¡Si es que tengo un ojo yo para el talento…! Te he visto todos los días. He organizado unas cenitas en casa con la pandilla para estar todas juntas mientras emitían los programas y les he dicho a mis amigas lo majo y simpático que eres. Claro, como te ven tan serio en la tele, se creen que estás todo el rato con el morro torcido. ¡Qué va!, les he dicho yo, si se pasa el día contando chistes y bromeando.

—Es que el tema es muy serio, Rosario.

—Pues eso les digo yo, que tú estás en tu sitio y que eres un profesional. Se mueren de ganas de conocerte. Un día de estos podrías ve-

nirte... Así podría presumir... —dijo Rosario ruborizándose como
una quinceañera—. Y qué bien hablas, Simón... Me has dejado boquiabierta.

—Pero, Rosario, mujer, si llevas años escuchándome por la radio.

—¡No es lo mismo, qué va a ser lo mismo...! Eso de las cámaras
tiene que impresionar, y los focos, y la gente... ¡Que no es lo mismo!
—dijo mientras colgaba el abrigo—. ¿Te preparo un café?

—Eres un amor, ¿te lo he dicho alguna vez? —Rosario sonrió y
dejó entrever una funda de oro en uno de sus dientes superiores—.
Porque eres muy joven y yo estoy casado, que si no, tú y yo cometíamos
un pecado mortal para que luego se lo pudieras contar a tus amigas.
—Rosario soltó una risita maliciosa.

—¡Eres incorregible, Simón Antón!

—Bueno, es hora de volver al trabajo. ¿Tengo muchas cosas pendientes?

—El correo está en tu mesa, y toma —dijo arrancando una hoja de
una libreta—. Estas son las llamadas que has recibido. Todo el mundo
quiere ahora estar en el programa del famoso Simón.

—¿Algún recado de mi hermana?

—No, ninguno.

—Gracias, Rosario.

Simón se acercó a ella y le regaló un dulce beso en la mejilla que
hizo que la mujer se hinchara de satisfacción como un palomo. Con el
café en la mano y, ya en su mesa, se colocó delante del correo. La mayoría de las cartas eran de admiradoras que hasta entonces no tenía,
mujeres de mayor o menor edad que, a pesar de sus muchos años de
profesión, parecían haberlo descubierto tras menos de un mes de apariciones televisivas. La erótica de la fama, pensó. Algunas olían a perfume y otras, simplemente, venían en un sobre de color rosa. Fue haciendo una selección. A la derecha, las cartas que no interesaban, y a la
izquierda las que iba a abrir. Entre toda la montaña de envíos, llegó
hasta un sobre grande que no tenía remitente, solo su nombre y el de
la emisora escritos con una caligrafía rápida. Sintió curiosidad y lo
abrió en ese instante. Su contenido le resultó impactante. Alguien le
había enviado un informe acerca de la vida de Virginia Rives, su deta-
llado pasado antes de irrumpir, como salida de la nada, en la vida social

y política de Beniaverd, un interesante pasado que llegaba en un momento muy oportuno.

En Sevilla estaba lloviendo cuando llegó Virginia. Tuvo que parar en una gasolinera para poner la capota de su coche. Aprovechó y comió algo. Compró una Coca Cola y un sándwich de esos envasados que venden en las máquinas dispensadoras. Le supo a plástico, pero tenía hambre. Llenó el depósito de gasolina y entró en el baño. Se arregló el cabello. Lucía una melena corta a la altura de los hombros y con el viento del viaje la llevaba alborotada. Se peinó con los dedos y se ayudó con un poco de agua para domar el pelo. Vestía toda de negro, con un jersey de punto ceñido y unos pantalones ajustados. Unas botas altas hasta la rodilla en color rojo la hacían estar tremendamente sexy. Cogió algunas provisiones, unas galletitas saladas, unos frutos secos y un paquete de chicles de menta. Se acercó a la caja para pagar y le preguntó al dependiente si faltaba mucho para su destino, no se manejaba bien con el navegador. El hombre no pudo evitar coquetear con ella, no pasaban por allí mujeres como Virginia todos los días.

—Te quedan poco más de veinte minutos, pero si no tienes prisa, te puedo enseñar Sevilla esta misma noche. ¿De dónde eres, guapa? Parece que el sol te ha salpicado la cara. ¿Eres extranjera? No... No tienes acento. Te invito a cenar y me lo cuentas. Salgo a las diez, ¿qué me dices?

—Pecas, lo de mi cara se llaman pecas, y hazme un favor: ¡muérete!

Cogió el resguardo, el dinero y la compra, y volvió al coche. Aún le quedaba un rato, pero se le hizo corto. Tuvo suerte. Al llegar, aparcó justo enfrente de su destino y, al levantar la vista y ver la fachada de la iglesia con la campana en lo alto, no pudo evitar sentir un escalofrío. Recordó las palabras que su padre repetía una y otra vez cada domingo, cada día que le obligaba a ir a misa, y le deseó la eternidad en el infierno: «La Casa de Dios es la Iglesia... del Dios vivo, columna y sostén de la verdad. Timoteo 3:15».

Le hubiera gustado poder borrar todas esas frases de sus recuerdos, olvidar la Biblia para siempre, pero las había escuchado millones de veces y, de manera recurrente e involuntaria, su memoria las rescataba sin que ella pudiera hacer nada por evitarlo. Era su penitencia. Hay cosas que quedan marcadas a fuego en la memoria y esa era solo una de ellas. Se puso el abrigo, había atardecido y hacía frío. La puerta de la iglesia estaba abierta.

Le costó un esfuerzo mayor al que había imaginado el hecho de traspasar el umbral del portón de madera. Hacía muchos años que se había jurado a sí misma no volver a pisar una iglesia nunca más. El corazón se le aceleró. Casi de manera automática, se sorprendió llevándose la yema del dedo pulgar de la mano derecha a la frente para persignarse. Reprimió el gesto y se reprochó haberlo hecho. La iglesia estaba bonita y destilaba paz, aunque no le gustó reconocerlo. Era pequeña y muy acogedora, y olía a incienso. Había muchas velas chatas encendidas por los rincones. Tres mujeres ancianas ocupaban tres bancos distintos. Una de ellas sujetaba un rosario con la mano derecha y un bastón con la izquierda y movía los labios con rapidez, pero sin emitir ni un solo sonido. Las otras dos rezaban en silencio con las manos entrelazadas. No había nadie más. Buscó con la mirada el confesionario. Era antiguo, de esos de madera con rejilla en la ventana, pero el párroco no estaba dentro. En ese momento, el padre Jacobo salió de la sacristía y Virginia, sorprendida, se escondió detrás de un pilar de piedra; no quería que la viera, al menos no en ese instante. Le pareció que tenía muy buen aspecto, estaba muy atractivo, y pensó que era una pena que un hombre tan guapo hubiera desperdiciado su vida con la religión.

Jacobo caminaba de manera pausada y saludó a las mujeres con un ligero movimiento de cabeza y dejando caer los párpados. Apagó las velas, una a una, y la magia de la iglesia quedó dormida, en penumbra. Después, entró en el confesionario y se sentó. Se puso a leer una Biblia que tenía sobre una pequeña repisa y esperó, paciente, a quien quisiera redimir sus pecados.

—Ave María Purísima —dijo Virginia desde el otro lado de la rejilla, arrodillada frente a su hermano que la escuchaba, de lado, con la cabeza gacha, sin mirarla y sin saber que era ella.

—Sin pecado concebida, hija mía.

—Jacobo, he pecado y necesito tu ayuda.

Fue entonces cuando el sacerdote descubrió que era su hermana Virginia la mujer que le pedía confesión. Nadie lo llamaba solo por su nombre de pila. El corazón le dio un vuelco y casi no pudo reprimir las ganas de salir del confesionario inmediatamente y abrazarla como la hermana pródiga que era, pero la confesión era sagrada.

—Virginia, qué sorpresa —susurró con cierto entusiasmo contenido—. ¿Estás bien? ¿Cómo es que has venido? ¿Qué ocurre? —preguntó con insistencia.

—Vengo a confesarme y a pedir también tu perdón. Necesito que Dios me perdone y que tú me ayudes.

—¿Vienes como hermana o como cristiana?

—¿Acaso hay alguna diferencia? Como las dos cosas. Necesito quitarme de encima un peso que me oprime el pecho y quiero confesión.

—Por supuesto, siempre es bien recibido aquel que encuentra de nuevo la luz que nuestro Señor pone en el camino.

—Todo lo que yo te diga en esta confesión quedará bajo secreto, ¿no es cierto? —preguntó interesada.

—Sí, lo es.

—¿No podrás revelarlo nunca a nadie?

—Todo lo que me digas está protegido por el secreto de confesión.

—¿Ni siquiera a la policía?

—Ni siquiera a ellos. Dios tiene su ley y su forma de hacer justicia. Pero me estás preocupando. ¿Qué ocurre?

—Jacobo, cuando te cuente todo lo que tengo que decirte, necesitaré a mi hermano. Una vez me dijiste que me ayudarías en caso de que lo necesitara, ¿lo recuerdas?

—Lo recuerdo y lo mantengo.

—Pues ese momento ha llegado, Jacobo, ahora te necesito. He pensado mucho en ti estos días. Me acordaba de cuando éramos unos niños y siempre me protegías de nuestro padre. No creas que no sé que siempre te llevaste los golpes por mí. Fui demasiado dura contigo, no creo que te lo merecieras, pero estaba enfadada, tan enfadada… Ahora he cambiado, Jacobo. Me he dado cuenta de lo equivocada que estaba y de lo injusta que he sido contigo. Pero tengo miedo. Tengo miedo de que sea tarde para rectificar mi camino en la vida.

—Nunca es tarde, Virginia, te aseguro que no lo es.

—Padre, quiero confesarme.

—Te escucho, hija mía. Dios te escucha.

El relato de Virginia en confesión mantuvo, palabra por palabra, la versión de los hechos que había contado a Iván. Ella solo había sido la testigo cómplice de la muerte de su bebé y nada había tenido que ver con la de su padre. Desiderio había sido el único culpable de ambas muertes, eso había dicho en su momento y eso mantuvo ante su hermano. Una mentira cargada de todo el dramatismo que fue capaz de interpretar. Incluso lloró, algo que nunca hacía. Virginia no necesitaba para nada el perdón divino y mucho menos el de su hermano, a quien seguía considerándolo un cobarde cobijado bajo las faldas de una sotana, un hombre sin carácter que la había abandonado a su suerte. Pero su sentimiento de culpa podía resultarle de mucha utilidad. Ella podía olerlo, como las fieras huelen el miedo, y pensaba aprovecharse de él, como había hecho otras veces. Eso era lo que Virginia mejor sabía hacer en la vida: manipular los sentimientos de los demás en beneficio propio, como había hecho con Desiderio y como había pretendido hacer con Iván. Se mostró frágil, temerosa y arrepentida ante los ojos de Jacobo, y este no pudo evitar desplegar toda su protección sobre una oveja descarriada que volvía al rebaño, su propia hermana.

—Necesito esconderme, al menos durante un tiempo, tal vez un año o dos, hasta que todo se calme. La policía me buscará y es muy posible que me metan en prisión a la espera de juicio, aunque sea totalmente inocente. Jacobo, no podría soportarlo. Me moriría allí dentro, no sé qué hacer. Por favor, tienes que ayudarme…

—Tal vez no ocurra eso, Virginia. Si no hay nada contra ti, si no hay pruebas, tal vez…

—Ocurrirá, lo sé. No puedes fallarme ahora. No puedes volver a dejarme sola otra vez.

Aquellas palabras taladraron el débil corazón de Jacobo y convencieron a su voluntad. Era el momento que la vida le ofrecía para resarcir su falta del pasado: haber abandonado a su hermana en manos de su monstruoso padre. Era la oportunidad de expiar su culpa, así que sucumbió.

—De acuerdo, creo que podré ayudarte. *Ego te absolvo a peccatis tuis in nomine Patris et Filii et Spiritus Sancti* —dijo mientras con la mano derecha realizaba la señal de la cruz.

—Amén.

Un par de semanas más tarde, a las puertas de la Navidad, el escándalo de Virginia Rives salía a la luz. El pueblo de Beniaverd todavía no había tenido tiempo de asimilar todo lo que había ocurrido con la Operación Imperio cuando descubrió que, tras la impecable imagen de su concejala de Fiestas y Eventos, se escondía un ser con muchos secretos. La policía la buscaba para interrogarla acerca de su posible implicación en dos casos antiguos, la muerte de su propio padre y la de un recién nacido, ocurrida años atrás. Nuevas pruebas aparecidas recientemente habían puesto a la policía sobre la pista de Virginia que, al parecer, se apellidaba Iruretagoyena y era la hija de un granjero al que habían quemado vivo.

Simón Antón aliñó el cóctel que ya de por sí era explosivo, dosificando convenientemente toda la información que conocía sobre el pasado turbio de Virginia, gracias al informe que alguien desconocido le había enviado por correo. El morbo es una fiera que requiere ser alimentada poco a poco para mantenerse viva y, teniendo entre manos tamaño asunto cargado de sensacionalismo, Simón, un periodista curtido y avezado, utilizó muy bien este sistema de disección de las miserias ajenas.

Con todo, Simón no pasaba por su mejor momento. Su hermana se había suicidado y la noticia había supuesto para él un escalón insalvable. Nada tenía ni el más mínimo sentido. Hubiera apostado su vida a que su hermana, su dicharachera y jovial hermana melliza, jamás se dejaría arrastrar por los encantos de una muerte suicida, por mucho que la vida se hubiera torcido. Estaba enfadado con ella y al mismo tiempo se sentía culpable. ¿Por qué no había recurrido a él en busca de ayuda? ¿Por qué no se había dado cuenta de que algo sucedía? La pena buceaba por debajo de esos dos sentimientos, todavía no la había dejado salir a la superficie, porque aún no había aceptado los hechos. Ni siquiera tenía un cuerpo que enterrar porque se lo había tragado el mar. Durante un tiempo, se aferró a la idea de que tal vez apareciera algún día. Tal vez un barco pesquero la hubiera rescatado y la hubiera cuidado hasta que se sintiera con fuerzas para regresar. A lo mejor, había perdido la memoria y no sabía quién era. Con suerte estaba en algún hospital sin ser identificada. La buscó, pero no encontró ni rastro de Reina Antón. Literalmente, se la había tragado el mar y solo tenía una escueta nota de despedida escrita de su puño y letra, que había dejado en el barco. Le supo a poco, quería una explicación, quería saber por qué...

A Simón, el mundo se le había venido encima. No sentía a su hermana muerta, tan solo ausente. Dicen que los hermanos mellizos notan esas cosas, pero todos le repetían que debía aceptarlo y no darle más vueltas al asunto o terminaría por volverse loco. Esas cosas pasan y no son culpa de nadie. La gente le aconsejaba que se centrara en su familia y en su trabajo y siguiera adelante. La vida se le antojó demasiado complicada y tremendamente injusta. A su desasosiego había que añadirle ahora los inconvenientes de los papeleos. Debía hacerse cargo de El Rincón de Reina y tramitar la denuncia por desaparición como paso previo para poder declararla fallecida legalmente. Todo era un caos, una maraña de acontecimientos que no terminaba de poner en orden en su cabeza y, por si faltaba algo, se acercaban las Navidades, la peor época del año para las ausencias.

Sobre Virginia, a quien también parecía habérsela tragado la tierra, recayó una orden de búsqueda y captura. No había rastro de ella. Había abandonado la casa del acantilado precipitadamente. Quedaba ropa en los armarios y hasta comida en la nevera. La prensa hizo todo tipo de conjeturas con tan extraña desaparición. Algunos medios llegaron a decir que tal vez la habían matado como venganza, o fruto de algún ajuste de cuentas, y que, tarde o temprano, aparecería su cuerpo. Otros apostaban más por la idea de que hubiera huido para escapar de la justicia, incluso que tal vez estuviera en el mismo escondite con Sigüenza. La vida que se había destapado de la pelirroja ambiciosa daba para mucho. Hubo hombres que aseguraron que había ejercido la prostitución siendo muy joven, en una casa de chicas regentada por una mujer rusa. La doble moral de una sociedad machista se cebó en este aspecto de su vida.

Simón desveló su relación secreta con un hombre mayor, un militar retirado llamado Benjamín Holgado, amputado de la pierna derecha por una complicación en su diabetes. El informe que tenía en su poder detallaba con especial atención esta historia que convirtió a Virginia en una joven adinerada, gracias a la herencia de Holgado. Tras conocer los pasos dados por Virginia, su historia con el militar cobró

especial interés para la policía. Holgado había muerto por una sobredosis de insulina que, en su momento, se atribuyó a un error en su
administración. Ahora todo se veía de otra manera. Solo había que tirar del hilo. El caso se reabrió y el nombre de Virginia se escribió como
el de la principal sospechosa de una muerte que ya no parecía un accidente. Virginia había dejado demasiados cadáveres en su camino como
para que todo fuera casual. La prensa la apodó la «Ambición Pelirroja» e Iván no daba crédito a todo lo que sobre ella se hablaba.

El día seis de enero de 2010, el día que Virginia cumplía veinticinco
años, Jacobo y ella atravesaron la frontera portuguesa sin mayor complicación, a pesar de sus cuentas con la justicia. Nadie pregunta a un
hombre vestido con alzacuellos y acompañado de una monja, por muy
hermosa que esta sea. Condujeron hasta Campo Maior, una localidad
lusa fronteriza con Badajoz de poco más de ocho mil habitantes, hasta
llegar al monasterio Inmaculada Concepción, un convento de religiosas concepcionistas franciscanas. Allí tenía pensado Jacobo esconder a
su hermana Virginia.

La decisión no fue recibida por Virginia con especial satisfacción.
Vivir en un convento no era precisamente el retiro que ella había pensado, pero reconocía que como tapadera era perfecta. Se dijo a sí misma una y otra vez que podría soportarlo, pero en el fondo lo dudaba.
La vida tiene un sarcasmo especial a la hora de escribir sus planes. Bajo
los hábitos, le picaba la piel y ya se sentía atrapada. No quería imaginar
lo que iba a suponer vivir dentro de esos muros. Incluso llegó a pensar
que tal vez hubiera sido mejor enfrentarse a la cárcel.

—¿En qué piensas? —dijo Jacobo interrumpiendo su silencio.

—Pensaba en… Bueno, no sé, no estoy demasiado convencida de
lo que voy a hacer. Tal vez no haya sido tan buena idea —confesó.

—Aquí nadie sabrá de ti y podrás marcharte en cuanto quieras, en
cuanto todo se calme, así de sencillo. Es perfecto. Solo será por un
tiempo. Las hermanas son encantadoras y cuidarán de ti como si fueras
una hija. Ellas no saben nada de tu historia, simplemente les he dicho
que necesitabas de un retiro espiritual, que has tenido problemas; al
fin y al cabo, es la verdad. No necesitan conocer los detalles.

—¿No tendré que vestir con hábito?

—No lo creo. Solamente ha sido una idea para que pudieras pasar desapercibida a mi lado, tu pelo llama demasiado la atención y podrían reconocerte por las fotos. No tendrás que llevar hábito, al menos no el de religiosa, aunque tampoco podrás llevar tacones ni ropa ceñida. Vas a un convento y hay que ser respetuoso. Nada de maquillaje, ni ninguna otra ostentación. Creo que tu vestuario habitual no te servirá aquí. Ellas te proporcionarán todo lo necesario. —Apartó por un segundo la mirada de la carretera y observó el gesto contrariado de Virginia—. No pongas esa cara. Estás en buenas manos, Virginia, he tenido que pedir favores para que te admitieran, no me vayas a dejar mal ahora…

—Y te lo agradezco, Jacobo, de verdad que valoro mucho lo que estás haciendo por mí, pero… no era esta la idea que tenía en mente, solo es eso…

—Te acostumbrarás. Te están buscando por todas partes, has salido en la televisión, tu foto está en todos los periódicos: «la concejala asesina», «la Ambición Pelirroja»… ¿A dónde tenías pensado ir? Confía en mí, esta vez no te voy a fallar.

Virginia no discutió; de alguna manera, se sentía atrapada en su propio destino. Sabía que tenía difícil escapatoria y que lo que Jacobo había pensado era muy razonable, pero vivir dentro de un monasterio, rodeada de monjas de clausura, era lo último que hubiera imaginado sintiendo ese rechazo como sentía a todo lo que viniera de la religión. Su padre estaría riéndose de ella en el infierno.

—Ya hemos llegado. ¿No te parece un lugar precioso? Se respira paz y tranquilidad. Te va a venir genial para ordenar tu vida. ¿No era eso lo que querías?

—Claro…

Eso era lo que había contado, pero no lo que quería. Era tarde para echarse atrás. El monasterio era de un blanco impoluto y reflejaba la luz del sol. Las ventanas y algunos detalles de su fachada estaban pintados en color azul aguamarina. El colorido le recordó a Virginia la fotografía que Desiderio le había enseñado, años atrás, de la iglesia de San Marcos en Ciudad Paraíso, donde le había prometido que se casarían algún día.

—¿Estás lista? —preguntó Jacobo antes de entrar.

—Sí, lo estoy —dijo Virginia muy poco convencida, después de suspirar profundamente.

Salió a recibirles una mujer que se presentó como la hermana Clarisa. Era gruesa y de piel pálida, fina como el hojaldre. Hablaba español sin ningún acento portugués. Su mirada era limpia y serena y, al cruzarse con la de Virginia, esta no pudo evitar esquivarla. El monasterio destilaba un silencio especial, distinto a todos los silencios del mundo. Virginia sintió por un segundo que le faltaba el aire y que iba a perder la conciencia. Se sentía como envasada al vacío, oprimida.

—Son los nervios —dijo Jacobo a la hermana Clarisa.

—Pobrecilla, si lo está pasando mal, necesitará un tiempo para curar su alma. La trataremos como una hermana más, padre Jacobo, no se preocupe usted por ella.

—Lo sé, hermana Clarisa, sé que la dejo en las mejores manos y con la ayuda de Dios. Estaremos en contacto. Que Dios la bendiga.

Jacobo le dio un beso de despedida en la frente a su hermana, que estaba blanca como la pared del monasterio, casi desvanecida, sentada en una silla, mientras la hermana Clarisa le hacía aire con un improvisado abanico hecho con unas hojas de papel. Hubiera querido gritar que no la dejara allí, que ya estaba arrepentida, que ya no le parecía tan buena idea, pero no pudo hacerlo. Observó a Jacobo abandonar el lugar y sintió el portón cerrarse como si fuera la puerta de hierro de su celda. Le retumbó el corazón. Tragó saliva y reprimió el llanto. Ella no se permitía llorar.

La primera noche allí no pudo dormir. Los peores fantasmas son los que uno lleva dentro. En su cuarto, lo que las hermanas llamaban celda, un crucifijo la miraba fijamente desde la pared desnuda. Cuando quiso rendirse al cansancio, al amanecer, la despertaron para rezar y fue entonces cuando sufrió su primera crisis de pánico al verse de nuevo entre aquellos muros. Todos pensaron que sus problemas estaban pasándole factura y que necesitaba tiempo. Pero el tiempo, para Virginia, lejos de liberarla, la estaba enfrentando a sus propios demonios.

Jueves, 29 de julio de 2010

Apenas me había instalado en Bugarach cuando, escuchando el programa de radio de mi hermano Simón por internet, escuché una noticia que me impactó sobramanera: A Virginia Rives la buscaba la policía por su presunta implicación en dos muertes, la de su propio padre y la de un recién nacido de Cachorrilla, años atrás. Sentí miedo, quedé paralizada por el terror y en mi cabeza se activó de nuevo ese mecanismo paranoico que no había logrado saber cómo parar.

En primer lugar, temí por mi persona. Simón contaba que la policía no había logrado encontrar a Virginia y que se desconocía su paradero. Yo no dormiría tranquila hasta que no estuviera encerrada. Al parecer, había abandonado precipitadamente su casa y se pensaba que había salido del pueblo con destino incierto. Eso significaba que podía estar en cualquier sitio, incluso donde estaba yo. Se hablaba de nuevas pruebas aparecidas en los últimos días acerca de estos dos casos de muertes misteriosas y yo sabía muy bien a qué pruebas se refería mi hermano, las que encontré tras la puerta que abría la llave 104, ahora en poder del agente Iván Regledo. Deduje que había sido este quien finalmente había destapado todo el asunto. No podía ser de otra manera.

Como digo, tuve miedo. Ahora creo que en realidad nunca dejé de tenerlo, tan solo se apaciguó esa sensación de temor intenso, que quedó dormida pero nunca desapareció. Con las nuevas noticias, se despertó de golpe. La cabeza de Virginia era una olla a presión que no inventaba nada bueno en situaciones extremas y me pregunté qué era lo que podría estar pensando, ahora que todos sus secretos eran públicos. Antes de que nada de todo esto se supiera, ella me había amenazado, había amenazado de muerte a mi familia, a mis sobrinos, me había puesto en su punto de mira y yo había tomado sus amenazas muy en serio. Ahora que el asunto era imparable, una bola de nieve rodando montaña abajo haciéndose cada vez más grande, sentí terror por si llevaba a efecto su venganza y cumplía con todas sus amenazas.

Después de sentir temor por mí, reconozco que de manera algo egoísta por mi parte, porque el miedo siempre lo es, empecé a preocuparme por Simón y los pequeños. Al fin y al cabo, si lograba pensar con frialdad, llegaba a la conclusión de que yo estaba escondida, oficialmente muerta y, aunque no era imposible, sí era improbable que diera conmigo fácilmente. Sin embargo, ella sabía muy bien que una forma eficaz de hacerme daño era hacerle daño a mi familia, y ellos estaban a su alcance, mucho más de lo que lo estaba yo. Se convertían, así, en un blanco sencillo para su ira irracional.

Me entró una angustia terrible y una impotencia aún mayor porque no podía hacer nada. Ni siquiera podía advertir del peligro a Simón. Me hubiera gustado llamarlo por teléfono y decirle que tuviera mucho cuidado con Virginia, que no se fiara de nada y de nadie, que vigilara su espalda y, sobre todo, que vigilara a sus hijos. Pero yo ya estaba muerta y debía mantenerme en silencio, como hacen los muertos, en silencio para siempre y por toda la eternidad.

En todo caso, mi preocupación fue en aumento cuando, a través de su programa Las Mañanas de Simón, *mi hermano fue desgranando poco a poco, día tras día, el morboso pasado de Virginia. Según decía él, una «fuente secreta» le había proporcionado mucha información acerca de la vida desconocida de la concejala: su oscura y macabra juventud, sus pecados inconfesables, sus coqueteos con la prostitución y su relación secreta y turbia con un militar retirado que la había convertido en una mujer con mucho dinero. Simón parecía saber más que nadie sobre Virginia, incluso más que la propia policía, y yo sabía muy bien que demasiada información aireada a través de los micrófonos suponía ponerle una diana a Simón en su cabeza.*

Todo lo que mi hermano contaba en su programa interesó, y mucho, a la policía, que llegó a reabrir el caso de la muerte del

militar al entender que, era posible que se tratara de un homicidio
en el que podría estar implicada Virginia Rives. Ya eran tres las
muertes sospechosas en la corta vida de la exconcejala, sin contar a Desiderio, que para mí también había sido una muerte pro-
vocada por ella. Con los datos apuntados por Simón, la policía
añadió a la lista de cadáveres que Virginia dejaba tras de sí, el
nombre de Benjamín Holgado y, aunque él no era consciente de
ello, ser el interruptor que se acciona para reabrir un caso dormido podía resultarle realmente peligroso.

Creí que me iba a volver loca. Quería que Simón dejara de
escudriñar en la vida de Virginia, que se apartara de esa historia,
que se olvidara de ella por completo, pero quizá eso era pedir
algo imposible para un periodista. El tema era miel para el oso, y
Simón se relamía de gusto por tener entre sus manos semejan-
tes exclusivas.

Sea como fuere, el tiempo pasó y no se volvió a saber nada
más de la pelirroja. Parecía que se la hubiera tragado la tierra.
Nadie hasta hoy ha dado nunca con su paradero. Día tras día, yo
escuchaba la radio con avidez. Suspiraba de alivio cada vez que
Simón aparecía en antena, porque significaba que seguía vivo.
Por un momento, temí que un día dejara de hacerlo, que Virginia
se cobrara su venganza y apareciera tirado en una cuneta, o
algo peor, pero afortunadamente no ocurrió nunca. El caso fue
perdiendo fuerza con el paso de los días, las semanas y los meses. Dejó de ser una noticia de actualidad y otros temas de interés ocuparon los programas de radios y televisiones, pero la
exconcejala seguía en libertad sin que la policía hubiera conseguido atraparla.

A pesar de ser consciente de que mi plan de huida era realmente bueno, y perdón por la inmodestia, continué mi vida como
Carmen Expósito mirando constantemente a mi espalda. Nunca
estuve tranquila. La amenaza de Virginia es algo que jamás he
podido apartar de mi cabeza y, desde el momento en que escapé, tuve que aceptarla como parte de mi día a día y aprender a
vivir con ello. Sabía que Virginia no se creería nunca que me
hubiera suicidado sin que mi cuerpo apareciera. Sabía que ella,

mejor que nadie, entendería que esa había sido mi forma de huir para cumplir con sus órdenes de quitarme de en medio, y por ese motivo no pude apartar de mi cabeza esa señal de alarma permanente, por si volvía, por si me buscaba, porque ella tenía la certeza de que yo seguía viva en algún lugar de este planeta, porque la creía capaz de cualquier cosa, porque estaba obsesionada conmigo...

Mi vida, desde entonces, ha sido triste y solitaria. Vivo sumida en la melancolía. Bugarach es una aldea preciosa, un auténtico paraíso al que acude mucha gente buscando el sitio ideal para un retiro espiritual. Las montañas, el aire puro, la naturaleza, todo parece devolverte la serenidad que la vida de ciudad te quita. Pero la vida puede resultar muy paradójica. Mi retiro en este remanso de tranquilidad, lejos de proporcionarme paz, no deja de alimentar mi tristeza, mi soledad y mi profundo desasosiego cada día que pasa.

He pensado algunas veces que tal vez la muerte sea mucho más liberadora que esta forma de vida, pero no quiero anclarme en esa idea, no vaya a ser que pueda llegar a seducirme. En todo caso, he de confesar que me ha rondado la cabeza. He pensado también en volver a Beniaverd. Tal vez Virginia no vuelva nunca por allí, pero en el fondo sé que no me sentiré segura hasta que la policía la encuentre y la encierre para siempre. Aquí, al menos, es difícil que dé conmigo. Probablemente, lo mejor sea dejar las cosas tal y como están ahora. Simón vivo y ajeno a todo esto, en Beniaverd, y yo, intentando seguir hacia delante aquí, en Bugarach. Estoy atrapada en mi propia existencia, de la que no sé cómo escapar...

21

«Tal vez lo mejor sea dejar las cosas tal y como están ahora. Simón vivo y ajeno a todo esto, en Beniaverd, y yo, intentando seguir hacia delante aquí, en Bugarach. Estoy atrapada en mi propia existencia, de la que no sé cómo escapar...»

Simón leyó las últimas palabras del diario de su hermana Reina, cerró el cuaderno y lo abrazó contra su pecho, como si realmente la estuviera abrazando a ella. Le dolía el corazón. Aunque dicen que es un músculo y no duele, no es cierto, el dolor se aloja en él y puede hacerlo estallar si se acumula en exceso, él lo estaba experimentando. Para el periodista, esta era la segunda vez que se enfrentaba a la muerte de su hermana, y podía sentir cómo estaba al límite, a punto de romperse en pedazos que nunca más podría volver a unir.

Hacía más de dos años que se resistía a pensar que Reina se hubiera suicidado y, cuando empezaba a aceptar la idea, con mucha dificultad e incluso con terapia, recibió una sorprendente llamada de la policía francesa. Una mujer española, de nombre Carmen Expósito, había muerto en su casa de una aldea del Pirineo francés llamada Bugarach. La habían encontrado unos vecinos, una semana después de su fallecimiento, al notar su ausencia en la casa de comidas que regentaba, a la que acudía diariamente, excepto los domingos. Temieron que algo pudiera haberle ocurrido y avisaron a las autoridades. La mujer vivía sola y no se le conocía familia alguna. La gente del pueblo la llamaba La Española y todos guardan un grato recuerdo de ella.

Simón no terminaba de entender qué tenía que ver con él esa mujer desconocida de la que le hablaban por teléfono, pero aun así guardó silencio y escuchó atentamente lo que el policía francés tenía que decirle. Su instinto intuyó que la llamada era de suma importancia, y su instinto no se equivocó.

El policía prosiguió con las explicaciones con un castellano fluido y un marcado acento francés. Le contó a Simón que, tras localizar a la propietaria de la casa en la que vivía de alquiler la mujer española, alertados por las sospechas de los vecinos y por un fuerte y desagradable olor proveniente de la vivienda, consiguieron entrar y la encontraron fallecida, en avanzado estado de descomposición, pero sin signos aparentes de violencia. La primera hipótesis había sido pensar que había muerto por un ataque cardiaco o un ictus cerebral, pero la autopsia reveló que el fallecimiento no se había debido a causa médica alguna... Simplemente, había muerto. La causa oficial que aparecía en el informe, según el forense, era «muerte natural». Tenía cincuenta años.

Al revisar entre sus objetos personales, la dueña del inmueble encontró un diario manuscrito, escondido debajo del colchón, atado con un cordón de zapatos a una de las láminas de madera del somier. Lo entregó a la policía al considerar que podía ser de su interés. Estaba escrito en español y ella no lo entendía. Tras su lectura, la policía francesa descubrió que la verdadera identidad de la fallecida no era Carmen Expósito, tal y como rezaba en su documentación, que al parecer era falsa, sino Reina Antón, una mujer española dada por muerta dos años antes. Su documento nacional de identidad como Reina Antón estaba dentro del cuaderno. El nombre de Simón aparecía en numerosas referencias a lo largo de todo el diario. Reina Antón contaba en su relato que era su hermano mellizo, su único hermano, periodista y residente en España, y por eso la policía francesa requería su presencia en el país vecino, para identificar el cadáver y aclarar todo el asunto.

Así fue el modo en que Simón descubrió que Reina no se había suicidado, tal y como él siempre había intuido y nadie había querido creer. Lo descubrió de la peor forma posible, enfrentándose a su muerte real y al dolor de saber cuánto había sufrido su hermana durante todo el tiempo que había estado ausente, sin que él supiera nada.

Simón cogió el primer vuelo para Francia y, durante el viaje, los pocos datos de los que disponía jugaron a enturbiar su pensamiento.

No entendía nada de lo que estaba pasando. Si no había sido capaz de asimilar un suicidio, todavía le costaba más entender por qué su hermana había escapado, había cambiado de nombre, de país, y todo ello envuelto en el más absoluto secretismo. Una razón muy poderosa tenía que haber para explicar aquel extraño comportamiento de Reina.

Todas las respuestas que Simón necesitaba las encontró en el diario que la policía francesa le entregó después de identificar el cuerpo de su hermana. Lo hizo a través de sus efectos personales y de una fotografía del rostro del cadáver. Fue muy desagradable, pero necesario. Efectivamente, se trataba de Reina Antón, registrada oficialmente como Carmen Expósito, propietaria de un pequeño negocio de hostelería llamado La Española. El tiempo que Simón estuvo esperando en la gendarmería para arreglar todo el papeleo fue suficiente para leer de principio a fin el escalofriante relato de su hermana.

—Lamento lo ocurrido, *monsieur* Antón —dijo el policía que entró en la habitación donde aguardaba Simón, al verlo abrazado al cuaderno y comprender que había leído su contenido—. Es una historia increíble. Seguro que su hermana era una gran mujer. Debe estar usted muy orgulloso de lo valiente que fue. Al fin y al cabo, lo hizo todo para protegerle a usted y a sus hijos.

—Sí, eso parece.

—¿Le apetece un café? —le ofreció, mientras se servía uno de una cafetera Melitta que desprendía un intenso olor a café recalentado. Simón negó con la cabeza—. Usted es periodista, ¿verdad? Dígame una cosa. ¿No se ha vuelto a saber nada de esa tal Virginia Rives de la que habla su hermana en el diario?

—Nada de nada.

—¿Realmente cree que hubiera sido capaz de matarle a usted y a sus hijos, tal y como creía su hermana?

—No lo sé, ya había matado otras veces. Tal vez sí... Supongo... —dudó—. Pero ¿qué más da eso ahora? El caso es que mi hermana pensó que era capaz de hacerlo, y eso la llevó a todo esto. No importa si un peligro lo es en realidad, importa si tú lo percibes como real. De todas formas, hay algo que no entiendo... ¿Cómo es posible que una mujer de cincuenta años fallezca de muerte natural?

El policía suspiró profundamente y guardó silencio unos segundos mientras le ponía a su taza cuatro cucharadas colmadas de azúcar que casi hicieron que se desbordase el café.

—Me gusta dulce y aquí no me puede reñir mi esposa, ya sabe, no es bueno para mi salud —explicó, al tiempo que Simón le observaba esperando respuesta—. El forense dice que, probablemente, fuera una muerte causada por un intenso estado depresivo sin tratar. El dolor emocional puede ser más dañino que el dolor físico y pocas veces le prestamos la atención que merece.

—¿Quiere usted decir que murió de pena?

—*Monsieur*, no se atormente, nada de esto es culpa suya. Hay quien decide quitarse la vida y se suicida y hay quien se consume, así, sin más. Sencillamente, se le acabaron las fuerzas y un día no encontró más motivos para vivir. Si en algo le consuela, también dijo el forense que tuvo una muerte plácida, tranquila, probablemente mientras dormía... La encontramos en la cama, con el pijama puesto. Le aseguro que he visto muchas formas horribles de morir y, si tuviera que elegir una para mi propia muerte, ahora mismo elegiría morir mientras duermo.

Simón meditó unos segundos las palabras del gendarme... Sabía que albergaban buenas intenciones, pero no le calmaron su desasosiego. Él pensaba que la peor forma de morir era, sin duda alguna, hacerlo totalmente solo, de pura tristeza, pero no dijo nada porque nada podía cambiarse ya y todas las palabras sobraban.

—Tome, firme aquí. —Le puso sobre la mesa unos papeles oficiales, en color sepia y escritos en francés—. Básicamente, dice que usted ha reconocido el cuerpo y que se hace cargo de él como familiar de la difunta —dijo al ver que Simón ponía un gesto de extrañeza—. Fuera le ayudarán con las gestiones necesarias para que pueda llevarse el cadáver.

—Llevarme a mi hermana, era mi hermana, no es un cadáver —replicó molesto, haciendo hincapié en la palabra hermana mientras firmaba los formularios.

—Usted perdone, *monsieur*, mi falta de delicadeza. Este trabajo te vuelve un poco insensible y en ocasiones no nos damos cuenta. No era mi intención molestarle.

Simón estrechó la mano del gendarme y este le correspondió con una palmada en la espalda.

—*Bon voyage, monsieur* Antón. Venga algún día a visitarnos en mejores circunstancias.

Simón asintió con la cabeza y se marchó de Bugarach con el diario de Reina bajo el brazo y su cuerpo en una caja dentro de un coche del servicio funerario. Volvía con ella a casa, para enterrarla junto a sus padres, en un cementerio con vistas al Mediterráneo, el viejo camposanto de los pescadores en Beniaverd. Junto a su tumba, lloró por fin su muerte, como su hermano pequeño que era. La lloró todo lo que no la había llorado en dos años y le prometió que algún día le haría justicia. Frente a una fría lápida de mármol, le dio su palabra de honor de que encontraría a Virginia Rives. No cesaría en su búsqueda hasta que no diera con ella. Poco le importaba dónde pudiera estar, porque le juró que la encontraría, y Simón era un hombre de palabra.

En Sevilla, acababa de amanecer y el sol calentaba sin compasión a pesar de las tempranas horas. El padre Jacobo, que era hombre madrugador como buen servidor de Dios, abrió pronto su iglesia, como de costumbre. Le gustaba esa sensación de frescor que le abrazaba nada más entrar en el templo los días calurosos. Los muros de piedra del siglo XVIII eran el mejor aire acondicionado que se había inventado. Se santiguó frente al altar y rezó unas oraciones antes de refugiarse en la sacristía. Tenía trabajo, esa misma semana empezaban las comuniones de los niños y había mucho que hacer. Se sirvió un vaso de leche bien fría con dos cucharadas de cacao y se lo bebió a pequeños sorbos, mientras se organizaba las tareas. Aún no habían dado las ocho en el reloj del ayuntamiento, que estaba justo enfrente de la iglesia, cuando la paz de su iglesia se interrumpió por el estruendo del timbre del teléfono.

—¡Vaya por Dios! ¡Ave María Purísima, qué barbaridad! ¡Un día me va a dar un infarto con este trasto! —dijo en voz alta a pesar de estar solo. El antiguo párroco, al que Jacobo había sustituido tras su fallecimiento por vejez, el padre Miguel, era un hombre duro de oído y había puesto al máximo el volumen del teléfono. Jacobo siempre olvidaba cambiarlo—. Dígame.

—Padre Jacobo, disculpe que le llame a estas horas, soy la hermana Clarisa... —dijo una voz dulce pero cargada de congoja al otro lado de la línea.

—Hermana Clarisa, que Dios la bendiga, usted puede llamar cuando quiera. ¿Qué ocurre? La noto a usted preocupada.

—Se trata de su hermana. Esta madrugada ha vuelto a tener otra de sus crisis. Hemos pasado mucho miedo y no sabíamos muy bien qué hacer.

—¿Qué ha pasado? ¿Lo de siempre?

—Parecía endemoniada. Esta vez ha sido mucho más grave. A eso de las dos de la madrugada, nos han despertado sus gritos. Chillaba de dolor, como si se estuviera muriendo. La hermana Renata y yo hemos acudido a su celda para auxiliarla. Estaba en el suelo, totalmente desnuda, en cuclillas, con las piernas abiertas, sujetándoselas por las rodillas. Respiraba con dificultad, jadeando, y vociferaba de una manera estremecedora. Cada cierto tiempo apretaba los dientes y hacía fuerza con todo el cuerpo. No comprendimos lo que estaba ocurriendo hasta que dijo que estaba a punto de salir la cabeza del bebé.

—¿Creía que estaba pariendo? —dijo el padre Jacobo con asombro.

—Sí, padre Jacobo, su hermana Virginia ayer creyó parir un niño. Tal fue el esfuerzo que hizo, que incluso llegó a tener una hemorragia. Llenó todo el suelo de sangre. Realmente temimos por su vida, incluso por la nuestra.

—¿Les agredió, hermana Clarisa? ¿Se puso agresiva como en otras ocasiones?

—Cuando creyó haber alumbrado al niño, empezó a buscarlo por el suelo, removiendo su propia sangre. Al no encontrarlo, su desesperación fue en aumento, y empezó a darnos golpes a la hermana Renata y a mí, mientras nos llamaba asesinas y nos preguntaba dónde lo habíamos enterrado. No se imagina lo terrible de la escena... Estaba totalmente fuera de sí y toda esa sangre...

El padre Jacobo enmudeció, no supo qué decir. El estado mental de Virginia empeoraba por momentos y ese episodio psicótico no hacía más que ponerlo de manifiesto.

—¿Padre?

—Sí, sigo aquí, hermana.

—Algo debe usted hacer, no podemos seguir teniéndola aquí. Desde que la recibimos, se ha ido deteriorando con mucha rapidez. Tal vez necesite atención médica. Las hermanas le tienen miedo. Ya nadie descansa tranquilo. La hermana Renata ayer pensó que estaba poseída por el demonio y huyó despavorida a la capilla para rezar y pedir la protección divina. Además, apenas come. Está sumamente delgada. No quiere probar bocado de nada que cocinemos nosotras. Está convencida de que pretendemos hacerle comer perro al horno. Se alimenta de alguna sopa, algún que otro trozo de pan y algo de fruta. No creo que pese ni cincuenta kilos. Si sigue sin comer, morirá por inanición. Si la viera usted por el patio, tan delgada, con la mirada ida y con ese pelo rojo que le llega por la cintura, totalmente alborotado, pensaría que es el mismísimo Satanás encarnado en una mujer.

—No diga eso, hermana —la reprendió el padre Jacobo al recordarle los reproches que siempre le hacía Dioni con desprecio.

—Es la verdad. ¿Cuánto hace que usted no viene a verla? ¿Seis meses? ¿Ocho?

—Bueno, sí, hace tiempo, pero no por falta de interés, se lo aseguro. Tengo mucho trabajo con la parroquia a mi cargo y no dispongo de todo el tiempo que me gustaría para poder viajar. Tengo responsabilidades que atender. Además, son varias horas de camino, hágase cargo... —respondió, intentando justificarse.

—Hace tiempo que vengo advirtiéndole de esta situación, padre Jacobo. Su hermana ha perdido la razón por completo. Ya no podemos ni siquiera llevarla a rezar con nosotras, se vuelve loca en cuanto pisa la capilla. Empieza a recitar pasajes de la Biblia con una rabia endemoniada. Escupe a la santísima imagen de nuestro señor y se arranca los hábitos para mostrarle los pechos desnudos...

—¡Dios Santo!

—Tal vez necesita que la internen en una institución mental. Aquí no podemos seguir teniéndola, padre. Hágase cargo.

—Lo comprendo. Me hago cargo —contestó el padre Jacobo—. Necesito algo de tiempo para solucionar el problema, pero le prometo que iré a por ella lo antes posible. ¿Cómo está ahora?

—Algo más calmada. Después de lo de anoche, le dimos unos tranquilizantes para que descansara. Perdió mucha sangre. A estas horas está durmiendo. —Le agradezco mucho su llamada, hermana Clarisa. En breve tendrá noticias mías. Cuide de ella mientras tanto y que Dios se lo pague.

En la celda donde Virginia dormía, el silencio mecía una canción de cuna que su voz apenas tarareaba en un susurro. Acurrucada sobre sí misma, su imagen frágil despistaba acerca de si, en sus sueños, ella era la madre o tal vez la niña. Soñaba algo agradable porque sus labios sonrieron, como lo hacen los bebés cando duermen. En su mundo onírico era feliz e inocente.

Pero Virginia Rives despertaría y entonces se daría cuenta, un día más, de que vivía atrapada en la peor de las cárceles, porque cuando encierras a tus demonios, estos pugnan por encontrar una salida.

ECOSISTEMA DIGITAL

NUESTRO PUNTO DE ENCUENTRO

www.edicionesurano.com

2 AMABOOK
Disfruta de tu rincón de lectura
y accede a todas nuestras **novedades**
en modo compra.
www.amabook.com

3 SUSCRIBOOKS
El límite lo pones tú,
lectura sin freno,
en modo suscripción.
www.suscribooks.com

DISFRUTA DE 1 MES
DE LECTURA GRATIS

1 REDES SOCIALES:
Amplio abanico
de redes para que
participes activamente.

4 APPS Y DESCARGAS
Apps que te
permitirán leer e
**interactuar con
otros lectores**.

iOS